中国专业作家
小说典藏文库

中国专业作家
小说典藏文库

秋

莲

陶纯 著

中国文史出版社

写作的意义（代序）

关于写作的意义，以前我并没有过多考虑，就像我没有过多考虑人生的意义一样。人们活着为了什么？若要刨根问底寻找答案，可能有很多——有人为了贪图享乐，追求欲望的充分满足；有人为了事业的成功，一生孜孜不倦；有人为了一己私利，一辈子只知索取，不知奉献；有人稀里糊涂过一辈子，也不知道为了啥……

同样，写作为了什么？

用世俗的看法，不外乎下列几种：一是为了初心和梦想；二是为了名利；三是把写文章当作梯子往上爬，谋取官位；四是为了养家糊口。

关于写作的意义，古今中外的伟大作家有很多高论。《左传》上说，人生有三不朽：立德、立功、立言。立言即指具有真知灼见的言论文章，它能流芳百世。曹操的儿子曹丕似乎站得最高，他在《典论·论文》中说："盖文章，经国之大业，不朽之盛事。年寿有时而尽，荣乐止乎其身，二者必至之常期，未若文章之无穷。"意思是文章它能关乎国家兴亡，是治理国家必不可少的重器，是万代不朽的大事业，人的寿命、荣乐随时会中止，而好文章会代代相传，所以写文章要用心。杜甫在《偶题》一诗中说："文章千古事，得失寸心知。"意思是文章是传之千古的事业，而其中甘苦得失只有作者自己心里知道。龚自珍在《咏史》诗中说："避席畏闻文字狱，著书都为稻粱谋。"意思是，文人骚客一听到文字狱的事就胆战心惊，离席而去，他们著书立说的目的只是为了生活糊口，不敢揭露社会的阴暗面。法国作家大仲马说："历史是

1

一颗钉子，在上面挂我的小说。"大仲马很自信，他把自己的作品当成了历史的一面镜子，事实上他也做到了。阿根廷作家博尔赫斯说过："我写作不是为了名声，不是为了特定的读者，我写作是为了光阴流逝使我心安。"可见他是一个淡定的写作者。巴金说："我写作不是我有才华，而是我有感情。"巴金先生非常平易近人，不故弄玄虚。鲁迅说："文章怎么写，我说不出来。"鲁迅先生此话并非谦虚，他可能想说，作家是课堂上教不出来的，作家需要天赋，文无定法，没有现成的路数教你们成功……

若问我写作为了什么？

为了名利吗？肯定有这个因素，否则就缺乏某种动力，而现实又很严酷——只有成功，才能获取名利。为了往上爬？真没想过，我比较散漫，心直口快，不适合当领导，事实上我一辈子只是一名专业创作员，从没担任过任何官职，连个班长、小组长都没干过。为了初心和梦想？这个没问题，绝对是，我主要是为初心和梦想而创作。为了养家糊口吗？我开始写作的时候，已经是一名军官，生活说得过去，吃饭不成问题，也没想着靠写作发大财，所以这条不成立。归根结底，对于我来说，写作是我生命的一部分，是生命和灵魂的需要，写作于我就像空气和阳光，不能离开。写作照亮了我的生活，使我有勇气面对艰难困苦和悲观孤独……

我们的生活中，几乎干什么都要花钱，大概只有三样东西不要钱：一是阳光，二是空气，三是文字。这三样东西，是可以随便取用的，不用掏腰包。我觉得自己这辈子很幸运很幸福，把三样东西都占了。

我女儿劝我，你光会写不行，还得学会吆喝。我说，先写出好东西再说吧。文坛就像官场，并不是坐在高位上的都是好官，文坛上有些名气大的，也没见他写出什么让人服气的大作。文坛犹如一池水，水上面难免有泡沫，泡沫浮在最上面，阳光一照，花花绿绿，可能很好看晃眼，人们首先看到的就是泡沫，但它是虚的。自己既然做不了泡沫，那就做一颗水中的石子吧，石子不显山不露水，沉甸甸地在下面趴着，多少年之后，泡沫没了，但石子还在。

我还想说，有时候，写作与创作不是一个概念，写作与创作的区别在于写作是物理反应，而创作是化学反应。真正的创作是创新——塑造新的人物，描写新的生活，发掘新的细节，抒发新的情感。

特别感谢中国文史出版社，使我的主要作品以这种形式与读者见面。这不是我写作的终点，而是又一个起点。

此为序。

陶　纯
2018 年 5 月 13 日

目　录

秋　莲

一

秋莲的父亲在徐蚌会战中殉国，两个月后，她母亲翟桂芳肺病加重，不幸在广慈医院去世。

许宗衡阵亡的消息，一直瞒着翟桂芳。两个月来，秋莲不让她看任何报纸，也不让她听广播，还叮嘱父亲生前派来的两个勤务兵，绝不能把这个口风露出去。两个月来，翟桂芳一直住在这所法国人开办的医院里治疗肺病，病情虽有所反复，但不至于马上就没治。

本来许宗衡答应打完徐蚌会战，就带夫人到香港治病，身体转好的情况下，再把她们母女转送美国，秋莲也正想到美国读书。但是两个月前，在离徐州五十多公里的碾庄，黄百韬第七兵团被解放军粟裕所部重兵围困，黄百韬绝望中自杀。一直跟随护卫黄长官的二十五军副军长许宗衡被流弹打死，国军精锐第七兵团全军覆灭。两天后的沪上所有报纸都登载了这一消息。报童举着报纸，大声叫嚷这条特大新闻，引来一群群的购报者，拿到报纸的人发出一片惊叹之声。

秋莲本来也想到医院门外买一张报纸，自从父亲去徐蚌前线后，她每天都要买报，但是听到报童刺耳的叫喊，她打消了买报的念头。从此以后，她就不再买报。

几天前，父亲生前派来的两个勤务兵借故跑了——一个说去买菜，没回来；另一个说去买烟，也没回来。母亲已经意识到不好，饭量降了。这天早晨，有个病号提着一台收音机从病房门口缓缓经过，里面正

1

播放蒋介石的一篇讲话。他提到民国三十五年内战爆发以后阵亡的国军高级将领，有张灵甫、蔡仁杰、韩增栋、刘戡、陈章、黄百韬、郭景云，最后说到了秋莲的父亲许宗衡。正在给母亲喂饭的秋莲想要掩饰，只见母亲剧烈咳嗽一阵，一口气没上来，就去了。

许家一年半前从南京搬来上海居住，在上海并没有私人住宅，租住的房子。许宗衡心细，他考虑的是，上海靠海，冬天比南京好受一些，没南京那么潮湿阴冷；上海外国人办的医院多，比南京医疗条件好，这些都对翟桂芳的身体恢复有利。许家在上海没什么熟人，许宗衡祖籍福建厦门，二十岁离开老家出来上黄埔军校，之后从军打仗二十多年，和老家族人的联系早已中断。秋莲是家中独女，因此许宗衡夫妇这么一走，秋莲在上海就没有了一个亲人，她真正算是举目无亲了。

母亲的后事料理，多亏一个人——汤正伦。汤正伦是许家在南京时候的邻居，两家在秦淮河边的别墅紧挨着。他比秋莲大五岁，他父亲是南京大华纱厂的老板，他排行老三，以前有熟悉的人叫他汤三。他大哥在国军的一支部队当少将旅长，民国三十六年在河南阵亡。他上面还有一个姐姐，姐姐姐夫都在南京国防部工作，很少在人前露面，做了十多年邻居，秋莲没见过他们几回。

有一天秋莲到三马路上一家药店给母亲抓药，一出门，看到一个面孔很熟悉的人，着西服，鸭舌帽压得很低，目不转睛地盯着前面一个穿长袍的男人，脚步快速地移动，从她面前经过。秋莲马上就认出，这不是汤正伦吗？他怎么也跑上海来了？他们已经有两年多没见面了。

秋莲喊了他一声："汤正伦！"

汤正伦愣了一下，扭脸认出秋莲，示意她不要说话，再转过脸往前瞅，发现那个穿长袍的人已经不见了。他伸手顶一下鸭舌帽，走到秋莲身边，露出久违的笑和一口白牙，说："许小姐，想不到你也来上海了。"

秋莲好奇："刚才那人是谁？"

汤正伦淡淡一笑："共产党的人。要不是你插这一杠子，今天我能逮住他。"

秋莲抱歉地说："这样啊，我打搅你公务了。"

汤正伦满不在乎地说："没事，下回再逮他。"

那天中午汤正伦非要请秋莲吃饭，秋莲请辞不过，只得提着一大包药丸，跟在他屁股后面去了四马路上的一家西餐店。饭毕分手的时候，汤正伦告诉她说，他现在对外的身份是外滩七号电报大楼的一个小经理，那里的人都知道他叫高伦，希望秋莲以后也叫他高伦，不要再提他以前的名字。

秋莲有些吃惊："你怎么连姓也改了？"

汤正伦——高伦咂咂嘴说："职业需要嘛。人在江湖，身不由己。"

秋莲母亲住进广慈医院后，高伦时常过来瞅一眼。翟桂芳对他过去的印象蛮不错，说他小时候像个洋娃娃，淘气聪明，人见人喜；又说他爸曾经和秋莲爸议论过，如果两个孩子以后有机会出国深造，最好选同一所学校，互相有个照应。一次，翟桂芳问高伦："你爸你妈还好吧？都有一年多没见他们了。"高伦头一低说："母亲还好，父亲半年前过世了，大哥在豫北前线牺牲后，父亲就一直没缓过劲儿来，加上厂子不景气，终于急火攻心，一天夜里犯病，天没亮人就撒手去了。"翟桂芳叹口气说："世道不好，啥事体都可能发生啊。"

翟桂芳终归是过来人，看出高伦对女儿有意，有一天她说："莲儿，万一我和你爸有个三长两短，你就跟他过日子吧，他还是靠得住的。"秋莲脸一红说："现在说这个干什么。"

许宗衡在前线出事，高伦知道得略早一点，他来医院找秋莲，向她露了点口风，没说全，只说许长官可能在徐蚌前线遭遇不测。秋莲不信，埋怨他乌鸦嘴。直到第二天沪上所有报纸都登出来，秋莲不信也信了。

母亲一去，秋莲傻了似的，不哭不叫，像个木偶，双目低垂，一言不发。给母亲办后事期间，高伦跑前跑后地忙活。他亲自跑到外面买来水绿色的绣花寿衣，央求护士护工们帮死者穿上，又亲自把遗体推到医院太平间，然后到店铺置办寿材，直到雇车把棺材运到静安寺公墓下葬。不了解情况的人，都把他当成了死者的儿子。

帮忙料理后事的人都走开了，墓地里只剩下秋莲和高伦两人。秋莲仍然是呆若木鸡。高伦扶住她肩膀说："秋莲，你就哭一声，哭出来就没事了。"秋莲张了张嘴，终于哇地大哭起来，边哭边翻来覆去地说："都走了，谁管我啊……都走了，谁管我啊……"

许宗衡死在前线，骨殖不知丢到什么地方了，想给他们夫妻合葬已不可能。秋莲把父亲戴过的一顶帽子放到母亲的棺材里，算是给他们夫妻行了合葬。本想立个碑，上写"父母大人许宗衡翟桂芳之墓"，下面再落上"儿许秋莲"和年月日，高伦不同意。后来才知道他有意不立碑，是为了掩护秋莲的身份。

时间一长，这座坟堆就会被人当成无主坟。秋莲当时顾不上想这些，一切都由高伦来料理，她全听高伦的。

这一年秋莲十八岁，高伦二十三岁。

二

葬了母亲之后，秋莲有过回南京的打算，毕竟南京有个家——秦淮河边的那栋房子里，藏有不少她喜欢的书籍，还有一些她的画稿。她曾经非常迷恋画画，画水彩，也画过油画。来上海后，她全部精力用来照顾母亲，书啊画啊，都丢到脑后了。

高伦不同意她回去，说你回去上学还是做工？她回答不上来，只说南京熟人多，有贵族学校的同学、老师，有一栋自家的房子，还有母亲家那边的几个远房亲戚。高伦说，天要变了，国破家亡的事，不幸让我们赶上了，这时候，熟人越少越好，房子越小越好，有些东西你是背不走的，不如放弃。

高伦在上海混了几年，明显比秋莲成熟。秋莲想起母亲临终前说过的让她未来跟他过日子的话。她想，离了高伦，对她来说，天真要塌了，她还有什么可选择的？高伦说什么，她就听什么吧，也许这就是命。谁让你家跟他家做邻居呢？谁让你现在孤苦伶仃无依无靠呢？是不是天注定？

就当是天注定吧。

高伦有时出来，身上带枪。他执行公务的时候，就像失踪一样，秋莲想找他都找不到。当你刚要生他气的时候，他又出现了。他陪秋莲逛商铺，逛公园，有时还去夜总会跳一场舞。等秋莲母亲过了"五七"，她心情好转了一些，他说，莲儿，该给你找个事情做了。

这天，高伦把她带到闸北的一座兵营，到操场上看了一会儿国军士兵刺杀练习，有个人过来伏在他耳边说，老 K 到了。高伦带秋莲跟着那人来到二楼一间窗帘紧闭的大房间，有个三十岁左右、相貌堂堂的男人坐在藤椅上抽雪茄。想必他就是老 K 了。

他们进入后，老 K 半站起来，点点头，示意他们坐下。老 K 简单问了几句秋莲的情况，这之前高伦肯定跟老 K 介绍过秋莲，所以老 K 对秋莲的家世比较了解。他身子前倾，盯着秋莲说："许小姐，我问你话，你要据实回答，明白吗？"

秋莲诚实地点点头。

"你——恨共产党吗？"

秋莲以前很少想这个问题，她不知该怎么回答。老 K 身子又往前倾了倾："令尊死在共产党手里，难道你不恨他们吗？"

秋莲想起高伦就在自己身边，望了他一眼。高伦朝她微微一点头。于是她回答说："恨……我恨。"

老 K 满意地点点头："你愿意参加我们的组织吗？像我、高伦兄一样。"

秋莲又看一眼高伦，然后点头说："愿意。"

"既然加入组织，绝不允许背叛，你能做到吗？"

秋莲再看一眼高伦，目光转向老K："我能。"

"如果做不到……嚓！"老 K 做了个挥刀砍头的动作。

秋莲点点头，表示她不怕。

老 K 轻轻拍了几下巴掌，站起来，冲秋莲伸出手。秋莲赶紧站起来，也伸出手。她的手被老 K 黏糊糊的大手紧紧握住。

老 K 笑说："欢迎你，张秋莲同志。"

秋莲一愣："长官，我叫许秋莲。"

老 K 望着高伦。高伦小声对秋莲说："加入组织，安全保密起见，得按纪律改名换姓。我向组织建议，只给你改姓，因为沪上现在知道你叫秋莲的没几人，名可以不改。"

秋莲想了想说："沪上知道我叫许秋莲的，也就你们二位。我既不更名，也不改姓，行吗？"

高伦望着老K。老K掏出打火机点燃手中的半截雪茄，用力抽了两口，这才点点头说："先这样吧。"

秋莲松了一口气。她知道父亲在老家没有兄弟姐妹，父亲没了，她再改姓，许家就什么也剩不下了。

就这样她成了组织的人。早年，她父亲曾经说过，希望她长大后远离政治，做一个自食其力的人。现在她顾不得这些了，因为她一切都得听高伦的。

几日后，高伦把秋莲带到浦东地界的一个独立院子，她要在这里参加一期培训班，除了"洗脑"，还要学一些基本的谍报工作技术，比如密写、速记、收发报、破译、战场包扎救护、射击、照相洗相，等等。在这里不使用名字，名字严格保密，每个人都用代号，秋莲的代号为十六。以后为了工作便利和身份掩护，还要求每人选学一门技术，秋莲征得高伦同意后，选学的是医疗护理专业。

培训结束，根据上峰要求，秋莲被安排进了第一劳工医院。她每天到那里上班，虽然很累，但却感觉很充实，因为她长这么大，终于有了为社会服务的机会。她家原先租住的房子是座石库门的二楼三个房间，现在她单身一人，父亲留下的钱也花得差不多了，不能再住那么大的房子，高伦替她在医院附近租了一间小平房。有不少医院的姐妹在这附近租房子住，秋莲很快与她们混熟悉了。

只是她不理解：学了谍报技术，成了组织的人，跑到医院干啥？指望她在医院抓共产党？她把这个疑问说给高伦听，高伦说，到这个地方，是为了以后，你先洗白自己，等待上峰分配任务，其他什么都不要想。

这时候，已经有传言说，解放军很快要打过长江，南京、沪杭一带的有钱人纷纷自找出路，香港、南洋成了首选，而党政军要员则把以前没怎么听说过的台湾当作第二故乡，准备携家带口漂洋过海，追随虽然下野仍然权柄在握的蒋先生而去。秋莲想，如果父母还活着，她也许也要去台湾的。听说贵族学校的不少同学都走了。

很明显，共产党过江，首要目标一是南京——南京是首都；二是上海——上海最有钱。那一阵上海非常乱，世界末日来临一般，似乎人人惶惶不可终日。果然，解放军四月份过江，五月初就兵临上海郊外，大战一触即发。秋莲现在已经知道，老 K 是国防部保密局在上海的一个小头目，高伦是他的下线，而她又是高伦的下线。也就是说，她直接受高伦领导，高伦直接受老 K 指挥。这时他们又有了新的代号，高伦代号"野鸡"，秋莲的代号为"公牛"。

上海即将失守，上海的国军正规军以及党国各路人马，都在做最后的挣扎努力。秋莲依旧没有什么任务，正常上下班，高伦却忙得不可开交，每夜都出去执行公务。秋莲好不容易和他见上一面，劝他说，共产党那么猛，咱们鸡蛋打不过石头，会碰破的。他的眼睛红红的，像个输光了钱的赌徒，他说，石头是死的，鸡蛋有生命，鸡蛋可以孵出小鸡，生生不息，我们要战斗到底。又说，即使碰破了，也要冒一个鸡蛋花，灿烂一下。

解放军攻城那天，除了一些留下潜伏的人员之外，保密局的人走得差不多了——一部分人员到福建、广东"继续战斗"，一部分人员直接撤到台湾。但是高伦没走，秋莲自然也是走不成。高伦说，老 K 也没走，他们再搞一两个大点的行动就撤。高伦的姐姐和姐夫早在共产党渡江之前，就随国防部大部分人员撤到台湾去了，同时把他老母亲也带走了，这样高伦就没了牵挂，可以放手干事情。他还劝秋莲，别怕，上海守三个月没问题，有大军在，咱们不会有危险。

秋莲知道，高伦他们想在破城之前炸毁闸北发电厂。但是形势的发展出乎意料，上海并没有像汤恩伯总司令说的那样"固若金汤，守六个月没问题"，也不像高伦说的"能守三个月"，不到半月，上海就失守了。

秋莲记得很清楚，五月二十七日那天，解放军进城，而高伦此时还没接到老 K 让他们撤退的命令。秋莲感到害怕，跑了老远的路来高伦寓所找他，想和他待在一起。高伦很急躁，不停地摇电话找老 K，好不容易找到了老 K，老 K 说，他还要组织几个行动，请再坚持几天，到时候他会通知他撤退时间和集合地点。

城里城外零星的战斗仍在进行，枪声像爆豆一样不时地传来。高伦的寓所在衡山路上的法租界，这里相对安全一些。高伦安慰秋莲，不要怕，他故作轻松状，说："我手上有三条命，我都不怕，你是白纸一张，更不用怕啦。"

秋莲自打父母亲死后，一直没怎么缓过劲儿来，整天战战兢兢的，她把高伦当成了自己在世上唯一的依靠。高伦以为她怕，其实误解了她，她并不担心自己，她是怕高伦有事。一旦高伦再有个三长两短，她在世上就没有任何的依靠了。这让她感到无比恐惧。

高伦给她倒了一杯咖啡，坐在她身边，轻轻握住她的手。他们认识这么久，头一回如此亲密，她闻到了他的呼吸，那么粗壮有力，令她有些眩晕。后来她就稀里糊涂倒在了他怀里，再后来他们就倒在了他的小床上。他像美国电影里那样，吻她的唇，吻她的脖颈，吻她的耳朵，抚摸她的胸。他动作笨拙，没有章法。这种新鲜的体验却使她魂不守舍，呼吸困难，感到微微的窒息。外面的枪声依然散乱地响着，忽远忽近，他们都听不到了。昏昏然之中，他把她的长裙子撩上去，她没有做任何的反抗，心想反正早晚是他的人，就随他吧。

但是一阵急骤响起的枪声突然把他们打醒了！枪声就响在窗户底下！一颗流弹击碎了窗玻璃，碎玻璃碴子飞溅到床头，差点儿掉落到秋莲脸上。这个突然的变故让高伦一阵发蒙。秋莲比他清醒，她首先想到他有危险，推他一把说："你快走！"

高伦胡乱穿上裤子和上衣，从后门溜走了。秋莲松了口气，感觉这儿不宜久留，她整理一下衣衫，出了房间，从前门走出来。

面前的景象让她骇然变色！

这附近是个小三岔路口，有四个身穿解放军服装的人扑倒在地，他们的鲜血一摊摊地印在马路上，像新鲜的颜料，带着刺鼻的气味。显然这四人刚才遭到了伏击。秋莲呆愣片刻，回过神来，拔腿就想走掉。她刚刚走出两步，就听身后有微弱的呻吟声……她本能地回头，看到四人中的一人轻轻动了动。呻吟声就是他发出的。秋莲这时候什么也不怕了，什么也不顾了，毕竟那人还没死，她不能不管。她扑过来，看到那人腹部中了一弹，腿部中了一弹，左臂也中了一弹，要害处是在腹部。

她当了两个多月护士，知道该怎么做，于是她熟练地解开他身上自带的一卷绷带，快速包扎他腹部的伤口，然后又从他身边的两具尸体上解下另两条绷带，狠狠用力扎住他腿部、左臂部的伤口。血终于止住了，他身下的血团不再往外扩展。

做完这一切，她浑身汗涔涔的，瘫坐在地。她双手沾满了血，脸上也溅上了血点子，看上去她也像受伤的样子。

那个被她所救的伤者一脸络腮胡子，冬瓜脑袋，喉结粗大，方脸阔嘴，像是个长官。他是她从医以来所救的第一个人。他在某一瞬间苏醒过来，因为失血过多，脸苍黄得吓人，他冲她艰难地笑一笑，表示感谢的意思，然后又昏了过去。秋莲呆呆地想，只要自己伸一下手，松开他腹部的绷带，他立马就完了。

这算不算是替父亲报仇呢？

此时，有不少人叫喊着什么，快步朝这边跑来。

三

秋莲所救的那个络腮胡子是解放军某师的团长马九龙。马团长接到电话，带三个护兵到师临时指挥所开会，为了省时间，他们走小路，途中遭到敌特伏击，三个护兵当场牺牲，马九龙身受重伤，幸运地被秋莲所救。

第二天下午，马九龙终于在师野战医院苏醒过来。他睁开眼说的第一句话是："那个姑娘呢？"

一直在医院手术室坐镇的师政治部主任卢道亮说："老马，这么多医生护士抢救你，一天一夜都没合眼，你狗日的却只惦记个姑娘。"

"没她，你们救个球，老子早死了。"

"老马，那姑娘……嗨！丑得很，满脸麻子。"卢道亮认真地说，边说边摇头。

"放屁……要不是她好看，老子心有牵挂，也撑不到现在。"

看来不找到那姑娘，马九龙是坚决不干的。卢道亮只好赶紧安排人去找。

其实找到姑娘并不难。昨天她刚给马九龙包扎完毕，一支小部队路过这里，把马九龙送到了医院。有人记下了那个在现场救护的姑娘名字——许秋莲，并且问出她在第一劳工医院工作。

卢道亮的警卫员小周带两个战士去劳工医院找人，医院的人说，她告了假，前脚刚走，说是要回福建老家去。小周有点傻眼，找不到人，回去要挨骂的。幸好和许秋莲同一个科的护士小王是个热心肠，自告奋勇带小周到许秋莲住的地方看看是不是还没走。他们赶紧跑去了。

高伦接到了老 K 要他带下线撤离的命令，来医院找秋莲。秋莲从容告了假，和高伦一起到自己的平房小屋收拾物品。因为早就做好了撤离的准备，收拾起来很简单，不一会儿就搞妥当了。二人往外走，这就与小王带来的小周等人遇上了。

看到有三个解放军跟着小王过来，秋莲马上猜出是怎么回事，她示意高伦不要紧张，因此高伦表现得还算镇静。她向来人解释说："这是我表哥高伦，我们一块儿回老家去。"

秋莲被带到马九龙的病床前。马九龙仍处在危险期，身体虚弱，主要任务是睡觉。秋莲过来时，他刚睡着。但他似乎有预感，马上又睁开了眼。卢道亮见状，大声说："老马，人给你带来了，你就放心疗伤吧。老子不陪你了，再见！"卢道亮转身走了。

马九龙目不转睛地望着秋莲，缓缓地从被子里伸出一只手，费力地抬了抬，他想和秋莲握手。秋莲只好伸出手，轻轻握了一下他的手，感觉冰凉。马九龙吃力地说："谢谢你……"

秋莲微微摇一下头，没说话。

马九龙喘着粗气又说："老子吃三颗枪子儿，值了……"

他闭上眼，沉沉睡去。

秋莲知道，自己走不成了。

马九龙醒来后，向医院提出："把许秋莲同志请来，专门护理我。有她在，我就死不了。"

这事医院领导不敢做主，因为许秋莲是地方医疗机构的工作人员，不是军人，况且她本人不是太愿意，她几次提出要回老家去。后来报到师里，师领导也不敢做主。最后是聂军长拍板，说："只要能把马大炮救活，就是请一个班的女护士照顾他，老子也允许!"

高伦把"公牛"走不脱的情况报告给老K。老K回话说，这可是一个打入共军内部的绝佳机会，打着灯笼都找不到啊，为什么要走? 硬走，不仅会暴露，而且毫无意义，留下来，意义却是非常非常重大，而且她还安全。

就这样，秋莲从第一劳工医院借调到师野战医院，专门负责护理马九龙。她不走，高伦也就不想走了。

解放军主力部队拿下上海，锋锐指向浙江、福建方向，师野战医院随大部队开进，马九龙和一些重伤号被转送到三野后方医院，长驻上海治疗。

三个多月后，马九龙伤好得差不多了，他让秋莲陪他到附近一个中学的操场上，他跑步、跳远，还上了单杠，做了几个大回环，虎虎生风。他问秋莲："小许同志，你看我是不是好利索了?"

秋莲点点头。让她难以理解的是，这人怎么像个铁汉似的，换常人，身中三弹，流了半脸盆的血，命丢了一大半，没个一年半载的，就别想站起来。

"哎，小许，你整天守着我，没发现我身上少啥零件吧?"他话里的意思，自己的身体是健全的。

秋莲摇摇头，表示没发现。

"那就好。"

他给秋莲说起一个人——军里的姚副参谋长，此人身上就少个零件，一只眼睛瞎了，但那家伙非要和一个护士结婚，人家姑娘不愿意，他拿枪指着人家，死乞白赖入的洞房。

最后他说："我马九龙死活瞧不起这种人。"

他这话的意思，如果他是个残疾，他是不会不要脸皮死追人家姑娘的。但是，这话反过来听呢? ——他现在好好的，没少啥零件，那么他就可以死乞白赖地追一个姑娘。

想到这里，秋莲顿时吓出一身冷汗。

秋莲向马九龙提出："既然首长没事了，那我回我们医院了。"马九龙说："身体是没事了，心上的事还没解决呢。小许同志，请等等。"

11

吴师长从福建前线打来电话说："马九龙，你没事了还不赶快归队，再不来，三十五团的团长老子换别人干。"

马九龙是有名的战斗英雄，立过好几次大功，如果不是因为没文化、脾气粗，早当上师长了。吴师长就是当年他一个班的战友，他曾救过吴的命，所以他和吴师长说话向来不客气。他当即骂骂咧咧地说："饱汉子不知饿汉子饥。老子是想归队，但老子不想一个人归！"他把电话撂了。

他参加革命，除了那些说得出口的理由之外，还有一个说不出口，只能闷心里。现在他可以给许秋莲同志说了——

"我们村地主家的斜眼大少爷，娶了个如花似玉的老婆，他凭啥？除了穷，老子哪一点都比他强！出来闹革命时，我发过誓：只要活着，一定得找个比他老婆漂亮的！"

过江之前，全师正团以上干部都有了老婆或准老婆，就他还光棍一条。师组织科的白大姐给他介绍了足有一个班，他一个也没看上。他就找漂亮的，"得像画上的人儿一样"。

"这次老子到鬼门关走一遭，没白走。小许，你就是老天爷给我派来的，你得认命！"

这话已经说得很明白了，非她不娶。

秋莲吓得够呛，她心里只有高伦。她抽空跑出去见高伦，提出和他一起逃走。高伦算是个老谍报人员，遇事讲纪律，不敢擅自行动，他去请示老 K，得到的指示是："野鸡"撤离上海，"公牛"马上嫁给姓马的。有这个保护伞，就可以在此人身边长期埋伏，一是想办法获取情报，二是争取策反他。适当时机，上峰会派人和"公牛"接头。

高伦有点傻眼。秋莲一听，哭了起来。高伦知道保密局的人心狠手辣，不执行上峰命令，会被处理，乃至被灭口，都是有可能的。于是，他咬碎牙决定，让秋莲暂且答应嫁给姓马的，至于以后走与留，见机再行事。同时他向老 K 请求，既然"公牛"不走，他也不想走了，愿意长期潜伏。老 K 回话说，上峰准许"野鸡"留下。

秋莲委屈得一个劲儿地哭，她觉得这样做，对不住高伦。高伦拥抱她一下，红着眼睛说："莲儿，你不必难过，我能想得开。为了信仰，为了党国利益，我愿意牺牲自己一切，包括爱情、家庭，乃至生命。我面对青天白日旗发过誓的，我说到做到。"

四

马九龙向组织提出，办了婚事就归队，他得防止"煮熟的鸭子飞走"。九师有个团长，在江北驻训时谈妥了一个女朋友，是个文工团员，他们约好渡江战役胜利之后结婚，结果打下南京，该团长收到女文工团员一封信，说她决定嫁给八师政治部主任。

媳妇一天不进门，就有可能归别人。他马九龙可不想担这个惊受这个怕。

正所谓心急吃不了热豆腐，结婚需要政审，保卫部门给许秋莲政审时发现漏洞很多。她说她祖籍福建厦门，老家没了一个直系亲人，厦门尚未解放，无法调查了解。她说她父亲是个做生意的，据说死于徐州附近的战火中，不知埋在何处；母亲年初病死于广慈医院，这个倒是查清楚了。她工作的单位劳工医院给她写的鉴定虽然很好，但她毕竟只在该医院工作了几个月，不能说明更多问题。

政审搁浅，婚就没法儿结。马九龙大为光火，说他早问过许秋莲同志，知道她是个孤儿。一个弱女子，本来就不幸，还被你们折腾来折腾去。他对师保卫科的科长拍桌子，说："兵荒马乱几十年，天下孤儿到处有，老子也是个孤儿，和她一样苦命，是不是你们连我也怀疑？"

吴师长派卢道亮回上海处理此事。秋莲的身世是有漏洞不假，但是没有任何证据证明她这个人有政治问题，她就像一张白纸，干净得让人无法起疑。卢道亮是个做政治工作的，谨慎惯了，不愿放过任何疑点，他说："老马，眼下还在打仗，很多问题无法搞清楚，只有等全国解放了，才能彻底搞清一个人的身世，你就不能等一等？你忍一忍，好不好？全国解放指日可待。"

马九龙火了，抬脚把一个凳子踢翻在地，指着卢道亮鼻子说："卢主任，你老婆是个唱戏的，当年在徐州天天为国民党大官唱堂会，她的身世就没漏洞吗？你敢说没有疑点？可是徐州刚一解放你就把人家姑娘办了！你他娘的为啥不等等？哼！兴己不兴人，你们政工干部，够呛！"

马九龙的火暴脾气全师闻名，他想骂谁，谁也拿他没办法。卢道亮摘下眼镜，用手捻着镜片，打个哈哈说："老马，我老婆是地下党员，政治上没任何污点，否则我也不会娶她，拿自己前程开玩笑。老马呀，一着不慎满盘皆输，我是担心将来许秋莲同志查出个啥问题，影响到你。"

"那你更不用咸吃萝卜淡操心了，将来发现她有问题，怎么处理我我都没意见，大不了老子脱军装滚蛋！"

"你这个老马呀，政治上太不成熟。"卢道亮摇头。

"成熟不成熟，老子不在乎，老子眼下就想结婚，一天不想等，一分钟不想等！我看是你妒忌许秋莲比你老婆陈小桃漂亮，对不对？"

卢道亮听不下去，气跑了。

事情僵住了，没办法，只好报告给军里。最后还是聂军长一锤定音："想结就结吧，我还指望马九龙回来打仗呢。"又说，"我不相信一个小女子能把我们怎么样。"

医院腾出一间病房给新婚夫妇当新房，一群病友晚上过来闹洞房，不一会，马九龙就把大伙儿赶走了。他不希望别人打搅他和秋莲，因为他们在一起的时间很珍贵。熄了灯，上了床，他像剥一个粽子那样把她剥光，然后抱着光溜溜的她，像上了战场冲锋一样，动作很刚猛。他们都是第一次，没有任何经验，场面搞得一塌糊涂。秋莲说，你弄疼我啦。她哭了起来。他收住猛烈的动作，摸着她脸蛋，像在梦呓，颤动着身体说："老子打了十几年仗，能够活着入洞房做新郎，比那些死了的弟兄有福气啊，还是活着好……小许，你听着，我马九龙会一辈子疼你的。"

这话让秋莲心里微微感动了一下。她脑子里开始是一片空白的，一直难以接受这个结局，后来她把身子上面的人想象成高伦，尝试着配合，却也获得了从前不曾想象到的快乐。到最后，竟然有点陶醉了。

完事后，马九龙抱着她说，这下你就跑不了啦。

谁都没想到，新婚第二天马九龙就去了福建前线。临走前他对秋莲说，如果我战死，你就改嫁，组织上给我的所有财物都归你，再嫁个人好好过日子。

秋莲眼圈一红说，你胡说什么呀，我等你。

马九龙走后，秋莲被人接到师里的"家属连"，与吴师长、卢道亮等师领导的家属住同一个院子。所谓家属连，不属部队的建制序列，由组织科把师团干部的家属编成班、排，进行集体管理，安全由警卫排保护，吃、住、行由后勤派大车，配粮配物，还有医护人员随同治疗伤病或者接生。以前部队行军打仗，家属们就尾随大军流动，全部身心就是为自己男人服务。部队进入大上海之后，都觉得上海好，都不想流动了，都想把家长期安在这里，于是就长期驻扎下来了，有些家属组织上还给安排了工作。

卢道亮的家属陈小桃到市里的沪剧团上班。卢道亮临走时嘱咐陈小桃多留意许秋莲，他说他对这个女人心里真是没底儿，看她平时都和什么人来往，记下来，有情况及时报告。

秋莲不需要组织上另行安排工作，她照常到劳工医院上班。医院成立了党支部，只有党支部的几个领导知道她已经结婚，嫁的是赫赫有名的战斗英雄马九龙。领导们关心她，想给她调一下工作，让她离开一线不再搞护理，去坐办公室，抄抄写写什么的，她也在行。

秋莲没有同意。

上海刚刚解放，还有不少"军、警、宪、特、匪"没有肃清，夜里时常听到有人打冷枪，偶尔还能看到信号弹升起，光八月份一个月里，就有二十多名干部战士被冷枪射杀。军官家属们都被告之不要单独行动，尤其夜间不要出门。秋莲每天要穿过半个上海去医院上下班，有时还要上夜班，家属连的领导很为她的安全担忧，连长就曾说过："嫂子，如果你出点事，马团长回来还不剥了我的皮！"连长提出，她上夜班时，派个兵来回护送。

秋莲也没有同意，说自己会小心留意，不会有事的，就不给组织添麻烦了。

她在心里说，按共产党的说法，她和高伦、老 K 都算是"特"，属于被肃清的对象。如果自己上下班的路上被冷枪黑枪打死，倒也痛快，她甚至盼着挨一枪，那样就不用再担惊受怕了。

风声实在紧，老 K 或许是溜了，或许是被抓，或许是被打死，反正一直没再有他的消息，也没接到其他上峰的指令。市邮政局招人，高伦给招聘进去了，他每天到南京路上的一家邮政局上班，基本上没再和秋莲来往。所以陈小桃观察了秋莲好一阵子，没发现她有任何异常。开国大典之前，她所在的医院党支部还专门给家属连写来一封信，夸奖她如何如何之好。

陈小桃电话里对卢道亮说，她越是表现好，越让人不放心，坏人总是积极表现，蒙骗好人。卢道亮说，话不能这么说，得用证据说话。

陈小桃每周都能收到卢道亮的前方来信。马九龙到前线后，却很少和秋莲联系，没来过一封信，只打过一两个电话。马九龙认字少，让他写封信比让他打一仗都难，所以他不愿写信，再就是他全部心思都用在打仗上，电话也顾不上打。然而秋莲丝毫不怪他，他一辈子不来信不打电话，她都没意见。她甚至想过，如果他死在前线，她可能都不会难过的。

秋莲为自己的这个想法吓了一跳。

这一天，秋莲突然接到马九龙打来的电话，他兴奋地说："老婆，你老家被我们解放了！我团最先上的厦门岛，一口气捉了三千多个俘虏！奶奶个熊，国民党真是不经打。"

秋莲愣了愣说："祝贺你，老……马。"她想学家属们常挂在嘴上的那样，称呼男人为"老公"，但她说不出口，只得临时改口为"老……马"。

放下电话，秋莲想明白了——国军为什么那么不经打？因为共产党里面，马九龙这样的人实在太多，国军怎么能打得过他们呢？如此说来，父亲当初真是选错了队。父亲曾经说过，他从黄埔军校毕业的时候，国民党和共产党都来争取他，他认定跟蒋校长走更有前途，所以选择了国民党，没想到最终落得那样一个下场——死无葬身之地。

她差点儿又要哭。

五

一九五○年秋天之前，马九龙所在的兵团一直在福建沿海驻防训练，家属们私下传言，说是为打台湾做准备。马九龙给秋莲的电话里也不避讳，他说："如果真打台湾，我想第一个登上台湾岛，亲手活捉老蒋，送到北京献给毛主席。"

听得秋莲心里一咯噔。

自打新婚一别，他们一直没再见面。上个春节，不少干部回上海休假，马九龙回不来，打电话让秋莲到福建军营探亲，她犹豫再三，感觉如果不去，会被他察觉有问题。陈小桃的眼睛贼亮贼亮的，也盯着她呢，只好硬着头皮订了火车票。正要动身时，突然感冒发烧，到单位一量体温，四十摄氏度，只能住院输液。

除夕夜她是在本院病房度过的。不去见老马，这个理由再好不过，她暗暗庆幸。大年初一，卢道亮两口子突然来看望她，代表师首长向她表示慰问，还带来了一饭盒水饺，又让她感觉对不起共产党的组织，对不起老马。病好以后，她打算去看老马。老马却在电话里说，探亲的家属们都走了，你还是别来了，影响我工作。

一天，她拐到南京路上的邮政局给老马发一封挂号信，为的是见高伦。高伦外出送信送报刚回来，一脑门的汗，他瘦多了。他们躲到没人的地方，小声交谈了几句。高伦情绪低落，说他刚刚侥幸躲过一场身份审查，差一点儿暴露，下一次不知能否躲得过。他提出，虽然接不到上峰的命令，但是遇到危险，是可以撤离的。

"往哪儿撤？"秋莲问他。

"……我一时也想不出来。反正先离开上海，出去再想办法。"

"全国很快都要解放——噢噢，是沦陷，你跑哪儿能有安全？"

"……我看最终得想办法到台湾去。"

"他们很快要打台湾。"

高伦哑口无言，面色焦虑。

秋莲最后对他说，共产党的人常讲，越是危险的地方往往越安全。

她认为，眼下在上海，二人是最安全的，只要一离开，会一路有危险。她让高伦不要紧张，以后或许她能保护他。高伦眼睛都红了，说，没想到，到头来我要你个女人保护。

十月份，马九龙突然回到上海家里，说是路过，回家看看。一年多不见，他并未像秋莲想象的那样，进门就上床。他情绪似乎不高，抠着脚丫子，半天才说："他娘的，便宜了老蒋。"

秋莲小心翼翼地问："怎么了？"

"我们在海上练了半年，白练了！"

"不打……台湾了？"

"美国佬不让打。"

她不由自主地松了一口气。

"怎么？我看你有点高兴……你家台湾有亲戚？"

秋莲吓得一吐舌头，赶紧说："才没呢！才没呢！"

夜里，躺在床上，马九龙告诉怀中的秋莲，他们部队可能要到朝鲜去。秋莲愣一下，说不上是喜还是忧。其实最近已经有几支大军坐火车路过上海北上，家属们经常凑一块儿议论，说是主力部队要到东北去，有可能开到朝鲜跟美国佬打仗。秋莲问道："真要跟美国打？"

马九龙捏一下她的小乳头，算是回答。

"美国人可是不好惹……能打过他们吗？"

马九龙犹豫一下，又轻轻捏了下她的小乳头。

"……你能否不去？"

马九龙这回没捏她的乳头，而是微微摇了摇自己的头。

"你要是有个什么意外，将来我靠谁呀？"她脑袋靠在他胸脯上。话毕，她才意识到，可能刚才又把身边人当成高伦了。

马九龙叹口气说："你以为我想去？打跑老蒋，本以为天下太平，可以老婆孩子热炕头过小日子了。让打台湾，咱没话说，那是咱国家自己的事，必须打，为了国家统一嘛。可是朝鲜，关老子鸟事！"

"那你可以不去嘛……理由很多呀，你受过那么多的伤，到了朝鲜，听说很冷，你会顶不住的。"

马九龙感觉到有些不对劲，轻轻推开她："小许，你想拖我后腿？"

她赶紧说:"不是不是,我是担心你身体……"

他又伸手把她揽到怀里:"这你放心。尽管去朝鲜心里有疙瘩,但是只要毛主席有命令,我马九龙绝不含糊!美国佬仗着武器好,牛皮烘烘,说是武装到牙齿了。老子偏不怕,我就不信,他能把老子的蛋给咬下来。是不是英雄好汉,跟美国人比试比试,就知道了!"边说边用力捏了下她的乳头,疼得她叫唤起来,他松了手。

像去年结婚时那样,马九龙这次在家又是只住了一个晚上。他说团里的弟兄百分之九十九没老婆,他能回来和老婆睡一晚,已经是享了天大的福,人不能太贪。临走,他还是那句话:"如果我战死,家里所有的财物归你,再嫁个人好好过日子。"

秋莲也还是那句话:"胡说什么呀,我等你。"

马九龙意犹未尽,盯一眼秋莲的肚子,又道:"小许,要是你怀上我的种,我又回不来的话,无论如何,请你把孩子生下来,男孩叫他姓马,女孩叫她跟你姓许。拜托!"

说罢,他冲秋莲敬了一个军礼,转身噔噔走了。

秋莲眼里涌上了泪,说不上为什么,心里酸酸的,她冲老马的背影点点头,用力说道:"老天保佑,你会没事的……"

六

马九龙走了后,一直没音信。广播里说,中国人民志愿军入朝了。家属们凑到一起议论最多的就是这事,她们的老公也都入朝作战了,大伙儿都为自己老公担心,说话都不敢放大声,笑声也少了。秋莲每天上班,早走晚归,偶尔参加一下大伙儿的聊天,都是陈小桃拉她进来的。她把聊天内容默默记在心里,一旦上峰派人来找她要情报,她能提供的只有这些了。

国家号召为前方将士捐款捐物,支援抗美援朝。秋莲二话不说,把自己值钱的东西都捐了——共有两枚金戒指、一条金项链、一只金手镯,还有母亲生前留给她的一副和田玉手镯——那是上等的和田玉,是父亲当年给母亲的定情礼物,很值钱的。母亲特意交代,这东西留给她做结婚礼物，让她和高伦结婚的时候戴上，算是爸爸妈妈的一份祝福。秋莲想，既然父母都不在了，自己也很难再与高伦结婚，不如捐了吧。

当然，捐这些值钱的东西，她没敢声张，否则让陈小桃知道了，又会盘问她，你一个无父无母的小护士，哪来这些值钱的东西？她一个人悄悄来到南京路捐款捐物大会现场，把东西丢到大红箱子里就离开了，工作人员要她登记姓名单位，她也拒绝了。

陈小桃鼓动军官家属们捐款，秋莲只好又捐出三个月的工资。她那么大方，家属们纷纷冲她竖大拇指。陈小桃雷声大雨点小，只拿出一个月工资。

仍然是一直没有马九龙的消息，秋莲偶尔冒出个念头：他会不会被美国人打死了？如果他死了，自己会难过吗？她拿不准。夜深人静的时候，一旦冒出这种不祥的念头，她又害怕。到后来她发现，她是不希望他死的，毕竟他们是夫妻。俗话说一日夫妻百日恩，虽然婚后他们只在一起过了两个完整的夜晚，但从时间上说，他们的夫妻关系已有一年多，"恩"谈不上似海深，却还总是有一些的吧？况且他们之间没有"仇"，父亲又不是他打死的，所以秋莲终归希望他活着回来。

那段时间，秋莲和高伦见过两次面，一次是在邮局，一次是在小饭馆里。他们交换过看法，都认为朝鲜这一开战，美国太平洋舰队进驻台湾海峡，解放军再想打台湾，不可能了，他们无法开辟两个战场，他们的木船也不敢与美国的航空母舰较量，台湾暂时是安全的，确定无疑。

高伦这时候又动了带秋莲去台湾的念头。秋莲说，我们又不是鸟，怎么过得了海？高伦说，我暂时也没办法，先退出上海再说吧，不行就从缅甸走，偷渡到越南，再坐船到台湾。高伦手头还有一大笔活动经费，是美元，老K撤退时留给他的，用这笔巨款搞定边境上做偷渡生意的人，应该没问题。秋莲想了想，觉得这一走，一路上会像唐僧师徒去西天取经那样，千难万难，说不定把命搭上，都是很有可能的。秋莲就很犹豫。高伦眼泪都快下来了，央求她，无论多难都要走，他就想跟她在一块儿。

秋莲看出来了，高伦是想跟她在一起。他太爱她了，当初一念之差没带她走，还傻乎乎地同意她暂且嫁给姓马的，他后悔得肠子都青了。

现在走，正是个机会。秋莲考虑了两天两夜，决定听高伦的，跟他走，大不了死路上，要死死一块儿，那样自己良心上对他的亏欠会少一些。

他们约好周末的晚上走，先辗转去昆明。晚饭后，到了高伦来接她的时间，她心跳得咚咚响，喉咙发紧，像有一根小绳子在勒。她咬咬牙，提起旅行袋往外走，到了门口，感觉天旋地转，恶心得很，跪下哇哇大吐，连胆汁都快吐出来了。陈小桃就住隔壁的平房，闻声跑过来，一看立马明白了，赶紧叫车把秋莲送到了军医院。

秋莲怀孕了，妊娠反应相当厉害，医生提出住院观察。听说她老公上了朝鲜前线，医院里的小护士们热情得很，轮流跑来照顾她，再想脱身不可能了。高伦作为她名义上的远房表哥，过来看过她一回。他情绪还好，认为走不脱是天意，没有怨天尤人。他小声对秋莲说，最近他听美国之音，还有"那边"的广播，都说第三次世界大战很快会爆发，到时候美国盟友会帮助"那边"反攻大陆。"莲儿，我们哪儿也不去了，就在原地迎接王师北上。"他颇有点兴奋。

秋莲惦记那笔巨款，说放在哪儿都不保险，万一露馅儿怎么说得清？不如借机捐了。高伦想想也对，抽空来到离邮政局不远的捐款捐物现场，把那捆用报纸包着的美元投进了捐款箱。

三十三团副团长曾之力的家属曹小慧和秋莲比较要好，曹小慧平时话不多，在街道工作。她和曾副团长结婚快两年了，一直要不上孩子，她很羡慕秋莲怀孕，盼望丈夫早点从朝鲜回来。没想到她盼来的不是活着的丈夫，而是一张阵亡通知书。曹小慧当即就瘫了。秋莲和陈小桃过去安慰她，陪着她哭。陈小桃往回赶秋莲："你不能哭，你肚里有货，赶紧回家躺着去。"

后来又有家属接到阵亡通知书。家属们心里都在盘算，谁会是下一个？于是都有点恓惶。秋莲不怕，没事似的。妊娠反应过后，她不要单位照顾，坚持每天坐公共汽车上下班，在科里一点儿都不搞特殊，脏活累活抢着干，弄得全院都很感动。她是个战斗英雄的家属，她的所作所为，那就是个少见的典型啊！

院里决定给她增加一级工资，她坚决拒绝了，说自己所做，都是应该的，科里的护士，哪一个都很辛苦，单独给她涨工资，对别人不公平。

肚里的孩子每天都有变化，让秋莲格外操心，她差不多快把老马忘了。这天陈小桃通知她，到火车站参加一个活动，必须去。她去了。到了那里，才知道，是迎接战斗英雄回国。

很多人在站台上敲锣打鼓吹喇叭，气氛非常热烈，快要把站台的顶盖掀起来了。一列火车停下，十几个战斗英雄鱼贯而出，出现在站台上，一排中学生上前献花。秋莲看到，英雄里头个子最高身板最壮的那个人，是老马。原来他还活着啊！秋莲不觉眼睛湿了。她摸摸肚子——孩子的父亲活着回来了，她终于吐出一口长气。

老马也看到了她，不顾有领导正要对着麦克风讲话，把手中的鲜花扔向人群，拨开众人朝她走来。所有人的目光都望向他们二人，场面出奇安静，都有点傻眼，不知所措。老马走到她跟前，不说话，想抱她，又没敢。她羞红了脸，不敢看他，不知怎么就看到老马一只胳膊的袖子被风吹得老是飘，飘呀飘，她伸出手一摸，空的！

马九龙少了一只胳膊！

她愣着的工夫，马九龙豪迈地举起右手，勾起食指，大声说："没事，不耽误老子打枪。"

七

尽管有了心理准备，但当秋莲伸手抚摸马九龙断臂的茬口时，还是忍不住落了泪。老马伸出右臂把柔弱的她揽在怀里，摸着她隆起的肚皮说："小许，行啦！你怀了小崽子，我丢了胳膊，这一得一失，扯平了！我命还在，当是赚啦！"

晚上进了被窝，说起掉胳膊的经历，马九龙竟然哭了。这让秋莲骇然——上次中了三弹差点儿毙命，他一滴眼泪没掉，今天是怎么了？

马九龙抽抽搭搭地说，他们部队原本打台湾，给拉到朝鲜去，棉衣都没换齐，到长津湖布防，那狗地方太冷了，他一个团，一晚上冻死四百多，剩下的全冻伤了，他的胳膊就是那晚上冻掉的。他太憋屈了，不能当着部下哭，不能当着上级哭，回到家里，得当着老婆面哭一场。

秋莲拍打着他结实的后背说："老公，想哭你就哭，我听着。"

话一出口，她有点吃惊——以前她叫他"老……马"，从没叫过他老公，今天是第一次，不知怎么就滑出口了。"老公"这方面很迟钝，没什么反应，顾自抹把泪，说："我的团没有败给美军，败给了朝鲜的严寒。那狗地方，老子一辈子不想再踏上一步。"

秋莲很好奇，问他团里死了那么多人，怎么还成战斗英雄了？他说，在接下来的战斗中，他带领全团冻伤而不下火线的弟兄，干掉了美军一个加强连，他用一只胳膊，活捉了美军的一个中校。

她真有点佩服他了，乳房贴紧了他厚实的胸脯。

停了停，他又说，他的团六七百弟兄再也回不来了，彻底埋那儿了，自己却回来陪老婆，他觉得对不起死去的弟兄。说罢，他又哭起来。秋莲轻轻拍着他的背，不说话，听他哭。

末了，他说："小许，我身上少了个零件，如果你想离婚就提出来，我签字。"

秋莲伸手捏了他屁股一下。

马九龙回国后，做了几场报告，他认字困难，不按稿子来，经常临场发挥，扯东扯西，效果却出奇好，但他又老是夹带粗话，影响志愿军形象。上级领导决定把他从报告团拿下来，送到荣军医院疗伤。在那里待了没几天，他就闹着出院，说自己享不了这个福。荣军医院不同意，他干脆逃回家里，谁来叫也不去。没多久，他又要求回前线。

吴师长现在是副军长，吴副军长回国开会，顺便回上海看看老婆孩子。听说马九龙胡闹，把他叫过来臭骂了一顿，说，你一条胳膊，回朝鲜干什么？噢，让美国鬼子以为我大中华没人了，派个独臂家伙来打仗，国际影响多不好！再胡闹，你就离开我这个军，转到地方工作。

这话把马九龙给镇住了。

四个月后，秋莲生下一个男婴，马九龙给儿子取名马小天。有了孩子，这才真像一个家了，秋莲似乎完全忘了自己的真实身份，也把高伦忘了，整天洗尿布喂奶，身上带着尿骚味和奶香味。直到有一天，她从报纸上看到，高伦被评为全市邮政局系统的劳动模范，五一劳动节那天，和众多劳模一起佩戴大红花，受到陈毅市长接见。

马小天满月那天，秋莲打算置办几样好菜，提出请"表哥"来一块儿给儿子摆满月酒。马九龙知道秋莲有个远房表哥叫高伦，只是一直没顾上见面。秋莲在上海就这一门亲戚，而且还是全市的劳动模范，叫他上门是件增光添彩的事，于是满口答应。秋莲给高伦打电话，请他来家里。高伦电话里犹豫不决，怕露了馅儿，毕竟他心里胆怯。秋莲说，越是大大方方越没事，你怕啥？有我在，老马他能吃了你？以后还得靠他帮你呢。

高伦提着礼品上门，受到马九龙热情接待。他这一天的表现非常得体，居然和马九龙越聊越近乎，二人喝光了一瓶白酒。对于小许的这个"表哥"，到底是姑家的还是姨家的，马九龙一直没弄明白，他也不想弄明白，反正是许秋莲家的亲戚，就是他马九龙的亲戚。马小天跟高伦也不见生，平时外人一抱他，他就哭号，高伦抱他，逗他玩儿，他笑眯眯的，一声没哭。

高伦顺利走脱之后，秋莲松了一口气，有这个开头，以后她和"表哥"加强来往，也就顺理成章了。

马九龙看上去粗，有时却很细心，他听说高伦至今单身未娶，便和秋莲商量，把曹小慧介绍给他如何？曹小慧很贤惠，曾之力牺牲后一直未嫁，而且没有孩子拖累。秋莲觉得这个主意好，心想如果他们成了，高伦不仅解决了个人问题，使她少了一份歉疚，更重要的是，有曹小慧烈士遗孀的身份做掩护，高伦更加安全不是？高伦安全，她就安全。她有老马，高伦有曹小慧，算是双保险了。

这个时候，她真心希望过去的上峰把"野鸡"和"公牛"遗忘，不再联系他们，让他们自生自灭。也许那个老 K 早已死在共产党的监狱里，他一死，一了百了，岂不更好！

秋莲出面给高伦和曹小慧牵线。曹小慧羞答答同意见个面，高伦则不干。他在电话里对秋莲说，他这辈子不会再有爱情，因为他的爱情已经死亡。放下电话，秋莲知道他已铁了心不娶，自己伤了他，深感对不起他。但事已至此，又能怪谁呢？

过了一段时间，马九龙惦记这事，问秋莲，你那个表哥，他考虑得怎么样？是不是嫌人家曹小慧是个寡妇？秋莲说，那倒不是，他这个人有点怪，不希望别人给他介绍女朋友，他想自己发展一个。又说，他这方面的事，以后我们不用替他操心了。

秋莲的产假是三个月。假期一到，她就去单位上班，把孩子丢给了赋闲在家的马九龙。马九龙只看了三天孩子就不干了，亲自打电话替秋莲请了事假。他是著名的战斗英雄，又是伤残荣誉军人，他出面，谁也得给他个面子。

不久，高伦以看望外甥的名义来与秋莲接头，告诉她，上峰派人和他取得了联系。这个消息让秋莲脑袋嗡嗡直响。她硬着头皮问，上峰有何指示？高伦说，没有特定的任务，只是嘱咐"野鸡"和"公牛"不要忘记使命，耐心潜伏，一旦第三次世界大战爆发，好做内应。秋莲长出一口气，说，安全为上，我们还是待着别动为好。高伦不同意，他认为秋莲婚后安于过小日子，忘记了自己的使命，辜负了党国的栽培，她得利用自己的有利条件，多搜集一点儿解放军内部的情报，适当时机传递到"那边"去。

秋莲虽然心里害怕，但嘴上先答应了下来。她嘱咐高伦，无论如何不要冒险，她发现高伦最近胆子大了点，不那么谨慎了，这样会很危险。高伦却说，自己已将生死置之度外，大不了被共产党抓住掉脑壳，有啥了不起，杀人不过头点地，他早做好了心理准备。高伦走后，秋莲眼皮子直跳，生怕他出个什么差错，连累自己不说，马九龙、马小天也得跟着遭殃。

八

马小天刚满周岁，一直赋闲在家的马九龙接到了新的任命，到驻防安徽蚌埠的十七师担任副师长。早前，卢道亮被任命为该师政委。两个老战友又可以聚到一块儿了。

上级要求各级领导干部做到"人走家搬"。问题这就来了——陈小桃迷恋大城市，不愿把家搬到"和乡下差不多"的蚌埠去，她来动员秋莲，说，咱姊妹俩统一思想，就是不搬，法不责众嘛，顶过这阵就没事了。

马九龙却提出全家搬走，把老婆孩子户口迁到蚌埠去，房子上交，不留尾巴。秋莲虽然也舍不得上海，尤其是将来儿子要上学，上海教学质量肯定要好过蚌埠，但是她更想离高伦远一点，最近高伦老是催她弄点有价值的情报，好给上峰交差，她一直拖着，说自己接触不到共产党的秘密，老马已经半年多没上班，没有文件可看。利用这个机会离高伦远一点，日子会平静地过下去——秋莲想得最多的是这个，所以马九龙的意见，她完全赞同。

　　这样就无形中得罪了陈小桃，也许还得罪了卢政委。陈小桃的主意，谁敢说不是他出的？

　　到蚌埠去，秋莲的工作安排可以借机做个调整。马九龙早就不希望她当护士，太累不说，还顾不上家。他打算让秋莲穿军装入伍转干，军队领导干部家属半截子入伍转干的情况很多，当护士的，当干事的，当保密员的，都有。秋莲和她们比，哪方面都不落人后，入伍转干不成问题。

　　秋莲听老马说出这个打算，心里怦怦乱抖。她竟然要混入共军的队伍里来了，连自己都觉得滑稽，不可思议，像做梦。她对老马说："老公，我还是不入伍吧？"

　　"为啥？"

　　"……我觉得自己不够格。"

　　"你谦虚啥！你不够格，谁够格？别扯了，这事我说了算。"

　　秋莲把这个消息透露给高伦。高伦说要请示上峰。很快他回话说，上峰的意思是，"公牛"务必借这个机会打入解放军内部，潜伏下来，为以后多多获取有价值的情报做好铺垫。

　　秋莲只得咬咬牙对老马说："老公，那我听你的。"

　　事情报到卢道亮政委那里，卢政委旧话重提，说许秋莲历史问题不清，有漏洞，尚未查实，入伍一事暂且搁下。马九龙为此大为光火，他跑到卢政委办公室里拍桌子，说，你们政工干部老是戴有色眼镜看人，见人就往坏里想，我马九龙天天和许秋莲同志睡一块儿，在我眼里，她就是个好女人！我还是那句话，如果你查出她有啥问题，怎么处分我都认，杀老子的头都可以！

卢道亮其实很不愿意和马九龙一个锅里抡马勺，他憷这人的臭脾气，天王老子都不怕，你不同意他老婆入伍，他会天天来闹，骂骂咧咧，不像个领导干部的样子。陈小桃给丈夫出主意说："你就让她入，到了部队，派个人好好盯着，一旦她有什么蛛丝马迹，立刻抓起来嘛！"

卢道亮说："那你也入伍，一块儿到蚌埠师部，你负责盯她。"

陈小桃撇撇嘴说："我职务太高了，到你们师里不好安排，除非你给我解决个正团职务。"

陈小桃这时候已经是上海市文化局的处长，分管剧团工作。她不愿离开上海，除了迷恋大城市外，她还认为如果离开职务上会吃亏。

秋莲的入伍问题很快解决了。卢道亮亲自找马九龙谈话，严肃提出，不能把许秋莲放到重要的部门，不要让她接触机密性的文件。马九龙痛快地答应说："这样好，你省心，我也省心，她还是到师医院干护士。"

卢道亮点点头说："老马，你理解就好。上级关于审干的要求你也清楚，我是防患于未然。"

马九龙抬起独臂，给卢政委敬个礼就出去了。

一九五五年授军衔的时候，秋莲按规定可以授中尉军衔，她给师医院领导写报告，主动要求降一格，说自己刚入伍不久，思想觉悟还不够高，因为带孩子影响了工作，授少尉就可以了。师医院领导征求马九龙的意见后，同意了。而其他几个师领导的爱人正在到处找人活动，要求高授一格。卢政委拿许秋莲说事，对那几个家属说："你们怎么不向人家马副师长的爱人看齐？该多高就多高，谁也不能高授。"

在师常委班子的夫人中间，秋莲后来成了受孤立的一个，没人和她拉近乎。她也不主动和别人来往，除了带孩子，就是照顾老马。到蚌埠第二年，她又生了个女孩，马九龙给女儿起名马小云。

离开上海后，确切地说是离开高伦的视线之后，秋莲感到很开心，很踏实，比先前轻松愉快多了。她感觉都快把高伦忘了，只是每年过年的时候，才想起他来，赶紧给他寄一张贺年片。

到后来，秋莲真的把高伦忘了，脑子里除了工作，就是丈夫孩子，整天忙得团团转，连化妆的时间都没有，一年到头穿军装，没有一件像样的便服，快成黄脸婆了。

直到有一天，马九龙回家来，说："小许，你不像话。"

"怎么了？"她一惊。丈夫以前很少这样说她。

"你那个表哥，高伦，今天碰上我，怪你不关心他，对你意见蛮大。"

秋莲如堕雾中——老马怎么碰上他了？她有一种大白天撞见鬼的感觉。

原来高伦在上海的单位分到了一个支援落后地区的名额，说白了就是下放，单位的人唯恐避之不及，纷纷找各种理由开脱，已经当上邮政支局办公室副主任的高伦主动报名，上个月来到蚌埠市邮政局担任办公室副主任。今天马九龙代表师里到邮政局走访，突然与高伦打了照面，简单聊了几句。马九龙感慨道："你这个表哥，真可以。听说他还没入党，他比我们好些共产党员觉悟都高。"

弄明白情况后，秋莲苦笑笑，心情变得异常沉重。马小天把妹妹弄哭了，马小云一个劲儿地号，秋莲很生气，上去一人一巴掌，把两个孩子打得可着劲儿地哭，像比赛一样。马九龙有点傻眼——小许以前可是从没打过孩子的，真是年纪大了，脾气也见长。

看来想过踏实日子，那是痴心妄想。秋莲想，上峰不会轻易放过他们的，高伦来蚌埠，一定是接到了新的任务。

秋莲提心吊胆地过日子，既怕高伦来找她，又希望他早点来，来把事情说清楚，看看能有什么好对策，应付过去。然而高伦却一直没来，她主动打了个电话，约他来家里吃顿饭，说，表哥，你还没见过外甥女小云呢。高伦以刚调来工作忙为由，推掉了。

师部机要室的保密员胡家梅生小孩，需要找一个女同志临时到机要室工作一段时间，司令部情报科梁科长到师医院选人，因为这里女同志多。黄院长头一个推荐了许秋莲，说她表现非常优秀，工作认真细心，口风严，社会关系简单，干这个比谁都合适。秋莲成了主要人选。

一个周末，马九龙派车把高伦接来家里吃饭，秋莲战战兢兢地在家迎接他。两年多不见，她发现高伦更瘦了，穿一套深灰色的旧中山装，面色苍白，目光深邃，像一个小学教师。席间，马九龙提起秋莲到机要室工作的事，说还是去那里好，正常上下班，不用值夜班，不像当护士，每周要值两个夜班，弄得夜里孩子没人带。秋莲却是态度坚决地拒绝，说自己就是想去，卢政委也不会同意，他不是一直防着咱吗？马九龙说，这个他来想办法，卢政委去南京军事学院读书，一年后才能回来，这事可以不用请示他。

高伦本来无精打采的，一听说秋莲有可能接触到秘密，给她使了好几个眼色，意思是让她答应下来。秋莲赶紧转了个话题，说起小云不到一岁就会叫爸爸妈妈哥哥了，叫声舅舅听听。小云果然清晰地叫了一声舅舅，马九龙高兴地拿筷子蘸了一点儿酒抿到小云嘴里，把小云辣哭了，搞得好不热闹。

九

秋莲到师机要室上班没多久，高伦约她见了一次面，地点在秋莲家里，因为马副师长的家里最安全。高伦给小云带来一个玩具猴，两个孩子抱着玩具猴出去玩儿了，高伦低声说："'公牛'你听着，上峰听说你有了新岗位，能够大量接触共党共军的机密，很高兴。你加入组织后，寸功未立，希望你近期有所作为。"

秋莲心里一个劲儿地哆嗦，但她不能让高伦看出来，她强作镇定："……我刚去机要室，不好马上下手，稍等一下不可以吗？"

高伦说："你曾经当我面答应过老K，不背叛组织，说话得算数。"

秋莲说："我说话算数。"

高伦说："现在组织需要你表现。如果不听从指令，你知道后果会很严重。"

秋莲心一抖，头一低说："我知道……要哪方面的？"

高伦沉吟片刻："十七师作为共军头等主力师，横亘在京沪之间，北临徐州，南接南京，地位重要。你先把该师的家底摸清楚，比如有多少人，多少枪，多少坦克，多少火炮。这个不难吧？"

高伦走了后，秋莲一天没吃饭，她很恐慌，担心迈出第一步，他们会没完没了怎么办？这么搞下去，早晚会暴露，自己被抓被杀也就算了，她不怕下地狱。关键是她不想连累老马和两个孩子，他们是无辜的呀。

她甚至设想过，如果他们硬逼自己铤而走险，那么她就和老马离婚，这样以后出了事就不会拖累他。

更极端的结局她也设想过——偷走文件，然后自杀，就算效忠"那边"吧，证明她说话算数，没有食言。

拖了一段时间，她深感再拖下去，那个她从未见过面的上峰如果发火，后果或许更糟糕，于是硬着头皮约"野鸡"见了一面，地点在邮政局大厅。她去那儿寄一封信，"野鸡"在门口等她，她把一个纸卷无意中丢到地上，"野鸡"装作没事一样捡起来，情报就算传递成功。

那个纸卷上写着十七师的全部实力：一万一千二百一十三人、八千七百三十支各类长短枪（其中重机枪九十二挺）、二十辆苏式 T54A 型坦克、一百三十门各类火炮。

做完这一切，秋莲吓出一身汗，腿抖了好几天。不久，高伦打电话给她，说她提供的东西已经转交到"那边"，上峰对此很满意，希望她注意自身安全，暂且不要盲动，听候指令再立新功。

她终于吐出一口长气。

她提供的那份情报，完全是她瞎编乱造的，与事实出入很大，有的完全不靠谱。她最担心被上峰识破，进而惩罚她，甚至下狠手，殃及她的家人。现在看来，蒙混过关了。晚上孩子们睡了后，她主动拿乳房去蹭马九龙，把老马撩拨起来，二人疯狂地爱了一回。

后来好长一段时间，上峰没再给她新的指令，她的小日子渐渐恢复了原状。

卢道亮从南京军事学院学习回来，在机要室门口遇到许秋莲，感觉不对劲，马上把情报科梁科长叫来问情况，梁科长说许秋莲同志在这里表现很好，工作非常认真敬业，比胡家梅强多了，打算正式给她下机要员的命令。卢道亮忍住火气，打发走梁科长，又把师医院的教导员张金栓叫来问情况。张金栓是卢道亮安排的"眼线"，多年来一直负责"盯梢"许秋莲。张金栓严肃地说："政委，许护士离开医院前，我没发现她有什么异常。"

"她平时都和什么人来往密切？"

"除了工作上的关系，她几乎不与任何人来往。噢，她在地方上有一个表哥，市邮政局的办公室副主任，名叫高伦。他们偶尔有来往，一般是高伦来马副师长家里，没发现许护士单独和高伦见面。"

"这个高伦，表现怎么样？"

"侧面了解过，表现很好，本人主动从上海下放来这里工作的。"

卢道亮猛吸了两口烟，把半截子烟往烟灰缸里一摁："他为什么主动从上海来这里，而不去别处？是不是他们之间有不可告人的秘密？"

张金栓无法回答。卢道亮挥挥手把他打发走了。

卢道亮一回来，秋莲像是遇到了救命稻草，赶紧去找。她请卢政委批准自己离开机要室回医院，说这里太憋闷，她实在不适应。卢道亮答应考虑一下。她一走，卢道亮又打电话把梁科长叫来，叮嘱他不能给许秋莲下机要员的命令，让她回原单位。

梁科长不解，提出了自己的疑问，说马副师长升任师长的命令听说到军区了，很快就会宣布，这时候把他爱人打发离开师机关，不太合适吧？卢道亮表示，马师长的工作他来做。

当初许秋莲入伍的时候，卢道亮与马九龙有过一个口头约定：不能把许秋莲放到重要的部门，不要让她接触机密性的文件。后来因为一时疏忽，违背了那个约定。卢道亮找马九龙一谈，马九龙痛快地接受了，说："政委，你没回来时，娘儿们天天给我闹，要求回医院，不是我不答应，是梁科长不放。现在你来做这个决定好，让她滚回去！"

恰好这时候，秋莲又怀孕了，反应挺厉害，已不适合在机要室干，这样她回原单位也就顺理成章了，顺便保全了马师长的面子——不然，政委把师长老婆赶出师机关，对外不好解释呀。

年底，秋莲又生下一个男婴。给孩子起名的时候，马九龙大嘴一咧说："小三叫马小地！哥哥马小天，弟弟马小地，将来他们哥儿俩要做天地之间的好汉子！"他为自己起的名字得意，兴奋地咂咂嘴。

秋莲犹豫半天，终于把想说的说出了口："老公，我们许家就我一棵老苗子了，能不能给我许家留一棵小苗苗？"

马九龙一怔，哈哈笑了，说："怎么不行！叫他跟你姓许，叫许小地!"

秋莲扭过脸,悄悄抹去眼角突然涌出的泪珠,柔声说:"谢谢老公了。"

后来秋莲感觉叫许小地不如叫许小弟好,去派出所上户口时把名字改成了"许小弟"。

到这时候,秋莲认为生孩子的任务算是完成了,以后和老马过夫妻生活她就采取措施。老马开始不接受,在她的坚持下,到底还是接受了。

十

一九六二年初,高伦来家里见过秋莲一次,兴奋地告诉她,"那边"要"反攻大陆",大军要在东南沿海一带登陆,叫她做好准备,迎接"王师"。

她没太当回事,心里说,"王师"还是安安静静在"那边"待着为好,解放军可不是好惹的,这些年她亲眼所见,你来十个"王师"都不是人家对手呀!

小弟过生日那天,高伦不请自来,和马九龙喝了一顿大酒。马九龙竟然喝醉了,去卧室呼呼大睡。高伦兴奋异常,毫无醉意,他说自己"人逢喜事精神爽"。秋莲问他,什么喜事?你谈恋爱了?他小声说:"莲儿,我见到老 K 了,老……"

一句话吓得秋莲忙止住他说话,马上关了卧室门,才悄悄问道:"老 K……还活着?"

"活得好好的。"

"……这些年,他躲哪儿去了?"

"他去那边了。不久前又被派遣回来。"

"怎么回的?天罗地网的,他又不是孙悟空。"

高伦轻轻一笑,竖起右手食指往天花板一指:"跟孙悟空差不多。他是美军飞机空投下来的,落到蚌埠南郊,进城找到了我。"

秋莲侧耳听了听,老马睡得正香。她脸色很难看,像喝多了酒一

32

样，腿肚子直抽。高伦没事一样，语气平静地说："老 K 命令你搞一份共军中央军委最新的对台防御部署，要快。"

"我弄不到！我早不在机要室了！"秋莲急了。

"这种文件，不用去机要室。如果我没说错，老马书房的桌上就有。"他指了指对面书房半掩半开的门。

秋莲冷汗直冒，难以表态。高伦轻笑一声说："好吧，这是最后一次，以后上峰再有指令，我去想办法，不难为你了。"

他轻飘飘地走了。秋莲假装去老马书房擦桌子，看到桌子上果然有一份中央军委关于东南沿海一带作战部署的机密文件。她哆嗦着手拿起来，马上又放下了。

蒋介石叫嚣"反攻大陆"，十七师也加强了戒备，马九龙带领师工作组到下面检查战备情况，遇上二团新兵连搞投弹训练，他发现投的是训练弹，很恼火，对二团团长一瞪眼睛说，啥时候了，你还玩虚的！二团赶紧组织新兵连改投实弹。

投弹开始，马九龙等领导坐镇现场观摩。一开始投得很顺利，颗颗实弹在远处爆炸，炸翻了一个个画有蒋介石光头像的木靶子，大家都乐开了怀。正笑着笑着，就见一颗手榴弹哧哧冒着烟朝观摩台飞来，所有人都愣住了！有人反应快，撅起屁股钻向蒙着绿帆布的桌子底。手榴弹越飞越近，这时只见马九龙跳了出来，腾空伸手接住哧哧冒烟的手榴弹，顺势甩向一旁。

然而，手榴弹刚一离开他的手，就轰然炸响。他大叫一声倒地，被浓烟遮住。人们"师长、师长"地叫着，扑了上去。

马九龙胸前炸出三个洞，第二天才在蚌埠新建的一二三医院苏醒过来，像那次中三弹那样，他又到鬼门关走了一遭。

是一个名叫王世文的新兵，因为紧张，投弹时眼一闭，扔错了方向，差点儿炸死一个赫赫有名的师长。卢道亮指示二团把他关了禁闭，视后果再做处理。马九龙醒来后问明情况，要求原谅这个新兵，把他放回新兵连。听说这个兵回到连队时，全连的人都哭了。

秋莲那些日子就住在马九龙的病房里，日夜照顾。其间高伦来看望过一次，带来一大堆营养品。秋莲就怕他提那事，他偏偏提了，是在秋莲送他出院门时，他刚一出口秋莲就火了，指着他鼻子说："我老公都快死了，你们还没完！不行我就自首，咱们一起蹲监狱掉脑袋！"

高伦却平静地笑笑说："莲儿你想多了，我已经回复老K，情况有变，恕难从命。"

秋莲不好意思地眼圈一红，说："对不起，我失态了。"

高伦望着秋莲，眼圈竟然也红了："莲儿，你都有白头发了，时间过得好快呀。莲儿，保重为上……"说罢，他微弯着腰，头也不回地走了。

回到病房，秋莲对镜子一照，果然看到鬓角隐约有几根白发，平时不但自己没发现，老马和孩子们也没发现，偏偏让高伦给发现了。

马九龙不到一个月就离开一二三医院回家休养。回家路上，坐在救护车里，他拉着秋莲的手说："小许，没有你，我不会恢复得这么快。"秋莲把头靠在老马肩上，幸福地笑了。

晚上睡觉前，帮他洗过澡，孩子们过来数爸爸身上的伤疤，马小天说有十一个，马小云说有十个，许小弟呜噜不清，口水滴到爸爸背上。那些伤疤，有枪伤，有刀伤，有炮弹皮划过留下的伤，还有刚添的三处手榴弹片钻入形成的新鲜肉坑。以前的晚上，躺一个被窝里，自己光滑的皮肤碰到那些伤疤，秋莲感觉很不舒服，现在的晚上，如果皮肤碰不到那些伤疤，她反而感到不踏实。

一天晚上，睡不着，秋莲问老马："老公，你怎么就不怕死呢？"

老马说，上了战场，还是怕死的多，人都是肉长的，子弹不长眼睛，谁不怕死呢？他开始也怕死，后来发现，怕死也没用，该你死，你活不了，不该你死，你死不了。所以以后打仗，他都豁出去拼命，结果立了一个又一个的功，人还照样活着。

"这都是命吧，包括遇见你。"他握住她的手，少见的柔情。秋莲便感到，自己的男人是天下少有的英雄，这样的男人让自己碰上，这辈子值了。

十一

　　"文化大革命"前，就有传言说，马九龙调到军里当副军长，卢道亮到军里当政治部主任。"文革"一来，这事就搁下了。

　　部队组织学毛选，老马脑子笨，背不下来，秋莲记忆力好，学老三篇，她晚上加个班就背下来了。师医院搞比赛，数她背得准确，背得多。

　　她不光是死记硬背，她逐篇去理解，深感毛主席的文章写得好。解放前她读过蒋介石的书，虽觉得也不错，如今与毛主席的书一比，感觉姓蒋的差太多。

　　她小时候学过绘画，一激动，拿起画笔画了一张毛主席像。宣传科要走拿去展览，看过的人都说画得好，比印的都好。军区报社的一个记者来师里采访，非要见见她，问她，为什么画那么好？她想了想说："我是打心眼儿里佩服毛主席，是用心画的。"

　　她先是被评为全师学雷锋积极分子，接着又被评为师后勤系统学毛选积极分子，和各单位积极分子一起，佩戴大红花，受到师首长接见。卢政委亲自给她颁发奖状。她还是有点惧怕卢政委，不敢与他对视。马九龙站在边上，冲卢政委努努嘴，意思是："我老婆可以吧？"卢政委哼一声，那意思分明是说："我还得观察，是狐狸总要露出尾巴。"

　　秋莲抱着奖状，赶紧下台去了。

　　师医院反复催她交入党申请。像她这么能干的人，早在十年前就该入党了。她却拖着一直不写。一旦有人过问，她就说："我感觉自己真的不够格，跟合格的党员比，还有很大距离，我还想再等等啊。"

　　她一直没有入党。认识她的人都说，马师长家属太谦虚了呀，她说自己入党不够格，那我们就更不够格啦。

　　她不入党，师医院准备提拔她当护士长。这个她接受了，说："护士长就是个多干活的岗位，让当就当吧。"

　　"文革"初期，大家都觉得新鲜，闹革命嘛，人人有劲头。但是很快，就有人受到了冲击。

秋莲实在想不到，全师第一个受到冲击的人，竟然是马九龙！

老马的罪状主要有两个：一是五九年庐山会议后，他公然替彭德怀鸣冤，说朝鲜战场上彭总指挥得好；二是他多次说过，他虽然没参加过长征，但在南方丛林里受的苦，一点儿不比长征路上的人少，别人一提长征多么苦他就来气，说老子也没少受罪呀。这是典型的诬蔑长征干部。

师常委会上，卢道亮责问马九龙："老马，你到底说没说过这些屁话？"

马九龙没弄明白政委的意思，梗着脖子说："老子就说过，怎么啦？"

卢道亮叹口气，摇摇头。他是希望马九龙不要承认，结果他这一承认，事情就难办了。

几天后，上级来电，马九龙停职检查，到位于宿州的部队农场参加劳动改造。

第二个落难的是卢道亮。

把卢道亮拉下马的不是别人，正是他爱人陈小桃。陈小桃比秋莲晚两年来的蚌埠，她本来不想来，后来因为与潘汉年案有一点儿关联，她一看不好，立马要求随军，火急火燎离开上海，到蚌埠市文化局当了个排名最末的副局长。

差不多有十年，陈小桃一直默默无闻，甘落人后。"文革"开始后，她带头造文化局的反，然后又造市政府的反，还想着造市委的反，当上了"红遍天下"这一派的副总司令。卢道亮反对她这么做，她干脆一不做二不休，写了一张大字报，公开揭露丈夫的"累累罪行"。其中最主要的罪行是，卢道亮亲口说过："主席那么伟大，什么都好，就是没讨到一个好婆娘。"他又说过："我就是觉得江青说话横，拿腔捏调的，配不上主席。"还说过："我老婆陈小桃，都比主席夫人好看。我卢道亮比主席有福气。"

卢道亮污蔑旗手，影射主席，引起轩然大波，地方和部队内部的造反派群起而攻之，把他关押起来，每天开会批斗。他要求到宿州农场劳动改造，造反派们根本不答应，秋莲去过一次批斗会现场，看到卢政委

36

鼻子都被打歪了，头发剃成了阴阳头，看上去，人一夜之间老了十岁。

陈小桃为此出尽风头，当上了"红遍天下"的总司令。眼下她最大的愿望就是打败号称"天下红遍"的另一派，然后把市委的大权夺到手。她需要枪——枪杆子里面出政权嘛。

师医院现在没几人上班，都去闹革命了。秋莲每天坚持上班。这天她听到有人说，卢政委发高烧，快不行了。院领导想派个医生过去看看，派谁谁不去，都找各种理由躲开。秋莲说："我去吧。"按说她不是大夫，没法帮人看病的，但她愿意去，别人巴不得呢。她拿一个药盒，先回了一趟家，把煤球炉上炖着的一个砂锅取下来，放进一个竹篮里，然后去了关押卢政委的地方。

十冬腊月，卢道亮给关在一个废弃的仓库里，门口有军队造反派和警卫连的人共同把守。秋莲来到门口，看门的不让进。秋莲指着仓库里面说："如果卢政委病死、饿死在这里，将来你们谁也脱不了干系！"这时，警卫连的排长王世文过来查哨——他就是当年那个差点儿炸死马九龙的新兵。王排长二话没说，挥一下手，同意秋莲快去快出。

卢道亮蜷缩在仓库一角，已经是奄奄一息。秋莲摸摸他额头，滚烫滚烫。她先是给他打了一剂退烧针，又打了一支强心针，然后揭开砂锅盖，拿小勺喂他鸡汤。这鸡汤原准备炖了给许小弟喝，小家伙前几天闹肚子，人瘦了一圈，得给他补补。

喝了十几口鸡汤，卢道亮苏醒过来，看看秋莲，再看看身边的药盒，全明白了。他沉重地叹口气说："小许，真没想到你会来救我……如果你再晚来一会儿，也许我就没命了……你呀，救了一个不该救的人。"

卢道亮话里有话。

"政委……"

卢道亮目光炯炯地望着她："你让我死，难道不好吗?"

她不与他对视，也不说话，低头侧身摆弄着汤勺。

"小许，你恨我吧?"

她坚决地摇摇头："我不恨任何人，我只恨自己。"

卢道亮咳嗽起来，她放下汤勺，扶他侧身躺好，不轻不重地拍打他的后背。片刻，他好了，她说："政委，趁热再喝点汤。"

她继续喂他。不一会儿，他摇摇头，表示不想喝了，眼泪随即下来了。

"政委，你怎么了？"

卢道亮哽咽着说："小许，有今天，我卢道亮一辈子感谢你。"

"不，"她摇摇头，"也许该说感谢的是我。"

那天卢道亮告诉秋莲，陈小桃之所以恨他，是因为她想借五十支枪、一万发子弹。他拒绝了。昨天陈小桃又来这里见他，让他提供是谁保管着后山弹药库的钥匙，吩咐那人把钥匙交出来。如果他配合，那么他就能获得自由。保管钥匙的人的确是他一手安排的，师里没几个人知道。他当然又拒绝了她。她气急败坏地宣布，与他断绝夫妻关系。

顿了顿，卢道亮喘着粗气说："不拿到武器，她不会甘心。我估计，找不到钥匙，她敢组织人过来炸开弹药库的门，时间就在这两天。"

秋莲说："政委，你都这样子了，就别再操心了。"

"不行！如果武器失控，不知会有多少人家遭殃！唉，要是老马在就好了，都怪我，没保护好他呀……"

卢道亮像个小孩子一样，扭过脸去呜呜地哭了起来。

十二

正像卢道亮预料的那样，当天夜里，陈小桃组织三十多个精壮男子，以开联欢会为名混进军营，突然包围了后山的弹药库，当即布置炸药包和爆破筒，准备炸开弹药库沉重的大铁门。

警卫连的几个兵上前劝阻，陈小桃一挥手，她手下的人亮出大棒一阵乱舞，把兵们赶跑了。

炸点布置完毕，陈小桃看看表，下令人员后退，准备起爆。就在这时，一个黑铁塔一样的壮汉，一只手擎着一支冲锋枪，出现在洞库上方，大喝一声："住手！"

谁都想不到，马九龙回来了！

他迎风站立，迅疾的风掀起他那只空洞洞的袖管，上下摆动，像一面旗帜。

陈小桃和她的部下一时都呆若木鸡。

原来，秋莲离开关押卢道亮的仓库后，越想越不对劲，赶紧想办法七折八转把电话打到宿州农场，找到了马九龙。马九龙一听就明白了，他放下电话，"偷"了农场的一匹马、一支冲锋枪，飞速骑行一百公里，终于赶在陈小桃下令起爆之前，出现在弹药库。

马九龙枪口抬高，对准陈小桃的方向，吼道："姓陈的臭娘儿们！赶快下令让你的人滚蛋！否则老子先一枪崩了你！"

陈小桃强装镇定，面带冷笑。她手下的人也有几支破枪，互相看一眼，纷纷举枪对准马九龙。

双方久久地对峙着。

最后还是王世文带警卫连的兵从背后包围了陈小桃的人，陈小桃腹背受敌，这才狼狈下令撤退。王世文上前，仰起脖子给马九龙敬个礼，说："报告师长！是我们失职……"

马九龙收起枪，当拐棍拄着："小子你听着，往后不管谁来抢夺武器，你就给老子开枪，打死人算老子的！听明白了吗？"

王世文再次敬礼："明白！"

"弹药库只要不出事，过后老子让你当连长！"

马九龙转身下了洞库。他没有回家，拨转马头回农场了。秋莲听说男人回来了，赶紧跑出来，只见到远去的一匹马的影子，一溜烟不见了。

半年之后，秋莲获准带许小弟到农场看望马九龙。见面时，竟然一下子没认出来，他老了许多，头发白了一半，腰也有点弯了，人又黄又瘦。她抱住他哭，问他："他们是不是虐待你？"

他说："没有。是我自个儿心里不好受，有好几个老战友给人打死了，还有一个自杀了。"

夜里，躺在破败房子里的地铺上，摸着他身上数不清的疤痕，突然想起多年前上峰指令她"潜伏"在他身边时，曾吩咐过找机会"策反"此人。现在她特别想试一试，于是一咬牙说："老公，你是国家功臣，国家却这样待你，你恨吗？"

他一怔："恨？……恨谁？"

"……恨整你的人呀。"

"恨！"

"恨这个……世道吗？"

"……啥意思？"

"我是说，你恨这个……社会吗？"

他沉默着。

"我想，那边是不会这样对待功臣的。"

"那边……哪边？"

"……我不说，你知道的。"

他腾地坐起来，黑暗中瞪着她："许秋莲你给我说实话，你家在那边是不是有亲戚？"

她也坐起来："没有！真没有！"

他愣了好久，突然咆哮道："许秋莲我告诉你，就是被人整死，老子也认了！当年如果不跟红军走，可能三十年前我就给饿死！我爹妈都是饿死的！我多活了三十年！我知足！以后再让我听到你刚才那番鬼话，你给老子滚蛋！我马九龙可以没老婆，不能没良心！"

说罢，他气呼呼地躺下了。

秋莲连声说"对不起"，也躺下，脸贴住他后背，幽幽地说："老公，真对不起，以后我不会再说这个，请你相信我。我许秋莲活着是你的人，死了是——死了是你们的鬼！"

她说——死了是"你们"的鬼，马九龙没有听出里面的道道来。他很快打起了呼噜。

十三

对于马家来说，一九六八年有几件大事。一是军委发了文件，军队要稳定，借这个东风，马九龙和卢道亮都官复原职，回到师里上班。

二是老大马小天当上了兵。本来马小天要到淮北农村上山下乡的，表都填了，马九龙一把夺过表格，给撕了。他说，上山下乡不就是去种

40

地嘛，老子世世代代都是种地的，把后代要种的地都提前种过了！好男儿应该当兵去，不然谁来保卫国家？

就这样，马九龙打发老大当兵去了驻南京的一支工程兵部队。说是很苦，再苦也比种地强吧？秋莲劝儿子，要不是你爸当师长，你能当上兵吗？

上面两件都是喜事。第三件事是，高伦出事了，出了大事！要命的事！天崩地裂的事！

这几年，秋莲很少与高伦联系，她真的把他给忘了。所以当马九龙告诉她高伦出事了的时候，她竟然愣了好一阵，怎么老感觉高伦是上一辈子的人？

一九六八年秋天，蚌埠市区繁华路段的墙壁上，出现了一条骇人听闻的反动标语，两张拼接起来的大白纸上，赫然写有六个大红字：刘少奇是好人。

"反标"事件迅速报到省里，被定性为"重特大反革命案"，责令蚌埠市限期破案。市革委会第一副主任陈小桃主抓此案。

案子不到两天就破了，作案人是市邮政局副局长兼办公室主任高伦，是从上海下放到本市的。陈小桃总觉得这名字耳熟，她和此人情况差不多嘛，都算是下放来的，不同的是，她现在掌握着此人的命运。

陈小桃突然又想起一个人——马九龙老婆许秋莲，赶紧让人去查，发现高伦确实是她在上海挂在嘴上的那个表哥，到蚌埠后，他们一直有来往。

陈小桃敏锐地意识到，此案已经不仅是反标案，还很有可能是一个连环间谍案！突破高伦，拿下许秋莲，进而拿下马九龙，再往上追查他的上级，就能钓到一串大鱼！反标案已经板上钉钉，她命令办案人员把精力转到间谍案上来。

办案人员反复搜查高伦的住处，没有找到发报机、密码本一类的东西，也没有发现其他令人可疑的物品和资料。几个破旧的日记本上，写了很多他对"公牛"的感受——他牵挂"公牛"，他思念"公牛"，他爱"公牛"，他恨"公牛"，等等，乱七八糟，不明所以。

"公牛"是谁？

几次提审高伦，他都说"公牛"是他早期的一个恋人，这只是个绰号，因为她比较粗壮。问他，此人现在哪儿？他说，早死了，死了快有二十年了，那还是上海没解放的时候。他心里一直放不下她，所以就没有结婚。

这条线索顺不下去，只得放弃。

陈小桃怀疑"公牛"就是许秋莲，尽管许秋莲身材不粗壮，甚至还很细瘦。阶级敌人总是很狡猾的，为了打掩护，正话反说，是最常用的伎俩。他们是不是老相好，果真有一腿？

这案子即使靠不上间谍案，整出点桃色新闻也算没有白费劲。前年陈小桃带人到十七师搞武器，马九龙坏了她的好事，并且当众羞辱她，她当然不会忘记。

高伦这儿无法突破，办案人员就想从许秋莲身上打开缺口。

秋莲听说高伦出事，头一个反应就是"野鸡"暴露了，还有老 K 之类的上峰，可能也落网了，该来的结局，终于来了！第二个反应就是，她得随时做好自杀的准备——如果真有事，她无脸面对老马和孩子们，还有单位的战友们，她唯有一死了之！

办案人员来到十七师师部，找到马九龙，要求"带许秋莲同志去公安局问话"。马九龙同意她去。卢道亮不干，问："高伦供出许秋莲有什么问题吗？"

对方回答："还没有。"

卢道亮问："你们发现许秋莲有什么问题吗？"

对方回答："还没发现。"

卢道亮问："那你们只是怀疑，对不对？"

对方回答："是。"

卢道亮说："不能瞎怀疑，得用证据说话。等你们找到与许秋莲同志有关的线索之后，再来带人。"

卢道亮挥挥手，把来人打发走了。他还特意交代警卫连长王世文，如果有地方公安的人硬闯进来带人，立马给我轰走！

秋莲提心吊胆过了一礼拜，这天办案人员又来了，带来了高伦写的一张字条，上面写着要求见她一面，希望她能来；天冷了，他需要一件夹克衫和一条长裤。

卢道亮这下不好再阻拦了，他掷地有声地对来人说："绝不允许对许秋莲同志刑讯逼供，你们谁敢动她一指头，我带兵去找姓陈的女人算账！"

办案人员反复做过承诺，卢道亮才同意放人。秋莲走了后，马九龙没事一样，他原本就认为不会有事，高伦写反标，那是他个人行为，与秋莲毫不相干。

卢道亮心里却在打鼓，他感觉，自己多年来的那个疑问，也许要水落石出了。他很紧张，找马九龙下象棋，连输三场。他对马九龙说："老马，还是那句话，是福不是祸，是祸躲不过，你得有个心理准备。"

马九龙把棋盘一推说："得得，又来这个，我老婆什么样，我最清楚，她能有什么事？她有事，我脱军装走人，坚决不给部队丢脸，行不行？"

办案人员客气地把秋莲带到市公安局看守所。高伦住单间，天气渐凉了，他还穿着短衣短裤，看上去直哆嗦。秋莲把老马的一件毛衣、一件夹克、一条旧军裤拿给他，这些物品办案人员事先查验过。他穿上夹克，套上军裤，马上就不哆嗦了。他指一指电灯泡，又指指耳朵，示意秋莲，屋里装了监听器，也就是窃听器。

秋莲责怪他不该犯糊涂。他诺诺承认，当晚喝了点酒，气不顺，脑子乱，稀里糊涂就写了反标，上街贴了，现在后悔都晚了，政府枪毙他都是应该的，自己罪大恶极。

他们翻来覆去说着类似的话，应付窃听器。高伦拿过一张用来写交代材料的白纸，飞快地在上面写道：上峰早把我们忘了，自从你结婚后一直无人联系我，老K前几年出现，是我编的。所有指令，全是子虚乌有。你提供的那份十七师情报，我当天就烧了。我这样做，只是不想让你过得太安逸。请你原谅。

秋莲全明白了，心间仿佛卸下千钧重担，无比轻松。她眼含泪水说："表哥，你要好好向政府认罪啊，争取宽大处理……"

高伦嘴上答应，提笔又写道：那边一直不来人联系，第三次世界大战遥遥无期，反攻大陆痴人说梦。我撑不下去了，我太孤单，活着无意义，所以自愿走绝路。莲儿，来生再见！永远爱你！

秋莲的泪水终于止不住地流了下来。

高伦把那张纸捏成一个团儿，塞进嘴里，嚼几下，伸长脖子咽了下去。

当天晚上，高伦在看守所房间上吊自尽——他把秋莲带去的毛衣拆成线，编成绳子，在门框上勒死了自己。

市革委会给省里的报告上说：反革命分子高伦系畏罪自杀。

十四

又过去了十年。

马家喜事连连。先是马小天当上了连长，找到了女朋友，定好了年底结婚。秋莲从夏天就开始忙活，给他们置办家具、电器，还有被褥什么的。再就是马九龙被任命为某军军长，同时卢道亮担任了军政委。还有就是马小云参加了今年的高考，据她说发挥很理想，考个好大学不成问题。再有就是老三许小弟参加了中考，小弟学习一直很好，他填的志愿是徐州一中。

五年前，马九龙担任副军长之后，秋莲就把家搬到了徐州。她本人调进徐州第九十七医院，继续当她的内科护士长。没几年，远远近近的人都知道，九十七医院内科有一个热心的护士长，对病号态度好，对年轻的护士们关心爱护，是个少见的好大姐。

人们都说，她一点儿都不像个首长夫人，没有一点儿架子。七六年唐山大地震医院搞捐款，她捐的最多。每逢遇到调级调工资，她从来不争。到一九七八年时，她已入伍二十五年，才是个正营级，很多首长夫人资历比她浅，职务比她高。总之，在人们眼里，她就是个活雷锋。

这五年，秋莲每年都要回一趟蚌埠，给"表哥"高伦上坟。十年前高伦去世后，是她去给他收的尸，找了个远郊的公墓，悄悄把他埋了。虽然坟头没有立碑，但秋莲记得很准，不会让它成为无主坟。想起当年母亲去世之后，一应事务全是高伦张罗的，这回算是报答了他。再想起自从把母亲和父亲的一顶帽子合葬了后，既没立碑，后来她一次也没去祭奠过，坟头恐怕早没了踪影，这让她深感对不起父母的养育之恩，她是个不孝之女。

远去的，都远去了。"文革"结束后，人们常说一句话：一切向前看。秋莲想，这话说得真好，人活着就是要向前看。

卢道亮政委家却很冷清。卢政委羡慕马军长家的日子越过越红火，而他家的日子越过越凄苦，唯一的儿子卢奇当年没有离开上海，一直由奶奶抚养长大。"文革"期间，奶奶病逝，卢奇参加了造反派组织，武斗中受伤，高位截瘫，十多年来一直在上海郊区的一家医疗机构住院治疗，花光了卢政委所有的积蓄。而他的前妻——时代风云人物陈小桃，"文革"中一度坐上省革委会副主任的高位，"文革"结束，她的好日子到了头，她提出复婚，被卢道亮断然拒绝。不久前，她被定为"三种人"，面临牢狱之灾。就在这时，传出她疯了的消息，被送进淮北精神病院。

这天马九龙回家，对秋莲讲，精神病院又来电话，说陈小桃整天叫嚷，要见她"男人"，医院希望卢政委过去看看，而卢政委不可能过去，他已经与姓陈的没有任何关系了。

秋莲不知怎么就动了去一趟淮北看望一下陈小桃的念头，就算代表卢政委吧，他当首长，忙，没时间，她有时间。她选个周末，一大早坐长途汽车赶往淮北。

在医院病房见到陈小桃时，秋莲愣了许久，都不敢认她了。她的头发基本全白，脸上的皱纹很深很深，眼窝焦枯，眼神无光。秋莲算了算，自己四十七岁，陈小桃只比她大四岁左右，刚过五十。

秋莲想试试陈小桃是否还认得自己，就问她："陈大姐，您还认识我吗？"

陈小桃托腮想了想，说："……认识。"

"我是谁呢？"

陈小桃愣了好一阵，才脱口道："你是……特务。"

陈小桃的话吓得秋莲一个激灵。秋莲左右看了看，房门是关着的，遂松了口气："陈大姐，你病了。"

陈小桃嘻嘻一笑："我没病，你就是特务。"

秋莲再次左右看了看，小声说："你说得没错，我是。"

陈小桃嘿嘿一笑又说："我也是。"

秋莲登时愣在那里。

陈小桃神秘地一笑，接着说："其实呢，我比特务厉害，'文革'我在蚌埠杀了多少人，你知道吗？"

秋莲摇一下头："我不知道。"

"来，我告诉你……"陈小桃示意秋莲靠近她。秋莲朝她挪动一下身子。她神秘地捂着嘴，凑到秋莲耳边，小声说："你听好了……可我不告诉你。"

她得意地笑了。

秋莲也笑了。心想她到底是个病人，不折不扣的病人，不是装出来的。

秋莲给她带来不少吃的用的，临走还留下一点儿零钱，嘱咐精神病院的医生护士，麻烦好好照顾这位病人，她以前曾经是地下党员，在徐州弄到不少有价值的情报，为淮海战役的胜利立过功。

离开病房往外走的时候，秋莲想，她还是感激卢政委和陈小桃的，正是由于他们锐利的目光对她的遏制，才使她没有滑得更深。

十五

秋莲风尘仆仆回到家，报社的一男一女两个记者在家等她。一问才知，不久前，有位农村孤寡老太太，生病来九十七医院住院，交不起手术费，坐在院里马路牙子上抹眼泪，秋莲路遇，问明情况后，帮老人拿了大头，又动员科里年轻人捐了一点儿款，帮老人凑齐了手术费。老人出院后，到报社反映了这事。报社的同志都很感动，报社社长认识马军长，电话里好说歹劝，马九龙才同意报社来人采访一下老伴。

秋莲说，聊聊天可以，但不同意登报纸。她的理由是，她做这种事，不是为了上报纸出名，再说，她是军长的爱人，领导干部家人上报纸受表扬，应当尽量减少。那位女记者叫她阿姨，说，登出去是为了让更多的人学习，多做好事、善事。秋莲不太同意这个观点，她说："我

46

做这些事，并不是向谁学来的，而是出于内心——不愿看到弱者流眼泪。我不相信有人看过报纸就会学雷锋，那样事情也太简单了。"

劝来劝去，秋莲就是不同意。这时，马九龙回来了，他一拍巴掌说："老许，人家报社同志专程跑来，你总不能让人家白跑一趟吧？多少说几句，人家回去好交差嘛。"

那个男记者是个摄影记者，他提出，给阿姨照张相，最好是她穿白大褂工作的镜头，发在报纸上，配一则说明，简单讲一下她学雷锋做好事的举动。

秋莲无奈，最后同意了这个办法，约好周一上班到病房去拍。两个记者走了后，秋莲简单讲了讲陈小桃的情况，颇为感慨地说："人落到这个下场，到现在谁也救不了她，只能在医院终老一生了。"马九龙气哼哼地说："怪谁？她是咎由自取！"

一个星期后，《徐州日报》头版右下角，刊登了许秋莲的一幅照片。照片上，她在给一个病号输液。一侧的文字说明，讲述她入伍二十多年如一日，关爱病人、热爱岗位云云。科里的护士们拿着报纸，纷纷跑来向她表示祝贺。她接过报纸，端详着照片上的自己，发现照片照得很好，虽然已进入中年，但年轻时的风韵、气质都传达出来了。

她很满意。

又过了一个星期，军区保卫部来了一名杜副部长，直接到军部找卢道亮政委，汇报了一个重要情况。卢道亮听罢，又看了几眼杜副部长带来的相关材料，愣了许久，点上一支烟，几口把烟抽完，才开口说："我希望这件事情不要影响到马家丫头马小云上大学。"

杜副部长说："我们会尽力想办法。"

卢道亮吩咐保卫处长带杜副部长等人，到马军长家里调查取证，他和马军长边下棋边把事情讲清楚，取得马军长谅解。

那边，师医院派人刚把秋莲送回家，保卫处长带着杜副部长等人也赶到了。秋莲一见这阵势，知道"该来的迟早会来"，这回躲不过了。

原来，徐州女子监狱组织在押犯读报时，一个正在服刑的女特务认出了她，并立即检举了她。此人名叫吴菲，是十几年前从上海被捕的，后来转到徐州女子监狱服刑。

吴菲在检举信上说：一九四九年二月到三月间，国民党国防部保密局上海站在上海浦东举办了一期特务培训班，目的是为败走台湾后，培养在大陆潜伏的人员，当时她的代号是十五号，这位许秋莲的代号是十六号，两人的床铺紧挨着，交流较多。后来听说十六号潜伏下来，并嫁给了一个解放军大官，解放后一直未有音信。这张报纸上的这位许秋莲，很可能就是十六号。她愿以脑袋担保，她说的是实情……

当地公安机关拿到检举信后，认为此事涉及军方，尤其涉案对象是军队高级干部的家属，直接把检举信派专人送到南京军区保卫部。

秋莲平静地对杜副部长说："这个十五号说的是实情，我的确就是十六号。后来还有个新代号——'公牛'。"

"许秋莲是你的化名吗？"

"不是。从出生到现在，我一直使用这个名字。"

接着，秋莲把她家真实的身世简单讲了讲：祖籍厦门，父亲叫许宗衡，是国民党二十五军副军长，阵亡于淮海战役。母亲解放前病逝于上海。当年入伍时，她只把父亲的情况隐瞒了，其他方面情况，都是真实的。当然，她是潜伏特务的情况，一直隐瞒到现在。

杜副部长提出，要带她到指定的地点继续审查，不能住家里了，希望她配合。她点点头说："好的。我去换一下衣服，总不能还穿着军装出门吧？再带几件换洗衣物。"

众人看着杜副部长，杜副部长点下头说："希望快一点。"

秋莲起身进了卧室。

她先脱下军装。这身军装，陪伴她二十五年了，她没有穿够。但是从今以后，她不配穿了。她从柜子里找出一套便装，仔细地穿上，对着梳妆台的镜子照了照，又拿起梳子，梳理一下有点凌乱的短发。然后，她打开床头柜最下面的抽屉，抽出一本商务印书馆五十年代出版的《资本论》，打开书页，从里面捏出一个早已经压成片状的小塑料袋，撕开口子，把里面白色的粉末，全部倒进了嘴里。

这包药面，是二十九年前培训班结束、面对青天白日旗宣誓之后，上峰发给每个学员的，目的是要他们"宁为玉碎，不为瓦全"，紧要时刻为党国尽忠，自裁用的。据说五十毫克足以毙命，这一包至少在一克以上。那年高伦写反标被抓，她去看守所见他时，曾经把这包药面带在身上。和上次的心情一样，现在她吞下它，并非"宁为玉碎，不为瓦全"，更非为党国尽忠，而是她无颜面对丈夫和孩子们，无颜面对那些曾经帮助过她的人，还有她曾经帮助过的人。

她把小塑料袋随手一丢，只觉头疼欲裂，呼吸困难，喉咙像被紧紧扼住。她往后一倒，就什么都不知道了。

十六

一天一夜之后，许秋莲在第九十七医院被抢救过来。参与抢救的医生分析说，因为时间久了，药效已失掉大部分，否则她绝无生还可能，十条命都没了。

这一天一夜，医院不少工作人员，还有许多病号，不时地来急救室门外探察，人们牵挂许秋莲。她所在内科的医生护士，轮流过来守候。当她脱离生命危险的消息一经传出，不少人默默流了泪。

马九龙暂时没把事情真相告诉孩子们，只说你们的妈妈患了急性心脏病，拉到医院抢救。下午，马九龙在办公室接到妻子活过来的电话，一搧桌子说："老子就知道，一个人没那么容易死。"

马九龙戴上老花镜，费力地写了两封信：一封是给军区党委的，他要求上级尽快免去他的军长职务，准许他告老还乡，离休回江西老家去，他想家了；一封是写给卢道亮的，这是封道歉信，信中他对老战友说："都怪我警惕性不够，一意孤行，鬼迷心窍。但是，这辈子娶许秋莲，我不后悔。"

他把两封信分别装进两个信封，正正规规放在办公桌上，然后打电话要车。他出了办公楼，车子也到了。他上车，对司机说："到九十七医院。"

车子不一会儿就到了第九十七医院门口。他不让把车开进去，下了车，对司机说："你走吧。"司机还想说什么，他不耐烦地一瞪眼，司机只好鸣一下喇叭，赶紧驾车离开。

经过医院大门时，他看到院门口有个小摊位，一个面孔黝黑的中年妇女在卖新采下来的莲蓬，地上堆了一堆。他走近摊位，拿起一只莲蓬，感觉沉甸甸的，莲房里面都是饱满的莲子，苦涩而又香甜的莲子。他想买一只，却发现没带钱。抬头看，车子已走远。中年妇女眼睛盯着他那只空袖筒，挥一挥手说："拿走吧。"

他说声谢谢，举着那只莲蓬，脚步沉重地朝住院大楼走去。

（2016 年）

营地之光

　　在我们广袤的土地上，有许多形形色色的营盘。说它们形形色色，我想主要是指周围地物地貌和风土人情的不同，就营盘本身而言，它们的区别微乎其微。建筑风格大体一致，老房子总是比新房子多；至于里面的人，更不用说了，都是来自五湖四海，穿着一律的衣服，留着一律的发型，操着一律的军事政治术语，散发着一律的气味，手中的武器虽林林总总，但其用途是完全一致的。在我们的栖息地上，再也找不出比营盘中更整齐划一的人群了。

　　但是，此类人群的流动性又是其他人群无法做到的，变的是人，不变的是营盘。正所谓铁打的营盘流水的兵——这是人类的语言仓库中最形象独到的一句描述。如果非要找出一样东西和营盘比拟，那么，我认为车站最合适——铁打的车站流水的旅客。如果再推而论之，拿土地跟它相比也没有什么不妥，人总是一茬茬地生，一茬茬地死——铁打的土地流水的人。这世界，就这个样子。

　　当然，那些安营扎寨于大城市的营盘已经越来越不像营盘了，它们呼吸着含有二氧化硫、汽车废气和工业粉尘的污浊空气，成了五光十色的城市的一部分，里面三世同堂乃至四世同堂的人家并不少见。而在我爸待过的那类营盘里，绝大部分人是光棍，一小部分虽有老婆孩子，极少见到三世同堂的。大城市里的营盘一般都称作机关，有一年，我爸到军区机关办事，正巧赶上周末，我爸说要带我见见世面，就把我拽上了。进了机关，他东瞅瞅西看看，居然连路都走不利索了，活脱脱一副乡巴佬的模样，比我还好奇。后来我才知道，他是来联系调动的。机关的一位处长下部队时，曾暗示他不妨来机关活动活动，争取调过来。事实上那次他差点儿得逞，如果不是后来他的连队出了点事，他就会成为机关的一分子，我们全家都会跟着他走进大城市。因此，在回去的火车上，他格外大方地为我买了一罐雪碧，高门大嗓地说："儿子，痛痛快快喝吧！"那是我有生以来头一次喝易拉罐饮料，居然不清楚怎么打开它，慌乱中把拉环拽掉了，我爸最后还是用刀子将它启开。记忆中那玩意儿辣得舌尖发麻，直到现在，我仍对含有碳酸的饮料不感兴趣。也就从那时起，我对机关这个词尤其敏感，曾经认认真真查过一回字典，并牢牢记住了字典上的解释。字典上说，机关指控制整个机器的关键。而我却总是据此联想到捕鼠器，老鼠一不小心，就会被它牢牢夹住。

我对营盘的所有印象全部来自于往昔的生活片断，这种印象早已融入了我的血肉，钻进了我的骨髓，使我一辈子都不会有陌生感。现在，当车子驶近中原腹地的一座营盘时，远远地，我就闻到了再熟悉不过的气味。奇怪的是，我并没感到冲动。这座不大的营盘靠近一个破旧的小县城，我们这群新兵是从县城下的火车，一出车站，我抬眼就看到了不远处停着几辆解放牌老式卡车，不用说，是来接我们的车。这种绿漆斑驳的老爷车市面上已经不易见到了，而它们在营盘里却活得滋润，它们是军车序列里的老祖宗，俨然就是军车的象征。车子驶进营门，新兵们喊喊喳喳议论，瞪大眼睛望着营门口持枪站立的哨兵。哨兵的样子很威武，新兵们一定从他身上看到了自己不久的未来，个个都很兴奋，露出傻里傻气的模样。我的心里却异常地平静。我看到营门和我爸当年所在的牛头山军营的营门几乎如出一辙，一样的颜色，一样的简易，就连哨兵身后的木制绿色岗亭也十分相似，仿佛是同一个木工做出来的。

这座营盘的附近有一条小河，牛头山军营的附近也有一条小河，不同的是，这条小河的水质受到了严重污染，水面上漂浮着肮脏的泡沫，眼下虽是严冬季节，小河却不结冰，水面上甚至还浮升起缕缕蒸汽。而在我的印象中，牛头山军营旁的小河是清澈见底的，水里游动着银色的小鱼，河底卧着河蚌和螺蛳。傍晚时分，我站在这座营盘围墙边的一座土岗上，瞭望夕阳下仍然发不出光来的污浊的河水，想起牛头山那座营盘边清亮的溪流，感受着时光的流逝，内心充满了温润和伤感。

十年前，也就是一九八四年，我八岁，刚上完小学一年级。仲秋时节，我帮我妈收完责任田里的庄稼，正准备种小麦时，我爸风尘仆仆赶了回来，接我们去部队。本来我们母子二人随军的手续年初就办妥了，因为我爸所在的部队闹闹嚷嚷说要去边境轮战，随军就拖了下来。那半年里，我和我妈度日如年，生怕我爸上了前线有个三长两短。因为我爸是个军官，本来就有不少同学嫉妒我，平时他们又奈何不了我，还因为这个原因，我对父母亲的称呼不像本地人那样叫爹叫娘，而是按城里人的叫法称呼爸妈，也使别人觉得别扭。这会儿他们巴不得我家出点事呢，幸好我们担心的事没有发生，因此当我爸到责任田里寻找我们的时候，我妈把手中的麦种使劲往远处一扬，说："不种了不种了，这地不是咱家的了！"

　　因为过于高兴，搬家收拾东西时，我妈显得格外大方，很多家当都留给了我爷爷和我大伯，只带上了少数值钱而又便于携带的东西。我也是，除了课本外，我把一应文具慷慨地送给了一个外号叫"鼻涕"的同学，他比我大两岁，学习成绩是班里最糟糕的，因为长年累月挂着鼻涕，所以落下个难听的外号。他爹是个酒鬼，他娘是个病秧子，在同学堆里他穿得最破。我很同情他。"鼻涕"接过我送的东西，抽了抽鼻子说："我以后还能见到你吗？"

　　我推了他一掌，说："怎么见不到？等你长大了，去部队找我玩儿，让我妈给你烙葱花饼吃。"

　　我的家乡在鲁、冀交界处的平原地带，不通火车。我们一家拎着大包小包，先乘长途汽车到省城，再转乘火车去胶东腹地的牛头山军营。在离军营三十里远的县城下了火车，我爸连里的文书小吴正带着几个兵坐在一辆解放牌卡车的车厢板上等我们呢。见我们露头，他们呼呼隆隆拥上来，抢过我们手中的包袱和提包。我爸皱了皱眉头说，怎么没弄个小车？小吴回答说，管理股就是不给派，连长你以后成了团首长，一定要治治那些势利小子。我爸哼哼一笑，仿佛他真的当上了团首长似的，不再计较。几个兵把我们的家当搬上车，大卡车轰轰隆隆往部队赶，那气势一点儿都不比小车差。我记得那天天气好极了，太阳暖洋洋地照着秋后干干净净的庄稼地，牛头山上的树叶已经泛黄，远远望去，漫山遍野像着了火，透出炫目的色彩。路过那条水流平缓的小河时，我看一条鲤鱼露出水面打了个挺，激起的水花像一张越织越大的蜘蛛网。我兴奋地说："瞧，大鲤鱼！"

小吴说："鲤鱼跳龙门。连长，你们家的好日子来了。"

我爸的嘴角抖了抖，没说什么。我注意到，一路上我爸并未流露出多么高兴的神情，是因为这一天他等待得太久了吗？按照部队干部家属随军的规定，副营职、当兵满十五年、年龄满三十五，这三个条件中够上一个，即可办理随军。我们母子随军是由于我爸当兵满了十五年。谁都知道，靠年头办事是一个很被动的办法。那一刻我爸脑子里想些什么我猜不透，这也是我那个年龄的孩子难以做到的。

车子进入营门时，我看到正对着大门的墙壁上写着"提高警惕、保卫祖国"八个龙飞凤舞的大字。而十年以后，当我踏进中原腹地的那座营盘不久，在同样位置矗立的照壁墙上，写的是"政治合格、军事过硬、作风优良、纪律严明、保障有力"。

从我出生之后，我妈每年都带我来一次牛头山营盘。这是我第八次迈进这座军营的大门。而且这次进来，我们轻易不打算和它告别了。

我觉得从这一天起，我才算真正走进了我爸的生活。而在那之前，他对我是陌生的，陌生得形同路人。

我爸扛枪当兵与他的父亲我的爷爷有着极大的关系。鲁、冀交界处的苇河镇是个优美而宁静的地方，苇河是一条宽阔的河流，它上面连接着黄河，下面和几条不知名的河流相接，据说一直通到天津卫。在那个地方生活，当然挨饿是免不了的，那年头挨饿是平常事，不必大惊小怪。可我爸出去当兵绝不单单是为了混饭吃。我爸他们家的家境还是不错的，我爷爷有两个儿子，大儿子膀大腰圆，浑身有使不完的力气，二儿子也就是我爸，个头没他哥哥高，力气也比他哥哥小，但是他同样很能干。再就是我爸上过六年半学，在镇上也算个有文化的人了。而我大伯连学校的门槛都没迈进过。有两个能干的儿子，再加上我爷爷自己又正值盛年，这个四口之家的小日子过得也算是有滋有味的。

宁静是苇河镇的一大特色，那里除了鸟鸣、人语和牲畜的叫声，你听不到别的声音。"文化大革命"开始后，外面的世界闹得鸡飞狗跳，可苇河镇就是不为所动，我行我素。但到一九六八年秋天，大喇叭里传来的情况却让人们紧张起来。大喇叭上说，苏修在东北边境不断制造事端，装甲车碾过界碑，轧死我边民，轧死我渔民，抢劫我渔船；接着又说苏军朝我军边防巡逻队开火，战争阴云密布，等等。但过了一阵子，人们又有点疲态了，心想乌苏里江、黑瞎子岛、珍宝岛什么的，离咱这儿远着呢。可我爷爷不这么看，他尚未完全迟钝的嗅觉告诉他，后面肯定会发生一些事情。

果然，刚过完年，就传来征兵的消息。镇里的一些适龄青年和他们的爹娘开始睡不安稳了，他们想方设法找茬口，试图逃避被送往东北边境。也不知我爷爷当时是怎么想的，反正他和别人不一样，他背着我奶奶，也没和我大伯商量，就替他的大儿子第一个报了名。镇革委会领导乐得直拍屁股，说老王呀，你不愧是个老兵，觉悟就是高。我爷爷的脸腾地红了，他头一低手一摆，小声说应该的应该的，没啥没啥。可他回到家里后，我奶奶却抓住他又撕又咬，说老东西你心太狠，为了自己这张老脸，连亲生儿子的小命都不顾了。我爷爷一动不动，任她撕任她咬。那边，我大伯气呼呼的，抬脚把一只青瓷尿盆踩成了八瓣。在我的印象中，我爷爷是一个非常慈祥的老人，我从没见过他对人发过脾气，更没见过他动过谁一指头，人总是乐呵呵的，就连遇到来家里偷食的野狗，他也是笑模笑样地哄劝它走掉了事。但在那一刻，随着青瓷尿盆钻心刺肺般的裂声，我爷爷猛地挣脱开他的女人，一个箭步奔过去，对着大儿子的黑脸膛就是一个响亮的耳光，他气咻咻地说："想不到我养了一个熊包！"

一家人都愣住了。过了好久，才听见我大伯嗫嚅道："行，我是熊包，我认了。你呢？你算什么？"

这句话几乎将他的亲爹击倒在地。我爷爷霎时呆若木鸡，然后捂住树皮样粗糙的脸，蹲在地上半天没起来。在我长大懂事以后，才知道了我爷爷年轻时的复杂历史。抗战中期，日本兵来到苇河镇，烧了他家的房子。我爷爷一气之下参加了抗日武装，在苇河两岸的青纱帐里打鬼子杀汉奸。他负过伤立过功。抗战胜利后，游击队编入正规军，调到陇海铁路线上和国民党军作战。而这时我的家乡正进行土改，我爷爷家分得了二亩水浇地。淮海战役快结束时，给师长当马夫的我爷爷收到同乡捎来的一封家信，信上说，他的老母亲每天都到土地庙里烧香磕头，保佑儿子平安归来，眼睛都快哭瞎了；信上还说，由于爹娘身体不好，新分的二亩地里没收获几粒粮食。也许就是这封信阻断了我爷爷前进的步伐，他在部队即将进行渡江作战时停止了他革命的脚步，历尽艰辛回到了家乡的土地上。恰恰就是这个差错，一笔勾销了他曾经有过的光荣，使他在后来的岁月里总是觉得底气不足。不久，全国解放了，他的战友们进了城，日子越过越舒坦。我上学之后，有一天收音机里讲到一位著名将军的名字，将军那时是某某军区的司令，我爷爷既自豪又羞涩地告诉我，他为这个人牵过三年马。又说，不知那匹雪青马现在咋样了，那可真是一匹好马，日本种。曾经有好心人怂恿我爷爷，到县民政局找一找，要点补助，毕竟打过仗负过伤嘛。我爷爷头摇得像个货郎鼓，他说："我老王再也丢不起人了！"

我大伯的一句话让我爷爷大病一场，他不停地嘟囔："谁给我去问问，看部队上要不要我，若是要，我去。"我奶奶偷偷提着两盒点心去找镇革委会的头头，请求把她儿子的名字撤下来，人家当即就翻了脸。"你当这是闹着玩儿的？"不由分说就把两盒点心扔到了院子里。转天，武装部来人唤我大伯去县里体检，可我大伯不见了，过后才知是我奶奶把他藏到了镇外一座废弃的砖窑里。我爷爷急得团团转，武装部的人脸色很难看。后来我爸反复想过，他的爹那天如果过不去那个坎，也许就没脸活在世上了。关键时刻，是我爸站了出来。那时他正害着胃疼病，小脸枯黄，腰弯得像只虾米。他的爹从没打算让他背井离乡。我爷爷早就认为他的大儿子是扛枪吃粮的最佳人选。耳鸣目眩之际，我爷爷听到他的二儿子平静地说："爹，我去试试吧。"我爷爷恍若抓住一根救命稻草，他的膝盖一阵乱抖，慒慒怔怔地说："你？你去？好，好好。"接着又说了一句傻里傻气的话，"你愿意去，我给你当儿子都成！"多年以后我爸对我说，那一刻他特别担心我爷爷给他跪下。

一九六九年三月，刚过完十八岁生日的我爸怀揣一颗忐忑不安的心，奔向了不可知的未来。临动身前的那几天，我奶奶不停地冲她的男人大哭大闹，她的男人突然就涌出眼泪，说："要是儿子真遇上个三长两短，下辈子我做牛做马报答他。"而我的父亲临走时依然平静地对他的父母说："是死是活，都是我自觉自愿的。"

往后的历史背景人们都清楚了，六十年代末东北边境的战火很快就熄灭了，它仅仅成了和平时期的一段小插曲。我爸根本没获得亲耳聆听枪弹声的机会，同大多数士兵一样，他们的心房只是跟着战争剧烈颤动了几下，很快归于沉寂。

他们这批新兵在靠近渤海湾的一片沙滩上训练了一个半月，原说要随某某军调往东北边境，因局势很快缓和下来，他们心里踏实多了。训练结束后，他们被充实到牛头山军营。这座军营占地面积很大，牛头山北麓的漫坡地全被划拉进来了。但里面驻军不多，只有一个步兵团，师部在离此一百公里外的 T 市。据说当年日本人和国民党都曾在这儿屯过兵，某些至今已经摇摇欲坠的房屋就是历史的见证。

这个步兵团历史上没有什么卓著的战功。新中国成立以后，名牌部队和非名牌部队的命运是大不一样的。名牌部队之所以出名，是因为战争年代打过某些大仗恶仗，被授予某些荣誉称号，它的副产品就是涌现出许多叱咤风云的英雄，产生了一大批星光闪烁的将领。于是，在远离战争的年代里，在同样的条件下，那些名牌部队照样风光无限。这就好比一座村庄，这个村庄送走了一批批有出息的子弟，他们日后当然会时常想念他们的出发地，这个村庄的兴旺发达也就指日可待了。有一个现成的例子：和我爸坐一个车皮去部队的林久法，老家离我们苇河镇二里远，他和我爸在同一个新兵连接受的训练。有一年我见过他一回，也没觉出他比我爸强多少，甚至某些方面还不如我爸，但他却比我爸幸运多了，全因为他下连时给分到 A 军 M 师。临分手时林久法还哭了鼻子，说老乡们都去牛头山，只有他一个人去 A 军，到那儿连个照应都没有。岂不知 A 军便是一支名牌部队。他和我爸差不多同时当上连长的，不久，军长来他的连队视察工作，军长意外地发现，林久法使用的床铺、办公桌等一应物品都是当年军长在这个连当连长时使用过的。军长立马就对林久法另眼看待了。这以后林久法一帆风顺，我和我妈随军的那一年，林久法已经当上了团长。又过了八年，我爸转业时，从 M 师传来消息，林久法当师长了。这消息还真把我吓了一跳。我妈望着我爸，摇摇头说："啧啧，看看人家。"我爸则虎着脸，一言不发。我想在这样的时刻，他是没有发言权的。

从这个意义上说，走进牛头山军营的人不是十分幸运的。许多年里，它仿佛被外部的世界遗忘了，波澜不惊，平淡无奇。有人统计过，从这里走出的最耀眼的人物只是一个副军长，而且他在副军长的位置上只干了三个月就被查出患有严重的肝病，提前离休了。一九八四年秋天，我和我妈到达牛头山军营时，这件事刚刚发生，营院里人人都流露出忧心忡忡的样子。

我爸的命运偏偏就和这样一座营盘连在了一起。同时和他的命运连在一起的，还有那些曾经与他朝夕相处的弟兄，当然也包括我们全家。从当兵开始，一直到转业，时光就在不知不觉中哗哗流走了，走得是那么仓促，甚至他自己都来不及回味。从一九六九年五月到一九八八年二月，他在三连待了近二十年时间，当过炊事员、通信员、副班长、班长、代理排长、副排长、排长、副连长、连长，每一个岗位上都洒下了他数不清的心血和汗水。一个人在一个连队待这么长时间不挪地方，这种情况恐怕是不多见的。

实在说，我爸并没有什么雄心壮志，他很少想过将来要当多大的官。当军人告别了战场之后，你就无法用杀敌的数字来衡量他的功绩了。军人的价值标准似乎也就仅剩一个：看他的职务高低。这真是一个无奈的价值标准。照这个标准来衡量我爸，他无疑是一个彻头彻尾的失败者。军营里有一句很流行的话：不想当将军的士兵不是好士兵。这句话实在是蛮不讲理，现实中真正能当上将军的人有几个？而且在某些情况下，往往是那些没想当将军的士兵正是好士兵。

我爸的头脑中是否有过想当英雄的念头？我表示怀疑。一九六九年，他出人意料地顶替他的哥哥当兵，很大程度上是为了顾全他老子的脸皮。在新兵教导队搞训练的日子里，他常常做噩梦，生怕训练结束后调往东北边境作战。但他又绝不是一个胆小鬼，如果真的让他上了前线，他不一定就比别人差。他那时的思想一定十分复杂，不是一句话就能概括的。一九七九年南部边境之战爆发前夕，牛头山军营骚动得很厉害。即将开往前线的传言像流萤一样纷飞，很多干部战士写血书，要求上前线，我爸他没有写，他甚至连不痛不痒的决心书都没有递给上级，据说他只是偷偷摸摸写了一封情意切切的遗书，是留给我爷爷和我妈的，从上面丝毫看不出英雄气概。当上级正式决定他们团不参战时，担任副连长的我爸立即吩咐炊事班长："晚上多弄几个菜。"一九八四年初，又有小道消息传来，部队可能拉到南方轮战，那时边境的枪炮声仍在零零星星响着，部队去轮战并非空穴来风。后来我听一些老兵讲，那阵子他们连长的脾气非常之大，宛若凶神恶煞，动不动就黑着脸训人，吓得大伙儿躲着他走。后来，事情过去很久了，老兵们还心有余悸，说在你爸手下干了好几年，从没见他这么厉害过。

我长大成人之后，曾就这个问题和我爸探讨过一回，他深深吸一口烟，说："人怕死是很正常的，我相信绝大多数人都怕死，因为他不光为自己活着，他还为亲人活着。好好的一个人，为什么非要死？当然，话又说回来，如果需要他去死的时候，他也不应退缩，比如上了战场。所谓不怕死，都是逼出来的！"

在我爸漫长的军旅生涯中，一直未遇到直接面临生与死的机会，我不知道他对此感到遗憾还是感到庆幸。

我们母子二人正式住进牛头山军营后，我到牛头镇中心学校插班读二年级，我妈则到部队办的家属工厂上班。那些从各地农村随军来的家属们整天嘻嘻哈哈，她们生产一种没有注册商标的淀粉，我妈从村庄来到营盘里后还是要和粮食打交道。

从军营到牛头镇，大约二里远。出了营院大门，沿着河边的油漆路一直往前走，拐一个山口就到了。牛头镇是个比较大的镇子，比我们家乡的苇河镇繁华多了。这一带雨水充足，空气湿润，姑娘们的脸蛋全部像优质苹果那样，白里透红，红里透白，让乍一闯进来的外地人目醉神迷，喉咙发痒，脚下打滑，傻话连篇。当地人主要靠种植水果为生，春天有草莓，夏天有杏子、樱桃，到秋天就更不用说了，漫山遍野都是苹果、梨子、葡萄、桑葚和肥桃，尤以苹果最多。深秋时节，苹果树像新娘子脸上突然被揭走的红盖头一样。这时，成熟的果实暴露在清风艳阳之下，个个红彤彤、羞答答的，令人眼花缭乱；那些更胆小更害羞的，仍然躲藏在几片椭圆形的叶子或同伴身后不肯出来，只是偶尔露一个脸儿，给你一种朦胧的想象和牵挂。而此时的苹果树则像一个刚由中年进入老年的婆婆，在她勤劳一生历经风霜之后，终于把数不清的女儿拉扯大了，她高兴得直摇晃，身子骨儿咔咔作响，仿佛在自豪地说，都来瞧瞧吧，我这群闺女有多漂亮，如果你喜欢，就把她领回家吧。

真的，我不骗你，秋天把牛头镇变得万紫千红，沉甸甸的、累累的果实几乎把它淹没，大气中弥漫着水果的混合醇香，五十里外都能闻到，让你不知不觉中步子变得轻飘，一副要醉倒的样子。如果爬上牛头山并非高不可攀的顶峰，你会发现自己陷入各种各样的果实的重围，牛头山仿佛也变成了一枚巨大的果实。放眼望去，北面的军营像一块方方正正的棋盘，东北面镇街的形状像一片边缘不齐的树叶，那条明亮的小河宛若一根弹性十足的扁担，把军营和镇子担了起来，恰好夹在军营和镇子之间的一座突兀的牛头状山头仿佛就是那挑担子的人。再往远处看，正在行驶的一列火车像毛毛虫似的；县城灰蒙蒙的，犹如一团落地不动的乌云……我不想再往下说了，我不往下说你也能猜出，牛头山是一座世外桃源，是个风景优美的地方。后来我在牛头山营盘正式居住的日子里，常常爬到山顶上去，望着远方出神。

我去牛头镇中心小学报到那天，是爸连里的文书小吴送我去的。在连队，文书是士兵里最牛气的人，其地位好比领导的秘书，少不了干些出头露面的事。小吴是四川人，个头不高，眉角有一颗女人那样的黑痣，说话有点"蛮"，走起路来像一股小旋风。小吴当新兵时，有一次我爸拉开他的床头柜，发现里面有很多零币，钢镚儿一摞摞码得规规整整，外面套上白纸，看上去像一支支放大了的烟卷；纸币则齐齐地用女孩子扎头发用的橡皮筋捆着。小吴说，家里为了让他当上兵，拿出哥哥定亲的彩礼请了客，他得攒钱帮哥哥早点把媳妇娶回来，多攒一分是一分。听了这话，我爸决定让小吴当文书。我爸对那些前途渺茫的人总是抱有深刻的同情。小吴对我爸的感激之心也是显而易见。按说他是我爸的战友，我应该叫他叔叔，他却让我叫他哥哥。兵们就和他开玩笑，说大春叫我们叔叔，小吴你也得叫我们叔叔。大春是我的小名。小吴脸微微一红说，喂喂，各论各的，各论各的。

带我去新学校报到的路上，小吴两条细腿像捣蒜的槌子似的，速率特快。他不得不时常停下来等我。后来他干脆让我骑在他肩上，驮着我走。傍着道路的小河像一条青丝缎带，潺潺的流水声仿佛来自天外，河两岸是成片成片的果园，熟果甘甜的气味浓得化不开。我们迎着朝阳走了不一会儿，小吴就气喘吁吁了。他说："弟弟，你要是个女娃子多好。"

我咯咯笑起来，说："我要是个女的，你不成了猪八戒背媳妇了吗？"

他忙说："对对，我是猪八戒，你是新娘子。"

在我们身后，稀稀拉拉跟随着十几个差不多和我同龄的学生，他们都是部队干部的孩子，也是去镇上学校上学的。他们跟在我们身后，羡慕地望着小吴肩膀上的我，小声嘀咕着什么。他们一定在议论我是谁家的孩子。到了街口，小吴放下我，牵着我的手往前走。我们脚下的这条街在牛头镇是最繁华的，两边都是店铺，有理发店、铁匠铺、海产店、干果店、小吃店和百货店，几乎所有的店铺门前都摆放着一堆堆的水果，果农们守着一杆秤，耐心地等顾客上钩。小吴说："弟弟，你得记住路，以后自己来上学。我倒想天天送你，可连长不会同意。"

我大声说："没问题！"

路过一个卖葡萄的摊位时，摊主主动和小吴打招呼。摊主是个中年人，秃头，细眉，两只豆眼灼灼有神，像两粒黑葡萄。他面前的葡萄堆上落满了苍蝇。小吴冲他打趣道："老拐子，你的苍蝇多少钱一斤？"

摊主大手一挥，苍蝇群迅疾飞离。他说："怎么是苍蝇，吴班长你瞧瞧，我这可是有名的品种玫瑰红。"可他说话的工夫，苍蝇们又纷纷降落下来。小吴说："老拐子你还嘴硬，你快看，这到底是卖葡萄还是卖苍蝇？"

摊主就又轰赶苍蝇。小吴冲我说，其实咱牛头山的苍蝇并不脏，都是吃新鲜水果长大的。如果苍蝇能卖钱，咱这儿的苍蝇肯定能卖个好价钱。当摊主得知我是三连王连长的儿子时，拎起一大串葡萄就往我怀里塞，这时我才发现他的左腿有毛病。小吴替我谢绝了，说老拐子你别拉拢我小弟，王连长知道了要骂我。那些背着书包的部队子弟已经走到我们前头去了，小吴重又牵起我的手赶路。他告诉我，老拐子的老婆腿脚也不大利索，他先前是个酒鬼，喝起酒来啥也不顾，气得老婆跑回娘家死活不想回来，还要和他打离婚。有一次我爸去镇里办事，见他在路边拎着个酒瓶子，灌一口酒抹一把泪。我爸二话不说，上前夺过酒瓶子，提溜着他去了二十里外的牛角镇他丈人家，好说歹说，才使他老婆回心转意。我爸还当着那家人的面踢了他一脚。从那以后，他果真戒了酒，承包了一座葡萄园，老婆还为他生了一对双胞胎。小吴补充说："不过，他种的葡萄还不是最好的。刘宝亮种的才是真正的玫瑰红，吃一颗能甜得你翻一个跟头。弟弟，哪天我领你去他家的葡萄园玩玩儿，他有个女娃子叫刘玲，她的耳垂和你的差不多，又大又圆，像一颗玛瑙。"

牛头镇中心学校建得蛮气派，一律红砖到顶的房子，房前屋后栽着高大的白杨和低矮的垂柳，操场上铺着细沙。小吴直接领我去了二年级一班。他那时还担任着校外辅导员，经常给学生们讲雷锋刘胡兰董存瑞邱少云的故事，和学校的人很熟。他对一位刚走进教室的白白胖胖的女教师说了几句什么，女教师笑盈盈地看我一眼，然后俯身冲已经各就各位的一大片脑袋说："同学们，你们又多了一位新同学。他爸爸就是大军三连的王连长。你们中有些人见过王连长。王连长年年都带兵参加助民劳动，帮我们不少同学家里干过活……"

女教师话没说完，同学们就都自发地站了起来，桌椅板凳一阵乱响。随后就是连成一片的掌声，仿佛在欢迎一位刚从战场上归来的英雄。我心里热乎乎的，傻唧唧地站在教室门口，披一身明亮而新鲜的阳光，一时不知怎么办才好。

刚到学校的那段时间，我感到非常孤独，主要是和大伙儿不熟悉。镇上的孩子把我们这些军官子弟当作"贵族"看待，总觉得隔了一层什么。那些军营里的孩子在我进来之前已经形成了各自的小圈子，我要想加入某一个小圈子，还需要时间。每天上学放学的路上，我常常一个人孤零零地走。那时我还没学会普通话，我那带有土腥气的口音也影响了我和同学们接触。当地人自然说他们当地的方言，但大伙儿都在说同一种方言，我的口音夹杂在其中就显得很不协调，仿佛我是一只远方的鸟，飞到别人的林子里来了。因此我下决心学普通话。后来我终于能说一口标准的普通话了，我想这是牛头山营盘赋予我的本领。

那段时间，我妈也顾不上我，她刚进工厂，工厂里的一切都让她感到新鲜。她跟在那些比她早进厂的家属们的屁股后面问这问那，还忙着和其中的两个拜"干姐妹"。一到星期天，就央求人家陪她去县城转悠，但也没看见她买过什么东西。只要她从厂里回来，屁股上、袖子上、鞋上肯定沾着白乎乎的淀粉，头上脸上也是，看上去像一只面口袋，我疑心她是存心不拍打干净。有一次我对她说："你身上都是粉，你是不是可以用洗衣服的水做面汤？"她瞪我一眼，说："小狗日的，你笑话我是不是？"

我爸呢，干脆连面都不照。他常常一个星期不回一趟家，而家离他的兵舍不过三百米远。偶尔回来换身衣服，一支烟没抽完又走掉了。忙是一个原因，我想主要的还是他不习惯家庭生活，一个人独身惯了。一天下午我放学回来，推门就见他正蹲在院子里的水龙头下面洗衣服，我说："让我妈洗嘛。"他一愣，仿佛这才想起老婆已经随军，脏衣服不用自己动手洗了。他马上站起来，甩甩手，挠挠头说："我刚才就觉得不太对劲嘛。你妈回来让她给我洗净晾干，明天我还要穿。"话没说完，人已走出大门。一天深夜，我和我妈早已睡下，突然听到外面敲门，我妈不高兴地说："闹嚷嚷的你想干什么嘛！"他在外面说："肚子饿得咕咕叫，回来找点吃的。"我妈以为他会在家里住下，谁知他拿着两张卷了葱的大饼扬长而去。我妈气哼哼地关紧门，对我说："你爸把连队当成了家，咱家倒像是旅馆，想来就来，想走就走，牛头山军营没见几个这样的，我们娘俩大老远跟他跑这儿来，到底图什么！"

家对于我爸仿佛可有可无，老婆孩子的事放不到他的心上，真让我妈大伤脑筋。在我的印象中他极少过问我的学习成绩，我妈冲他唠叨，他说学习全靠自觉。学生和兵不一样，有些兵你不牢牢地管住他，他就捣蛋；学生不是这样，靠别人逼着学的学生永远成不了好学生。我上五年级时，班主任老师一天中午突然来访。老师赤着脸支支吾吾，我爸以为我在学校里惹了祸，紧张地问："怎么啦？他偷东西啦？和人打仗啦？

还是调戏女同学啦?"当得知我不过是上课精力不集中,考试成绩又往后靠了几位时,他笑了,说:"行行,我管管他。"老师走了后,我以为屁股上至少要挨他一脚,内心里做好了准备,暗暗收缩肌肉往上运气。但他只是认真打量我一眼,小声咕噜道:"大不了和你爷爷一样,种一辈子地。"

我小声说道:"我可不愿种地。"

他说:"种地也没什么不好。"

我爸对家庭生活感到陌生和漠然,起初我以为过些日子会改变的,他独身的时间太久了,虽然他婚后每年都回去探亲或者我妈带我来部队,但每年在一起一两个月的时间和出一趟差又有什么区别?在后来的岁月中,他确实在很大程度上有所改变,可我仍然觉得,我们父子、他们夫妻之间的亲密程度总是缺点火候,就好比一枚螺钉,出厂的时候锃亮崭新,后来生锈了,这个时候不论你怎么打磨,都不可能使它恢复原来的样子了。

不过,在我最初感到孤独的那段时间,我爸也确实忙得拉不开栓,他对家庭的忽略不计是可以理解的。秋末冬初时节,一年一度的老兵退伍工作开始。这是一个敏感时期,因为每到这个时刻,总有些老兵惹出事端。各种性情的人日夜在一起,平时被掩盖住的很多矛盾,这时候却要爆发一下了,再不爆发就没有机会了。因此,每年这个时候部队都要紧张一阵子,如临大敌。

这一年的老兵复退工作尚未开始,我爸的神经就绷得紧紧的了,三连有十几个一九八〇年底入伍的城市兵,他们分别来自济南、武汉、天津和湖南岳阳。这一茬兵后来被公认为比较糟糕的一茬,据说他们入伍时都是街道办事处推荐的,部队和武装部没怎么插手。街道办事处的老太太们就借机动员一些平时谁也管不了的人混入了革命队伍,当然理由也很充分,你们部队不是大熔炉吗?那好,我们把这些坏渣送到你们炉子里炼炼吧。他们被塞进炉子里炼了几年,出炉时有的确实变成了好钢,有的仍旧是坏渣。现在,当你往外捡这些坏渣时,它不在你手上烫个火泡它就觉得憋屈。

在这个特殊时刻,我爸感叹着时光的变迁。仅仅在几年之前,部队曾经是个多么有吸引力的地方啊！不论是边关哨所、大漠深处，还是雪域高原，更不用说在内地，只要是营盘，它就发光发热，它就是一个香饽饽，它就是中国版图上最美好的地方，它就是天地间最明亮的风景和最坚固的城堡，它使人热血澎湃激情似火，它让人流连忘返视死如归，全国的年轻人几乎百分之百地都梦想能够穿上一身军装握上一支钢枪。那个时期的营盘真是如日中天，光芒四射！我爸不由得想起他当班长副排长和排长时，和当将军一样威风八面，手下的弟兄不论家底有多厚背景有多深，却是个个低眉顺眼，你拔一根鸡毛他真拿它当令箭。可是倏忽之间，世道变了，人心变了。对于年轻人来说，考大学、做生意、出国，条条大路通罗马，营盘的辉煌成了依稀往事，辉煌的营盘就像一颗陈年老珠，渐渐地暗淡了。谁还留恋这个在斑斓的世界里只有一种颜色的营盘？

在这个特殊的时刻，我爸感叹之余，一定会想起他当排长时的一个特殊的部下。后来我爸多次向我谈起过此人。他的名字叫秋江。秋江在我爸的排里待过一年多。他中等个头，秀气文雅，一抬手一投足都让人看出他是一个极有教养的人。但是在他离开牛头山营盘之前，谁也不清楚他的来历。他档案上的社会关系一栏里只简简单单写着：父亲秋××，革命干部；母亲××，家庭妇女。我爸是在团新兵教导队认识他的，当时我爸在教导队训练新兵。一天，在食堂门口，有一个新兵把吃剩下的半个馒头往泔水桶里扔时，不小心掉到了地上。那个新兵离开后，秋江却走过去，弯腰捡起沾了脏水的半个馒头轻轻丢进泔水桶里。我爸看到了这一幕，记住了这个人。新兵下连时，我爸就把他要到了自己手下。他平时沉言寡语，不大合群，有空就坐下来看书，偶尔拿出一支竹笛吹上一阵，吹得山高水长，余音袅袅。连里曾经一度想把他列为"重点人"。所谓重点人不是说他多么重要，而是怀疑他会捅娄子，要重点防备。我爸不同意，说如果秋江出事，你们处理我好了，大不了我回家种地去。有一次搞五公里越野，秋江半路掉了队，他的班长气得咬牙切齿，骂他不争气，给全班丢脸。我爸见他脸蛋通红，伸手一摸滚烫滚烫，知道他正发烧。我爸当即就火了，把班长猛一顿训，然后亲自搀着他去了卫生队。一年多之后，师长突然直奔三连，把秋江叫到小车里谈话。师长说军区司令员亲自给他打来电话，要秋江马上回北京报到。师长搓着大手嗔怪秋江，说你隐藏得太深了，真是想不到。到这时人们才知道秋江的父亲是谁。他父亲是一位货真价实的解放军上将，一个如雷贯耳的大人物。全团的人都傻了眼。上将在"文革"期间没怎么受冲击，也就是说秋江来牛头山军营不是为了寻找避风港，而是实实在在来锻炼的。秋江就要走了，师长说，用我的车送用我的车送。但秋江只同意用师长的车拉行李，他提出要他的排长骑自行车送他去车站。团长政委找了半天才在连队的菜地里找到秋江的排长，此时我的爸爸正坐在一条田埂上抽烟。你瞧，我爸就是这种上不了台面的人，他不愿去凑那个热闹。团长说，快去快去，秋江找你。我爸说，算了吧团长，你代我向他道个别就行了，我对他也没啥好说的，该说的以前都说了。当团长说明白秋江的意思后，我爸不好再拒绝。就这样，我爸骑上连里那辆叮咣作响的破自行车，在众目睽睽之下驮着秋江往火车站赶。火车进站了，秋江突然想起什么，他从军用挎包里摸出那支笛子，双手捧着递给我爸，说，排长，留个纪念吧。

现在，在这个特殊时刻，我爸下意识地拉开办公桌的抽屉，拿出那支竹笛。他试着吹了几下，吹不成调。除了抽烟和偶尔喝口酒，我爸没有任何业余爱好。但这支普通的竹笛却让他想起那些结束了的故事。他想起一九七八年以前，他手下的兵里，父母亲是县团级以上干部的，不少于一个排。而这种景象在他以后的军旅生涯中再也没有碰到。

现在，我爸必须面对复员老兵可能发出的挑衅。副连长外出学习，三个排长都很年轻，最重要的是，指导员李朝纲在这时候回老家看望父母去了。也就是说，连队全指望我爸撑着。每年这时候，总有个把平时和老兵闹过不愉快的干部找理由走开，显然他们担心老兵离队之际会让他们栽面子。比如指导员李朝纲，去年曾有一个复员老兵当着他的面摔了一个碗，要不是别人紧拉慢劝，那家伙不定给他什么难看呢！平心而论，李朝纲工作能力还是蛮突出的，他口才好，写经验材料是把刷子，点子好多，遇事灵活，这使他在上级眼里是个很能干的基层主官，前程明摆着比我爸远大。他的最大弱点是贪小便宜。去年春天，李朝纲到市

66

场上买来三只生猪蹄，然后交给炊事班长韩向阳，让放到大冷库里冻上，从这以后，李朝纲隔三岔五就吩咐韩向阳把一只或两只猪蹄送到他家里。到了年底，他竟然对韩向阳说，我的猪蹄还没吃完吧？那好，你把剩下的全取出来送我家去。

我想我爸一定从李朝纲身上得到了启发。有一次他对我说："天下的人里，我最瞧不起那些自私鬼！天下人的缺点中，我认为最大的缺点就是自私！"这可能就是我爸和李朝纲关键时刻会发生分歧的原因所在。我爸好歹是一连之长，好赖管着百十个弟兄，难免有人探家归来或是平时带点土特产来我家串门，他唯一的表示就是不屑地用脚点点人家放在地板上的东西，目光灼灼盯着对方说："什么好玩意儿？噢，两条烟。你呀，太瞧不起你的连长了，他再穷也不缺你这点东西。听我的，拿回去散给弟兄们，等你将来混好了，还记得我老王，给我买辆车我也敢坐！"如果对方执迷不悟，我爸就会板起脸："是不是要我帮你拎回去？"有时趁我爸不在，我妈把东西留下了，我爸知道了就会冲我妈发火："真是穷不起了，你是不是盼着我给开回老家种地？"我妈知道自己理亏，一声不吭。以后再有人来敲门，我妈就习惯性地先从门缝里瞅瞅，如果对方手里拎着东西，我妈就吓得不敢开门，她隔着门缝对人家喊："老王不在家，你去连队找他吧。"

窗外白杨树上的叶子已经落光，萧瑟寒风扬起地上的尘土。部队此时停止了正常训练，集中精力进行老兵复员事宜。事情并没出乎人们的意料，那一年我爸连里确实有几个老兵想在离队之际"痛痛快快干一场"。我爸作为一个已经有十五年军龄的职业军人，他当然明白打蛇先打头擒贼先擒王的兵法常识。三连的"王"是一个名叫杨志德的济南兵，其他人都看他的眼色行事。他五短身材，一脸横肉，性格暴戾，几年来一直是连里的"重点人"。以李朝纲为首的连队党支部曾采取种种办法做他的思想工作。教育说服不成，又采用纪律处分的方式，但杨志德无畏无惧，他说，处分嘛，老子不怕，给一个提着，给两个挑着，给三个背着，能拿我怎么样！李朝纲多次代表党支部向上级反映这几个兵的问题，团长说，我们不管你们用什么办法，把这几个兵安安全全地送走就行，他们捅了娄子惹了乱子，你们哪个也跑不了！再反映，团政委也火了，说，难道你叫我请他们喝酒不成！李朝纲没招了，所以他老父亲一生病住院，他就顺水行舟，干脆请假回老家了。

前天中午开饭时，杨志德嫌炊事员小巩给他打的菜里有两块肥肉，当即把饭碗扣了。小巩是个新兵，没见过这阵势，扔下勺子哭着跑开了。一个叫王大明的天津老兵跟着起哄，抬脚踢翻了一张板凳，弄得全连的人都没了食欲。我爸黑着脸一言不发。我想他一定恨得咬牙切齿。但在几年后我们再谈起这个话题时，我爸却摇摇头说："千万不要小瞧那些有缺点的兵，上了战场，往往是这种人不要命。和平时期嘛，人们更易喜欢那些谨小慎微的人。"

当晚，我爸分别找老兵们谈话。天津兵王大明说："李朝纲曾答应为我解决组织问题，而且还收了我两条大前门烟，现在竹篮打水一场空，我咽不下这口气。"

我爸咧嘴笑了，他拉开抽屉，拿出同样的两条烟说："我也送给你两条，你要走了，算是我的一点儿心意，你要认我这个连长，就收下。"

王大明一拍桌子说："我不要烟我要党票！"

我爸把桌子拍得更响，说："你配吗？你不配！"

王大明说："不配的多了，你们不给解决我就要闹！"

我爸站起来，指着他的鼻子说："我告诉你，现在连里听我招呼的不下一百人，只要我打声口哨，就会有人进来砸断你的腿！闹大了没关系，老子大不了回家种地去！"

王大明是个欺软怕硬的滑头鬼，见我爸来了硬的，他马上不再吭气，低头抓起那两条大前门退了出去。后来我爸谈起这个兵时直摇头，说这家伙忒没出息，送给人家两条破烟还念念不忘。果然六年后传来消息：在天津一家工厂干财会的王大明因贪污公款被判了无期徒刑。得知这个消息时，我爸没有因为预言应验而自得，更没露出丝毫幸灾乐祸的表情，他反而感到内疚。我清晰地听到他叹了一口气，说小王好赖跟我干了四年，他变成这样子我心里不好受。

我爸没有找杨志德谈话。第二天晚上，我爸正在连部枯坐，文书小吴慌慌张张推门进来，说："连长不好了，杨志德要酒疯，打碎了宿舍玻璃，摔了暖壶，他们班长和排长劝不住，弄不好要打乱仗。"

我爸说："知道了，你通知全体人员，都在宿舍里待着，谁也不要声张，就当没这回事。"

　　说完，我爸从文件柜里抽出一个薄薄的牛皮纸袋，大步跨进靠近水房的那间宿舍，一屋子的人都怔了怔。杨志德脸膛赤红，小胡子哆哆嗦嗦，手里提着个酒瓶子，咆哮道："你们算个球，团长来了老子都不怕！"

　　我爸平静地说："除了杨志德，你们都出去。"

　　大伙儿都愣着不动。我爸又说："怎么，你们怕杨志德杀了我不成？他没这个胆量，你们不用担心。"

　　众人这才磨磨叽叽往外走。我爸抬脚砰的一声踹上门，他刚想说什么，听到门外还有动静，就又拉开门，使劲吼道："都给我站远点！"

　　屋里只剩下他们两个，突如其来的安静使杨志德看上去有点不大适应。还是我爸先开了口，他说："杨志德我知道你心里窝着火，想找个人打一架，那就咱俩过过招吧。我还知道你练过武功，我可能打不过你，但我不怕你。我这个人平时怕死，现在我不怕死。你先来吧！"

　　杨志德愣在那里一动不动，他好像没听见我爸说了什么似的。我爸说："你怎么不动手？你不动手就是孬种！"

　　杨志德的小胡子又哆嗦一阵，我爸注意到他手中的酒瓶子也跟着抖动，他脸上的横肉赤红得几乎滴血。我爸哼哼一笑："你不动手，那我可就不客气了。"

　　我爸边说边举起右手。杨志德下意识地倒退两步。

　　接下来的过程颇富戏剧性。当我后来听说这件事情后，我觉得那个晚上的我爸简直称得上优秀的演员。出乎所有人的预料，甚至可能也出乎他自己的预料，我爸的右拳在下落的过程中突然改变了方向，嘭的一声砸在他自己的胸脯上。随着这记闷响，他摇晃了几下，差点儿跌倒。可以想象，我爸把所有的愤怒、羞惭和期冀都凝聚在了他的拳头上，这一拳的分量完全能够将一个人击倒在地。但我爸没有倒下，他只是摇晃了一下，仿佛有一股狂风猛烈灌入他的躯体，胸膛里发出烈焰腾空般的轰轰声。杨志德惊呆了，手中的酒瓶颓然落在水泥地上，发出一声喑哑的爆裂声。我爸血红着眼睛，挺直腰板，厉声喝道："杨志德！呸！你

69

的良心让狗吃了！知道我为啥不打你？你不配！好好，我不怪你，你本来就是个渣子。但部队这个炉子没有把你炼好，它也有责任，就让我替它担这个责任吧，我他娘的……"

我爸边说边举起右手。这时，杨志德像刚醒过来似的，迟疑了一下，上前两步拉住了我爸的胳膊。我爸猛地甩开他的手，从右手捏着的牛皮纸袋里抽出一沓纸片，说："你听着，这是你几年来写的决心书、检讨书，既然它们一点儿作用没起到，留着又有何用！"

话音未落，我爸就把那一沓厚厚的纸片撕得粉碎。他手一扬，纸片像飘飞的雪花一样布满了整个房间，仿佛他挥手之间就从老天爷那里申请来了鹅毛大雪。杨志德犹如被抽筋断骨一般，缓缓蹲下，蹲在雪后白茫茫的地上，脑袋低垂着，一点一点捡拾冰莹玉露般的碎玻璃片子。我爸看都没看他，大踏步走出去，冲着在走廊里探头探脑喊喊喳喳的兵们低声说："没事了，熄灯睡觉。"

我初来时的孤独感很快就成了往事。本来孤独就是一个含义不清的概念，当你不怕它时，你就是在深山老林待上十年，你也感觉不出什么；而当你害怕它时，你就是住在闹市，它也会时常光顾。我先是和军营里年龄差不多的四五个男孩交上了朋友，我们的父亲都是基层军官，而且他们也刚随军不久。也许更重要的是他们的家乡都很贫困，他们祖祖辈辈都是农民，所以我们很容易沟通。那些家在城市或富裕地区的军官是轻易不会让自己老婆孩子随军的。

天气热起来后，我们几个男孩喜欢用柳条扎个帽子，模仿电影里游击队员的样子戴在头上，手里握一根木棍当枪使。见后面有女同学相随，我们就找个地方隐蔽起来瞄准，等女同学走近后，我们突然跳出来，大喊缴枪不杀，然后嘻嘻哈哈一起去学校。有时路上玩野了性子，耽误了上课，老师倒不怎么为难我们，但如果被校长发现，就会有点麻烦。我们的校长五十多岁，又矮又胖，不长胡子，说起话来声音尖尖的，听说他终身未娶。虽然面目和善，但他其实很严厉，学校里的捣蛋鬼见到他就像耗子见到猫一样。偶尔校长撞见我们迟到，远远地就扯起尖嗓子说："哪个班的？"我们吓得挤成一堆不敢吭声。这时边上如果有个认识我们的老师说一声"部队上的",校长就说:"部队上的?部队上的孩子都有国家正式户口,有正式户口,也得好好学,你们不想想,那户口来得容易吗?"从这件事情上你能看出,牛头山一带的人对外地人是很友好的,他们从来不排斥我们这些远方来的人,而且还对我们格外关照。不知是因为当地教学质量差,还是由于我们过于贪玩儿,据我所知,牛头山军营的干部子弟在整整十年间没有一人考上大学,只送走了两个中专生。一九九〇年,我们的校长得了绝症,在他弥留之际,我约几个同学去县医院看望他时,他还曾断断续续谈起此事,他说:"咱这地方不比城市,教学质量不过关,没给你们部队培养出几个高才生,我很遗憾。"我们拉着校长的手哭了,有个同学说:"校长,不怪学校,只怪我们自己不争气。"

确实怪我们自己不争气。我们除了上课迟到,还时常相约着到老百姓的果园里偷瓜摸枣。也许我们在老家的田野上野惯了,乍到这个多少有点城市化的地方一时还改不过来。其实,牛头山的果农都很好客,哪怕你是一个与他们素不相识的人,如果你饿了,渴了,只要你大大方方走进他们的果园,不用你开口,他们就会主动拽住你,请你放开肚子品尝他们的劳动果实。但是我们不想觍着脸皮走进人家的果园,我们愿意采取秘密行动的方式,到"敌人"的眼皮底下去"虎口夺食"。因此,每次行动前,我们都研究一番行动方案,制订一个行动计划,比如谁来打掩护,谁来"主攻",谁来接应等。但每次获得的"战利品"我们并不看重,每次得手后,我们不敢把它们带回家去,家里也不缺少,我们都是兴味寡然地胡乱吃下几个果实后,其余的就摆放在公路上,然后躲在一边观察,耐心等着过路的人把它们捡走,末了我们带着大功告成的愉快心情回家去。

在我到达牛头山军营后的第二个年头,秋意正浓的时候,我们决定袭击刘宝亮的葡萄园,原因是我爸连队的文书小吴多次向我吹牛,说要带我去吃刘宝亮的玫瑰红,可迟迟不见他行动。那天下午放学后,我们把书包里的一应学习用具埋在路边的一丛杂草里,挎上空书包,先是朝目标迂回,然后匍匐前进,慢慢接近目标。刘宝亮家的葡萄园用干树枝和荆棘环绕着,上面爬满青青的藤蔓,看上去像敌人阵地上的铁丝网,这使我们更加兴奋。我们费了很大劲才弄开一个口子，刚好能钻过去。我先伸进去脑袋，听听里面没动静，便蹬腿示意他们跟我进入。刘宝亮家的葡萄的确名不虚传，数不清的葡萄串在夕阳的照射下流光溢彩，溢出一嘟噜一嘟噜的醉人清香。我们三下五除二就摘满了几书包。但我们高兴得太早了，就在我们撤退时，突然发现一个五十多岁的干巴老头儿手持一把铁锹，横刀立马一般站在我们身后。他就是葡萄园主刘宝亮了。刘宝亮说："小崽子，看你们往哪里跑！"

我们没有跑，因为刘宝亮话音未落先笑了起来，笑得脸皮乱颤。他扔掉铁锹，说："部队上的？你们这些孩子，瞧不起我老汉咋的，想吃葡萄从正门进来摘就是了，用得着钻洞子？嘿嘿，小狗才钻洞子。"刘宝亮的俏皮话把我们都逗乐了。这时我才发现我的右肩膀被荆丛划破了，正一跳一跳地疼。刘宝亮赶过来，拽下腰里掖着的灰白色毛巾按在我的伤口上。接下来，如果没有那句多余的话，我们会愉快地离开这里的，但和我同班的同学说了，他说："刘爷爷，他爸是三连王连长。"

刘宝亮眉毛一拧，脸上漾开的笑纹极快地收拢，那张脸就变成了一枚硬核桃的样子。同时他把按在我伤口处的毛巾抽下来，愤愤地说："我正要找你爸算账呢！他连里有个姓吴的南蛮子，脸皮忒厚，缠着我家闺女不放。啥玩意儿嘛。惹恼了我老汉，看我不砸断他的狗腿！"

我有点摸不着头脑。这时，有个清脆的声音在那边说："爹，你又胡咧咧。你难为人家孩子干啥呀！"透过葡萄架的缝隙，我看到一个小巧玲珑的姑娘朝这边走来。她皮肤白皙，长发披肩，穿着短衣短裙，脚蹬半高跟凉鞋，眼睛又大又黑。她这身打扮和城里的女孩子没什么两样。她自然便是刘玲了。刘玲不再搭理她的爹，她款款走到我跟前，冲我友好地笑了笑："你就是大春兄弟吧？看长得多精神，虎头虎脑的。"她边说边掏出一只绣花手帕，爱惜地在我肩部的破口处拭着。我闻到了一股沁人的香气，不知飘自她的身上，还是来自她的绣花手帕。我想起小吴说过，她的耳垂和我的相似，像一颗玛瑙，就抬眼去瞅，但她的耳朵被长发遮盖着，耳垂隐隐地藏在里面，看不到。

刘玲不理会她爹的唠叨，一直把我们送到大路上。我们书包里的葡萄都是她重新为我们摘的，她说我们自己摘的那些半生不熟，不中吃。

分手时，她特意把我叫到一边，俯下身子叮嘱说："好兄弟，千万别把我爹的话告诉你爸，他老糊涂了，嘴上没个把门的。"我虽然对她和小吴的事感到蹊跷，但还是点了点头。走出好远后，我才想起刚才应该借机再看一眼她的耳垂，她的脸就在这么近的地方，我不知道以后还有没有这样的机会。

　　至于我和我爸连队里那些兵的关系，我更是熟悉得一塌糊涂。不出三个月，我就把全连百十号人的名字全记住了。在路上遇见他们，我偶尔会假模假式地背起手，板起脸，突然叫出他们的名字，对方通常是条件反射一般响亮地答一声"到"，双脚立正站好，然后我就得意地笑了，挥挥手说，没事没事，忙你的去吧。有的老兵被我的样子逗得嘿嘿直乐，说，小崽子人没长大，倒学了一副官相。我经常每天放学之后并不忙着回家，总是背着沉重的书包拐到大操场上，然后盘腿坐在白杨树的阴影里看兵们操练。我看到我爸倒背着手在队列前踱来踱去，像在悠闲地散步，眼睛根本不看正在进行队列训练的兵们。但如果谁认为他们的连长正背对着自己，从而做起动作来有些懈怠，那他可就错了，他们的连长即便闭着眼睛也能觉察出谁在磨洋工。日复一日，年复一年，那些兵周而复始地练习齐步、正步和跑步。多年之后。当我也站在这样的队列里时，我才发现这种周而复始的机械动作是非常枯燥的，但它既能消磨人的意志，也能塑造人的毅力。至于哪种说法更确切，全凭你自己体会了。

　　我还常常在兵们休息的时候溜到他们的宿舍里玩儿，兵们总是把我团团围住问这问那。有一次他们哄着我喝酒，用筷子蘸一点儿酒让我舔，但这个让我舔一下那个让我舔一下，居然把我灌醉了。两个兵把我扛回家，只说我困了，半夜里，我妈从我的呕吐物里闻出酒味，才知我喝了酒。和兵们的接触一多，渐渐地我发现他们都很关心男人与女人的事情。他们总是不厌其烦地追问我晚上睡觉时听到什么啦，因为我确实没听到什么，所以我的回答不能令他们满意。他们就耐心地教我，让我选择我爸回家睡觉的夜晚，先假装睡着，最好是还打几个小呼噜，然后仔细谛听我爸我妈干些什么。起初我没有识破他们的诡计，真按他们教我的办法做了一回，果然听到一些动静。再去兵舍里玩儿时，我就一五一十地讲了，乐得大伙儿前仰后合，有一个兵居然躺到地上打了个滚。但过了没几天，我妈就把我睡觉的小木床搬到了另一个房间，并板着脸宣布从今以后让我和大人分开睡。我这才懵懵懂懂觉出我办了傻事。长这么大，我跟我妈一天也没有分开过，但现在我变成了异己分子，心里不由空荡荡的。当天晚上我爸没回家，睡下后我又爬起来敲我妈的门，央求说："妈，让我在你们的屋里再睡一宿吧。"

我妈拉开门，扑哧一声笑了，脸一红说："都怪你，丢死人啦，我都不敢出门啦。"

那天晚上我和我妈睡在大床上，说了半夜的话。在已经走过来的岁月中，我们母子比他们夫妻在一个房间过日子的时间要多得多。以前我没觉出啥，但那个夜晚却让我无比留恋。那天晚上，我妈讲起我很小的时候，她在清冷的夜晚守着我，伴着孤灯为我爸纳鞋底。她说，后来才知道你爸根本没怎么穿那些结实的布鞋，最后都生了虫扔掉了。而我妈常常是公鸡打鸣东方发白时才熄灯睡觉。有时街上的二流子深更半夜来敲窗户，她明明知道他们在吓唬她，可仍然吓得哆嗦，又不敢喊叫，怕别人误会，情急之下就扭我的屁股，我一哇哇大哭，她就觉得什么也不怕了。我妈讲到这里，我忽地坐起来说："妈，以后谁再敢欺负你，我就打烂他的狗头！"

"可妈已经老了，快成老太婆了，谁还来欺负。"黑暗中，我妈轻轻地说。

经过这场小小的风波，我变得聪明多了，那些兵再也没从我嘴里抠出一星半点"晚上的事"。说真的，当我后来以一个兵的身份进入营盘时，我终于理解了他们。那些朝气蓬勃的年轻人对未来生活的渴望和想象是难以遏制的，也是自然而然的。我一直忘不掉牛头山军营的一个笑话，说是若干年以前，有一个沈阳籍的兵因为在夜幕降临之后，跑到"临时来队家属招待所"某个房间的后窗根下窥视，挨了处分，被提前安排退役。有人说那个兵曾经是我爸当副连长时的部下，我爸斩钉截铁地说，我没有这样的部下。我爸又说，你在营盘里待着，别的毛病可以原谅，这个毛病却不行！

然而转过年来，我爸最不想原谅的毛病却在他十分喜欢的连队文书小吴身上出现了。那天刘宝亮喝了酒，摇摇晃晃来部队找我爸"算账"，却在营门口碰上了营里的教导员，心急难耐的刘宝亮就把小吴的"恶心事"说了。教导员感到事情有点不妙，生怕引起军民纠纷，就好言软语把刘宝亮打发走了，然后把我爸和新到任的指导员赵义金叫到营部问情况。那时李朝纲已调到军政治部当干事了。赵义金初来乍到情况不熟，我爸这个时候可以一手遮天。于是我爸矢口否认，说刘宝亮是个有名的糊涂蛋，眼神也不济，兴许看花了眼认错了人。并且大包大揽地说，如果真是小吴所为，捅了娄子他来担这个责任。当时小吴回到四川探亲，只有等他回来再说了。

　　其实我爸已经猜到了几分。晚上，他忧心忡忡回到家里，把这件事情讲给我妈听，我忍不住就把那次在葡萄园里的见闻讲了。我爸听后当即发了火，说："你为啥不早告诉老子!"吓得我躲进自己的房间不敢露面。在我的记忆中我爸极少冲我发脾气。

　　五天后，小吴怀揣我爸发给他的加急电报赶回来。我爸派人到车站接的他，直接把他接到我家里。他们进到我的小房间，关上门。我贴在门口听了一阵，听到我爸拍了几下桌子，还有小吴哭鼻子的声音。最后小吴嘟嘟囔囔说："我爱她，她也爱我，我们追求的是真正的爱情。"我爸冷笑一声，粗鲁地说："当兵的，少空谈什么爱情。啥叫爱情？日子能过得下去就算是爱情!"

　　接下来我爸对小吴的态度令人摸不着头脑。我爸在支委会上坚决反对再把小吴列为党员发展对象，同时在全体军人大会上大张旗鼓地表扬小吴工作细致，任劳任怨。营里几次追问小吴的问题，我爸不客气地顶了回去。半年后，小吴退伍回乡，我爸亲自去车站送他上了车。但仅过了一个月，我却又在刘宝亮的葡萄园里发现了小吴，他穿着时髦的便装，头发梳得油光光的，正和刘玲说说笑笑摘最后一茬葡萄。见到他，我吓了一跳，以为撞了鬼，扭头就跑。小吴迈着速率极快的步子奔过来截住我，乐呵呵地说："这园子现在我说了算，弟弟你怕啥子呀!"

　　我突然明白了，说："你好狠心，也不去看看我爸。"

　　小吴眼圈一红，说："我做梦都想见连长。可他说过，三年内不准

75

我踏进军营半步……"

多年以来，我一直小心翼翼地观察我爸我妈的感情生活，就像很多人那样，既想了解父母的爱情，又怕知道得太多太细，从而生出不必要的尴尬和难为情。通过我的观察，我没觉得他们有多么亲密，但也没感到他们有多么生疏。他们谈不上青梅竹马两小无猜，也算不得一见钟情烈火干柴。所以我不知道他们之间有没有爱情，难道真像我爸说的，当兵的，能过得下去日子就算是有爱情？

说起来，我爸我妈还是小学同学，不过他们在学校时几乎没说一句话，更谈不上有什么往来。我爸当兵当到第三年头上，村上的媒婆孙王氏颠着一双小脚找我爷爷提亲来了。孙王氏是职业媒婆，我的家乡苇河镇周围十里八乡经她撮合成的夫妻不下一百对。孙王氏这样做并非是助人为乐，而是为了讨几顿酒菜几斤点心。孙王氏给我爸提的这门亲事的女主角就是后来的我妈。我爷爷笑呵呵地捋着胡须说，好啊好啊，二小子一回来就见面。年底，我爸回来了，孙王氏张罗着让他们相了亲。那个假期里，我爸领着我妈到县城唯一的照相馆照了一张合影，看了一场样板戏，在一家小饭铺吃下了二斤大肉包子，我爸还给我妈买了一块卡其布；我妈则为我爸做了一双千层底布鞋，两双绣花鞋垫。春节一过，我爸就回部队了。等他一年后再回来时，他已经穿上了四个兜的军装，成了意气风发的小排长。

那个年代，年轻军官找对象大概就和如今大款找情人一样，有很大的主动权。一些在农村老家定了亲的一旦提成小军官便后悔不迭，他们从土地上来，不愿再在土地上留下个尾巴，纷纷明里暗里地进行艰苦卓绝的"退亲"战斗，喜新厌旧情绪使军营躁动不安。而部队也适时开展了痛打"穿军装的陈世美"行动，一时闹哄哄的，营院里常常见到乡下来告状的农村姑娘，她们穿着大红大绿的衣服，哭哭啼啼，眼睛红肿，她们的父母愁眉不展，唉声叹气。那些提干前没慌慌定亲的小军官暗自庆幸自己有远见之明；那些经过艰苦奋斗的努力达到退亲目的的则喜上眉梢，干劲倍增；那些费了九牛二虎之力仍脱不了身的军官则像突然老了十岁，脾气明显地变坏了。更有甚者，不仅婚没退成，反而遭到处理，重新回到了土地上。和我爸同年入伍同批提干的侯四科就是一个活典型。侯四科入伍前就定了亲，他的对象是个有心计的女人。侯四科提干后提出退亲，他的对象二话没说跑到牛头山军营，哭求无效后，就把一件沾了血迹秽物的内裤交给了领导。这件女人的内裤决定了侯四科被处理回乡。大约我六岁那年，我爸回家休假，突然想起这位战友，就带我步行四里路去看望他。我们在他家的西瓜地里找到了他。当时他躲在窝棚里喝酒，他的女人正顶着烈日锄草，他的儿子在一棵枣树下睡着了，黑蚂蚁爬了小家伙一身。我见他家的西瓜比别人家的要小许多，人家地里的瓜像大人的头，他家地里的瓜像小孩的头。我爸和他很少说话，他们默默地喝净剩下的酒，侯四科哑着嗓子冲女人的背影喊，摘个瓜来吃。女人背对着窝棚说，瓜都不熟呢，你们喝绿豆汤吧，壶里有。侯四科恼了，骂骂咧咧道，妈的，谁说不熟。我爸没拉住他，他趔趔趄趄走出窝棚，搬来一个切开，果然不熟。他又搬来一个切开，还是生的。再摘一个，仍是不中吃。最后我们挑拣着每人吃了几口，不是个滋味。回去的路上我爸一言不发，我以为他同情侯四科，谁知他却冒出一句："他们是自找的！"

在那个特殊时期，我爸是怎么想的？按说那时他和我妈在感情上陷得还不深，他及时撤退似乎不应有太大的阻力，可以肯定，会有好心的战友、朋友乃至个别关心他的领导提醒他抓住机会，当断不断后患无穷。我妈后来曾经零零星星对我谈起，那些日子她都做好了散伙的准备，一旦我爸变卦，她再嫁别人就是了，她不会掉一滴眼泪的。"没准儿我能找个更好的。"我妈自信地说。可我爸却依照先前约定的日子回来完婚了，而且脸上丝毫看不出有什么不快活。我妈仍是不放心，就提醒我爸想妥了再办事，免得以后后悔。我爸说，一个人一生的大事，包括婚姻、事业，都是命中注定的，你想改变没那么容易，你得付出更大的代价。我爸又说，他们原本从土地上来，却又想完全脱开它，脱不开的，他们慢慢就会明白。我爸还说，一个男人，如果指望靠婚姻来捞取什么，这个男人就不是男人，连女人都不如。最后，我爸干脆幽默地说："家乡的小菜，吃着可口哪！"我爸天生没有幽默细胞，可他关键时刻一句幽默风趣的比喻，把我妈逗得咯咯直笑。我妈的心随即变踏实了。我妈对我说："就凭你爸这几句话，不管他以后怎么待我，我都不生他的气。"后来南方边境发生战事，我爷爷夜里睡不着，把我妈叫过去拉呱，我妈就对我爷爷说："万一大春他爸有个三长两短，不管他怎样，我一辈子都是老王家的人，我说到做到！"

我爸和我妈的关系就是这样，他们常常大事不糊涂，小事却拌嘴。但如果你赞扬他们忠贞不渝，我爸会说，喂，你先给我讲讲那个"渝"字怎么写，噢，懂了，那都是文人编的，我看是狗屁，只要两人都不往别人被窝里钻，就可以了，你还想怎么着？

我有一个同学，他妈是我妈来部队后交的干姐妹之一。他的爸爸当年也曾加入过庞大的退亲行列，但阴谋没有得逞，结婚后，和老婆的关系很淡，人称"钢铁战士"。他妈时不时来我家找我妈哭诉一番，说男人几个月都不和她"好"一回，我妈陪着唉声叹气。有一次我爸对她说，弟妹，他不和你"好"，你就和别人"好"嘛，你跟他客气啥！

我妈刚到家属工厂上班时，有些自卑，因为所有的家属中，数她男人的官最小。渐渐地，我妈就有了一种优越感——她的优越感就是同这种女人相比后得来的。

大约在我十岁那年，我认识了一个叫雯雯的女孩。

雯雯随她妈妈从上海来牛头山军营探亲。雯雯的爸爸是团里的副政委，我经常在路上遇见他。他瘦高个头，不论什么样式的军装穿在他身上都很合体，所以他一点儿都不像那些邋遢的军人。他见了大人不爱讲话，见了孩子却主动上前摸人家的脑袋，眼睛亮晶晶的，我的脑袋被他摸过不下十回。雯雯差不多每年暑假都随妈妈来部队，去年这时候我曾在营院里和她打过几次照面，但没留下什么印象。雯雯的妈妈却是牛头山人经常谈论的话题。她好像姓郭，个子很高，眉毛很淡，嘴唇很红，皮肤很白，脖子很长，胸脯很鼓，腰子很细，走起路来胯扭动得厉害，好像鞋底上安了弹簧。离她老远，就能闻到她身上的香味。传说她年轻时当过舞蹈演员。只要她这只"白天鹅"一来军营亮相，这里的女人好像连路都不会走了。不过她很少出门。

这个暑假里，雯雯一家临时住进我家后面的那排平房，和我家正对

78

着，两排房子中间栽着棵一人多高的玉兰树。透过窗户，我有时见雯雯在房前的青砖地上玩耍，固执地追踪一只色彩斑斓的蝴蝶，或者手捏一只花壳瓢虫眯起眼睛对着阳光观察，说，你呀，比太阳还亮。雯雯喜欢穿牛仔裙，头发束在脑后，特有礼貌，一看就知道是大城市来的，她好像比我大一岁，比我高两个年级，比我多懂不少事情。让我不好意思说出口的是，她的个儿也比我高出不少。

　　一天下午，突然下起雨来，正在玉兰树下看书的雯雯慌忙跑进屋里。我站在后窗前，透过玻璃上滚动的水珠，空中斜斜的雨丝和玉兰树晃动的枝叶，凝望着雯雯的窗子。突然，我看见了雯雯。雯雯此时也站在窗前朝我凝望。我们几乎在同一个瞬间举起手来朝对方致意。接下来，我们都没有走开，我们不约而同地，也是徒劳地用手在玻璃上擦来擦去，试图更清晰地看到对方的面容。我看到雨水在雯雯面前的玻璃上汩汩流淌，仿佛泪水流在她脸上，或者流在我脸上。后来天放晴了，遍地是夕阳的碎片，雯雯兴致勃勃地来到院子里，光着脚丫踩水。她被一株樱桃大小的花朵迷住了，那株小花在雨后呈现出冷艳逼人的光泽。我听到她喊她的妈妈，问这是什么花。我还听到她的妈妈责怪她，好像说她不要像个乡下人似的。

　　我很想推开窗子大声告诉她，那是一株红绒花。我家乡河滩上有好多这样的花，牛头山临河的那面草坡上也有好多。我穿上雨鞋，出了营门，忙不迭地跑到遍布着红绒花的小树林里，一口气采下许多。第二天一早，我把它们摆到我的后窗台上。果然，雯雯从她的房间里看到了它们，她一步三回头地、迟迟疑疑地走到我的窗下，轻轻敲了敲窗子。我把窗子拉开一条缝，看到她冲我甜甜一笑，仿佛我们相识已久，她没有流露出一点儿羞涩的表情。她告诉我，她很喜欢这种花，也很喜欢这个地方。她还说，她的妈妈正在睡懒觉。后来，她捏起最艳的一株花放在鼻下嗅着，说："我只要一朵。谢谢你，弟弟。"

　　雯雯和她妈妈是半夜里走的，她们回上海了。临走前她对我说，明年这时候她还会来。我记住了雯雯的话。在以后漫长的一年里，我觉得我长高了许多，肯定超过了雯雯。一年后，她果真又来了，长发变成了短发，短裙换成了长裙。但来了没几天，大约一个星期吧，她的妈妈就要走，说一天也待不下去了。她告诉我这事的时候，我看到她又圆又亮的眼睛里含着忧伤。临走的那天上午，她隔着窗子央求我领她去看看山，她说她一共来这儿五趟，可一回山也没爬过。我说你妈妈同意吗，她说他们现在顾不上我了，我就是丢了他们也不会晓得。我点点头，和她一前一后出了营门。我们来到遍地是红绒花的临河的山坡上，初升的太阳照得我们身上汗津津的。我脱下身上的小褂，说要采好多花让她带回去，带给她的爷爷奶奶和姥爷姥姥，带给她的同学的老师。她望着我，缓缓地摇摇头，说："弟弟，勿要采，让它们好好地生长吧。"说这话时她的眼睫毛上挂着一排细碎的泪珠，亮晶晶地晃着我的眼睛。

那个阳光灿烂的上午，我牵着她柔软的小手，走过小树林，走过铺满野花的山坡，走过一片大青石，越过一个山冈，最后走到清幽幽的小河边。一路上我们很少说话，从不远处的草丛里蹿出一只野兔也没能引起我们的欢呼。我们站在小河边，看水打着旋儿流淌。她见我脸上挂着汗粒，就掏出一块干爽的手帕，为我拭去汗滴。然后她突然把那块小手帕展开，搭在我滚烫的脸上，然后她踮起脚尖，隔着手帕轻轻吻了吻我的额头。我感觉着她香甜的呼吸，一动也不敢动。那个瞬间，我听到了身上骨肉蓬勃生长的声音。

雯雯和她妈妈还是坐半夜里的火车。那天夜里，我毫无睡意，长时间地趴在窗台上，听着对面的动静。月亮露脸后，来了一辆小车。雯雯的妈妈头一个钻进去，雯雯站在车门口依偎着她的爸爸。她的爸爸则猛地搂抱了她一下，直到她妈妈催促了三遍，她才上车。

第二天上午，我睡到很晚。起床后，我习惯性地趴在后窗台上往外看。这个习惯性的动作后来我持续了好久。突然我发现窗玻璃外的水泥台上放着一支银光闪闪的钢笔，上面缠着一根红丝带，而且红丝带缠成了一朵花的形状，那支钢笔仿佛是花的梗。我打开窗子，把它紧紧握在手中，久久不愿松开。我知道以后再也见不到雯雯了。我还想到，从这一天起，我的童年该结束了。我甚至觉得，雯雯能影响我的一生。

这年年底，雯雯的爸爸转业回了上海。但后来还是听说，她的爸妈离婚了。春节前，我收到了雯雯寄来的一张贺年卡。我没有漂亮的贺年卡寄给她，就给她邮去一朵已经干枯了的红绒花，那是我在她走后的第二天专门为她采的，半年多来我一直把它压在枕头下面。

此后，再也没有了她的消息。

一九八七年春天，我爸的三连出了一个大事故。就是这个变故，改变了我们家未来的生活道路。

在那之前，军区司令部的一位处长来我爸的连队检查指导工作时，发现我爸是个"人才"，就暗示我爸说，他的处里还缺一名参谋，他认为我爸是个合适的人选。我爸着实高兴了一阵，还借去军区机关办事的机会"活动"了一下，并且捎带着把我带进省城见了见世面。那段时间我妈比谁都激动，她说："他爸呀，你在这个山沟沟里待了十八年，真该出去换换空气啦。风水轮流转，就是轮也该轮到你啦！"

团里见军区机关看上了我爸，也随即发现我爸确实是个"人才"。团长说，你调走，我们虽然舍不得，但会支持你。政委说，即便调不走也没关系，秋天让你当军务股长（这是个肥缺）。这个时期的我爸确有点"前途无量"的味道。

偏偏这个节骨眼上，三连出了事故。

肇事者是一班班长苏跃雷。

苏跃雷是烟台市人，长相英俊，身材高大，训练刻苦，带兵有方。他的班无论军事训练、政治教育，还是内务卫生，都是全连最好的，几乎无可挑剔。你只看他一眼就会知道他是一个很有素养的兵，这样的兵连队里并不是太多。曾有人跟他开玩笑说，把他调到三军仪仗队去，他一点儿都不比那些人差。我爸平时对他喜欢得不得了，多次说苏跃雷是个好苗子，这样的兵代表着军队的未来，应该重点培养。有一次团里搞共同课目评比，一班在全团拿了最高分，我爸特意把苏跃雷请到家里，大声招呼我妈给炒几盘菜，再弄两盅酒来犒劳犒劳他。他红着脸把酒喝了，没吃几口菜。那天他还辅导我做了几道算术题。别人早就把他当成我爸眼里的"红人"，处处高看一眼。

那个不幸的夜晚，大约一点多钟，整个牛头山营盘都被一声锐利的枪响惊醒了。谁也不知道发生了什么事情，但人们凭感觉意识到，和平时期的每一声枪响都是不正常的，令人胆战心惊的，尤其是在夜深人静的时候。那晚我爸是在家里过夜的，听到枪声，他爬起来边披衣服边往外跑，居然忘了穿鞋。我妈追到院门口，奋力把他的臭胶鞋扔给了他，才使他不至于赤脚跑到出事地点。事实上他还是把鞋穿颠倒了，因此在路上奔跑时，他感到别扭，仿佛脚下有鬼，摔了两个跟头，膝盖出了血，头皮一阵阵发麻。

出事地点就在大操场的中央。我爸赶到那里时，已经有几个巡逻执勤的哨兵在哀哀地呼叫。他们见到我爸，哭着说："苏跃雷……"就说不下去了。我爸的眼里金星闪烁，一句话也说不出来。他双腿跪在地上，抱起苏跃雷渐渐冷却的尸体，像抱着一座沉重的大山，压得他五脏六腑黑血喷溅，染红了半边天。很多人战战兢兢围上来，团保卫股和警卫排的人把他们吆喝走。三连指导员赵义金唉声叹气。营长教导员把我爸拽到一边。团长政委黑着脸一言不发。气氛压抑得宛若火药桶即将被点燃。

保卫股的人在几分钟内就得出结论，苏跃雷是自杀。一颗子弹穿过了他的太阳穴，黑血涂满了他原本英俊不凡的脸。这是一个老掉牙的血腥场面。他的上衣兜里装着一封简短的遗书，大意是：他不想活了，所以决定自杀；他的死与任何人无关；三连是个好集体，连长指导员都是好领导，同志们都是好兄弟。下面工工整整地署着他的大名。

一班的战士们回忆说，这晚轮到他们班负责营院巡逻，熄灯时，弟兄们劝他，反正是例行公事，班长就不要亲自去了。苏跃雷说他不放心，还是出去转转。他抓过专门为巡逻队配备的手枪（按规定不发子弹，他自杀用的子弹估计是以前打靶时私藏的），就出去了。大约十二点时，他还回来过一趟，为几个新兵掖了掖被子。接下来就出事了。苏跃雷的自杀简直是一个解不开的谜，因为没有发现任何足以造成他自杀的理由。由于失恋吗？谁也没听说过他谈恋爱。由于前途问题吗？连里早就答应让他今年参加军校招生考试，凭他的文化水平，考军校没问题。也许只有一个理由尚能立得住，那就是他的奶奶是上吊自杀的，而他的爸爸是跳楼自杀的，他有一个姐姐因失恋试图割腕自杀，但未遂。这似乎说明他的家族有自杀基因。不管怎么说，一个人不想活了，谁也拿他没办法。

但不管怎么说，苏跃雷是三连的兵，是在三连死的，三连要为他承担责任。它给我爸造成的后果是，调动一事无限期地拖下来了，三拖两拖也就没戏了。那段时间我爸把自己闷在房间里，沉默得像一块石头。有好几个夜晚他睡不着，仿佛梦游一般到苏跃雷自杀的地方坐上一阵，天亮后别人会在那里看到一堆烟头。我妈以为我爸因调动不成而难过，就去劝他，顺便埋怨了苏跃雷几句。不想捅了马蜂窝，我爸暴跳如雷，说："你凭什么怪苏跃雷？他人都死了，和他的死相比，我调动的事算个屁！老子哪儿也不去了，就老死在牛头山，死后就埋在这里！你如果觉得委屈，咱们现在就打离婚！"我妈吓得一声不敢吭。

没有人知道，他实实在在是为一个优秀士兵的死而悲戚。

最终我爸在当了七年连长之后，被任命为团保卫股长，手下只有一个兵，其主要职责是预防犯罪，抓抓小偷小摸之类。他对这项任命非常不满意，因为不能直接带兵了（他原本是想当一营副营长的）。离开了前呼后拥的士兵，他浑身都不舒服，总觉得自己成了军营里多余的人，所以在一九八九年我爷爷去世的时候，他的反常行为的答案就在这里。

一九八九年夏天，我大伯拍来电报，说我爷爷患脑溢血去世了，团里立即批准我爸回家奔丧。当时部队正准备搞演习，按说保卫股长参不参加演习无所谓，可我爸出人意料地提出，他留下来坚持工作。他打发我妈带我回去替他灵前尽孝。他的做法得到了团首长的高度赞扬，宣传股的笔杆子还为他写了一篇报道，发在军区机关报上。

我爷爷的死使我悲痛不堪。我想起我在家乡度过的八年里，他老人家把全部的爱意都给了我。也许由于当初我爸顶替他的哥哥当兵而使他们的父亲免遭耻辱，同时帮助我爷爷卸下了心头上的某种重负，了却了某种心愿，我爷爷一辈子都感激他的二儿子，一辈子都未能原谅他的大儿子。还因为我爸顶替我大伯当兵后混成了干部，我大妈一直觉得她的男人亏了，时常找碴儿跟我妈作对，我爷爷数次当众破口大骂我大妈，破了我的家乡"老公公不和儿媳妇斗"的世袭的规矩，落下了供人流传的笑柄。

我爷爷临死前留下两条遗嘱：一是自古尽忠难尽孝，不要告诉老二我的死讯（三年前我奶奶去世时，我爷爷就没告诉我爸），让老二安心工作，一定要在营盘里扎下根；二是大春长大了也要当兵。我大伯在我爷爷咽下最后一口气后，不由分说就违逆了第一条遗嘱，马上给我爸发了电报。他说："我就不信，天底下什么事能比死爹事大！"

办完我爷爷的丧事，我妈带我回部队。可到了家里，发现门锁着，一问才知我爸昨天夜里匆匆坐火车回老家去了。据说他下了汽车，直奔我爷爷的坟前，长跪不起。面对一堆崭新的黄土，他都想了些什么？没人知道。他在老家待了整整一个月，每天都到我爷爷的坟前去，亲眼看着小草从土里冒出来。他超了半个月的假，团里一连发了三封电报催他回来，他置之不理，说，大不了挨个处分，你们随便吧。一个月后，他满脸脏胡须像个野人似的回到牛头山，却没人再提关于他超假的事。

我爸那段时间反差极大的表现令人费解，我也是在许久之后才找到答案。演习前，有传言说一营营长要去军事学院深造，可演习结束后，一直未见一营营长去上学，我爸妄图接替营长一职的小算盘就落了空。他说，我以前从没想过要当什么"典型"，这是唯一的一次。他又说，现在想想，如果我靠这个当了营长，你说恶心不恶心？娘的，幸亏没当上！

一九九二年春天，我爸在团保卫股股长的位置上提出转业，回故乡去。他已经四十一岁了，早就超过了他这一级干部的最高服役年限。他在这里待了整整二十三年，不能再待下去了。营盘里年轻的小军官一茬茬往外冒，他明显是落伍了，疲惫了。他的胃切除了二分之一。他的背也有点驼了。他成了罗圈腿。他的体重都不到一百斤。我的个头也已经超过他了。如果不是因为他肩膀上扛着少校军衔，新来的兵把他当成老炊事员也说不定。

牛头镇也仿佛在一眨眼的工夫变了样，理发馆变成了发廊，小吃店改成了情侣咖啡屋，修脚铺现在叫洗脚店，澡堂子搞起了桑拿按摩，至于舞厅夜总会，和街上的水果一样泛滥，每一个店堂的门口都有形迹可疑的漂亮小姐站在那儿招客。到了晚上，牛头镇灯火通明，像一座不夜城，而与它毗邻的牛头山营盘却还是老样子，与喧哗的镇子相比，这里沉静得仿佛压根儿就不存在似的。

在我爸决定转业的时候，他原先的老搭档李朝纲从军政治部组织处副处长的职位上下到团里当政委。李政委坐车从军部来，他一下车就直奔我家，抓住我爸的手使劲摇了摇，说："老王你不能走，这里的人谁走我都不拦，但你不能走！"李政委还说，他马上提请党委研究上报，先让我爸干副参谋长，过渡一下再当参谋长。"放心，军长政委那里我还能说上话。"

我爸笑了，他朝李政委胸脯上击了一掌："老李你还不了解我吗，我定下的事再改就难了。撞上南墙不回头，我一直是这个熊样子，对不对？"

李政委走出我家时，学着座山雕的样子念了一句唱词："老——九——不——能——走——哇——"原本挺滑稽的一句台词竟让他说出了凄凉的味道。

我们收拾东西，准备再一次搬家。家当可是比以前多多了，但我爸一点儿都不上心，丢掉什么带走什么，装箱打包捆捆扎扎，全是我妈领着我干的。我爸只管抱着一个大本子，翻来翻去像在破译什么秘密。那个大本子我见过好几回，看上去像一摞干煎饼，红塑料皮的封面掉光了颜色，扉页有一段毛主席语录。我爸把他入伍以来凡跟他当过部下的所有弟兄，都一个不落地记在了上面。记得我妈曾就此奚落过他，说你还是官小，你当了军长司令啥的，那么多手下，你记得过来吗！那段时间，我爸就把自己关在小房间里，或是走到院子里的玉兰树下，抱着他的宝贝看不够似的。那上面密密麻麻记下了一千多人的名字，有些名字的下面他打上了着重号，估计是那些给他留下深刻印象的人。有一天，我走到他身边，他表情凝重地指着三个人的名字念给我听。这三个名字是苏跃雷、许士民、迟小田。我马上就猜出，这是三个离开了人世的名字。果然，他点上一支烟，猛吸一口，说："苏跃雷是个少见的好兵，可他死了，就死在我的眼皮底下，我对不住他。我为什么没能留住他？许士民是我当副连长时的兵，南京人，长着一张娃娃脸。一九七八年他托关系调到了××师，不久那个师上了前线，他被流弹打死了。如果当时我劝他留下来，他就死不了。还有这个迟小田，下连不久就闹着学开车，我说你这个人迷迷糊糊，反应迟钝，不是个司机料子，他不听，到

85

处找人，好歹弄了个驾驶证，这不，退伍回去的第二年，他连人带车掉进江里，尸首都没找到……如果他学车前我再往深里劝劝他，他也许就不去学开车，到现在肯定还会好好活着……"

一天，团收发室的小战士把一封挂号信送到了我家。是一个叫杨志德的人写来的。杨志德现如今已经成了省城著名的大款，太平洋实业公司总裁，资产据说不下两个亿。杨志德在信上说，亲爱的连长，听战友们说，你要转业了。到我这里来吧，想干点什么你自己定，就算你再帮帮我好吗？

看完信，我爸哑然失笑。愣了愣，他说："真是浑蛋！这家伙又小瞧你们连长了。你们连长当初对你们好，从没想过将来要沾你们的光。你们即便将来当了省长市长、亿万富翁，老子还是你们连长！你们明白这点就行，就比什么都强……"说完，他慢慢把信撕碎，扬手撒向绚丽的天空。那些洁白的纸片在风中飘呀飘呀，后来消失得无影无踪。

最后一个来看望我爸的，是牛头镇的葡萄大王吴建明，同来的还有他的夫人刘玲以及四岁的女儿吴点点。他们一进我家，吴建明上去就搂住女儿的脖子说："娃子，快给爷爷磕个头！"

我们都愣了。我爸最先反应过来，他摸了摸胡楂儿，说："爷爷？我有那么老吗？……小吴呀，你少扯淡。"连忙扶起几乎要哭出声来的小点点，对她说，"孩子你记住，以后除了你的老子，不要给任何人下跪。"

小吴一家走了后，我才想起居然又忘了看看刘玲的耳垂，是否和我的一样，像啥来着？噢，像玛瑙。

我们在牛头山军营待的最后几天，我妈突然不明不白地病了一场。她一连做了好几个奇怪的梦，而且梦境都差不多。她梦见一个短发长脸的女人，穿着碎花旗袍，在这间屋子里走来走去，有时坐在窗前绣花，有时打开一台老式的留声机听戏曲，有时用一个小火炉熬牛奶，仿佛这间屋子就是她的家，她就是这里的女主人。到后来，我妈居然大白天里也能看到那个女人活动的身影。我妈就病了，出虚汗，说胡话，牙齿咬得咯咯响，时而清醒时而糊涂。她清醒时判断说，这房子太老了，下面可能压住了别人的阴宅。我爸说我妈扯淡，胡寻思，就黑天白夜地守着她，与她寸步不离。这个谜一年之后终于揭开，我们住的那排房子被推倒了，要盖一栋宿舍楼，挖地基时，果真从下面挖出一具尸骨，通过随葬品判断，死者是个年轻女人。

在某些人眼里，我爸是以一个失败者的形象离开牛头山营盘的。他没打过仗，也没流过血，更没有任何值得别人记住的英雄壮举。他虽然立过两次三等功，但需要说明的是，这两个功都是人家在无法为他晋升职务的前提下，作为一种补偿奖给他的。我来这里时八岁，在这里待了八年。我爸离开家乡时十八岁，两年后我离开家乡去中原腹地那座营盘时，也是十八岁。

这是一种巧合，还是命中注定？

黄昏来临的时候，我孤立在中原腹地这座营盘围墙边的一个土岗上，望着远远近近的景物出神。城市和村庄在远处若隐若现，坦荡的土地铺向四面八方。冬日的天空寂寥无比，听不到任何声音。一队南行的大雁在极目处凝止不动，仿佛镶嵌在银色天幕上的一串宝石。细碎的流云缓缓飘浮，宛若往事依稀在心头。俯瞰从前，我的心里充满了波澜和眷念。思绪就像一张风帆，在记忆的河道里摇荡，摇荡出千百个剪影，多彩多姿，多姿多彩。

我们一家回到故乡的小县城后，我到县中学接着读高二，我妈则给安排到县面粉厂当工人。我爸的工作倒是费了不少周折。起初他联系的县公安局，毕竟与枪炮打了半辈子交道，我爸觉得当警察比较合适。但那一年有十几个转业干部想干公安，而人家只要两人，我爸觉得没戏了。令我爸意想不到的是，公安局把他排在了第一位。过后才知是我大伯背着我爸送给公安局长一万块钱。你现在可不要小瞧我这位没有文化的大伯，他先是跑运输，后来又办了砖瓦厂、饲料厂、养猪场，有了上百万家产，成了苇河镇的首富。我爸知道这事后，非常生气。我大伯劝他说："不就一万块钱吗？算我的，再说你当上警察，不出一年就能捞回来。"

我爸说："你以为我想发财？告诉你，我都四十多的人了，发财的机会早就错过了，到现在还图什么！"

我爸说完这话，就去了公安局长家，当他把那一万块钱甩给我大伯的时候，说："公安局请我去我也不去了，在这种领导手下做事，没啥意思！"

我爸最后进了县农业局，当了一名办事员。这个单位少不了和土地打交道。

从苇河镇到县城，不过五十华里远。我爸去外面的世界闯荡了二十多年，难道仅仅是为了缩短这五十华里的距离吗？当他后来往返于这五十华里长的路途上时，他有什么感慨吗？

今年夏天，我高中毕业，照例参加了高考。我考不上大学早已是全家的共识，当确知我真的没考上时，我们全家到百货大楼对面的饭馆里吃了一顿，仿佛是庆祝当初预言的应验。走出饭馆，我妈突然发现，当年我爸和她定亲时，他们曾经在这里吃下两斤大肉包子。

又过了几个月，我就穿上了这身军装，来到了这座营盘。临走前，我爸拿出一支陈旧不堪的竹笛交给我，说是一个叫秋江的弟兄送给他的，现在他把它送给我。我伸出双手接过它，然后把它贴在胸前放了一会儿。我这个刚穿上军装的新兵蛋子在他这个已经脱了军装的老兵面前有点不自然。我想以后会好的。

现在，我站在围墙边的土岗上，手里就捏着这支普通的竹笛。我想到，过去的事情都已经消失了，永远地消失了。我又想，消失了也好，任何事情它都是这样，它永远在不停地消失，但又永远地在心中复活。

晚风浩荡，我身后的这座营盘沐浴在夕阳的余晖里。搭眼望去，它像一座古旧的村庄。其实，它就是一座村庄。各式各样的人来了，又走了。它生生不息，香火不断，子孙满堂。其实，那些遍布在土地上又被土地所包围的一座座城市，何尝不是另一种意义上的村庄。它们生得晚，来得迟，可是现在它们仿佛成了阔佬，它们像一个不肖的子孙，有点鄙视村庄了。不知不觉，我举起竹笛，横在唇上，一串音符跳荡出来。起初它们羞羞涩涩，忸忸怩怩，缠绕着我，不肯离去，后来它们舒展开来，打着滚儿，既欢快又忧伤，流水一样漫溢而去，渗透到营盘的角角落落，一草一木一砖一石间。我看到，有许多人被这些音符唤了来，他们站在土岗子下面，呼吸着这些灵动的音符。人群里好像还有一个漂亮的小女兵，她一双明丽的眼睛一眨不眨地望着我，像深夜波涛中的两盏渔火。她的眼睛让我想起我少年时代的朋友雯雯。雯雯，雯雯，我亲爱的朋友，你现在还好吗？……我缓缓地吹奏着，浩荡的晚风也加入进来，使我的独奏变成了雄浑的合唱，仿佛来自天国的篇章。就在这时，夕阳把最后的一抹晚霞泼洒过来，整座营盘犹如披上了金光闪烁的盔甲。

（1998 年）

像小河一样流淌

所罗门说：大地上并没有新的事物。因此，柏拉图有了一种想象，以为一切知识不过都是回忆。因此，所罗门断言：一切新奇的东西不过是遗忘了的东西。

——弗朗西斯·培根《散文集》

我离开故乡进城的那一年，刚满十六岁。那是一九八二年。人说远行是一个少年真正成长的开始，我的故事就是从这时开始的。

一九八二年，我考上了位于沈阳的一所军事院校。我总觉得这是祖宗显灵苍天保佑，因为我平时的学习成绩很一般，但在高考时却超水平发挥，得了个全校第一，在我们那所乡村中学引起轰动。

那一年的秋天来得早，处暑过后，雨一场接一场地下，一场秋雨一场寒，待八月下旬我离家去学校报到的时候，寒意已经很浓重了。

我父亲骑自行车先送我到乡里，然后我乘长途汽车到省城济南，再从济南乘火车去沈阳。路途遥遥，至少需要两天两夜的时间。有生以来第一次出远门，我有一种十足的新鲜感和忐忑感，满脑子杂乱无章的念头。

天未亮，父亲推着自行车，我提上新买的帆布旅行包往外走。旅行包里装有几件衣物、一个搪瓷杯、七八个烧饼和两根腌萝卜，后者是我一路上的食物。

刚出大门，我听见我的祖父在他那间漆黑的屋子里大声咳嗽了几下，想必他早已醒了，也许他一夜未睡。多年来，祖父的睡眠一直很糟

90

糕，他常常半夜里爬起来，要么在村子里反反复复转圈子，要么到自家刚承包不久的田地里一坐就是小半夜。我母亲说，老头子的脑袋瓜出毛病了，要得神经病。因此我有些怕他。我妹妹更是怕他，甚至不敢和他在一张桌子上吃饭。

父亲停住脚步，说："给你爷爷道个别吧。"

我已经在昨晚临睡前同祖父道过别了。但父命不可违，我耐着性子来到祖父房间的窗根下，颤着声儿说："爷爷，我走了。"

祖父在里面哼哼了几声，算是回答。

这是我最后一次同他老人家说话，年底，他就去世了。

那时，我正在三千多里外的军校里刻苦钻研，没能赶回来参加他的葬礼。

我的祖父在生产队里当了二十多年的粮食保管员。苍天做证，在这二十多年里，他没有往家里偷拿过哪怕是一粒粮食，他真称得上是这个世界上少见的铁管家。有许多次，我奶奶、父亲、叔叔他们饿得要死，央求他从仓库里带把粮食出来熬碗汤喝，他就是不答应。为了避嫌，他夜里从不出门，怕别人怀疑他去仓库偷拿东西，他甚至让我奶奶把他所有衣服的口袋都去掉。家里所有的人都说他傻，傻透了，太死心眼儿，世界上找不出第二个这样的人。开始我也这样认为。后来通过虔诚的政治学习，我终于理解了他，非常非常佩服他；再后来政治学习一放松，我又开始觉得他傻，断言世界上永远不会再有这样大公无私的人了。好在他死了，埋怨也没用了，权当就没这回事吧。

许多年前，农村大搞互助组、农业合作化时候，我的祖父曾经是一个远近闻名的积极分子，带头将自家的田产归公，领回一张县上发的奖状。他把奖状贴在正房北墙最醒目的地方，那是逢年过节张挂祖宗灵谱的位置。若干年后，农村重新分田分地分骡马牛羊，他有些想不通，认为社会转了一个圈子又回来了，感到自己受了愚弄。我琢磨，就是在这个时候，祖父的脑袋瓜子出了毛病。

他曾对我父亲说，他打算上吊。后来又说上吊不好，太难受，还是喝农药吧。到头来他既没上吊也没喝农药。在我离家之后，他的食量越来越少，整日整夜睡不着觉，一个劲儿地咳嗽，咳得屋子跟着摇晃。再往后他发烧、说胡话、放屁、流鼻涕、打喷嚏、神志不清。不久，他就谢世了。据说死时很安详，没有一点痛苦。

大约半个月后，我接到了家中来信，得知祖父去世的消息。说实话，当时我并不感到特别难过，我只是感到突兀。这没有办法。我想起这十多年来，他待我很一般。我小的时候，他赶集买回一点糖果、烧饼什么的馋人东西，总是偷偷塞给我大伯家的孩子，大伯家的孩子偏偏爱在我面前显摆，常常馋得我口水涟涟，眼泪汪汪。我跑到祖父身边，央求道，爷爷，给我点吧……

他装作没听见，头也不抬。许久，他斜我一眼，没好气地说，瞧你，脑门宽，耳垂大，下巴圆，日后是个福命，啥好东西吃不着？一边玩儿去吧。

后来，我发愤读书，年年都是三好学生，经常得到老师表扬。我的母亲自豪地说，我儿好好上学，将来当个大官，把爹娘接到城里享福。祖父这时却又跑来作梗，他对我父亲说，读书有屁用，还是吃庄稼饭稳当。他引用当时颇为流行的一句话劝导我父亲："孩子考上大学，一年土二年洋，三年不认爹和娘。"

幸亏我父亲没有听他父亲的胡言乱语，否则就不会有今天的我。

我把家里的来信撕碎，丢进垃圾筒。我没有把祖父去世的噩耗报告给领导，只透露给了同宿舍的一位好友，并嘱他为我保密。密终究没保成，到底还是传到了学员队领导耳朵里。领导很高兴，特意在军人大会上表扬了我，说我入校后，思想觉悟提高得很快，能够正确对待家庭的问题；进而要求我"化悲痛为学习"，号召大家以我为榜样，并当场宣布给我嘉奖。后来我在同批学员中最先入党，应该说基础就是这时候打下的。

一九八三年底，我第一次回家乡探亲时，没忘了到祖坟上转转。我家的坟地坐落在村南的一块荒地上，由北朝南依次排列着几十个大小不一的坟头，埋葬着我家的列祖列宗，他（她）们有的寿终正寝，有的死于瘟疫，有的死于战乱，有的被淹死，有的被饿死，等等等等，命运各不相同。

祖父的坟头上已经长满了萋萋荒草。荒草丛中那个黄褐色的土馒头上有不少兽类刨出的洞，我怀疑那是蛇们干的好事，常听人说蛇喜欢钻死人棺材，在骷髅堆里安家落户。

我默默地与祖父交流了一阵，然后抬起头来，望着远方的村落和田野出神，虽然离家不过一年多的时间，但在我眼里，故乡已经显出了陌生。我用散淡的目光依次抚摸了一遍故乡的村落和田园，最后让目光停靠到祖坟边。紧傍着我家的祖坟，有一条小河穿过，这是最让我感兴趣的事情。那条小河一年四季不断水，即便是冬季，冰凌下面依然有水在流动。估计河水早已浸入了我的先人们的墓室，将他们身上的部分东西带走，带到遥远的地方去。

寒风吹来，脸上一阵阵发紧。不由想起小时候，炎夏季节里，我常常和小伙伴们一起，来小河里扑腾，捉鱼、摸泥鳅、逮老鳖，屁股上涂满了黄泥。有一年发洪水，小河里浊水奔涌，当时八九岁的我不知深浅跳到里面，一个浪头打来，打得我眼冒金星，晕头涨脑，浑浊的激流卷着我往前翻滚漂流，同来的小伙伴们吓得屁滚尿流，丢下我一个个跑得没了影。就在我快要支持不住的时候，不知有一种什么力量把我托出水面，拽到岸边……就这样我稀里糊涂得救了。爬上岸，我呕吐一阵，抬起头来，就看到面前正是我家这一片黑乎乎的祖坟。后来我终于悟到，是我家的列祖列宗救了我一命……

后来我还想，我死了倒没什么，可惜的是，如果那时我死了，那么，就不会有下面精彩的故事了。

一九八二年八月底的一个晚上，九点多钟，我恍恍惚惚出了沈阳火车站。

夜色笼罩下的城市一片空蒙，宛若处在淅淅沥沥的小雨中，晃得我眼睛酸涩，根本辨不出东南西北。

入学通知书上说，学校几号到几号在车站广场设接待点，日夜有班车接送学生到校。但由于我报到心切，又搞不准途中所用时间，比接站日期提前了一天，自然不会有班车接送。

我在车站广场上转悠了半个钟头，急得浑身冒冷汗，肚子饿得咕咕叫。后来碰到三个同样转来转去的学生模样的人，一问，我们去的是同一所军校，心里才踏实一点儿。他们同我情况相似，家都在关内的农村，路途遥远，而且心切。他们的口音很难听。我们操着各种稀奇古怪的口音商量了一阵，决定坐公共汽车去学校，如果公共汽车停了，就在候车室蹲一夜。

经一个卖煮鸡蛋的大婶指点，我们拐过一个街角，来到公共汽车站牌下，可是等了好一阵，不见车，也不见人，我们心里都有点慌，纷纷咕哝，怕没车了吧？

这时，就在这时，一个姑娘朝站牌款款走来，夜色下看不清她的脸，只见她头发挺长，长发披肩；她个头不矮，比我还要高出一小截。她穿着一件薄薄的袍子——后来我才搞清，这种薄袍的名字叫——风衣。

我急煎煎地上前一步问道："大姐，还有车吗？"

那天下午，在北国名城沈阳的一座整齐划一的校园里，有个叫韩雪梅的姑娘总觉得应该去做一件事情。刚才，她接到一位家住火车站附近的女同学打来的电话，女同学邀请她参加一个小规模的家庭舞会。女同学的父母是五十年代留苏的大学生，比较开明，经常在家举办舞会，韩雪梅很喜欢舞会上欢快而又略带忧伤的气氛。

韩雪梅思虑再三，决定去参加那个迷人的家庭舞会。如果实说，她的父母肯定不同意她外出，尤其是她父亲，脾气很大，动不动就发火，她只好编了一套谎话，说眼看要开学了，她和同学们约好，去火车站附近看望一位生病的老师。

她随随便便扒拉了几口晚饭，就乘公共汽车赶到女同学家。舞会已经开始，前来赴会的大都是她的同学，也有几个高年级学生，大家彼此很熟悉。他们用当时认为不太健康的邓丽君的歌曲伴奏，跳很健康的交谊舞。韩雪梅自然跳得很尽兴，汗毛孔儿全张开了，感到浑身特舒服。女同学劝她晚上住下来，可以多跳一会儿，她想这样不好，父母会怀疑，因此她匆匆告辞，去赶末班车。

在站牌下面，她遇到了那几个土里土气的外地小伙子。他们提着简单的行李，操着难听的口音，说要去某某军校报到。她抬腕看看表，不冷不热地说："跟我走好啦。"

当时她绝对不会想到，不久之后，她就和他们其中的一个交上朋友——不是一般的朋友，而是带有恋爱性质的那种。

当然，那个虎头虎脑的傻小子更是不会想到。

我反反复复地想过，一切不过是巧合而已。这没有办法。

我想先在这里提到一个名叫冷高峰的人。

从军校毕业后，我被分配到胶东半岛上的一座军用机场工作，冷高峰当时是团政治处的干事。

冷高峰一九五八年生，一九七六年入伍，安徽人，父亲是小镇上的铁匠，母亲无业，家庭妇女。冷高峰出生时，正赶上三年自然灾害，他的母亲没有奶，他的父亲变卖了所有家当，七拼八凑，买回一头刚产崽的绵羊，这头绵羊便成了他的生命之源。一家人围着绵羊团团转，想方设法给它弄吃的，为的是用它的奶水养活冷高峰。他的姐姐跑到很远的山上揭树皮，不幸摔断了腿，后来嫁给了一个比她大二十岁的老光棍。

那头救命的绵羊很争气，一直将冷高峰喂养到他能够吃别的食物，这时绵羊不再产奶，他的父亲只好将它杀掉，腌制成肉干供冷高峰慢慢享用。冷高峰长大成人后，听人说起吃大恩大德的绵羊肉一事，当下就黄了脸，感到天旋地转，趴在地上哇哇大吐，恨不能将五脏六腑都吐出来。从此他铁了心，即使枪毙他，他也不会再吃羊肉。

我和他相熟之后，有一次他对我说："我有两个娘，一个是我母亲，一个是那只无名的绵羊。"

他还问我，能否闻到他身上有异味。他说小时候，周围的人都说他一身膻气，因而不分场合地取笑他，他为此很难过。我说闻不出来，那是他们的心理作用吧。

我至今认为，冷高峰是我最好的朋友。我甚至感到，他将成为我一生中最好的朋友之一。虽然后来我们很少联系，几乎断了音讯。

一九九一年他转业了，如今在淮河岸边的一座小县城里居住，是一家照相器材门市部的党支部书记。我从未见过他的爱人，他服现役时，每年都是他回去休假，休两个人的假，四十五天。他爱人好像是县城一家国营旅馆的服务员，国家正式户口。他说他爱人特别贤惠，就是长相差一点儿。他看我一眼，又说："两地分居，找个丑点的，放心。"

什么逻辑。

他转业后，我曾经跑到邮局给他打过一次长途电话，在电话里，冷高峰问我的个人问题解决了没有。我支支吾吾地说，不着急嘛。他说要抓紧呢，别太挑剔，韶华易逝，时光难再……他嘟哝了一大堆，我诺诺称是。

在军校我学的专业是航空无线电，也就是说，毕业后要和飞机上的超短波电台、罗盘、高度表、尾警仪打交道，是诸专业中最理想的一种，干净，轻便，而且实用，比如修理个收音机电视机什么的，算是学到一门手艺。

最初我们上基础课，无非是政治教育、队列训练什么的，其实就是学习部队上的基本规矩，早起晚睡，摸爬滚打，不停地受训斥，和新兵连差不多，非常艰苦，很多人吃不消，个别家庭条件好、本人又娇生惯养的干脆退学回去了，打算来年再考别的学校。我一点儿也不觉得苦，只要能吃饱穿暖，我就什么都不怕了。两个多月后，改上专业课，情况好多了，不那么累人了，大伙儿的心思开始活泛起来。

我们的教学楼正对着学校大门，每天下课后，我们就在楼门前集合，整队去食堂就餐。一般这时候，正赶上学校教职员工的家属孩子下班或放学归来，他们有的骑自行车，有的步行，其中的年轻女性自然会引起我们格外的注意和眷顾。这没有办法。

我们迈着整齐的步子朝食堂走，前后都是学员的队伍，可我们身边，或许就并行着一个漂亮的姑娘，我们能够清晰地感觉到她浓郁的气息。在家乡的日子里，我们很少去注意女性，也许那时我们还小，来到军营后，我们忽然就感到自己长大了。也正因为这样，身边有女性并行的时候，我们的脚步就变得有点凌乱。带队的区队长这时最常吆喝的一句话是："眼睛要往前看，注意保持排面！"话音未落，往往就会引发一片哧哧的笑声。

我在三区队，我们区队长是上届留校的学员，据说他正和驻军医院的一个胖胖的护士谈恋爱，谈得热火朝天，因此他情绪颇高，对我们也就比较宽容。有一天，他来我们宿舍闲聊，忍不住向我们传授起在队列里偷偷打量人的窍门。他说，干吗非要扭脸侧脑袋？根本用不着，用眼睛的余光缓缓扫描就是了，就跟雷达一样。

他边说边做示范。我们啧啧称叹，到底是老兵了，就是经验丰富。

在路上常遇见一个身材修长、长发飘飘、面容清秀、喜欢穿风衣的姑娘。我总觉得她面熟，好像在哪儿见过她。我频频使用区队长灌输的"雷达扫描法"进行工作，终于想起来，她就是我来报到那天晚上，给我和另外几人带路的姑娘。我现在特别后悔，当时为什么没问一下她的名字。看来她就住在本校，不知是谁家的闺女。

她还记得我吗？

不久，我闹出一个大笑话。一天傍晚，去食堂的路上，我们的队伍再一次与她相遇。我知道很多同学都用"雷达扫描法"偷偷打量她，我当然也不甘落后，两只眼睛里放射出的电波分外强烈。我没有别的意思，我只是觉得，我们毕竟有过一面之交，路上遇见却不能打招呼，只好用眼睛的余光做点交流。也许我太专注了，一不留神，脚下一绊，扑通摔倒。于是队伍乱了套，哄笑声四起，我恍恍惚惚爬起来，满面通红，不知所措。

她肯定也笑了，这个滑稽的场面的确够可笑的。我是这个笑话的主角，简直成了小丑。但是，无论如何我得感谢那愚蠢的一跤，它差一点改变了我未来的命运——正是由于这桩突如其来的事故，多情的姑娘韩雪梅想起了我，记住了我。后来，我们成了很好的朋友。

韩雪梅在我成长的过程中，是个里程碑似的人物。

韩雪梅当时在上高中二年级。她所在的学校是沈阳市第十三中学。十三，在外国人眼里是个不吉利的数字，我们中国人却不在乎。

在我们成为朋友的日子里，她不止一次地对我说："弟弟，你是个小傻瓜……你这个小傻瓜呀，蛮可爱的……"

她叫我弟弟。其实我们同岁，我的生日比她还要大一个多月，可她总是叫我弟弟，一直都不愿改口。她说她不喜欢哥哥，她喜欢弟弟。她说："弟弟，你是个蛮可爱的小傻瓜……"

我说："我一点儿都不可爱，我……我缺心眼儿。"

她说："我就是喜欢缺心眼儿的人！"

听听，多么奇怪！

一九八三年春天和夏天，在古城西安，有个名叫桑迪的小伙子参加了招飞体检。桑迪的父亲是一位令人尊敬的中学教员，他的母亲也是位中学教员。桑迪是独子。他非常想当飞行员。小时候他就对飞机一类的玩具特别感兴趣。他的身体十分健壮结实。全家人对于他参加招飞信心十足。

果然，秋天到来时，他的愿望顺利实现了。桑迪含泪告别父母，到华北某航校学习飞行。他决心当一名优秀的飞行员，在祖国的蓝天实现自己的远大抱负。

像我这种没当过战士，直接由地方考入军事院校，毕业后提干的人通常被称为"学生官"。学生官是个多少带点儿贬义的词汇，意思是你虽然当了"官"，但你同时还是学生，你还嫩着呢！

学生官当然都很年轻。我分到部队时，刚满十八岁，手下一多半的兵比我还老，开展工作有难度。而我们这号人往往又比较清高，常常是老兵们看我们不顺眼，那些没有文凭的、混了很多年才出脱的干部们更是觉着我们扎眼。我到部队后，指导员找我谈话时，明确劝导我：要夹起尾巴做人。中队长则提醒我说，最好先别穿皮鞋。中队长的潜台词是：你年纪轻轻的就穿四个兜的衣服，再穿上锃光瓦亮的皮鞋招摇，老同志们心里不舒服，搞不好影响你进步。

那个年代，穿皮鞋能够代表一种身份。我赶紧把刚穿了三天的新皮鞋脱下来，换上胶鞋。我把皮鞋晾在窗台上，打算简单晾一下就收起来，明年再穿总可以吧？却怎么也想不到，转眼工夫，皮鞋不见了！

那是我有生以来的第一双皮鞋，出生后，我打了差不多十年的赤脚，穿了六七年的布鞋，到军校后，主要穿胶鞋和翻毛大头鞋。穿胶鞋时间一长，就生了脚气，痒得难受。到学校卫生队要来药膏药水胡涂乱抹，根本不管用。后来我给我三姑父写信，问他有没有治脚气的土法子。我三姑父是乡村赤脚医生，给人看病，也给牲口看病，有一年他酒后给一个妇女接生，三拉两拽，不小心弄断了产妇的动脉血管，孩子救活了，大人却没能保住，死者家属打上门来，说是要拆他家房子，扒他的皮，抽他的筋，吓得他在我家的地瓜窖里藏了半个月，后来大队赔了死者家属一千元钱才算了事。过后他仍然当赤脚医生，仍有人找他看病，只是他再也不敢替人接生。

我三姑父给我寄来了一小包药面，抹上后，果然见效，由此看来他这个赤脚医生还算有两下子。在此我唠叨半天，其实想说的是，我的脚气虽然治好了，但我却怕起了胶鞋，一穿上它，心里就不舒服。胶鞋随时随地会提醒我，在部队，我是个没有地位的人。

我不迷恋过去的日子，但我却迷恋赤脚。如果部队允许，我宁可什么鞋都不穿，天天赤脚。若干年后，我从电视上得知有个英国籍的女长跑运动员，叫佐拉·巴德，她参加运动会，向来不穿鞋，赤脚奔跑，有"赤脚大仙"之称。在汉城第二十四届奥运会上，她和一名美国运动员撞在了一起，失去了夺冠机会，我比任何人都替她惋惜。有一回，我喝醉了酒，禁不住冒出一句："我爱……佐拉·巴德。"

"佐拉·巴德是谁？"有人问。

我说："是我以前的女朋友。"

简直胡言乱语。

在部队，我不可能赤脚了。我早就盼望着穿皮鞋的日子快些到来。然而，我有生以来的第一双皮鞋却被人偷走了。

顺便说一句，我们住在一座五十年代建造的苏式三层楼里，红砖灰瓦都很陈旧了。我的宿舍在一楼西侧。这座楼上住了三个连队，几百号人，非常凌乱，搭在外面晾衣绳上的衣物经常不翼而飞，晾在一楼窗台上的物品也时常丢失。有的说是内部人干的，也有的说是附近老百姓来军营闲转，顺手牵了羊。反正都是无头案。

丢了皮鞋的我十分恼火，情急之下挥笔写了一张"布告"，贴在大楼门口。内容如下："亲爱的小偷同志：您好。最近一个时期以来，全国形势一片大好，工农业生产快速增长，各项事业蒸蒸日上，全国人民欢欣鼓舞，想必您也非常高兴。但是，我们不能不指出，您接二连三到我们这儿来拿东西，影响了大家的情绪，不利于安定团结，不利于四个现代化建设。其实我们知道您是谁，但碍于情面，不便揭穿。请理解我们的一片苦心。如果您生活上确有困难，不妨提出来，我们一定会发扬助人为乐的革命精神，积极帮助您解决困难。因此，希望您高抬贵手，改变不良习气，大家联合起来，同甘共苦，奋发进取，努力工作。如此，我们将十分感谢您。最后祝您身体健康，万事如意，阖家幸福，心想事成。"

末尾没有署名。我当然不便署名。招来很多人围观，人们津津乐道，兴致盎然。大队干部发现后，不大高兴，把它撕了下来。

恰逢团政治处干事冷高峰路过这里，他看到了这张"布告"。他说："写得不错，这家伙是个耍笔杆子的料。"

他悄悄查访，查出是我的杰作，于是来找我聊天。

我们就是这样认识的，一见如故。我说："替我保密，领导可能不高兴。"

他说："他们懂个屁！"

一九八三年前后，北国姑娘韩雪梅似乎已经对城市生活不感兴趣了，她开始流露出对乡村生活，对田园牧歌的向往。她大概是我们这一茬青年人中，最早厌倦工业文明的人之一。不过后来她又有些反复，这当然不难理解，因为环境的力量是巨大的。

后来我了解到，她也出生于农村，四岁那年，她父亲才把全家接到城市。她的祖父祖母、外祖父外祖母至今仍生活在山东老家，她母亲每月按时给双方老人各寄三十元钱。她有个弟弟，比她小三岁。一九八五年，她弟弟和人打架，动了刀子，被判刑一年半，出狱后正赶上办公司的浪潮，她弟弟也办了个皮包公司，很快赚了一大笔钱，买了一栋别墅，一辆桑塔纳，年纪轻轻的，后半辈子的生活就不用愁了，着实令我辈眼馋。

和韩雪梅相熟之后，我曾向她谈起小时候自己差点儿淹死的事情。她听了咯咯直笑，说，太巧了太巧了，我也有过类似的遭遇。那是她三岁那年，母亲带她到水库边上洗衣服，一不小心，她滑进了水库。那是座很深很深的大水库，母亲完全吓蒙了，怔在那里，居然不知道呼救。

100

幸好有个过路人眼疾手快，跳进水里把她捞了上来。那个好心的过路人说，她母亲没跳下去救她是对的，否则他一个人根本救不了她们母女二人。

她对我说："傻小子，你没淹死，我也没淹没，看来是天意。我老家人常说，一回淹不死，以后就再也淹不死了。"

我说："我不怕死。我死了没啥，因为我是穷人家的孩子，命贱。你就不同了。你死了，怪可惜的。"

"又说胡话。"她嗔道，边说边轻轻推了我一把。

她是个令人难以捉摸的女孩子。打一开始我就这样想，如今我还是这样认为。这种固执的念头看来很难改变了。

那天，我听到她喃喃地说："我真想回老家去，在大水库边上盖一座小房子，一辈子待在那里……"

我说："我是不愿回去了。我喜欢城市，永远喜欢。我当初刻苦学习，就是为了能够来城里生活。"

去饭堂的路上我摔了那一跤没几天，一个星期天的中午，我去军人服务社买东西。一进门，我就看见了她，心里突然掠过一阵暖流。她正在买洗发膏，背对着我。我装作没认出她，掏钱买了一块肥皂。她转过脸来，和我的目光相遇了。她分明认出我来了，因为她的嘴角猛地浮起一缕笑纹。我的心脏一阵狂跳，心想这次她如果不开口同我说话，我们以后可能永远不会再有说话的机会了。很多事情都是这样，过了这个村就没这个店。这就是人们常说的机遇，也叫运气。

她抬脚往门外走，我不由攥紧了拳头。就在我快要绝望的时候——她与我擦身而过的那个瞬间，她十分自然、落落大方地冲我妩媚一笑，吓了我一跳，然后她小声说："你好。"

我脸一红，也学着她的腔调，笨拙地说："你好。"

我随她踱到门外，在冬日苍茫的午后，稀薄的阳光洒向我们，我看到她脸上几粒细小的雀斑生动极了。她随便问了我几句话，我前言不搭后语地应对着。说了些什么，早都忘了。我这时的慌张并非因为心里有鬼，而是由于我的质朴和腼腆。在老家时我就腼腆得要命，见了女孩子就脸红。在异地他乡，见了陌生而漂亮的女孩子，更是紧张得喘不动气。这是我最没出息的地方。

好像是半个多月后，我又一次与她相遇，地点仍然是在军人服务社。我不认为这是一般的巧合，而总感到这是命运的安排，使我们无法摆脱。这一回我镇静多了，主动问了她不少事情。我问她父母干什么工作，她说她母亲在市纺织局工会上班，她的父亲就在本校工作。我多了一个心眼，说："你爸爸是谁呢，我应该认识的。"

她愣了愣："你不一定认识他。"

"你说说看。"我和她较上了劲。

她微笑着不语。我说："你没必要保密嘛，我又不去找你爸办事。"

我以为她不会说了，她不说也就算了，我们本来就是没话找话。谁知她却突然开口道："我爸叫韩庆锡。"

我猛然张大了嘴巴。韩庆锡是我们学校的校长！她是我们校长的女儿！我呆愣了半天，仍旧感到不可思议。

地处华北的一所航校里，有一个名叫桑迪的飞行学员，他干得不赖，在同期入校的同学里面，他的飞行技术、考评成绩一直名列前茅，领导、教员们对他颇有好感。

我与桑迪认识之后，感到他除了相貌比较出众外，其他方面并没发现他有什么过人之处。一个男人毕竟不能仅靠相貌立足。可是，他后来却出人意料地赢得了一个非凡女人的爱情，委实令我费解。也许桑迪的魅力一般人难以察觉，只有独具慧眼的人才能感觉到？

唉，谁能说得清呢？

冷高峰是团政治处最年轻的干事，也是能力最强的干事，他不但写一手好字，而且写一手好文章。在部队政治机关当干事，主要的任务就是耍笔杆子，谁能耍出更多的花样，谁的能耐就大。

冷高峰是个少见的多面手，什么经验材料、领导讲话、总结汇报、新闻报道，等等等等，手到擒来，样样精通。因此，团首长对他格外器重。我们政委说过，当干事的，就得像冷高峰那样。和平时期，主要靠你们这些笔杆子了，情况反映不上去，咱团干得再好也没用。

冷高峰不仅如此，他还偷偷写小说。

"嘿嘿，瞎胡闹，写了十几篇了，一篇也没刊用。"他不好意思地对我说。

"我看你将来能当作家。"我一半是佩服，一半是恭维。

"不行不行，你别吓唬我。"

有一天，孤独的他把刚写好的一篇小说拿给我看。他说："老弟，给提提意见。"

我摇头，赶紧说："我可不懂。"

"你随便翻翻，就当我的第一个读者吧。"他转身走了。

在一个飘着小雪的晚上，我翻看未来作家冷高峰的大作。这是一九八四年入冬后的第一场雪。外面北风怒吼，雪花四散飘零。同宿舍的人全都跑到电视房看电视连续剧《霍元甲》了，我关掉大灯，拧开台灯。电视里的打杀声不时透过门缝传进来，仿佛小鬼的啸叫。我仰躺在床上，感到脑子有点乱，手里捧着冷高峰抄得仔仔细细的小说稿，怎么也读不进去。

我记得，就在这天上午，我接到了韩雪梅的一封短信。自打我毕业离校后，她断断续续给我写过两封信，字迹一次比一次潦草。她先是告诉我，她没有考上大学，并说这是意料之中的事，所以也就不难过。接着又告诉我，她打算出国，到国外去发展。

这是第三封信。她说，她很快就要采取一个重大的行动，到时候一定会让我大吃一惊。

到底她会采取什么重大行动，我猜了半天，仍是理不清头绪。这女人，越来越难以捉摸了。

我以为我和她的事情早就过了。其实我原本就没指望我们有什么结果。这没有办法。

"陶春，那女的在楼下等你。"

星期天的午后，我正躺在床上读一本侦探小说，有个同学推门进来，神秘兮兮地眨巴着眼睛对我说。我赶紧爬起来，推开窗子往楼下看，见韩雪梅悠闲地坐在楼门前的花坛边上，就冲她招了招手。她示意我下楼。

幸好这个时间宿舍楼前一个人没有，学员们有的在睡午觉，有的去教学楼自习，有的外出逛街了。韩雪梅约我出去走走。我说："我没有出门证，出不了大门。"学校对我们要求极为严格，规定节假日每班只能允许两个人上街，外出必须携带出门证。

她耸耸肩，说："跟我走，还有必要带出门证吗？"

我犹豫了一下，终究无法拒绝她，心一横，抢在她前面往大门口方向走。我是怕人看到我和一个女的在一起，这太犯忌，想赶紧溜走。

来到大门口，她很坦然地对执勤的警卫说："这是我表弟，我们到外面散散步。"

警卫显然和她挺熟，微笑着抬一下手放行，我心里的石头落了地。

我们学校在城郊结合部，往右走，是市中心的方向，往左走，是郊区的方向。那天按我的意思，我们没有去市里，而是朝郊区的方向走去。我说："碰见熟人不好，不定怎么编排我们呢。"

"怎么啦？"她不解。

"学员……学员不准谈恋爱。"

"笑话！谁他妈和你谈恋爱？！"

我红了脸，吞吞吐吐地说，我不是这个意思，我的意思是，我虽不这么想，别人也许会这么想。

不久前就曾出过一件事，想必韩雪梅也听说了。十一队有个叫杨春的学员，和学校卫生队一个女卫生员偷偷好上了。一天晚上，两人跑到校园最东边的菜地，可能觉得还不保险，又钻进了院墙根下的猪圈里，拥抱接吻。活该他们倒霉，那天晚上，学校沈政委例行散步时，突然心血来潮，想看看养猪种菜搞得咋样，结果那两个倒霉蛋撞到了沈政委的枪口上。沈政委在全校教职员工大会上谈起此事时，说他离老远的，就感到声音不对，猪们不会闹出这种动静，"啵——啵"地响，他还以为猪成了精。幽默风趣的沈政委边说边噘起嘴，发出"啵——啵"的接吻声，引来哄堂大笑，礼堂的房顶几乎都要给揭起来了。

可怜的杨春受到行政记大过、留校察看一年的处分；漂亮的女卫生员也挨了处分。那个卫生员我认识，白白净净的，有一对小虎牙，她曾经给我打过针，看上去挺老实的，没想到她干起这种事来一点儿都不含糊。这没有办法。

我们边走边聊。韩雪梅告诉我，她的同学里面，一大半的人在谈恋爱，而那些男同学基本上都是小白脸，没血性。她义正词严地说："我讨厌——小白脸！"

旺达和朵朵是冷高峰小说里的两个人物，他们生活在淮河岸边的一个小镇上。

那是个古老的镇子，街道全部用青石铺成，年深日久，青石被踏得光滑无比，宛若地上镶着无数的铜镜。镇上的房屋也大都由青砖构成，背阴的墙壁上布满了暗绿色的青苔，常春藤的叶片随风招摇，壁虎们常常出没于叶片和墙壁之间，偶尔有小花蛇贴着墙根爬行，小花蛇动作敏捷，一眨眼便没了踪影。不断有成群结队的鸽子在小镇的上空飞来飞去，鸽子们的鸣叫声悠长而凄迷，犹如小镇的背景。

大约一个世纪以前，小镇上的人不知为啥惹恼了过路的太平天国军队，于是一半人被杀掉了，剩下的那一半人后来又葬身于曾国藩的湘军刀下。过了很长时间后，一些逃难的人来到这里，他们成了小镇的新主人，生儿育女繁衍后代。

旺达的家在小镇的西北角，他父亲是个木匠，在镇上办的木器加工厂上班，终日制造笨重的桌椅板凳，木料的气味早已深入了他的血脉和骨髓，因此在旺达眼里，父亲俨然成了一截坚硬的木头。

旺达七岁那年，母亲送他到小镇上的学校读书。学校在小镇的东南角，由一座庙宇改建而成，门口的两只石狮子均被人砸掉了嘴巴，它们昔日狰狞的面目荡然无存，像两个孤苦无助的老人。从旺达的家去学校，要穿越整个镇子。他每天都背着书包，在凹凸不平的青石路上行走。有一天，他无意中看到，在小镇供销社的门旁，有一老一少在卖豆腐脑。

那少的是个女孩，名叫朵朵。看上去朵朵比旺达稍大一点儿，个头也比旺达高，但比旺达瘦弱。那老的是朵朵的爷爷。朵朵的父母亲在三年困难时期病饿而死，朵朵由爷爷一手带大。

秋日的一天，旺达放学回家的路上，经过供销社门口时，他又看到了那爷儿俩。他还看到小女孩的头发黄黄的，就像秋后的骨节儿草；小女孩的两只眼睛大而明亮，深陷的眼窝仿佛岁月的河道……秋风一阵紧似一阵，小女孩单薄的衣衫荡来荡去。小女孩怯怯地看了旺达一眼，冲她友好地一笑。那个动作迟缓的老人手搭凉棚打量了旺达一阵，招呼道："小家伙，来喝一碗吧？"

老头儿的嗓音还算洪亮。旺达下意识地摸了摸上衣口袋，上前两步："多少钱？"

"一毛钱一碗，又便宜又好喝。"老头儿熟练地晃晃手中的长柄木勺。

旺达走过去，将衣兜里的钢镚儿全部掏出来。他只有八分钱。

老头儿说："就这些吧。"

豆腐脑盛在大肚子的瓦瓮里，老头儿揭开瓦瓮的木盖子，动作麻利地盛上一碗，放上作料，递给小女孩，小女孩双手捧着碗，轻轻放在旺达面前的矮木桌上。阳光挺毒，他们头顶上罩着块肮脏的白布，旺达放下书包，坐在阴影里吸溜吸溜喝豆腐脑，呀，又香又辣，真是解馋。

小女孩侧过脸去不看他。

他放下空碗，抹了抹嘴，问她："你叫什么？"

她清脆地回答："我叫朵朵。"

朵朵，这名字挺好玩儿。他差点儿笑出声。

打那以后，旺达几乎每天都来喝一碗豆腐脑。他很快就和朵朵、朵朵爷爷熟悉了，有时兜里没钱，他们照样让他喝。

后来父亲发现了这事，父亲十分恼火，咆哮道，三天两头要钱，原来是嘴馋，我再叫你馋！我再叫你馋！……啪啪！旺达脸上挨了重重的两大巴掌。他捂着火辣辣的脸颊，一声不吭。他感到父亲身上散发出来的木料味儿真是熏人，而朵朵身上的豆腐脑味儿甜甜的、香香的、辣辣的，多么迷人哪……想到这里，旺达的眼泪终于流了出来。

豆腐脑是喝不成了，旺达每天路过那儿，仍然会情不自禁地停留一会儿，和朵朵说几句话。

一天下午，朵朵爷爷去镇卫生所看病，朵朵一个人守着小摊。她老远就招呼刚放学归来的旺达："来一碗吧。"

"……可我身上没带钱。"旺达为难地摇摇头。

朵朵笑了。朵朵说，我不收你的钱。

旺达仍是摇摇头。旺达不想喝。旺达只想和朵朵说句话。朵朵边问他学堂里的事，边麻利地为他盛了满满一碗豆腐脑。旺达固执地摇头摆手，硬是不接。朵朵假装生气，说你不喝我就倒掉啦！

旺达这才接过来，低头慢慢喝。小铜勺和碗沿碰撞着，发出阵阵风铃般的细微响声。一群鸽子从头顶飞过，它们翅膀扇动空气的声音清晰可闻。旺达问道，朵朵，你为啥不上学呢？

朵朵收起嘴角的笑，说，爷爷也想让我上学堂来着，我不肯，他一个人忙不过来。

旺达将空碗往朵朵面前一推，抬手用袖子擦擦嘴角，说不上学其实挺好，我顶讨厌上学的。

你说哪儿去啦，能上学堂，该有多好。朵朵脸上流露出羡慕的神色。

岁月如流。旺达上完小学上中学，他长大了，朵朵也长大了，他发现自己比朵朵高出半个头了。朵朵的眼睛还是那么明亮，昔日枯黄的头发早已变成了黑油油的颜色，变幻出了两根粗壮的辫子；脸盘儿红润润的，像常春藤的叶片儿那样，饱含着水分。朵朵的爷爷却日渐一日地苍老下去，过路人每每见他倚靠在供销社的墙壁上，袖着手打盹儿，涎水挂在下巴上。朵朵清脆的叫卖声，朵朵俏丽的身影，使人忘记了老头儿的存在。

旺达高中毕业后，他决计要到很远的地方去，干一番新鲜的事业。临行前，他想到朵朵，非常想同她谈谈自己的心事。朵朵白天忙，没空儿和他聊，他就选择一个傍晚，朵朵收摊后，他来到她家的小院外面喊她。朵朵用围裙擦着手跑出来，朵朵说，我在做饭呢，你有什么事吗？

旺达简短地告诉她，他就要到远方去。朵朵说，好事呀，外面天地大，旺达你将来会有出息的。

他半闭上眼睛，嘴唇突然有点哆嗦。他说，朵朵……

朵朵用疑惑的目光望着他。

他说，朵朵，你能等我回来吗？

朵朵有点明白了，却不知该怎么回答。

他说，朵朵……我想和你……

朵朵低下头，额前的发丝遮住了她俊俏的脸蛋。旺达伸手去握她的手，两手一碰，她就咯咯笑起来，说快住手，羞死人啦……哎哟，米饭要煳了，我得回去了。

旺达怀着满腹心事离开了故乡。三年之后，他回到小镇，在供销社门口转来转去，却一直不见朵朵的影子。旁边一个卖竹器的老者告诉他，朵朵出嫁了，嫁给了镇长的儿子，到织布厂当了工人。她的爷爷已经过世。

又过了几年，旺达再一次从外地赶回故乡。一天，他漫无目的地在街上游逛，看到青石街道已经变成了平整的沥青路面，两边的青砖老屋也大都不见了，取而代之的是两层三层的小洋楼。一些临街的店铺里，纷纷传出喧闹的音乐声。他走着走着，突然发现前面有个灯箱招牌，上书"朵朵发屋"四个大字。

朵朵，一个多么亲切的名字。

旺达犹豫片刻，怀着复杂的心情推开朵朵发屋的玻璃门。一个懒散地坐在人造革长沙发上的胖女人耷拉着眼皮说，做头发？女人的腰粗得像只水桶，但年龄并不大，顶多三十岁，描眉，抹着醒目的口红，胸前挂一条鸡心项链。

做头发吗？问你呢！胖女人加重语气说。

不不，我找……朵朵……

墙角的一只小沙发上，还蜷缩着一个瘦小的、尖嘴猴腮的男人，在敞着怀吸烟，看样子像是胖女人的丈夫。他吐出一串烟圈，不耐烦地盯着旺达。

胖女人欠起身子，说，我就是，你有啥事？

你是朵朵？旺达惊讶地张大了嘴巴。

还能有假？这镇上找不出第二个朵朵。胖女人边说边点上一支烟，猛吸一口。

108

旺达不敢相信自己的眼睛。他沮丧地摇摇头，扭头往外走。这时，胖女人在他身后大声说，哎哟，你瞧这不是旺达兄弟吗？旺达兄弟别走呀，别走呀……

旺达已经走远了。

时候不早了，我放下冷高峰的小说。电视连续剧《霍元甲》正好演完，霍元甲的崇拜者们唱着"沉睡百年，国人渐已醒"回到宿舍。

国人渐已醒，我却想睡觉。

今天是周末，可以晚点儿睡。我站起来活动几下手脚，决定去找冷高峰聊聊。

冷高峰住团机关单身干部宿舍。我敲门进去时，他又在写另一篇小说，写得眼睛都快睁不开了。满屋子烟雾腾腾。我把稿子放在他面前，他问怎么样。我说："具体我也说不出来，但我感到小说中的旺达就是冷高峰。"

"扯淡。"他递给我一支烟，"我是瞎编的。"

我说："不管是不是瞎编的，旺达就是冷高峰。"

他突然伤感地一笑，说："算了，不讨论这个问题了。喂，你有对象了吗？"

且说一九八三年初夏某个周日的下午，韩雪梅带我出了校门。我们朝东走，那是郊区的方向。马路越走越窄，人车越来越少。一路上，韩雪梅像个顽皮的男孩子，不时地将路边的小石子踢得飞起来。而且，她还会吹口哨！

我觉得我们之间的距离又缩短了不少。

从侧面看，感觉她更妩媚。初夏温暖的阳光澄明耀眼，光芒在她长长的发丝上跳跃，她的面部轮廓有点朦胧，仿佛是个虚幻的影子。我们东一榔头西一棒槌，想起什么就说什么。后来我被她的侧影所吸引，心潮涌动，话一下子断了线，只剩下她在讲，讲她老家的事，讲她们学校里的事。她发现了我的沉默，朝我歪了歪脑袋，说："你怎么不说话呀，小傻瓜？"

我忙低下头。

"姐问你呢，小傻瓜。"

我说："我没啥说的，我嘴笨。"

"随便说点什么都行，比如讲讲你的过去。你在乡下的生活一定挺有意思吧。"

"一点儿意思没有，我小时候只知道饥饿。我是一个穷人家的孩子。"

她微微叹口气，说，你真是个小可怜。说完，定定地望着我，细细的眼睛就像一条纯净的小河。我们继续朝前走，她吹几下口哨，又哼起一首苏联歌曲……

在韩雪梅制造的愉悦的氛围里，我的思绪回到五年前的一个夏夜。那是一个寂静的夜晚，满天都是星星。晚饭后，人们陆陆续续从小院里走出来，来到胡同口，盘腿坐在地上，听老年人讲古。我听得正来劲，我母亲把我从人堆里拽出来，母亲打算第二天一大早去我外祖母家，外祖母和我舅妈因一个鸡蛋的归属问题发生争吵，人高马大的舅妈一怒之下将我外祖母推倒在地，外祖母的两根肋骨断了。母亲对我说，自行车没气了，你赶紧去大平家借气筒。

大平是我的堂哥，住在村子的西头。我不情愿地离开人群，磕磕绊绊朝大平家走去。大平家黑着灯，不知人睡了还是出去玩儿了。推开他家的柴门，我问，有人吗？

没人回答。堂屋黑乎乎的，厨房的门缝里却有微弱的红光漏出，并有哗哗的水声传出来。我好奇地蹑手蹑脚走到厨房门前。透过一指宽的门缝，我先是看到锅台上点着一盏洋油灯，接着又看到漂亮的堂嫂春燕赤裸着丰满的身子，端坐在一只巨大的木盆里洗浴，那哗哗的撩水声非常有节奏。

显然大平哥不在家。当时我没想别的，我还不到十三岁，很多事情不懂。我只是稀里糊涂地欣赏了一会儿洗浴中的堂嫂。我想，一个赤身裸体的女人多么像一条美丽的大鲤鱼……

我不想惊动洗浴时的堂嫂，打算先回去听老年人讲古，过一会儿再回来取气筒，于是就返身往回走。这时，堂嫂可能觉察到了外面的动

110

静，她喝道："谁?!"

我理直气壮地说："我，我娘叫我来借气筒子。"

"嘻嘻，是你呀，小光棍儿……你刚才看见什么啦?"

堂嫂故意把水撩得哗哗响。我说："我没……我没看见啥……"

"嘻嘻，你真没看见什么吗? 小光棍儿……咯咯……"堂嫂的笑声宛如夜莺的鸣叫。我突然意识到了一个问题，一个严重的问题，于是血液飞快地涌到了脸上，脑袋嗡嗡地响，差点儿晕倒在地。

就这样，堂嫂在一个瞬间就完成了对我最初的启蒙。那是一个黑暗的瞬间。那哗哗的撩水声仿佛是黑暗中亮起的一盏明灯，突然照彻了我的心。

如今，堂嫂夜莺般的话语和那哗哗的撩水声早已远离了我，启蒙对于我已经失去了意义。我说过多次，我是一个穷人家的孩子，不敢有什么非分之想。一九八三年初夏的那天下午，尽管我努力适应并享受着漂亮姑娘韩雪梅制造的美妙情景，但我清楚，一切都是暂时的，是过眼烟云。

这没有办法。

半个多小时后，我们来到郊外的一条小河边。小河两岸是大片大片的菜地，我们眼里充满了绿色。清亮的河水缓缓地朝东南方向流淌，据说能一直流到松花江里去。韩雪梅丢下我，跑到野地里采来一束小黄花，放到鼻端嗅嗅，然后扔向我。她下到河边，蹲下身子撩水玩儿，可能觉得不尽兴，干脆脱掉鞋袜，小心翼翼下了水，嘴里发出欢快的叫声。

我没有下水。我盘腿坐在岸边的一块石头上。我说："当心淹着你。"

她不理我。她在水里走来走去，长长的影子投在更远一些的地方，飘飘悠悠，摇摇晃晃。"小鱼咬我的脚呢!"她惊喜地说。

我低下头。我在想心事。她弯腰掬起一捧水，突然洒向我，淋了我一脸。她放肆地大笑，说："你这个小傻瓜呀，又在想什么?"

过了好久，我才回答她。我说："在我的家乡，也有一条这样的小河……"

111

我突然觉得我还是个孩子，仿佛永远也长不大。

一九八四年冬天，我收到韩雪梅那封信没多久，她果然做出一件令我大吃一惊的事情——她入伍来到了我所在的部队！

"怎么样，大军官，没想到吧？"她突然笑盈盈地站在我面前，像个天外来客，弄得我半天回不过神来。

她穿一身没有领章帽徽的军装，削去了长发，脸蛋显得胖了点。这身装束这副打扮未免有些土气，却更实在，更具体。

我上上下下、反反复复打量她，弄得她反而不好意思起来。我说："你总是这样，让人摸不着头脑。"

"这样不好吗？"

"我没说不好。我的意思是，你让人难以捉摸。"

她告诉我，前些日子她提出当兵，她的父亲立即表示赞同，说她就应该到部队这所大学校锻炼锻炼。她父亲鼓励她到边疆去，西藏、新疆最好，去中越边境也不错。她也动了心。到最后，她突然改变了主意，决定到我所在的部队来，因为她"害怕孤独，想找个有朋友的地方度日月"。

她的父亲和我们师郭政委是老战友，正好还可以关照她一下。

"这说明我没忘记你吧？"她得意地对我说。

"以后请多多关照我这个新兵蛋子。"她又说。

在新兵连接受完训练，韩雪梅被分到师医院当卫生员。这时已经是一九八五年的开春了。

女卫生员韩雪梅隔一段时间就来找我聊聊天。我们离得并不远，步行十多分钟，很方便。偶尔我也到医院去看她。每次去医院找她，我都要下一番决心，因为她是战士，谁都清楚，战士不准谈恋爱，或者换句话说，不准同战士谈恋爱。这没有办法。

来往次数一多，自然就会闹出点风言风语。我的朋友冷高峰提醒我："你要适当注意点，你还年轻，别影响进步。"

一次，我把忧虑讲给韩雪梅听。话没说完，她就跳起来："你又多心啦！谁他妈和你谈恋爱呀，想得美！那些乱嚼舌头的，更不是玩意儿!"

我尴尬地笑笑。也许真是我多心,于是我缄口不言。

她仍然隔些日子来找我一次。我感到很为难。她当然不怕,有郭政委在,谁也奈何不了她。

大约在一九八五年秋天,也就是韩雪梅入伍将近一年时,有个名叫桑迪的新飞行员分到了我们部队。

差不多这个时候,韩雪梅的父亲韩庆锡升任某军副军长。郭政委给韩雪梅打电话,说你爸爸高升了,你知道吗?我向他表示祝贺。韩雪梅说,我虽然没听说,但我早就料到了。我爸呀,不是我夸他,他特别革命,确实是个当官的料。郭叔叔,下一步就看你啦。

郭政委干笑着说,老韩比我强,我已经到头了。

父亲高升的那段时间,韩雪梅心情格外好,看来她并未脱俗。

我要说的是,一九八五年冬天的一个寒风刺骨的日子,好像是下午三点多钟,我送韩雪梅回她的单位。在军人服务社门口,一个身材魁梧、相貌英俊的小伙子和我们交臂而过。我感觉到,韩雪梅突然愣怔了一下。那人走出好远了,她仍是一副神不守舍的样子。我有些生气地把她甩下一截。她追上来,问:"那人……是谁?"

我没好气地说:"新分来的飞行员。"

"他叫什么名字?"

"好像叫桑迪。"

那天是一九八五年十二月七日,很容易记住。四十四年前的这一天,日军偷袭珍珠港得手,美军太平洋舰队几乎全军覆没。

冷高峰仍在偷偷摸摸写小说,寄出去的稿子全部被退回。我劝他不要气馁,正因为难,所以说作家并不是人人都能当。

他不想谈创作,就换了个话题,压低声音对我说:"喂,我告诉你,最近小韩经常来找桑迪,看上去他们已经挺熟了。"

"知道啦。"我闷闷地说。

"你们闹了什么别扭?"

"没有。什么别扭也没闹。你并不了解她。"

其实在一九八五年十二月七日那一天，我已经有了一种预感。桑迪的出现标志着我和韩雪梅的事情到此结束。

这没有办法。

但我并不感到特别难过。我说过许多次，我是一个穷人家的孩子，不敢有太多的非分之想。

这样很好。

一九八六年，韩雪梅在郭政委的关照下，考取了军医学校的护士专业。虽然我已经基本上不与她来往，但得知她即将去学校报到后，我还是决定为她送行。我提着一大包纪念品来到她的宿舍，见桑迪正满头大汗帮她收拾东西。桑迪可能知道一点儿我和她的事情，见面后多少有点尴尬。他一个劲儿地给我敬烟。我们两人好像在比赛吸烟，弄得屋子里仿佛着了火。

韩雪梅仍是一副没心没肺的样子，说："看来我也要长期为部队做贡献了。"

她又冲我说："你是正儿八经考上的，我是个冒牌货，考试时做了手脚。"

她还说："唉，真舍不得离开你们。"

郭政委为她安排了一辆小车送站。我和桑迪陪她去火车站。我们钻进小车时，可能会有人在背后指指戳戳，但我不怕。在这个地方，我曾经是她最好的朋友，我们的友谊开始于四年前，我们的感情曾经非常诚挚，我不怕别人说三道四……

韩雪梅在站台上和我告别的时候，我看到她的眼圈红红的，表情十分复杂。她使劲握住我的手，用极其微弱的声音对我说："弟弟再见。我会想着你……"

冷高峰打算写一篇科幻小说。他是个爱幻想的人，写科幻或许更对路子。

他写道——

林哲是国民党空军的一位中尉飞行员，一九三七年前后，驻扎在杭

114

州笕桥机场。他和他的弟兄们驾驶美式战斗机和日军飞机作战。

林哲是个勇敢的飞行员，曾在一次战斗中击落两架敌机，被破格提升为中队长。当时他尚未结婚，但他已有女朋友。他的女朋友是位金发碧眼的美国姑娘，名叫玛丽·海伦娜，那是他两年前在美国加利福尼亚空军基地受训时认识的。玛丽·海伦娜住在基地附近一个叫奥佛莱的小镇上，她父亲开了一家电器公司。林哲结识她时她正在读高中，打算报考哥伦比亚大学。

玛丽非常爱林哲。林哲回国后，玛丽每周至少给他写一封信，两人约定，等中国的局势稳定下来，他们就结婚，他去美国定居，或是她来中国安家。玛丽非常喜欢神秘的中国，并且为自己起了一个中国名字——林凤花。

一天傍晚，林哲驾机升空巡航。日军飞机不断前来偷袭，他们不敢大意。由于实行战时灯火管制，翼下的杭州城一片灰暗。然而就在这次巡航途中，遇到恶劣天气，林哲座机的无线电装置全部失灵，他和僚机及地面指挥所失去了联系。但他并不慌张，他有把握安全返回地面。

然而，一件奇怪的、十分骇人的事情发生了——林哲看到一架他从未见过的、模样奇特的巨大飞行器向他靠近！再靠近！后来他才知道这种东西叫飞碟。他座机的无线电装置之所以失灵，是受了飞碟强力电磁波的干扰。

飞碟渐渐靠上了林哲的飞机，座舱盖缓缓打开，林哲缓缓地游离了座舱——天哪，原来他被一种强大的力量吸进了飞碟里面！他完全蒙了，失去了意识和知觉……

他的座机一头扎进钱塘江，变成了碎片。

林哲清醒过来后，飞碟上的人对他说，林哲先生，欢迎你成为F星球上的居民。你是幸运的，你不必惊慌，你不仅不会有生命危险，而且以后会生活得很幸福。

林哲终于明白，他碰到了传说中的外星人。

对方又说，林先生，你有什么话要说吗？

他说，我不明白，你们为什么要劫持我。

这是个很简单的问题。我们经过多方了解，得知你是个善良的、有教养的人，你能代表地球上的人类，所以你很荣幸地成为 F 星球上的一员。

可我是个战士，我们国家正遭受侵略，我不想离开战场。

对方已没有兴趣听林哲再说什么。

不知过了多久，飞碟飞回 F 星球。F 星球离地球大约三百万亿英里。F 星人没有名字，只有编号。林哲的编号是 FRXJ2756333。

林哲的确没有受到任何伤害，F 星球的专家把他作为研究对象，并和他探讨一些严肃的问题。

专家说，F 星在十几年前就预知，地球人在进行第一次世界大战后，还会进行第二次大战，眼下东亚地区逐步蔓延的战火证实了他们的判断。而且这只是前哨战。他们敏锐地觉察到，在地球西半部的德国，一个叫阿道夫·希特勒的犹太人在公元一九三三年上台后，一直在悄悄备战，欧洲上空战云密布，看来一场大规模的屠杀已经不可避免。

林哲说，是的，许多年来，地球上的战争基本没有中断过。

专家说，我们对此感到难以理解，你们，噢，不不，请原谅，是他们，他们互相打来打去，牺牲了无数的生命，可笑、可悲、可耻。我们 F 星从未爆发过战争，因为 F 星特别重视人的生命。

林哲说，我们中国人不愿打仗，但是有侵略，就会有反侵略，目前我们中国人别无选择。

专家提醒说，请注意，FRXJ2756333 先生，你已经不是地球人，你应该说目前他们中国人别无选择。

就算是吧。林哲疲倦地摇摇头。

但我们仍然不太明白，为什么地球上接二连三地发生战争，也许地球人太多，太拥挤，战争可以解决人口泛滥问题。而这是极其残忍，极不人道的。也许还有权力欲望的推动，大独裁者总想控制别的民族，别的国家，我们想，这也是地球上战祸不断的一个原因。

我的朋友冷高峰很关心我的个人问题，他打算在驻地帮我物色一个对象。

他认识一个叫戴小惠的姑娘。好像是两年前，戴小惠在医科大学读书时，冷高峰曾受命组织过几次部队和医科大学的联欢晚会，他就是那时候认识戴小惠的。

他想方设法和已经在市口腔医院上班的戴小惠联系上了，一打听，人家上个月刚完婚，丈夫是本院的医生。他有点泄气，又一想，医院肯定有的是姑娘，就对我说："没事，我让戴小惠帮你牵个线。"

他设计了一套方案。他认为直接说介绍对象太死板，不浪漫，不如说让戴小惠领个姑娘一块儿来玩玩儿，大家认识认识，交个朋友。来了后，如果我能看上，再单独行动；看不上也没啥，反正又没挑明。

这个主意蛮不错。

戴小惠果然如期带一个姓赵的姑娘来找我们。戴小惠介绍说，小赵是口腔医院的司药，二十二岁，还说她是个很老实很厚道的人。但是很遗憾，只看了她一眼，我就泄了气。我想起了左拉的小说《陪衬人》，真怀疑漂亮的戴小惠故意带个丑姑娘来显示她自己。

冷高峰也在一旁失望地摇头。把客人送走后，他说："要不要再让戴小惠给换一个？"

我感到很沮丧，已经没有兴趣了。我说："算啦算啦……妈的，戴小惠倒是不错，可惜呀……"

"怎么，你看上她啦？"

我不置可否地笑笑。

"可是人家已经有了爱人。"

"假如我喜欢的话，这并不妨碍我追她。"

冷高峰像打量陌生人似的瞪了我半天，说："你小子，已经开始堕落了……"

冷高峰继续写他的那篇科幻小说。

……从此，林哲在一个崭新的时空里生存。但是，F星安逸的生活、良好的秩序并不能抚平他心灵的裂痕，他怀念祖国和家园，思念亲爱的未婚妻玛丽·海伦娜。

公元一九五八年前后，飞越地球的F星飞碟带回消息说，第二次世界大战结束后，地球进入"冷战"时代，出现了社会主义和资本主义

117

两大营垒，贫穷的社会主义国家正致力于工业化运动，尤其是社会主义中国，提出了五年赶英十年赶美的响亮口号，工农业生产全面增长，人民生活幸福。

F星人对此感到欣慰。

来自地球的消息更加剧了林哲的思念之情，他想，既然回不了地球，能否让飞碟把他的未婚妻玛丽也带到F星，让他们一起在这里生活。如果需要的话，他给飞碟上的操纵员送些礼物。显然他这是臆想，因为F星人严格按规定办事，他们不搞行贿受贿这一套，他们没有这种乌七八糟的概念。

唯一的办法是他回到地球上去。林哲提出了自己的想法。F星人很理解他的心情，他们反复研究之后，通知他，可以回地球看看，但绝对不能向地球人透露任何关于F星球的情况，否则他将受到最严厉的惩处。

飞碟穿越时空，飞向地球。林哲打算先去看望玛丽，然后再回祖国。一天深夜，飞碟把他扔在玛丽家的大门口。那是一幢带花园的洋房，门口停着一辆雪弗莱牌轿车。第二天早晨，玛丽打开门，看到了坐在门口台阶上的林哲。玛丽愣了足有五分钟。他看到玛丽脸上的皱纹已经很深了，但她风韵犹存。他说，亲爱的，我是神秘中国的林哲，你最忠实的朋友。我没有死，飞机失事后，我侥幸活了下来，在一座大森林里生活……

确信他还活着后，玛丽扑上来，流着热泪紧紧拥抱了他。玛丽说，噢，上帝呀，我在做梦吧……

玛丽早已结婚，丈夫叫本·布莱克，他们有一双儿女，儿子叫丹尼尔，十五岁，女儿叫凯瑟琳，十三岁。

玛丽把林哲介绍给全家。胖胖的本·布莱克说，林先生，我和海伦娜一直在为您祈祷。调皮的凯瑟琳说，天哪，这就是差点儿做了我们爸爸的中国林吗？他比我们想象中的他还要出色，简直太棒了。

布莱克夫妇热情地招待林哲，他度过了愉快的一天。到了晚上，布莱克为了给玛丽和林哲创造一个单独会面的机会，带丹尼尔和凯瑟琳到电影院看新面市的好莱坞影片。玛丽和林哲接吻，劝他留下来，她如今是一家乳制品公司的大股东，可以为他安排一个满意的职业。

　　玛丽同别人结婚，早在林哲意料之中。能见上她一面，已经心满意足。他决定尽早离开。布莱克一家安然入睡后，林哲使劲按了按上衣中间的纽扣——那是一枚特制的纽扣，能够发射超强力电磁波。然后他走到门口的一块草坪上，等待飞碟到来。

　　飞碟接着把林哲带到中国中原地区的一个村落，那是他的故乡。他的父母几年前相继过世，他在故乡已经没有亲人，但他愿意把乡党们都当成自己的亲人。可是，饿得面黄肌瘦的乡党们见了他，起初以为撞上了鬼，争相躲避，后来见他不像鬼，又依稀记起他曾经当过国民党的飞行员，因而怀疑他是国民党特务，为搜集情报而来，于是不由分说把他抓了起来，关押在生产队一间盛放农具的仓库里，打算第二天把他押送到公安局去。

　　夜里，昏睡中的林哲突然觉得手腕子疼痛难忍，捆绑他的麻绳松了，原来是饥饿的老鼠咬了他几口，同时咬断了麻绳。他就这样稀里糊涂逃了出来，避免了不可预测的后果。

　　看来无法在村里待下去了，林哲到父母坟茔上凭吊了一下，然后决定在故乡广大的原野上转转。尽管乡党们误解了他，尽管故乡饿殍遍地，赤地百里，根本不像飞碟人描述的那样，但他仍然深深地热爱着自己的故土，他舍不得抛却它，因为这里才是他真正的根，天堂般的 F 星球对他没有任何吸引力。

　　他路遇一个叫王天明的流浪汉，他们交上了朋友，一起流浪。然而某天早晨，当他从一堆草窝里睁开眼睛时，发现王天明没了踪影，而且枕在脑袋下的上衣也不见了，显然被那个瘸了一条腿的流浪汉给偷走了。上衣中间的那枚纽扣是他和飞碟联系的唯一装置，也就是说，他无法再和 F 星及飞碟联络了。

　　不过他并不感到沮丧。他甚至感到这样更好。他压根儿不想再和那些傲慢无情的外星人联系。

　　且说流浪汉兼小偷王天明偷走了林哲的上衣，他早就发现林哲视这件鱼皮状的上衣为宝物，哪想到翻遍了所有的口袋，只掏出几片地瓜干，没见着一分钱。他由失望变为恼怒，把衣服丢到地上，恶狠狠地用脚去踩。他踩着了中间的那枚纽扣……当天夜里，他翻墙去一户人家偷东西时，飞碟赶来接走了他。

过了些日子，原以为和 F 星球彻底断绝了联系的林哲，却又碰到了飞碟。飞碟把他带回到遥远的 F 星球。他刚一落地，就见王天明在冲他笑呢。

原来王天明到达 F 星球后，F 星人发现他不是 FRXJ2756333，F 星球绝对不允许自己的居民遗落在别处，派飞碟到地球上四处搜索，终于找到了林哲。

林哲被告知说，他将在 FRXK3399363，也就是王天明的直接领导下工作。

韩雪梅从军医学校毕业后，回到我们师卫生队担任护士。她和桑迪的关系日渐公开化。

这时，我们的老校长韩庆锡又升任某军军长。如果不出意外，桑迪将成为韩军长的乘龙快婿。

有人传言，韩军长打算把女儿和未来的女婿调到身边工作。我问韩雪梅是否属实。她说你信吗，我说我不信。她说还是你了解我和我爸，我确实喜欢桑迪，但我并没想好是否要嫁给他，爱一个人并不一定非要嫁给他，就像我当初爱你而没有嫁给你一样。你还在打光棍吗？你可真能熬。

我又想起美丽的少妇戴小惠。有一天，我实在忍不住了，就冒失地给她挂了一个电话。电话里她居然挺高兴。我约她看电影，她当即就答应了。出了电影院，我问她，如果你的丈夫知道我们在一起看电影，他会怎么想？

戴小惠说，随他怎么想，只要我愿意，他管不着。

戴小惠真是敢恨敢爱。

我们分手时，戴小惠仰起她俊俏的脸，含情脉脉地小声冲我咕哝道："我不明白，为什么好男人都在部队……"

就是这句话，使我清醒过来。我想我不能再和戴小惠有瓜葛了。于是，我发疯似的拥抱了她一下，然后像做贼一般骑上自行车仓皇逃窜……

一九九〇年初，冷高峰的那篇写林哲和外星人的科幻小说被一家市级刊物发表，得稿费九十三元。他高兴地向我宣布："我要请客！"

他决定把桑迪一块儿叫上。他和桑迪的关系也不错，他曾写过一篇桑迪刻苦训练成绩突出的新闻稿，发表在军报的报屁股上。桑迪是那种上上下下都能够接受的人，单纯，话不多，脾气好，不惹事。如果不是由于和韩雪梅那层关系，我和桑迪肯定也会成为非常要好的朋友。

韩雪梅回家休假了，要是她在，我想，冷高峰也会叫上她。那才叫热闹。

太阳快要落山时，我们三人离了营院，朝市区的方向走。我们的机场在南郊，离市区有一段距离。经过一片菜地时，一位戴狗皮帽子的老头儿主动和我们搭讪。老头儿姓孙，我们部队很多人都认识他。孙老头儿的大儿媳去年曾遭一蒙面人强奸，全家人都觉得这种事不宜张扬，孙老头儿却偏要报案，结果公安局查出案犯是他的小儿子，小儿子被判了六年刑，大儿媳闹着要跳井，差一点儿疯掉。

据说孙老头儿是位老兵，参加过淮海战役、渡江战役，两次负伤。但他在新中国成立前夕开了小差，此后当了一辈子菜农。大伙儿和他开玩笑，说老孙你太亏了，如果当年你再坚持几天，说不定日后就能做大官，最起码不用种田。老孙嘿嘿笑，说不亏不亏，咱就是这个命。我梦见我娘哭着叫我的小名，让我快回家，我没想别的，丢下枪就偷偷跑回来了。和我一同入伍的小铜铃不愿回来，结果打上海时脑袋让炮弹炸飞了……

我们走远了，孙老头儿仍久久地凝望着我们。桑迪说，他家有个邻居，也是位老兵，到朝鲜打过仗，在战场上被美国炸弹震坏了脑子，以后就怕动静。白天倒没啥，就是晚上事儿多，他睡觉时最怕干扰，有一点儿动静都不行。他一醒就发火，和家里人吵，和左邻右舍楼上楼下的人吵，不知吵过多少回。他最爱说的一句话是：你又向我扔炸弹。后来邻居们都被他吵怕了，没人敢惹他，每天晚上十点钟一过，他们这一片静得仿佛人都死光了。

我们来到城边的一家雅致的酒馆。冷高峰点了六菜一汤，要了一瓶白酒，我们边吃边聊。几杯酒下肚，话就格外多，话题渐渐都集中到了韩雪梅身上。她是主角，当然也少不了配角，桑迪和我就是配角，我是韩雪梅原先的男朋友，桑迪是她现在的男朋友，我们二人原不该坐在一起的，因为彼此都会感到别扭。可是，冷高峰就有这种本事，他是总导演，他能够把我们撮合到一起。他说，除了爱情，还有兄弟之情，战友之情，哪一种情分都不轻啊！在小韩面前，你们没有选择的权力，只有被选择的权力，所以你们无法掌握自己的爱情，你们其实都是失败者。小韩也是失败者，谁敢保证她能得到真正的爱情？也许生活中压根儿就没有什么真正的爱情，它只存在于艺术世界，在艺术家心里生长，因此，咱们都学着写小说吧……

我灌下一口酒，说冷大哥，你说得太对了，我这辈子，不会再有真正的爱情了。

桑迪说，你们太悲观。爱情和灵感一样，常常是突然降临。我们所要做的，就是守株待兔，耐心地等待它降临，然后捉住它。

冷高峰说，对了桑迪，你和小韩该办喜事了吧，我等着喝喜酒呢，再拖下去，你哥我可能就喝不上了，我不能当一辈子兵啊，该向后转了。

桑迪收起笑容，庄重地说，唉，我就不瞒你们二位了，我和她从未涉及婚姻问题，以后咋样，难说……

天黑尽了，我们往回走。我们抄近路，横穿机场跑道，经过停机坪时，望着黑暗中一排排的战鹰，桑迪突然叫住我说："我最近怎么没看到0035号飞机？"

我吓了一跳！0035号飞机去年夏天失事了，坠毁在老百姓的玉米田里，飞行员牺牲。这才过去几天，他就忘了。看来桑迪的脑子出了问题。

这时，我就产生了一个不祥的预兆。

韩雪梅休假回来时，已是春天。回来后她突然提出转业。

她的举动引发诸多猜测，一时间传言颇多。有的说她准备到南方开放城市办公司，也有的说她在北京逗留时认识了一个外国人，打算跟他到国外定居，等等等等。

在当时，出国是最时髦的事情。我对她所有的事情已不感兴趣，也就没有找她询问到底为什么转业。

显然她和桑迪的关系也到头了。这没有办法。

她是悄悄离开部队的，没让任何人送她。

几个月后，我意外地收到韩雪梅的一封来信。字迹仍是那么潦草。她说这封信是在飞机上写的，脚下便是波涛汹涌的日本海峡。还说她决定到日本定居可能有些唐突。她的先生铃木大江三十七岁，经营一家塑料品公司。他们感情很好。云云。

最后，她深情地写道："我爱我的祖国。"

据说桑迪也收到了几乎同样内容的一封信。

韩雪梅变成铃木雪梅的过程一直是个谜。

这年冬天，我们团的一架飞机在黄河入海口上空失事，爆炸过后，一些金属碎片和飞行员的某些碎片一起顺水流进大海。

失事原因待查。

只要有飞机，就会有飞机失事，就像有汽车就会有车祸一样。这个道理谁都懂。但我们仍然不愿面对这个残酷的现实，消息传来，大家都哭了。

失事的飞行员叫桑迪。

就在失事的当天下午，团部公务员送给我一封发自日本横滨的国际航空信。顺便说一句，在冷高峰的力荐下，我已调到团政治处当干事。

信是几天前日籍华人铃木雪梅女士写来的。铃木女士说她在睡梦中看见桑迪驾驶的飞机起火爆炸，她吓坏了，不放心，就给我写了这封信。

我感到毛骨悚然。

我又想起我当初的那个预感，更为好友桑迪感到悲伤。我没把信拿给任何人看，包括冷高峰。我掏出打火机，将这封带有宿命色彩的国际航空信点燃，质地优良的纸片燃烧的过程很缓慢，宛若在举行一个神圣的仪式。

冷高峰一支接一支地吸烟，看上去他突然苍老了。我忽然想起他写的那篇科幻小说，便说："桑迪会不会像林哲那样，到了F星，或者别的什么星球？"

他眼睛一亮，说："但愿如此。"

一九九一年冷高峰转业后，我在打给他的唯一一次长途电话里问他："还写小说吗？"

"没这个雅兴啦。"他爽朗地笑了笑，"我总觉得，生活极其复杂，任何式样的文学作品都不能涵盖它，所以干脆不写。我只负责创造生活，制造作品的事还是由别人来干吧。"

他又补充说："傻瓜才写小说。"

给他打电话时，我曾经和邮局的一位女工作人员拌了几句嘴。后来却正应了不打不相识那句老话——一年后，那位女邮电职工成了我老婆。新婚之夜，我发现她已不是处女。她抽泣着说，她那时还小，上了一个坏男人的当……

我古怪地笑起来。我想大骂她一顿，然后再把她从窗子里扔出去。然而片刻之后，我却出奇地平静下来，连我自己都感到不可思议。我淡淡地说，算啦算啦，都九十年代啦，再计较这些没啥意思了……

新婚之夜的风暴过后，我怎么也睡不着。我突然又想起了十年前，我即将从军校毕业时的一段往事。在我临近毕业之际，韩雪梅又约我单独出去过一次，时间是一九八四年夏季的一天傍晚。

我们仍然朝郊区的方向走。

大伙儿近来一直为毕业分配问题大伤脑筋，区队长悄悄向我透露，我可能被分到了胶东半岛的一座机场。那是一个很好的去处，气候适宜，离家又近。而我有不少同学要到边疆去，路途迢迢，征程漫漫。

有的同学认为韩雪梅从中帮助了我。我也有这种感觉。有一次她曾问我，想分到什么地方去。我说，最好分到离家近的地方去，我恋家。如果我们的村子里有一座军用机场，那该多好。她讥笑我说，如果你家的院子里有一座机场，岂不更好。

当时不过是开开玩笑，我从未正式向她提过要求。况且她父亲办事公道，最反对不正之风，不大可能帮我说话。

谁知道呢？

那天傍晚，我们在郊区的那条清澈的小河边驻足而立。光线暗下来，看不真切她的脸，只听到她轻微的喘息声。

她说："你要走了，不知我们以后还有没有再见面的机会。"

"会有的！"我加重语气说。

往下，我实在没有想到，她会猛扑过来紧紧抱住我。她先是把头埋在我的胸前，然后又扬起脸来，在我腮上亲了一下。接着，将嘴唇对准我的嘴唇，一下一下恶狠狠地亲。我的手脚凉凉的。我有些害怕。

我们离开这里大约一个小时后，一对婚姻备受磨难的年轻人也来到这条河边，他们拥抱在一起，引爆了腰间的雷管。他们的血迸散开来，有一些淌进了小河，丝丝缕缕，顺水漂流。第二天的城市晚报上登载了这条消息。

这没有办法。

我想，不论时光如何变换，我会永远记住韩雪梅给予我的温情和浪漫。她使我明白，从军的过程其实就是追求爱的过程，追求爱心，追求爱情，追求爱人，或许一无所获，但追求的过程是幸福的，这就够了。

那个夜幕低垂的幸福时刻，我在韩雪梅温暖的怀抱里抖个不停。她好像叫了我一声哥。我感到我的眼眶里蓄满了泪水。

她说："哥，我喜欢你。"

她又亲了我一阵，"啵啵"地响，我第一次听到这种奇特而美妙的声音。

"啵——啵——"

我喃喃地说："在我的家乡，也有一条这样的小河……"

她说："弟弟，我永远喜欢你。"

（2002 年）

子弹穿过头颅

一

"韩天成，山东沂水县人，一九一七年生，一九三六年参军，现年七十七岁。离休前任五十五军军长，离休后享受副兵团级待遇，现住凤凰山干休所七号楼。他在战争年代多处负伤，身体状况一直不大好，最近又有了点阿尔兹海默病的前兆，行动越来越困难。他与夫人和孩子的关系也很糟糕，基本上不来往，多年来坚持独住，在老干部中家庭情况比较特殊。你的任务就是给韩军长当公务员，好好照料他的生活，让他安度晚年……"

我笔直地站在机关办公大楼一间明亮的房间里，听老干部处的处长介绍情况。其实他没必要介绍那么细，因为我很小的时候就知道韩天成很多事情，他传奇般的经历在我们家乡一带广为人知，尽管现在家乡活着的人里几乎没有人见过他。

在这之前，我是机关大院警卫营的上等兵，每天腰上挎着没装子弹的五九式手枪在营门口站岗放哨，其实和一个摆设差不多。从现在起，我就是退役将军韩天成的公务员了。这个公务员可不像政府机关里坐办公室的那一种，而是侍候人的差事。说真的，如果给现职首长当公务员，我会很乐意的，侍候那些离了权柄的老领导，苦累不说，弄不好一点儿光都沾不上。这么说并不是我挑肥拣瘦，而是现实中肥与瘦的区别太大了。

但韩天成是个例外，因为我没有任何理由拒绝。

126

当天下午，我就带着简单的行李，随老干部处的一位干事来干休所报到。离开警卫营之际，我有一种莫名的伤感。我知道伤感的原因主要来自与林建明的分别，林建明是我最好的战友，我们是同一天入伍的，他的家乡在河北的一座小县城，父母都是中学教师。他一米八四的个头，长相英俊，接人待物彬彬有礼，像个穿军装的绅士，在警卫营鹤立鸡群，一眼就能把他挑出来。当兵一年多来，我们朝夕相处，他睡下铺，我睡上铺，彼此知冷知热，无话不谈，关系融洽，毫无芥蒂。我们最大的愿望就是能有机会参加一次军校招生考试，争取提干，给自己找条出路，同时替没有权势的父母除掉一块心病。在军营里，最值得留恋的就是战友之情，如果你没有几个心心相印的战友，你就是当一辈子兵，军营也不会给你留下什么印象，就等于你白来这里走了一遭。所以在和林建明分手时，我的心情闷闷不乐，连一句道别的话都说不出来。林建明却真心替我高兴，拍着我的肩膀说：又不是生离死别，你难过什么。去照顾首长是你的福分，没准儿你将来混好了，我还要沾你光呢！

　　凤凰山干休所紧挨着凤凰山修建。凤凰山是这座城市的风水宝地，林木葱郁，花草繁茂，空气清新，环境优美，离市中心也不远，却又仿佛世外桃源。山上建有烈士纪念碑，埋葬着许多解放这座城市时捐躯的英雄，还有一座专门摆放高级干部骨灰盒的纪念堂，大概相当于北京的八宝山革命公墓吧。尽管严格地说，凤凰山更像一块墓地，但这里阴气并不浊重，甚至没有一点儿森然的感觉，人们愿意把这里当作生活中的乐园，视它为喧嚣都市里难得的清净之地。能住进凤凰山干休所的都曾是部队的高级将领，其他人是没有这个福分的。

　　就在三天之前，我曾来过一次凤凰山干休所。营里组织我们来这儿植树。那天天气不太好，头顶上偶尔无声无息地落下几滴雨珠，洒在我们身上和脚下，凉沁沁的，让人感到舒坦。十几个穿着没戴军衔的旧军装的老兵远远近近地望着我们，他们大都已经老得不成样子了，几乎一律罗圈着腿，佝偻着腰，步履沉重，呼吸急促，目光迷蒙。如果不是在这里与他们相遇，你很难想象他们曾经是统兵数万叱咤一时的将领。但迟暮之年的他们分明又有着一种挥之不去的威严，我们受这种看不见摸不着但确实存在的威严笼罩，不敢大声说话，只知道低头使劲干活儿，气氛不免沉郁滞闷。

在紧挨山脚的围墙边，我和林建明合挖一个树坑。林建明说挖得差不多了，我却感到还有点浅，想再深挖一点儿。事情就是这么开始的。很多事情都是这样出人意料，悄然而至。林建明用铁锹把儿拄着下巴，微喘着看我挖，我猛一用力，先听到"咔"的一声，接着感到虎口给震得麻酥酥的，想必是铲到了硬物，比如一块石头或砖头之类。我往掌心里吐了口唾沫，几下子就把那个硬物起了出来。

但随即我的脑袋涨大了，林建明也傻了眼。那个硬物不是石头砖头，而是一个灰白色的骷髅！透过上面星星点点的泥土，我看到它此刻放射出陈旧的光芒。它犹如一件价值连城的出土文物，在它重新见到阳光的那一刻，必定会让人大吃一惊。它好像复活了一般，在我眼前跳动了几下。

我使劲揉了揉眼睛。很多人围过来，喊喊喳喳议论不休。有人说，这只骷髅的主人肯定是个烈士，应该把它埋到山坡上的陵园里，再立个碑；有人反驳说，你又没有考察，怎么知道，如果是敌人的，那不闹笑话了吗；还有人提议，再往下挖挖，看下面有没有身子骨。更有一个胆子特大的家伙，把骷髅提在手里，拍打掉上面的黄土，又把手伸进里面，往外掏泥巴——许多年前，那里面自然是脑浆、血肉等有生命的脑组织。他掏着掏着，突然就尖叫一声，扔掉骷髅头，仿佛里面有什么活物咬了他的脏手。紧接着我们看到一个细小黑暗的东西从他的手中滑落到地上，像一只虫子的化石。

仔细辨认，那是一粒子弹头。子弹穿过头颅。是从眉心处穿过去的。现在再看骷髅，给人的感觉是那人活着时有三只眼。最上面的那只眼可以被称作天眼。

这枚吞噬过一个生命的子弹头的出现，使植树的场面更显混乱，被它击中的不光是我们这些几乎不知战争为何物的年轻军人，居然还把那些历尽枪林弹雨的退役将军也吸引过来。许是他们早已对这种情形陌生了，我想。但他们仅仅扫了一眼，就默默地离开了。只有一个人没有走开。这人个头不高，异常精瘦，胡须皆白，目光浑浊，行动迟缓，形同一截枯木。他不但没走，还艰难地分开众人，挤到中间，费力地蹲下

128

来。我离他很近，我看到他的手哆嗦得厉害，眼角挂着两滴黏稠的液体，分不清是刚流下的，还是一直就有。众人都噤了声，定定地望着他，不知他想干什么。过了许久，他腮部的肌肉滚了几滚，掉出两个有点含糊的字，就像从一只干瘪的豆荚里抖落出两粒发霉的豆子。他好像在念叨："钉子……"声音很虚。

如果我不接他的话，如果我接话时说普通话，而不是说土得掉渣的家乡话，也许就没有后面的事情了。但我说了，我恭恭敬敬地用土得掉渣的家乡口音说："首长，不是钉子儿，是一颗弹子儿。"

他缓缓地摇摇头，身子跟着摇晃。我扶他站起来，他又说："钉子……"

有人忍不住想笑，我也感到好笑，心想这位老首长一定是糊涂了，于是我憋住笑，又说："首长您看花眼了，是弹子儿，不是钉子儿。"

他有点不耐烦地摆摆手——其实我们这时都没搞明白他的意思。过了几天后，我才弄懂他说的是丁子，而不是钉子。丁子是他当年最要好的战友孙男丁的小名。接下来发生的事情更让我感到意外。他怔怔地望着我，看得我心里发毛，又不便走开。所有的人也都大眼瞪小眼地望着我们，没人说话，气氛压抑。稀稀拉拉的雨丝不知什么时候停了，沁凉的春风扫拂着背后山坡上的树木，发出低哑的啸声。他颤悠悠地抓住我的手，突然说："小同志，你是沂水县人吧？"他的嗓音比刚才清晰了许多。

我愣了一下。我从他的话音里也听出了再熟悉不过的味道，尽管这个口音不可避免地遭到了某些杂乱语音的侵蚀，但我仍是不解其意地点点头。他又问："沂水啥地方？"

"鲁山镇韩家洼。"

"你叫啥名儿？"

"俺叫韩天起。"

他笑了，脸上粗粝的皱纹四处奔波。他似乎使出全部的力气拽着我的手，说："俺叫韩天成。"

二

韩天成老将军选我做他的公务员，纯粹是因为我们拥有一个共同的故乡。或者说他把我当成了他心目中的故乡，在风烛残年之际于感情上有所依傍。

干休所的于副所长领着我到 7 号楼报到。进门之前，我抱着行李卷，站在楼前的空地上，认真打量了几眼这栋两层的小洋楼。小楼方方正正，像一座结实的碉堡。墙上爬满了曲折凌乱的藤蔓，就像一个巨大的蛛网——那是一种俗称爬墙虎的木本植物，此刻刚刚发芽，到了秋天，它会严严实实地把小楼覆盖。

于副所长说：小韩，韩军长很随和，很好侍候，你不用紧张。

于副所长按了几下门铃，半天没动静。其实门虚掩着，于副所长干脆直接推门进去，大声喊道：韩老，你要的公务员我给你送来了。

进门后我才发现，韩天成就靠在门口的老式帆布沙发上打盹儿。墙角的电视机却开着，但节目已经结束，屏幕上满是沙沙的雪花。他哼哼两声，往起站，于副所长象征性地扶了他一把。于副所长说：首长交代的事我们说办就办，够快的吧。又说，门铃是不是坏了，改天我派人来修修。

韩天成说：我这里一年到头没几人光顾，用不着修。

我注意到老人的气色比三天前要好许多。我腾出右手，向他行了个还算标准的军礼。他高兴地上上下下打量了我一阵，说：到家了，把东西放下吧。

到家了——这个说法使我心里泛起一股暖流。是的，在以后的日子里，韩天成将军的这栋小洋楼便成了我暂时的家，而在入伍之后，对于我来说，家的概念已经模糊了，家不过是一个遥远的背景。于副所长告辞后，老人拉我坐在沙发上，仔细问了问我们的故乡和我家中的情况。我们的故乡韩家洼是个偏远的小山村，村里半数以上的人家都姓韩，另外还有陈、姚等几个旁姓，他们都是逃难来的，在村里并没有什么根基。这些韩姓人无疑共有着一个老祖宗，但在长达几百年呈放射状的繁

130

衍过程中，同族人之间的血缘和亲情都不可避免地淡化了，除了五兄六弟三姑四姨之外，彼此间难有实质性的来往。我家和韩天成家的情况就是这样。

闲谈间他随口叫我起子——这种叫法我可是头一次听到——我疑心他叫的别人而不是叫我，因而那个瞬间我对自己感到了陌生。他补充说他过去的小名叫成子。他还提到他的一个叫丁子的生死兄弟，虽只提了一两句，但我已经感受到了他们之间不寻常的友谊。

我向他讲起我的爷爷。我爷爷的年纪和他差不多。据我爷爷说，小时候他们经常在一起玩儿。有一年，家里揭不开锅，爷爷饿得两眼昏花，死不了活不成的样子，韩天成慷慨地送给他一个白面馍馍。爷爷说他一辈子吃过的东西里，就数那个白面馍馍香，我小时候常听他念叨——他一边吃馍一边说，这馍馍味道离韩天成送我的那个差老鼻子啦。韩天成当兵离家后，我爷爷也偷偷跑出去找队伍，但他走到半路又回来了，原因是他在途中一个麦秸垛里过夜时做了个梦，梦见自己的脑袋被子弹打成了马蜂窝，他害怕了。爷爷遗憾地咂咂嘴说，要不是那个丧气梦，说不定俺也混好了，子孙后代也用不着在这山窝窝里跟着受罪。

韩天成闭目想了半天，说他怎么也想不起我爷爷，还说离家时间太久了，把什么都忘了。我想这很正常。在远离故乡的地方，我们的相遇胜过一切。他干咳了两声，说：我当兵离家快六十年了，第一回遇到这么近的老乡，真是没想到。我说：我也没想到。在这里遇到您，我特别高兴。

停了停，他又说：侍候人不是好差事。我选你来侍候我，你不会不乐意吧？我马上站起来，表白道：我非常乐意。就算我替咱家乡的人孝敬您，也是完全应该的。那天我丝毫没有感到拘谨，说话很连贯，我想这主要因为我和他是纯粹的老乡的缘故。如果面对的人是个素昧平生的高级首长，我会很紧张的。我又补了一句：咱家乡的人都很想念您。

听了这话，他叹口气，一个劲儿地摇头。但他没再说什么。

在韩家洼，韩天成确实是一个如雷贯耳的名字。几十年来，这个名字不断地在人们口中传诵，这个名字带给人们许多的话题，使寂寞的小山村显得与众不同。战争年代，韩家洼外出当兵扛枪的人不少于一个排，但大多数人战死沙场，死得无声无息，现在活着的人已没有人记得他们。几个侥幸活下来的，有的解放后重返故里，重新变成在土地上觅食的山民，有的在外地当了小官，不显山不露水地终老异乡，唯有韩天成，官越当越大，算是成了气候。然而奇怪的是，他当兵离家之后，漫漫六十年的时间，他居然没有回过一次家乡！

闲谈了一阵，他领我参观他的居所。这栋小洋楼从外面看很气派，没走进它的人以为里面会装修得富丽堂皇，其实里面除了空旷，没什么好炫耀的——只有几件简单的家具，而且大都是部队配发的，已经老旧得不像样子了。楼上的三间房里更是什么东西也没有，由于久不住人，地面落满尘土，墙皮发灰发黄，墙角上挂着蛛网，给人以岁月沧桑感。我挽挽袖子就要收拾，他拦住我说，收拾了也没用，没人住。他同意我把楼下的客厅、卫生间、厨房和两间居室打扫一下。

他的卧室是紧挨客厅东边的那一间，里面有一张窄小的行军床，一张黄漆斑驳的三屉桌，一把坐得走了形的藤椅，一只三开门的老式衣柜，一个小小的书橱。这样的摆设现在你走进任何人的家里，都难以见到了。可它居然是一个老将军的卧室。如果不是亲眼所见，我绝对不会相信。我看到床上的被褥虽然年代久远，仿佛一碰就变成粉末，但被子叠得板板正正，铺面弄得平平整整——唯有这一点告诉我，主人曾经作为职业军人的过去。床头柜上的电话机落满了灰尘，又告诉我主人寂寞的现在。他坐在门口的一只小马扎上看我干，偶尔说一句不着边际的话。我埋头收拾房间的时候，禁不住想，他离开家乡到这里来，难道就是为了整日守着这栋空荡荡的小洋楼吗？

他让我住进客厅西面的那间小屋。想到这间大约十平米的小屋将成为我独居的卧室，我的精神气儿上来了，心情不像刚才那般沉郁了。我累出一头汗，翻来覆去打扫了好几遍。我像进入一间古堡那样，小心翼翼把里面的灰尘除掉，把里面的几个破纸箱子扔到外面的垃圾箱里，用清水把那张同样有年头的行军床冲洗干净，窗子擦得能照出人影，还找来锤头和钉子，把一只快要散架的木箱重新钉牢，我将用它盛放个人物品。

132

晚饭时，我端着个铝锅到干休所食堂打饭。我来这里报到之前，于副所长已经交代过，韩老生活十分简朴，家里从不开伙，早点一般在外面的小摊上吃，中午和晚上吃食堂。所里征求过韩老的意见，我来后还是维持原状，我每月一百二十元的伙食费由所里换成饭票，直接交到韩老手里。这些饭票和韩老每月定期买的二百元饭票混在一起使用。于副所长说，你放开肚子吃就行，饭票不够用就让韩老掏腰包，他有的是钱。他留那么多钱干什么？

食堂里的饭菜质量尚说得过去，比我们连队的强多了。但端着八两米饭和一份芹菜炒肉丝、一份西红柿炒鸡蛋往回走时，我还是觉得在我们的故乡大名鼎鼎的韩天成，他的生活不该这么简单。多少人认为他在外面享受大富大贵，升官发财，以至于把故乡和祖宗都忘了。我作为他现实生活的见证人，目睹了这真实的一幕，获得了更多的发言权。但我想好了，日后回到故乡，我不会讲给他们听——即便讲了，他们也不会相信。

好在韩天成吃起这粗茶淡饭来津津有味。他的胃口甚至不亚于我。

那天晚些时候，服侍他睡下后，我说了句洋味十足的话。我说：祝首长晚安。刚要抬腿出去，他却叫住我说：起子，你一来，我才觉着七号楼像个真正的家了。以后咱俩就是不折不扣的一家人，你干脆叫我成子哥吧。

我吓了一跳。我的辈分在韩家洼的韩姓人里算是高的，正所谓萝卜不大，长在了背（辈）上。虽说在我们家乡，同姓人之间特讲究辈分，有时不问年纪，只讲辈分，但这是在部队。况且我家和他家除了都姓韩外，没别的亲情和交情，如果在老家，按辈分叫他哥倒也罢了，可在这个地方，打死我我也不敢直呼他哥。于是我十分难为情地说：首长这可使不得。他挥了挥手：咱俩本来就是一个辈分上的，有啥不可。这里我说了算！说完，他发出了洪亮的笑声，这是我第一次听到他开怀大笑，我有点不相信自己的耳朵，无法把这种铜钟质的笑声和面前这个干枯的老人联系起来。

不管他怎么说，我打定主意，还是称他首长。我早已是一个训练有素的士兵了，当然知道在部队，上下级关系比什么都重要。令我稍感意外的是，以后我没按他的要求称呼他，一次也没有，他也没再提及这事。

夜里，起了风，不远处凤凰山上的树木在大风的作用下，发出大海般的涛声。我觉得置身其间的这座小楼仿佛是行进在茫茫波涛中的夜行船，无依无靠，前路渺渺。这个想法使我感到些许的恐惧。明亮的月光透过窗子照射进来，给我带来片刻的宁静。我怎么也睡不着。韩天成偶尔发出的干咳声穿过客厅，传到我的耳边，我想到了世事的变迁和不可预知。现在，我鬼使神差地和这个行将就木的老人走到了一起，开始在同一个时空里生活，而他的故事却从很早以前就开始了。

三

我记得我小时候，家里那两间青砖到顶的瓦房还没有拆除。两间房子虽然很老旧了，但照样结实耐用，冬暖夏凉。这样的房子相挨着有一大片，当然里面住着别的人家。我爷爷告诉我，这些宅子原都是老财主韩昭亮的，土改时分给了众人。

韩昭亮就是韩天成的父亲。

据说韩昭亮有一个祖上曾在外地做过县令，县令告老还乡后用攒下的银钱盖房置地，一下子成了方圆几十里内首屈一指的大户人家。家业传到韩昭亮手上，虽然赶上军阀混战，天灾人祸，民不聊生，家道不免有些败落，但韩家洼的土地仍有三分之二是他家的。韩昭亮靠他的精细和刻薄小心翼翼守护着祖传的基业，并伺机扩张。遗憾的是他没有赶上一个好时代。

韩天成是他唯一的儿子，也是他唯一的指望。村里上了年纪的人都记得，韩天成在他父亲四十一岁那年来到人世时，村里比过年过节都热闹。平素极其吝啬刻薄的韩大财主简直豁出去了，豪迈地命人打开粮仓起出银圆，在家里和门外大街上张灯结彩，从厨房里抬出整筐整筐热气腾腾的白面馍馍任由人吃，还花重金从沂水城请来戏班子大唱三天。事隔半个多世纪之后，村里那些上了年纪的人讲起此事，还津津乐道，口沫乱飞，仿佛事情就发生在昨天，吃进肚里的白面馍馍还没有消化掉，余味犹存呢。

　　后来我和韩天成熟稔、和谐得像一家人了，我忍不住就把这个传说讲给他听。他嗯了一声，随即陷入沉思，良久无语。那时他的身体状况已经相当糟糕，说不行就不行。我知道他的思绪回到了过去的岁月。当一个即将离开这个世界的人，听别人讲述他初临人世的情景时，他的心中一定是既感到温馨又感到残酷，波澜起伏，感慨万端。就仿佛他站在此岸遥望彼岸，彼岸是他无意中远离的，但再想回去已不可能。一个人的诞生和消失其实代表了这个世界的两极。末了，他说：从人情的角度看，我不是父母亲的好儿子；但从历史的角度看，我的路没有走错。

　　韩天成满地乱跑的时候，他的父亲专门为他雇了个长工，寸步不离跟随着他，生怕有个闪失。他穿戴着华丽的衣帽，白白胖胖，双目生辉，那样子就像下凡到人间的金童。他走到哪里，哪里就变得亮闪闪的。稍稍懂事后，他父亲又为他请了个私塾先生教他识字。后来再送他到沂水城里的国立中学读书。他父亲把他以后要走的路都想好了，谁也没有想到，他后来走的却是另外一条路，一条与最初的设想相差十万八千里的路。

　　如果不是由于战争和世事的剧烈变迁，也许他会走那条似乎是前定的老路，就像他的曾祖父、祖父和父亲那样，守着土地、牲口和那一大片青砖到底的瓦房，做着传宗接代光大家业的梦境，在韩家洼终其一生。很多人都会这么认为。事实上即便没有战争和剧烈的社会动荡，他也不一定就像他的先人那样过一辈子。任何一个志存高远的人都不会甘心在闭塞的韩家洼守一辈子。山还是那些山，地还是那些地，几千年几万年不变，有什么好守的呢？

　　在他人生的紧要关口，有一个因素起到了至关重要的作用，这个因素就是书本的力量。

　　一次，他从城里回到乡下，他的父亲领着他到村外的大田里转悠。韩家洼上好的土地大都是他家的，由别人租种着。他的父亲有理由为之自豪。但他的父亲并不满足，他父亲幻想着把自家的土地再扩大一倍乃至更多，让九泉之下的祖宗先人睡得更安稳，让九泉之上的子孙后代过得更滋润。一路上，父亲喋喋不休地讲着他未来的打算，他却皱皱眉头说，咱们家的地太多而别人家的地太少了，老是这样，要出乱子的。他父亲愣了一下，仿佛不认识似的望着儿子。他又说，我觉得这样的局面不会太久了，爹爹，如果你想过得安稳，就把土地匀一些给别人。

韩昭亮无言以对，并且心生不快，脸子立马拉了下来。老财主觉得儿子的话是屁话，是鬼话，祖宗遗下的基业是他的命根子，他一棵草都不舍得扔掉，混账小子却劝他把油汪汪的土地分给别人，这简直是要老子的命！他的父亲气哼哼地走开了，他的眉头也皱得更紧了。

人们后来回忆，叛逆的种子其实在他父亲送他到城里读书时就埋下了。

乱世年代的学堂，是滋生叛逆的温床。他正是在那里，偷偷接受了当时最先进的思想和主义。那时上得起洋学堂的，大都是富人家的子弟，战争和革命改变了他们。这些有文化的人加入到没有文化的农民子弟中间，和一无所有的穷人相比，他们的脱胎换骨更是撕心裂肺，来得不易。

一九三六年春天，他不辞而别投奔队伍后，老财主韩昭亮哀哀地哭过一阵，像突然明白了什么似的，挥起双手两面开弓，使劲扇自己嘴巴，边扇边说，都怪我，都怪我，不该让小崽子进城读书呀，书本是祸害呀！不久，他的本来就孱弱多病的母亲受不了这个打击撒手归天，老财主跪在老婆坟前，把自己的脸颊扇得血乎乎的，然后仰天长啸道，书本是祸害呀，不但害了小崽子，把他娘都害死了。以后每当提起这事，老财主就不停地重复这几句话。一直到一九四六年土改时，前方传来消息，他的宝贝儿子不但没丢性命而且还当了个什么官之后，他才改了口。他喃喃地说，难道俺当初供他读书是对的？是的，书本是福不是祸。他见人就讲，是他执意送儿子读书的，儿子读了很多书，才明白了道理，走上了正路。他还劝众人，宁肯不盖房子不置地，也要舍得花钱供小崽子们读书。

村子里确实有人信了老财主的话，或者把韩家父子的经历当作典范，不遗余力地供孩子读书。可惜的是，解放后相当长的一段时间里，读书人再也没有那么好的运气了。村里有个叫韩三根的老汉，听了韩昭亮的话，千辛万苦供儿子上了师范，毕业后分到镇上中学当老师。但那个倒霉蛋只领了一个月的工资，就被打成了右派，不久他就在地区五七干校的一棵枣树上吊颈自杀。痛不欲生的韩三根老汉想找韩昭亮算账，但那时韩昭亮坟头上的野茅草已经青青黄黄变换了好几茬。他来到狗地主的孤坟前，怒气冲冲撒了一泡尿，这笔账就算勾销了。

初来凤凰山干休所七号楼的那天夜里，我睡得很不踏实。到后半夜，风停了，同时月亮也隐去了，外面静得仿佛整个世界都不存在。那边，韩天成好像也没睡好，也许他一直这样。人老了，觉就少，白天的日子不好打发，夜晚的光景更是难熬。天快亮时，我好不容易睡实了，却又被他穿衣下地的声音弄醒。我赶忙爬起来披上外衣，走到他的卧室门口，蒙蒙怔怔地说：首长，起这么早呀。

他说：我出去散步，老习惯了。你要是没睡好，接着睡。

我确实没睡好。但我不可能接着再睡。我们当公务员的，说穿了和过去的仆人一个样，哪有主人起床了仆人还在睡大觉的道理。想了想，我说：首长，我陪您去吧。

他走在前头，出门时趔趄了一下，摇摇晃晃的，我紧着上前扶了他一把。他说：不碍事，我倒不了的，你松手，我自己走就行。

四

我们从正冲着凤凰山的小东门出去，沿着一条林间小路，向山上走。小东门只有早晨才打开，便于老同志从这里直接上山，白天和夜晚都锁着，以防止外人溜进来乱窜。

干休所几乎所有的老人差不多都在这个时候出来晨练。人到了这把年纪，最大的愿望就是想方设法尽可能地延续生命，多活一天是一天。他们互相懒散地打着招呼，偶尔开一两句并不能使人发笑的玩笑。如果发现哪位没出来，不用问就知道，他的身体又出了毛病，在家卧床休息或是住进了医院；如果他长时间不出来，估计麻烦大了——事情往往就是这样——后来我注意到，也许用不了几天，干休所办公楼门口的小黑板上就会冒出两行触目惊心的大字：×××同志遗体告别仪式定于明天下午三点在西郊殡仪馆一号大厅举行，自愿参加。就像在战争年代，队伍里熟悉的或似曾相识的面孔不见了，那么，他不是负了伤就是牺牲了。所以，如果晨练时不见了谁，老同志们会交换一下眼神，轻轻嘀咕两声，显出关切的样子。

我第一次随韩天成晨练时，他走在前面，步态不稳，我总担心他要跌倒，随时做着搀扶他的准备。对于此刻扮演的这个角色，我感到疲累，心想如果回到当年，他是指挥千军万马的高级将领，跟在他屁股后面的我，自然是他的警卫员了，我挎着盒子枪，威风凛凛不离左右，那该是何等风光。可现在，他失了威风，我谈何风光。

老将军们在小路上相遇，彼此间并不热情，有的仅止于点点头而已。我看到他们有的在林间负手散步，有的打太极拳，有的练气功，有的在舞剑，各有各的锻炼方式。有趣的是，他们不扎堆，每人都有自己的地盘，各练各的，互不干扰。我不知道韩天成的地盘在什么地方，又不便问，只好闷头跟他走。树木湿漉漉的，水汽很重。我们用了半个多小时的时间，绕过半座山，到达了南坡一块空旷的地方。

由于突然从林子里钻出，加上我的视线一直不离韩天成的背影，所以，他刚刚停住脚步时，我并没看清面前的景物。等他咕噜了一声到了，我抬眼一看，头皮顿时一阵酥麻，眼皮一阵狂跳。天哪，在我们脚下的山坡上，密密麻麻排列了数不胜数的墓碑，仿佛是圣手造就的森林。它们横成列，竖成行，整整齐齐，壮观极了。每一座半米多高的石碑下面，都有一个用条石垒就的长方形的墓基，中间是平整的黄土。墓基的形状真的很像一张床——条石是坚固的床沿，黄土是铺在床上的被褥，石碑是床头的靠背，床的主人睡在很厚很厚的被子下面——但他却再也不能醒来了。

其实去年清明节时我们曾来过这里一次，为烈士扫墓，但时间很短，走马观花一般。当时还有几个刚入党的弟兄在这里挥拳宣誓。现在，他们的誓言早已被风刮走，烈士墓地却还是原来的样子，冷静地藏在寂寞的山间。这个时刻我感受到，瞻仰烈士最好不要搞大呼隆，像赶集似的，一个人慢慢走来，静静地在这里待一会儿，效果也许更好。

每天早晨来凤凰山锻炼的人很多，满山遍野都是，而这片墓地周围却见不到几个人，好像谁也不愿意一大早就弄得心情沉痛。从远处传来的似有似无的人语，使这片圣灵之地更显宁静。可韩天成不管这些，这里就是他的地盘。他说他每天早晨都来这儿，不是来锻炼身体，而是静静地待一阵子，陪陪躺在下面的弟兄们。这便是他每一天的开始。

他在一座铭文已经模糊不清的墓基边坐下来，示意我也坐下。我迟疑了一下，只得遵命。他微闭眼睛，不再说话，显得很虚弱，仿佛一阵风就能把他吹倒。这时，我突然产生了一个奇怪的念头，觉得他不是来陪弟兄们，而是来求得弟兄们陪伴他的。他们原本就是同一个时代的人，战争使他们过早地分了手，当时代的轮子转了千百圈之后，他以活着的方式走进他们中间，似乎仍然没有一点儿隔阂，交流起来还是那么轻快、便捷、和谐。这可不是人人都能做到的。死去了的，虽然消失了肉体，但灵魂还在，只不过它是孤独的。与此同时，也把另一份孤独留给了活着的人。只有相互间默默的交流，才能消除彼此间的孤独。韩天成是不是悟到了这一点？

过了好久，见他睁开眼睛，我小声问：首长，这些烈士里有你的战友吗？

他说：没有，我一个也不认识他们。四八年攻打这座城市时，我所在的兵团不是华野主力，捞不着攻城。我们在南面三百里外的地方打援，但敌人没敢来援。顿了顿，他又说：起子，告诉我，你都看见了啥？

我说：看见了啥？噢噢，全是墓碑。

他说：我指的不是这个。

我挠挠头皮说：不是这个，那还有啥？

他说：你闭上眼睛再看。

我疑疑惑惑地闭上眼睛，然后摇摇头说：还是啥也没有呀。

他说：你要用心去看。

我越来越糊涂，越来越不明白他的意思，窘极了。

这回轮到他大摇其头了。他伸手轻轻拍打着冰冷的墓碑，像在拍打一个婴儿的头颅，然后说：你还是没有用心。如果你真的用心去看，你就会看到，每个墓床下面，都躺着一个年轻人。他们差不多和你一般大。他们身上都带着伤痕——枪伤、刀伤、弹伤，伤痕累累，血肉模糊。可他们已经不知道疼了。但你在看清他们后，你就会觉得疼，心疼！

我吃惊地张大了嘴巴，有点傻眼。在他低沉的讲述中，我使劲眨巴了几下眼睛，恍惚之间真的看到了黄土下面一排排年轻的躯体。他们身上遍布着伤口，他们的肉体仿佛是透明的，只是血液不再流动。许多闪着寒光的弹头和炮弹皮扎根于各个部位，那些进入到关键部位——譬如头颅、心脏里的金属物件尤其醒目和狰狞。而那些支离破碎、血肉连连的躯体更使我骇然。一瞬间，我感到了彻头彻尾的恐惧，呼吸都变得急促了，心口窝怅怅的，禁不住瑟瑟战栗，脸色肯定极其难看。

这时，韩天成却呵呵地笑了。他在这个时刻的笑声又让我起了一层鸡皮疙瘩。随即他正色道：起子你要记住，要想当一个好兵，就得一闭眼睛看到这些！

我下意识地点点头。说真的，我没想过非要当一个好兵，我离开家乡到部队里来，主要的目的就是找一条出路，找一条比在家乡待着更有意思的出路。但这个瞬间，面对脚下躺着的同我一样年轻的躯体，我所有的杂念都不存在了，我还能说什么？

脚边草叶上的露珠渐渐收干时，太阳从东边的高楼大厦间露出了脸，把朝阳的一面山坡照得明晃晃的。我感到了一丝暖意。抬腕看看表，都快七点了，韩天成仍没有往回走的意思。他说：起子，你入伍那年多大？

十九。我说。

噢，我参加革命的那年也是十九。

可您后来当了军长。我可能一辈子都没出息。我有点伤感。

你说错了。他咳嗽一阵，喘着粗气，我现在不是啥也没有了吗？可你才刚刚开始，路还长着呢，只要有路走，比啥都强。

我记下了这句话。

他换了个话题：起子，如果马上让你去前线打仗，你害怕吗？

我一愣，不知怎么回答。他用眼神鼓励我说实话，于是我就实话实说：肯定会有点害怕。

他宽容地笑了：说不害怕那是假的。你是个诚实的娃娃，我喜欢你这样的娃娃。

他又微闭上眼睛，陷入到刚才那样的境界中。

一九三六年春天，已经半年多没好好做功课的韩天成终于下定了决心。他和九个同学一起，跟随一个在沂水城里活动的地下党员悄悄出了城。他们昼伏夜行，躲避着敌人沿途设置的道道关卡，朝蒙山深处的一处秘密营地进发。三天的路程他们走了七天。在过一个山口时，有个同学不小心摔下了悬崖，脑浆四溅，当场毙命。这似乎是一个不祥的征兆——还没有闻到一丝硝烟的气味，他们就目睹了发生在身边的死亡过程，突然、迅捷、惨烈。一个细雨蒙蒙的日子，他们面色苍白，疲惫不堪地到达营地，成为鲁中游击大队的一名普通士兵。半个月后，游击大队得到情报，山下的六里营子进驻了一个班的国民党地方武装，是来那儿催粮的。游击大队打算拿这个班的敌人开刀，派出一支二十多人的小分队袭击他们。也许是为了考验刚入伙的这帮学生兵政治动机是否纯洁，这支临时组成的小分队里就包括刚刚学会打枪的他们。但情况比最初的预料要糟糕得多，驻进六里营子的敌人并非一个班而是一个排，且敌人早有防备。麻烦就大了。他们悄悄接近目标，以为人不知鬼不觉，可刚到村口，就遭到敌人一顿排枪的扫射，火力异常密集。小分队硬着头皮冲了一阵，简直等于以卵击石，只好边打边撤。这个比想象还要糟糕十倍的场面让韩天成始料不及，眼看着身边的人一个个倒下去，发出麻袋颓然落地的噗噗声，嗅着一团团迅速洇开的血腥气，他真的傻了眼，居然忘了打枪，想逃跑都迈不开步子。而且要命的是，他的裆里湿叽叽的，显然是尿了裤子。那一刻他确实是后悔了。如果那时他还有思维，他的第一个念头恐怕就是自己不该头脑发热，仓促投身于残酷厮杀的战场。他的第二个念头就是借机溜掉，回家乡去，从此远离战争。但是，一杆英国造来复枪的子弹击中了他的小腿，使他所有的念头都有可能在一瞬间化为泡影。他扑倒在地，满眼是金星闪烁的泪。就在他哭天天不应叫地地不灵的时候，一个身块高大的粗壮少年返身朝他跑来。他觉得来人有点面熟。少年好像还低低叫了他一声："少爷。"然后弯腰熟练地背起他，朝着溃散的小分队的影子追去。

这个救他的粗壮少年名叫孙男丁，就是韩天成后来常常念叨的丁子。这一天是他们友谊的开始。脱离危险地带后，丁子告诉哎哎哟哟叫唤个不停的韩天成，他是离韩家洼五里远的孙家洼人。前年除夕夜，他曾去过韩家大宅一趟，从厨房的大锅里拎走了两只正在蒸着的鸡，外带一瓷壶烧酒，又顺手从晾衣绳上扯走了一件洋布褂子。韩天成想起来了，那年除夕夜，家里确实给弄得乱了套，原来是这小子干的。丁子有点不好意思地说，不过你家的鸡没有蒸熟，我只吃了几口，但把酒喝了，醉了一天一夜，醒来后发现两只鸡被老鼠拖走了，气得我鼻子都歪了。你那件洋布褂子我还没穿烂，你若想要我就还你。他被丁子的话逗乐了，感觉到伤口不那么疼了，要求下来自己走。丁子不同意，说我就是累死也要把你背回去。

丁子是个孤儿，房无一间地无一寸，他又不愿给有钱人家做长工或打短工，一年到头靠偷鸡摸狗过日子——当然主要是偷大户人家的。他说他就是为了填饱肚子才来当兵的，来了三个月了，顿顿吃得饱，以后即便被打死，也不亏了。

仓皇逃回营地后，他养了三个月的伤。疗伤期间，丁子三天两头来陪他，还特意攀上很高的峰顶为他采草药。伤好之后，他可以偷偷实现自己的第二个念头了，但这时他的那个隐秘念头却不知不觉消失了。和他一同出来参加革命的那九个同学，来的路上摔死了一个，上次偷袭六里营子牺牲了三个，前些日子又逃走了一个，剩下的那四个跟随三中队到别处开辟新的游击区了，不知是死是活——一九四九年进城后，他多方打听，得知那四个同学分别阵亡于抗战期间的牛头山之役、柳埠之役和解放战争期间的孟良崮之役、渡江战役——而此时的他参加革命三个多月，只放过一枪，连根敌人的汗毛都没伤着，自己倒稀里糊涂吃了敌人一枪，他还能往哪里走？他走了又能干什么？这时的他只有为自己那个曾经有过的卑微念头而汗颜了。

他很快发现，闻过一回硝烟味儿后，就不知道什么叫恐惧了。第二次参战，他一枪就把一个满脸大胡子的国民党新三旅的兵打得脑浆喷薄而出，他连眼睛都没眨一下。那是他有生以来第一回杀人，从此就开了杀戒，一发而不可收。杀人的滋味很痛快，杀人的滋味其实也不怎么好受。等他明白这个理儿时，战争已经结束了。

五

由于我的到来，韩天成老将军的精神气儿明显好转。有一次，住八号楼的军区原副参谋长胡德平少将和他开玩笑，说老韩呢，前些日子我都觉得该轮到你爬烟囱了，哪知你活着活着又来劲了。韩天成回敬他说，老胡，看看咱俩到底谁先完蛋。他边说边笑眯眯地指指我，说我老韩找了个拐棍，老家来的，有他帮我撑着地，就有了底气，我要走的路还长着呢！胡老将军哼哼一笑，说比老婆还好使吗？韩天成说，比三个老婆都强。胡德平一生结过三次婚，头一个是湖北老家的，进城那年给他蹬了；第二个是军区总医院的护士长，姓康，前年死的。据说老康临死前曾留下话，说她死后老胡干什么都行，就是不能再婚。可没出一年，胡老就把第三任夫人——艺术学院一位退休的舞蹈老师领回了家。有一阵子，胡老见人就说，是老康托梦给他，让他再婚的，晚年没人照顾他，九泉之下的老康不放心。我的主人说我比三个老婆都强，是故意拿话呛他。哪想胡德平也不是善茬，立马反驳道，老韩你是吃不到葡萄就说葡萄酸，你他妈是个老狐狸。他们笑骂一阵，各回各的家。

我已经摸清楚了，韩天成并非没有老婆。他名义上的夫人叫宋燕玲，离休前是省人事厅副厅长，只是因为多年来性格不合，不在一起住罢了。有一次帮他收拾抽屉时，我翻腾到了宋副厅长的照片，估计是二十年前照的，照片上的她神色庄重，一脸严肃，一看便知是个不易接近的人。但她的气质和相貌绝对是不差的。韩天成见我端详照片，像有什么秘密被人戳穿，有些愠怒，伸手抓了过去。以后我再也没见到那张二寸大小的黑白照片。

韩天成六十五岁那年搬进七号楼后，一直独住。事实上在这之前他们也没怎么住在一起，他一直在下面的部队里任职，宋燕玲带着他们唯一的儿子韩军住省城。他和儿子韩军的关系好像也不怎么融洽，韩军一年到头露不了几回面，每次来了，象征性地问候两句，抽身就走。倒是儿媳艳芳时常过来看看，有时还给老头子带点吃的。韩天成有一次对我说：我这个儿媳比儿子聪明。她明白哄好了我，才能得到我的遗产。

过惯了独居的日子，他对生活愈来愈不讲究。干休所三十多位退役将军，没人像他这样子。我来之后，这栋缺少人间烟火的小洋楼才有了点过日子的味道。我先是提出少吃食堂，尽量自己做着吃，当新兵时我曾干过两个月的炊事员，一般的家常菜能凑合着做出来，即便我烧的菜不怎么样，毕竟是在自己家里吃呀。他同意了，并且吃了几餐之后，对我的手艺赞不绝口。接着，在我的建议下，又买来了一张席梦思床、两节组合柜和一台大彩电。他频繁地用遥控器指挥着彩电行动，仿佛幼童得到了一件崭新的玩具。他兴致勃勃地对我说，起子，还想买啥，你看着办，我有钱。以前从没想过攒钱，可我拿出存折数了数，竟然攒下了十多万，这钱来得太容易了，我这辈子是花不完了，留它做啥？他又重复一遍，留它做啥？他们最担心我死前当党费交出去。我就是不交党费也不会留给他们。你看捐给希望工程行不行？党不缺钱，希望工程缺钱。

　　我想了想，说：可以捐给咱老家，盖个希望小学，名字就叫天成小学。

　　他嘿嘿乐了，猛拍一下膝盖：这个主意蛮不错，但叫天成小学不妥。不妨叫丁子小学，没有丁子，就没有我成子的今天，应该记住他！

　　他为自己的这个想法着实兴奋了一阵子。到了临睡时，却又把我喊过去，说起子，我琢磨半天，觉得还是不要突出个人，不光是丁子牺牲了，很多同志都牺牲了，把他们藏在心里，比啥都强。这样吧，将来希望小学盖好了，干脆叫育英小学。

　　这个话题说过之后，就搁下了。

　　我还决定把楼上的三间房子也整理一下，起码整理一间，摆张桌子，让他情绪好时练练书法。据我所知，干休所好几位老将军练书法练上了瘾，住十三号楼的吴主任一幅字卖好几百，所里的战士退伍时他都要送一幅。韩天成说他不会去写那些半吊子书法，手里握了一辈子枪，手腕子和枪筒子一样硬，写不好字的，写不好干脆就别写。又说枪杆子和笔杆子完全是两码事，枪杆子打出的是子弹，笔杆子写出的是文化，近了这头，就远了那头，你只能占一头。我说，不在里面练书法，干点别的也行呀，比如下雨阴天的，出不了门，可以在里面打打拳下下棋啥

144

的。他勉强同意了。等我把楼上最大的那间整理出来后，他吭吭哧哧爬上二楼，扶着门框说：很好。将来你可以在里面娶媳妇。

想没到他冒出这么一句，我的脸腾地红了。他嘿嘿笑着：起子你还害羞呢。喂，告诉我，谈了对象没有？

我忙说：没有，没有。头摇得像个货郎鼓。

不凑巧的是，我们正说着，所里的通信员来送书信，两份报纸中间夹着一封写给我的信。只扫了一眼信封上的字迹我就知道，信是姚秀写的。我有点不自然地把信抓在手里。这一丝慌乱却被他敏锐地捕捉到了，他大声说：好啊起子，这信肯定是个女娃子写的。刚刚你还矢口否认，现在看你怎么交代！

我讪笑着，确实不知该怎么交代，因为我真的说不清我和姚秀到底是什么关系。她也是韩家洼人，我们同岁，而且还是小学和中学的同学。后来我考上县高中，她回家种地，我们见面的机会少了。偶尔我在上学或放学的路上遇到她，她正在路边的责任田里干活，或是扛着农具突然和我相遇。每次相遇，无非是打个招呼而已，比如她说：上学去呀；比如我说：干活去呀。我发现她的脸蛋比过去黑多了，心里生出一点酸涩。我觉得我不是心疼她，而是心疼她的脸蛋，姑娘的脸蛋是不能够放到骄阳下暴晒的。说话间到了三年前，我高考落榜（只差半分），一时感到天塌地裂——没有人能够理解一个山村知识青年的心情，他试图走出那些大山的全部努力一瞬间化为泡影，十多年的心血眼看着白白扔掉了。我羞于见人，整天在家蒙头睡大觉。那一天午后，家里人都下地了，院子里除了鸡啄食拉屎的声音外，没有别的声音，我闭着眼睛躺在床上，能够听到外面阳光唰唰的降落声。突然，院门吱呀一响，有个人迟疑着脚步走进来，在我睡觉的厢房外面停顿一会儿，然后轻轻推开了门。我懒得睁眼，心想进来的若是个贼我也不会管他，他就是搬光我家的东西，他就是拿刀杀我我也不管。但来人不是贼，因为我听到了一声悠长的叹息，贼是不会叹息的。过了好久，我实在忍不住了，撑开眼皮冷冷地觑了一眼——

是姚秀。

姚秀她斜倚着门框，一动不动地望着我。阳光从她背后扑向她，在她周身镶了一道耀眼的金边，仿佛想熔化她。她的头发盘在头顶，脸蛋儿愈显暴露。她双目灼灼闪亮，含意复杂。她咬着下嘴唇，神色凄迷。我像个落水者，无力地朝她招了招手，她就蹚过来，坐在床边。多日不见，这时我却觉得她的脸蛋不那么黑了，透出一种健康而结实的紫红色。突然，我用尽全力坐起来，我真的像个遇见了稻草的落水者那样，死死地抱住了她。我把她当成了救命的稻草紧紧抱住不放，她心甘情愿当作稻草被我抱着，一直到我懵里懵懂剥下她的裤子她才灵醒过来，由一根稻草重新变成活生生的人。她飞快地提上裤子，飞快地伸手抹了一把我眼角的泪痕，飞快地亲了一下我的嘴唇，然后飞快地跑出我的屋子。院子里的鸡受到惊吓，咯咯叫着，纷纷飞向屋顶和墙头，翅膀掀起的气浪击打得窗子发出嗡嗡的共鸣。第二天一早，我就出人意料地扛起锄头下了地。从那以后，每天我都像个真正的农民那样，起早贪黑下地干活，不急不躁，无怨无悔。同样是从那以后，姚秀没再登过我家的门，即便是路上见了，她也不冷不热的，甚至于脑袋一低，加快步子走掉。我搞不清她是怎么想的，我也不想问她。这年年底，我爹把刚领到手的售粮款一分为二塞进两个信袋，然后又分别塞进镇武装部长和村支书韩道银的口袋，我便顺顺当当入了伍。出发前的某一天黄昏，我最后一次到野外去，我站在一个山头上，打望着远处连绵不绝的群山和近处层层叠叠的田畴，打望着夕阳、炊烟和荒草，想到这里即将变成辽远的背景，一种悲壮的感觉油然而生。身后有人叫我的名字，我回头一看，是姚秀。这时我感到她的脸蛋好像又变黑了。一时无话。最后还是她先开了口。她脑袋微微勾着，用双手绞着发梢，低眉顺眼地说，俺以前想过，如果你喜欢俺，俺就跟你，不要你家一分钱。可你要走了，俺知道这个想法就要落空了。不过呢，如果你在外面混不下去，就给俺来封信，俺好等你回来。说完，她也没问我有啥想法，扭头朝山下跑去。到了部队后，我思前想后，觉得无论如何应该给姚秀写封信。平心而论，她是个不错的女孩，在乡下能娶到这样的女人，九泉之下的祖宗先人都会乐得合不拢嘴。但若是往高了看，她又是个没有前程的乡下姑娘。就这么着，我们有一搭无一搭地通着信，信上的内容也是干巴巴的。

韩天成眨巴着泪囊突出的小眼睛，像个老顽童似的，非要我当他的

146

面拆信。还说要是我不介意的话，他想了解一下信的内容。我知道他是关心我，同时也关心故乡的现状，他对来自故乡的任何信息都表现出极大的兴趣。我按他的要求做了。信笺脱离信封的同时，另有一张硬纸片从我手中滑落在地。是姚秀的一张照片。我弯腰捡起，未及端详，就被他要了去。他反反复复打量它，我耐心等待着他的反应。他说：多好的姑娘……我已有六十年没见过家乡的姑娘了……

他的语音里带着一股莫名的伤感和凄凉，眼角不知何时挂了两滴清泪。夕阳涂满了窗玻璃，房间里弥漫着过滤后的光线，昏黄、暗淡、虚飘。我预感到要有一件事情发生，心头惴惴不安。果然，他喟然长叹一声，说：起子，我问你，你听说过一个叫小蔡的女人吗？

六

恐怕谁也不能否认，小蔡是韩天成一生中一个重要的人物。某种程度上说，他生活道路的改变与小蔡有着不可分割的关系。

我来七号楼快两个月了，一直等待着从他口中说出小蔡。但他讳莫如深，闭口不谈，独自坚守着一个秘密。但他终于坚守不住了——如果再坚守下去，他就要被彻底地压垮；抑或是他刻意想忘掉它，永远地忘掉，仿佛什么都没有发生。但在经过百般努力之后，他发现自己所有的努力都是徒劳的，他不可能忘掉，就像他不可能忘掉自己的历史一样。而到了这时，他不仅不想忘掉，反而还想知道更多的事情。

其实，他试图坚守或忘掉的，早已不是什么秘密。在我们的家乡，小蔡一直都是最受人注目的人物之一。人们见到小蔡，就好比见到了韩天成。小蔡就是韩天成的影子。他们的故事也被人们传得沸沸扬扬，人所共知，而且几十年里经久不散。

没有人知道小蔡具体叫什么名字。她年轻的时候人们叫她小蔡，年老后人们就叫她蔡婆婆。她不是韩家洼人，据说她的老家在百多里外的蔡家峪，有一年蔡家峪发洪灾，她父亲被大水卷走，很多人都被大水卷走，那些活下来的纷纷外出逃难——这样的事情那年头实在算不得新鲜。她的母亲一手牵着她，一手牵着她的弟弟，鬼使神差一般朝韩家洼蹒跚而来。那年她八岁，她弟弟五岁。还在路上时，她母亲就合计着必须把一个孩子送人，因为她没有能力养活两个。到了韩家洼，有能力领养一个孩子的除了韩昭亮还能有谁？于是，她哇哇大哭着被韩昭亮领回了家。进了韩家大宅，她立马就不哭了，因为她从来没有见过这么阔气的宅院，她还看到院子里的鸡见了撒在地上的金灿灿的谷粒，头都不低一下，鸡们昂首阔步趾高气扬，比门外大街上的行人都体面——这个时候即便她母亲再来领她，她都不可能跟着走了。

谁都清楚，刻薄成性的土财主韩昭亮愿意领养一个女童并非是他发善心，他是想培植一个不花钱的女佣。这个推断很快就被证实了，小蔡成了韩家一把干活的好手，她里里外外，殷勤侍候着主人一家老小。而且几年之后，她居然出落得鼻子是鼻子眼是眼，很像那么回事。

韩天成比小蔡小三岁。平时一贯高傲的韩家少爷起初根本没把这个黄毛丫头放在眼里，虽然她经常在他身边转来转去。私塾先生教给他的那些陈词滥调已经够他心烦了，况且他还没有长大呢。到沂水城里的新式学堂就读之后，他的心情才逐渐好起来。以后再回家，他猛不丁发现小蔡已经不是原先那个不起眼的黄毛丫头了，她变了，变得让他都不敢相认。同时他发现自己也变了，变得自己都不认识自己了。

不光他们在变，整个世界也都在变。

后来发生的事情不免有一些猜测的成分。但猜测也罢，真实也罢，韩家洼男女老少对此却深信不疑——

大约在他十六岁那年的隆冬时节，他从城里回家，一进院门，小蔡就扭着腰肢迎上来，从他手里接过一应物品，嘴里少爷长少爷短地叫着，哈出的热气直扑他的脸颊。他像个客人一样被小蔡领进他住的偏房，小蔡又端来一个火盆侍候他取暖，然后细声细气告诉他，老爷把她许配给了孙家洼的小地主孙七，跟他做二房，孙七则划给老爷五亩水浇田，腊月初六她就过门。他觉得这事与他无关，听过就忘了。到了夜里，寒风呼啸，大雪纷飞，小蔡还像先前那样半夜起来替少爷披被角，给火盆添炭，乃至早晨帮着倒尿壶。小蔡蹑手蹑脚进了门，走到他的床前。如果他那一刻正死睡，也许就没有后来的事情了。偏偏他醒着。他已经到了常常睡不踏实的年纪。借着雪光，他看到小蔡蓬松着头发，披着带补丁的碎花粗布棉袄，脸上挂着慵倦的表情，敞开的怀里胸脯格外厚实；小蔡身上黏糊糊的气息一点儿不剩地钻进了他的鼻孔。他有点恐惧，有点迷乱，有点不知所措。夜半时分的不期而遇起到了火上浇油的作用——就在小蔡把手伸过来替他掖被角的时候，他的忍耐终于达到了极限。于是，他就像蛇捉青蛙那样，突然捉住了小蔡的一只手。接下来的事情是在慌乱中完成的，小蔡激烈的反抗渐趋微弱，一个结果不可避免地注定了。多年以后他肯定为自己的莽撞和不计后果后悔过。小蔡呢？没人知道。

第二天一大早，他郑重地对他的父亲说，最好不要逼迫小蔡嫁给孙七，因为她愿意侍候老爷一辈子。

说小蔡是他的第一个女人那是毫无疑问的。后来在两年多的时间里，他和小蔡断断续续保持着这种关系，小蔡是他求学期间的一种牵挂，但这种不伦不类、偷偷摸摸的交往又使他感到沉重。说真的，他更喜欢新式女性，可他对于小蔡命运和肉体的主宰同样令他陶醉，难以自拔。很快，一九三六年的春天来到了。

小蔡可能是他投身革命行动的唯一一个知情人。如果小蔡把消息走漏出去，他是不可能走脱的，光他父亲这一关就无法逾越。在他打定主意之后，估计他对小蔡有过什么许诺，比如你等着我我会回来的之类。当时小蔡一定会泪水涟涟，泣不成声，或许他也流了泪。但他马上就抹去了它，义无反顾地走了——也许那一刻他们谁也没有想到，这一去竟成永诀。

说到底，他投身革命是一种最好的选择。他拯救了自己，同时也拯救了他的地主父亲。一九四六年秋天，韩家洼搞起了土改，如果他没有投身革命的话，那么等待他们父子的，将是最严厉的惩处。村里只有半顷地的小地主韩昭良都落了个尸身不全，他们父子被愤怒的翻身户剁成八瓣都未可知。即便他们侥幸逃脱，一九四七年夏天他们肯定会作为还乡团回来报复，最后仍是难逃厄运。正因为他选择了光明，土改时他的父亲虽被划为地主，但保住了性命。

开批斗大会时，贫协会的人动员苦大仇深的小蔡上台揭发老地主的罪行，小蔡死活不肯上台，她说，俺是他养大的，没有他俺可能早就饿死了，俺不能忘恩负义。人家责怪她觉悟太低。她说，啥觉悟不觉悟的，俺就这样了。

一九四八年春天，这一带全部解放，老地主家苦心孤诣经营几辈子的土地和宅院全成了别人的，老地主本人只落下一间过去守园人住的茅屋作为栖身之所。就在这时，小蔡的已长成壮汉的弟弟来到韩家洼，接她回老家。她却冷冰冰地说，俺不认识你们，俺也没有老家，这儿就是俺的家，哪里俺也不去！她弟弟见劝不下，赌气走了。好心的村人也早已把她当成了韩家洼人，紧接着为她张罗婆家，她毕竟已经三十出头了。可她坚决拒绝了人们的好意，任谁来劝她都是一句话——俺一辈子不嫁！

不久，据说来村里指导二次土改的工作队队长看上了她，三天两头来缠她，而且软的不行就来硬的。一天深夜，那位掌握着韩家洼最高权力的队长酒后闯进她住的小屋，眼看就要得手，她冷不丁挤出一句恶狠狠的话——你再敢碰俺一指头，看韩天成回来不剁下你的××！只这一句，就让队长的酒醒了大半，以后他再也没敢踏进她的小屋一步。

世上没有不透风的墙，人们很快就把她和韩家少爷的瓜葛理得差不多了。村里上了年纪的人都记得，那段时间她几乎天天到村子通往山外的唯一一条路口上去，向着远方眺望。有人和她打趣，说小蔡，是不是等韩家少爷呀。她说，是呀，就等他呀。少爷腿不好，临走那年托我给做条皮裤子，这不，早做好了，狗皮的，穿上暖和得很呢，就等他来取呢。

差不多就是这个时候，韩天成率领他的第四十七团攻下了泗河城。队伍举行了隆重的入城仪式，欢庆的锣鼓和秧歌发出震天喧响，韩天成骑着高头大马行在最前面。谁也说不清到底是怎么回事，反正走着走着，突然有一条长长的彩带飘过来，搭缠在他的脖颈上，而彩带的另一头抓在一个少女的手中。他顺着抖动的彩带望过去，看到了一张青春勃发的脸——这张脸一下子使他回到十二年前，他在沂水国立中学就读时的岁月，那时他的周围有不少这样的脸庞。但从那以后，戎马倥偬，岁月在枪林弹雨中流逝，这样的气息对他来说真是久违了。他打马立住，柔声说，你叫什么？

150

当天傍晚，那张青春勃发的脸蛋仿佛再次从天而降。她居然躲过了卫兵的盘查，出现在泗河城各界人士为庆祝大军入城而举行的晚会上。很多双眼睛同时瞄上了她，她的眼睛却瞄上了坐在主宾位置的韩天成。最终那两双眼睛里迸发出的光芒缠绕在一起，使热闹的晚会现场都黯然失色。

那年韩天成三十一岁，宋燕玲十八岁。宋燕玲是个小手工业者的女儿，当时她正在省城的女子师范学校读书，原本回泗河城的老家逃避战乱的，没想到正赶上大军攻打这座古城——却也因此而促成了一桩令她的小姐妹们羡慕不已的婚姻。尽管后来的事实证明这桩婚姻并不成功，但她那时一百个愿意。

五年之后，韩天成的队伍从朝鲜战场调回国内休整。一位沂水老乡带来了他的父亲已经谢世的消息。可以说这个消息彻底掐断了他与故乡的联系。如果不算小蔡的话，他在故乡就没有什么亲人了——小蔡又算个怎么回事呢？他困惑，他无奈，所以他不敢往下想。这个时节，他的夫人宋燕玲已经在省政府机关上班，他们的儿子也快出生了。

老地主死后，是小蔡为他操持的丧事。她央求村里照顾了一口薄板棺材，才使他不至于在奔向黄泉的路上以草席裹身。以后每逢老地主的祭日，小蔡都到他的坟上烧点纸钱。日子流水一样过去，小蔡转眼间变成了白发苍苍的蔡婆婆。韩家洼人的心肠毕竟还是软的，蔡婆婆后来一直享受五保户的待遇。她早已不再等待，人们在她面前也不忍心再提及韩家少爷。我记得我刚上学的那年，有一回在路上遇见拄着拐棍一步三摇的蔡婆婆，她叫住我，问我去干啥。我说去上学。她眼睛一亮，扔掉拐棍，上前摸着我的额头说，听婆婆的话，好好读书，读出名堂就去城里做事，到时别忘了帮俺把狗皮裤子捎给韩家少爷。年底，蔡婆婆无疾而终，临死时紧紧抱着一条已经被虫子蛀得快要成粉末的狗皮裤子。村里人把她连同狗皮裤子一起葬在了一片向阳的山坡上。

韩天成瘦小的身躯深深陷在沙发里，面色惨淡，许久无语。共同回忆往事使我们都感到十分疲倦，几近虚脱。最终是他打破了沉默，他呜噜着，说：我的膝关节一到冬天就怕寒不假，但我从不记得让她做过狗皮裤子。

151

我不想就这个细节和他展开争论。现在再争论这个已经没有任何意义了。我只是担心他的身体，因为我发现，这个夏天的傍晚，他仿佛一下子苍老了十岁，连日来的精神气儿一扫而光。

七

夏天，爬墙虎青翠的藤蔓覆盖了干休所的每栋小楼，这些小楼看上去像是搭在野地里的一座座窝棚。小风吹来，数不清的椭圆形叶片像一面面精致的小扇子，仿佛接到同一个命令似的一起扇动，煞是喜人。白天，满目的叶片反射着阳光，到了晚上，它们便发出沙沙的响声，犹如在讲述一个流传千古的故事。

我一直没有养成午睡的习惯，中午，大概除了哨兵，干休所所有的人都在午休，我就搬张椅子到门口的葡萄架下复习功课。原先我以为当公务员很轻松，可以抽出不少时间自学，以便明年参加全军统考。来后才发现，属于我个人的时间并不多。

韩将军倒是非常支持我。他对我说，起子，好好干吧，干出点名堂来，不要让人说我们韩家洼的男人是窝囊废！他边说边冲我晃晃拳头，我也冲他晃晃拳头。他接着用郑重的语气说，你才刚开始嘛，谁也不敢说你日后当不了师长、军长、军区司令、总参谋长！话音未落，我们就都为这个缥缈的巨大前景颇感滑稽地笑了。笑毕，他又若有所思地说，当然，干不好也没啥，可以回韩家洼，哪里是天堂？我看故乡就是天堂！这句话使我洞察了他深埋已久的恋乡情结。

为了表示对我的支持，他嘱我晚上可以多学一会儿，早晨不必起那么早，他自己上山就行，不用我陪，我只要七点半准时赶到山下的小广场就可以——我们一般都在那里的小摊上吃早点。我觉得这样不妥，每天仍坚持陪他到凤凰山南坡的烈士墓地闭目静坐。这使我尤感疲惫。

某个周末的上午，韩将军到院里溜达，我留在家里学习。突然，我最亲密的战友林建明出现在我面前，他专门请假来看我了。这是我离开机关警卫营后我们第一次见面。他神采奕奕，满面红光，我以为他得了什么好事情，比如入党或立了功之类。他愈发得意地说，那些都不算

152

啥。他神秘兮兮地告诉我，他偷偷喜欢上了通信总站的一个女孩，那女孩也挺喜欢他。她的名字叫赵冬。我回忆了一下，多少想起一点儿赵冬模糊的影子。记忆中的赵冬容貌俏丽，走起路来喜欢像模特那样扭腰甩胯，这使她在女兵群里格外惹眼。她的嗓音也不错，好像她和林建明还在一个晚会上合唱过一首歌曲，算是认识了。她是本市人，就在家门口当兵。也是一个周末，林建明在营门口值勤，赵冬娉娉婷婷朝他走来。林建明勇敢地迎着她的目光，一直到她走到跟前，然后他扑哧笑了。赵冬狐疑地说，你笑什么？他说我笑你们女兵的服装，本来一个个漂漂亮亮的，穿上这身军装，却像个童养媳受气包似的。听了他的形容，赵冬咯咯笑着说，没错，我们就是部队的童养媳社会的受气包。他接上说，那么我们男兵像什么？对，我们像长工。赵冬说，小长工，好好扛活吧，将来熬个大东家。赵冬走出好远后，又回过头来朝他招了招手。他的目光一直追随着她消失在人群里，他觉得他的心也被赵冬带走了，从此不再安宁。很久以前，他就不喜欢军营里的战争故事，他喜欢军营里的爱情故事。连续失眠了三个夜晚后，他按捺不住地给赵冬写了一封信——没敢在营区附近的邮局发，他特意跑到市中心的一家邮局投寄的。接下来他陷入了痛苦的等待，心想若是那封信石沉大海，对于他将是一个沉重的打击，他也许就会从此消沉下去，对生活难再抱有幻想。令他喜不自禁的是，一个星期后，他收到了赵冬的来信，赵冬在信上表达了同他一样的心情，还说她看了来信的邮戳，他那封信是在她家楼下的邮局发的，她也特意请假跑到家门口的邮局，发出了这封信。从此，他们靠书信保持着秘密往来，热切地等待爱情果实真正成熟的那一天。望着我的朋友兴高采烈的脸，我觉得我有必要提醒他，他们的举动是一种冒险。军营里人人皆知，士兵不准就地谈恋爱，尤其是男女士兵之间，更不能越雷池半步，否则会受到严厉的惩处。林建明却傻笑着说，我当然明白这些。不过除了我们三人，不会有别人知道。他冲我挤挤眼睛，又说，除非你去告密。

我觉得这句话不需要回答，就没接他的话。他顾自说下去，即便事情败露，我也不怕。你没有尝过爱情的滋味，所以你体会不到它的力量。为了爱情，我愿意放弃一切。

153

一个男人，最好先有了前程，再来考虑爱情。比如你我，眼下最要紧的就是考上军校，否则什么都将会竹篮打水一场空。我指指自己的脑袋，看来是你的脑子出了问题。

　　他愣了一下，看了我半天，才说：天起，你变得俗气了。

　　我们之间不可避免地出现了一点裂隙，这使我对他的将来忧心忡忡。这时，韩将军回来了，我忙把林建明介绍给他，并说这是我最好的战友。老头儿呵呵笑着，拍拍我和林建明的肩膀，说：我看出来了，你们的关系就像当年我和丁子一样。

　　老头儿执意要留林建明吃午饭，吩咐我多搞点好吃的。就餐时我们喝了一点儿酒，三人都很快活。林建明走后，老头儿感慨道：见了你的朋友，就让我想起丁子，总觉得他还活着。他抬起右手，用食指和中指使劲点着太阳穴，同时摇晃了一下，差点儿跌倒。

　　老头儿独立生活的能力已经越来越差。夏天来临之后，最让我犯愁的就是每天要帮他洗澡。开始他硬撑着自己洗，可有一次他滑倒在卫生间里——幸亏没摔出偏瘫骨折什么的，否则我就不好交代了。从那以后，我坚决不同意他单独进卫生间冲澡。

　　第一次照应他洗浴时，他极不情愿地脱衣服，我也有点不自然。但我迅即被眼前的事实惊呆了——我眼花缭乱地数了数，他身上有六处伤痕！而在这之前，我只见过他左腿肚上的一处枪伤。他从未向我谈起过他喋血疆场的经历，更不会主动炫耀战争留给他的印痕。也许在他眼里，士兵挂彩和树木长疤没有什么不同。可事实明摆着，这副干枯的身躯曾有过六次为钢铁所伤的经历。如今，枪弹纷飞的岁月早已过去，而那段岁月却在这副不起眼的躯体上留下了磨不掉的痕迹，它们就像六枚坚硬的花朵，长久地开放，闪耀着金属的光泽。至少在这具躯体消亡之前，它们不会枯萎。

　　我替他往身上抹肥皂，帮他擦干水珠。我一次次抚摸那些质地坚硬的印记，一次次心惊肉跳。说真的，我不喜欢他的身体，但我喜欢那些伤痕，因为每个痕迹都有一个往事。我喜欢那些尘封已久的往事。

　　他胸口靠右边的那处刀伤最为骇目——再往左偏一点点，他就要随这一刀而无声无息了。

我问他六处伤疤的来历，他不说其他那五个地方，只是指着胸口处说：这是日本人留下的。显然，那五处伤痕是中国人留下的。

　　一九三九年夏天的黄龙岗之役是他抗战期间参加的最惨烈的一次战役。在那之前，游击大队在日军强大的军事压力下东躲西藏，非万不得已不会出手；在那之后，他们更不想和日本人硬碰硬，能打就打，打不了就跑。事实上黄龙岗之役的规模并不大，而且是他擅自决定打这一仗的。那时他已经当上了中队长，丁子在他手下当排长。他率领他的中队去黄龙岗一带发动群众扩大武装，和前来扫荡的一个小队的日军不期而相遇。按照以往惯例，他应该及时撤离。但他手痒痒了。已经不止一次地见了鬼子就躲让他窝火透了，他手下有七十多人，鬼子只有三十多人，两个打一个，他不信打不过，他实在不想放弃送到嘴边的肥肉。于是，他一咬牙，命令部队抢占制高点，呈一字排开，准备战斗，谁要逃跑就地枪决。在战斗发生之前的短暂空隙里，他兴奋得血液倒流，因为他们已有两年时间没有好好打一仗了。然而，双方甫一交手，他就感到不大对劲，鬼子清一色的三八大盖，火力猛，战术素养高；他的弟兄手里握着的只是些汉阳造、单打一、老套筒之类的破烂武器，而且有十多人只拿一把大刀片。但这时再想撤走已来不及，鬼子切断了他们的退路，他唯有硬着头皮干了。好在他们占领了有利地形，鬼子第一次冲锋很快被打退了。没等他们喘口气，鬼子嗷嗷叫着再次冲上来，他扔掉不好使唤的短枪，从身旁一位战死的弟兄手里抓过一杆汉阳造，一边下令放近了打，一边朝越来越近的鬼子瞄准。也许就是从这一仗开始，他变得格外对敌人的头颅感兴趣。他固执地认为日本人大老远地到中国来，一定是他们的脑子出了问题，所以他要把炽热的子弹送进他们装满了秽物的脑袋，尽管他们都戴着钢盔，给子弹寻找目标增加了困难。他瞄准了正弯腰朝他奔跑而来的一个老鬼子，从年龄上看，那浑蛋足可以当他的父亲，因此搂火之前他稍稍犹豫了一下。随即他手中的枪响了，他仿佛看清了那颗弹丸运行的轨迹——它像一簇闪着寒光的箭头，拖一串美丽的火星，长啸着去和老鬼子的头颅交媾。然而正是那顶绿油油的铁帽子暂时救了老鬼子的命，那颗弹丸撞上了它，在猛推它一把之后改变了方向，画了个弧线，落在老鬼子身后。似乎它有点不甘心，撞上铁帽子时它遗憾地尖叫了一声。他呢，当然更不甘心，他冷静地压低了一丝丝枪口，食指轻轻一抖，第二颗弹丸便追随着它的前任应声出膛。这一回，那颗深明大义的亲兄弟般的子弹没让他失望，他清晰地看到它贴着铁帽子的下沿，准确无误地钻进老鬼子的眉心，发出沉闷的爆响。随着这记闷响，那顶铁帽子居然应声飞向了半空。与此同时，老鬼子的面颊上涂满了色彩斑斓的秽物。

这确实是他心花怒放的时刻。如果他没有记错，这是他击碎的第二颗头颅。在此后十多年的杀伐中，他到底击碎了多少头颅，恐怕就是个谁也解不开的谜了。

那一仗的惨烈程度是所有人始料不及的，不到半个时辰的工夫，他手下的弟兄就损失了一大半，血腥气逼得人睁不开眼。后来，鬼子终于冲上了他们的阵地，双方展开了白刃战。拼刺刀他们好像也拼不过日本人，除了丁子身大力不亏外，其余人两个对付一个，才勉强和鬼子打个平手。丁子真是好样的，丁子挥舞着一把鬼头大刀，先是把一个戴眼镜的中年鬼子像削泥一样斜劈成两半，紧接着又直奔一个少年鬼子的脖颈。鬼头大刀就像天空中划过的一道优美闪电，带来一声清脆的炸雷——响雷过后，那个少年鬼子的头颅就离开了它原来的地方，与大地平行着，急速飞向远方。

他右胸处的伤痕就是这个时候落下的。一把三八大盖的三棱刺刀狞笑着奔向他的胸膛，他倒下了。到最后，连他在内，他的人还剩下八个活着的，鬼子剩下五个。假如不是大队长带人赶来救援，他们八个很可能干不过那五个鬼子，最终全部阵亡。大队长一到，那五个鬼子赶紧逃掉了。由于他擅自和敌人硬拼，给队伍带来了重大损失。他躺在病床上，接受了极为严厉的批评，并被撤销了中队长职务。丁子的排长职务也被撤销，改任班长。伤好之后，他到丁子手下当了一名士兵。丁子挠挠头皮说，成子，你看这事搞的，嘿嘿，这样吧，咱班我当班长，你说了算。

上级当然有上级的道理，上级怎样处理他他都没有怨言，就是枪毙他他也能心平气和地接受。但他不后悔，从不后悔——毕竟他让三十个鬼子躺在了中国的黄土堆上，毕竟他为游击大队挣来了三十支呱呱叫的三八大盖，很长一段时间里，这三十支三八枪都是游击大队最好的武器。同时他还相信，那些因为他的错误决定而长眠于黄龙岗的弟兄会原谅他的。

他唯一感到遗憾的是，他身上的六处伤口只有一处是鬼子留给他的。

八

天气转凉之后，韩天成的身体每况愈下，食量减少，难以入眠，走平地如攀高山，有时意识发生障碍，面部肌肉僵硬，说话困难，口水涟涟，不停地咳嗽，呼吸声像一架老式风箱。他的心肺好像也出了毛病。

我为此感到害怕，尤其是夜深人静的时候。但他说，起子，我一时半会儿还死不了，我心里有数，你不用担心。

那年第一场小雪飘下来时，我陪他住了一个月的院，经过医护人员精心治疗，他的病情得到了控制，我这才踏实了一点儿。

但他已经不可能再爬上凤凰山了。天气好的时候，我就搬两把椅子到门口的太阳下面，然后扶他出来，安顿他坐好，再往他身上盖床毯子。我们面对面坐着，找一些话题念叨。头顶上爬墙虎的叶子已经落光，干枯的枝丫全部裸露出来，像纵横交错的经脉，只是不见里面有血液流动。有一些枝条被风吹折了，但并不掉落下来，而是贴着墙体随风摇摆，明年春天，它们还会抽出新芽，然后顽强地向高处进发。

那段时间，我们坐在温煦的阳光下，有时说个没完，有时半天不说一句话。情绪好的时候，他像个刚懂事的孩子那样，好奇地缠着我给他讲故乡的山山水水，村落阡陌，世风人情。我谈起村口那棵活了五百年的老槐树，谈起前些年还存在的那口深井和那盘石磨，他微微笑了。我谈到已经过世和仍然健在的几个老人，他说"还记得"或"不记得了"。有一天，我忍不住谈到了一个叫韩道银的人，此人是韩家洼的村支书，而且与他家还连带有一点点血缘关系——韩道银的祖爷爷和他的爷爷是堂兄弟，从辈分上讲韩道银该叫他叔。当然他不可能认识此人。我说，韩道银这几年眼看着发了，办了好几个厂子，专门生产茅台酒和中华烟；而且年年朝百姓猛要集资，怕是相当一部分揣进了他的腰包，他买了小轿车，住上了三层的小洋楼，家底可是比当年首长家强老鼻子了；还和一个叫小翠的年轻寡妇打得火热……他烦躁地摆摆手，脸色很难看，示意我不要再讲了。他猛拍一下座椅扶手，眼里露出凶光，急促地呜噜了一串话——我只听清了其中一句：

"……敲碎他的脑壳……"

他浑浊的眼里突然迸出的凶光使我闻到了一股血腥之气。

接下来他半天不语，情绪明显地坏了。我有点后悔，不该给他讲这些。往后再谈故乡，我就专门挑好的讲，甚至现编一些美好事情卖给他。

一天，一辆小车无声地停在小院门口，从车里下来一位头发花白但气势压人的老妇。我从老妇的眉宇间看到了当年她青春勃发的英姿——无疑她就是宋燕玲。掐指算算，她也是六十五岁的人了。从省人事厅副厅长的位置退下来后，她一直赋闲在自己的那一栋小洋楼里。

我忙把她领进老头儿的房间，然后关门退出。通过老头儿先前陆陆续续的描述，我已经大致了解了他们的婚姻历程。他们当然都是坚定的革命者，但两个革命者性格简直不可调和，一谈就崩，一碰就炸，而且各不相让。共同的执拗和暴烈注定了他们婚姻生活的不幸，使他们难以平静地探究爱情的深度。也许还另有一个原因——解放后若干年里，男人在远离省城的好几座营盘里奔走，女人不甘心像那些没文化没思想的随军太太一样，把自己绑在男人身上，她舍不得丢下她的事业。其结果是，她坐上了足以令人垂涎的省人事厅副厅长的位置，这在干休所老将军们的家属中是独一无二的；但同时也使他们在精力旺盛的时候失去了交流感情的机会。

不一会儿，干休所于所长（就是以前的于副所长）颠颠跑了来，我把于所长送进老夫妻的房间，站在门厅里等他们出来。半小时后，于所长陪宋燕玲径直穿过客厅，朝小院门口的轿车走去。我忙跑去看老头儿。他仰靠在藤椅上，神态平静，我悬着的心这才放了下来。他呜里呜噜说了几句，大意是老婆子来找他商量，说两人年纪都大了，是否搬到一块儿住，也好有个照应。他知道这是为他好，但年轻的时候就尿不到一个壶里，他到了这把讨人嫌的年纪恐怕更是麻烦。这辈子就这个样子了，下辈子如果还能做夫妻，再好好过吧。他握住我的手，说起子，他们嫌弃我，你不会嫌弃我，因为咱们兄弟是喝一眼井里的水长大的。

想到他把我当成了他最亲近的人，我心里热热的。我大声说："首长，就这样过，挺好，我不嫌弃您！"

不知何时，于所长站在了房门口。他冲我招一下手，我跟他出了楼。于所长瞪我一眼，压低声音说："小韩，你这孩子不会看眼色。老人就像小孩，你得学会哄他，不然你干得再卖力，也算不上一个好公务员。你要想法哄哄老头儿，争取让他们两口子住一块儿，所里也跟着少点麻烦。"

我答应了于所长。但我知道不会有结果。

转过年来，一连半个多月，天气阴沉沉的，冷风飕飕，刮得人心烦意乱。这年春节，人们就是在这种阴冷潮湿的天气里度过的。幸好这一阵子韩天成老头儿的身体和心情还算稳定，才使我不至于有度日如年的感觉。除夕之夜，我炒了一桌子菜，还包了饺子。他早早地坐在餐桌前，一个劲儿地嚷嚷倒酒倒酒。我不忍拂他的意趣，破例允许他喝一点儿干红，也为自己倒了一杯。他乜斜着我，说酒柜里还有一瓶茅台，是二十年前军区老司令送他的，那年他带二十五军参加全军演习，干得不赖。他朝墙角的一个柜子努努嘴，说起子，我要是你，就把那瓶酒干了。我嘿嘿笑着，装作不好意思地拎出那瓶真正的茅台，几口就下去了一半。那晚老头儿的心情格外好，他思维敏捷，说话连贯，笑声不断，胃口也不错。席间，他还愉快地回忆起六十多年前的一个除夕夜，说丁子那贼小子趁人不备，偷走了他家两只没蒸熟的鸡和一壶烧酒，气得他父亲吹胡子瞪眼的，把全家人都熊了一个遍。说那时尽管他家是远近闻名的大户，他父亲仍然节俭得要命，平日里根本舍不得吃肉。说老辈人就这样，盖房、置地、攒钱，岂不知房是招牌地是累，攒下银钱是催命鬼，到头来怎么样呢？后悔都来不及。他由他父亲说到丁子，说人生得一知己足矣，斯世当以同怀视之，丁子就是他年轻时候的知己。他再由丁子说到我，说我是他晚年的知己，他一生能有两个知己，真乃他的造化……

到了子夜，我们仍无睡意。后来窗外传来沙沙的响声，我拉开门一看，下雪了，晶莹的雪花在夜空中闪亮，把个除夕之夜铺排得雍容华丽。他拄着拐棍来到院子里，像个天真的孩童那样，伸出手去接雪花，说："大雪一过，天就该放晴了。"

果然，从大年初三开始，连日来的阴霾一扫而光，我又可以陪他到门口晒太阳了。

二月底一个晴空万里的日子，他却突然像变了个人似的，把自己关在房间里，整日闭门不出，脸色灰暗，情绪低沉。喊他吃饭他说不饿，问他哪里不舒服他说心里不舒服，叫他吃药他说世上没有治心病的药。他这个突然的变化令我焦急万分，尽管肚子饿得咕咕叫，也只得装出没有食欲的样子，陪他干坐。我一遍遍地问他到底咋了，他说你该干啥干啥，与你无关。他都这个样子，我能去干啥？只好陪着他干坐。

到了晚间，他再也经不住我的问询，叹口长气，说起子你知道吗，今天是丁子五十周年祭日……

九

五十年前的这一天，也是晴空朗朗，但是在鲁南平原与鲁中山区交界处的石门关前，朗朗晴空却被敌我双方的炮火搅成了昏天黑地。此前，游击大队已经改编成了山东兵团的一个正规师，他当三营营长，丁子是副营长。他们师掩护新四军主力进入山东境内后，兵困马乏。可就在他们身后，国民党的三个整编师紧紧咬住不放。那一天凌晨，师长把他叫来，说三营要在石门关前留下打狙击，掩护全师撤退。师长故作镇静，笑眯眯的，其实满含杀机。师长递给他一支老刀牌纸烟，说韩天成你给我记住，三营必须坚持到今夜零点，一分一秒都不能少，守不住你就提头来见，除非在这之前你已经战死——妈的就是你死了，三营也得给我守到今夜零点，少一秒钟都不行！

太阳刚从地平线上露头，整编第十一师的一个先头团就到达了石门关前。韩天成迎风站在高处，望着山下流水一样源源涌来的敌人，真是羡慕得不得了——狗崽子们精良的装备在艳阳的照耀下流光溢彩，看他

160

们的气势不把石门关踏平绝不会罢休。丁子踱到他身边，说全营五百三十二人一个不剩地全拉上来了，这下可真要硬碰硬了，不是鱼死就是网破。他说我看这回很玄乎，搞不好鱼也死了网也破了，咱们怕是都活不到今夜零点，娘的豁出去吧！丁子却说，成子你得活下去——你也死不了。我一个大字都不识，我死了不可惜，你呢？你有文化，用处更大，所以你不能死。

　　整整一个白天不间断的厮杀，把原本朗朗的晴空打得阴风呼号，血雨升腾。敌人在山坡上丢下了差不多一千具死尸，他手下的五百多个弟兄有四百多个流尽了最后一滴血，活着的也都成了血人。石门关，石门关，成了敌我双方的鬼门关。他左肩胛骨中了一弹，丁子肋部吃了两块弹片。黄昏时分，敌人再一次发动冲锋。涌上来的步兵虽然很快被打退了，但要命的是，一辆坦克像从地底下拱出来似的，突然闯进了最西面的战壕。它打了个滚儿，重新站起来，履带上沾满了血，看上去它像一只嗜血的巨兽，狞笑着顺战壕扑来。上面的平射机枪哗哗叫着——幸亏他们把战壕修成了蛇形，否则，顷刻之间那挺平射机枪就会把壕沟里所有的人打成马蜂窝。那时部队还没有打坦克的经验，不知道该怎么对付它，所有的人都呆了，一时束手无策。如果不尽快搞掉这个钢铁怪物，不用一袋烟的工夫，它就会横碾战壕，三营的人一个也别想活着出去。

　　最危急的时刻就这样来临了，场面异常混乱。韩天成怒吼一声，举枪对准一个扔下枪想逃跑的士兵——最终他无奈地把一颗子弹射进了那个士兵的后脑勺。他记得那个兵是不久前刚投诚来的，长得文文静静，像个姑娘家，像个学生娃子，年龄和他当年投笔从戎时差不离，胡子还没长出来呢。但是，他没有别的办法，他只能打碎他洋溢着青春气息的脑壳……

　　钢铁怪物越逼越近，它的狞笑如雷贯耳。他冷静一下，命令身边的几个弟兄，快绑手榴弹，用集束手榴弹炸它！一个弟兄抱着一捆迎了上去，被怪物身上的机枪打得血肉横飞；又上去一个，又被打烂。一连上去七个，全被它打成了碎片！战壕里会喘气的人越来越少。他只剩一个念头——如果阵地不保，回去也是死，干脆就在这里让那个怪物把我的脑壳打碎把我的身子碾扁吧！他抓过一捆手榴弹，弯腰就往前冲——但是，他只迈出一步，脚腕子就被一只有力的大手拽住。他听到一个声音说：成子哥，我来。

就这样，没等他反应过来，丁子劈手夺下他手中的集束手榴弹，猴子一样跳到沟沿上，朝着那个巨兽奔去。恰在这时，躲藏了一天的太阳突然露了脸，它蹲在西边的山头上，把万道霞光尽兴泼洒而来。丁子就迎着夕阳前行，他甚至连腰都不弯一下，而是挺胸昂头，舒展张扬着四肢行进。浓稠的霞光在他身体周围旋转缠绕，发出岩浆包熔石块的哧哧声。坦克里的射手大概想不到会有人顺着壕沿跑来，一时来不及调整枪口，串串涂满了霞光的子弹钻进丁子脚下的黄土里。随即，丁子摇晃了一下，他的肚腹和胸部接连中弹，噗噗的响声震得整条战壕都跟着颤动。他又摇晃了一下，但他没有倒下，他继续前行。他的肠子垂落下来，就像他的双腿间夹着一条彩色带花纹的拐杖。壕沟里所有活着的人都张大了嘴巴，所有的目光都被他吸了去。突然，他的头颅发出一声短促而清脆的爆响。紧接着，不知有多少粒子弹奔向他已经残缺不全的脑壳，就像数不清的马蜂一齐飞向它们的窝巢，眨眼之间，那个窝巢爆裂成了碎片，五彩斑驳的碎片呈扇形散开，在空中滞留了一会儿，然后天女散花般缓缓飘落。那一刻，即将熄灭的霞光重新又被点燃，天地之间浓妆艳抹……丁子的躯体再也不能前进了，但那个焦黑的躯体仍然没有倒下，它仿佛一截历尽风霜雨雪电打雷击的树桩，虽褪去了绿色，可就是不倒下！它牢牢生长在离坦克约五米远的地方，巍然挺立。这个气势居然将那个钢铁怪物都吓得停顿了一下，里面的平射机枪好像也给震慑得变成哑巴，暂时停止了射击。战场上寂静无声。

韩天成撕肝裂胆地叫了声丁子，但他听不到自己的声音。他觉得是自己的脑袋被击碎了，心脏剧烈地疼痛了一下——这一痛就是五十年！

接下来的事情谁也无法想象——当钢铁怪物再次吼叫着，前行至那截树桩跟前时，那截焦黑的树桩晃了晃，然后倒向战壕，准确地砸在正哗哗运转的坦克履带上，随即那捆手榴弹爆炸了，掀起的气浪把人的脸皮都揭去了一层……

六天之后，韩天成带领剩下的二十多名弟兄，在莱芜城外的吐丝口追上了师部。见了师长，他死去一般，扑通一声倒在地上。师长上前扶起他来，他半天说不出一句话。师长说，我已把三营事迹上报兵团部，兵团会通令嘉奖你们。

他痛哭一阵，说，可是，我的三营已经不存在了，五百多个弟兄哪！……

师长说，三营没了，你就当团长。

他说，丁子，孙男丁也牺牲了……

师长说，他是个好同志，记住他吧！

他说，三营没了，丁子也没了……我不当团长，我要三营，我要丁子……

师长说，喝点酒，治治伤，再好好睡一觉。

望着师长那张疙里疙瘩的脸，他感到那张脸丑陋极了，他真想上去扇师长两个耳光。他在心里咬牙切齿地说，老子才不当团长，老子就要三营，就要丁子……

十

我的朋友林建明打来电话，问我功课复习得咋样了。我说："先别管我，先把你自己管好就行。"

他不去琢磨我话里的话，而且也不掩饰他的得意，说我很好，和赵冬的事情已经敲定，这一阵子拼命学习，做梦都想着高考。我会考上的，为了赵冬，我也得考上，永远留在部队，留在这座城市。

放下电话，我想我也得关心一下自己了。从丁子五十周年祭日的那一天开始，韩天成的身体状况急转直下，所有的症状都超过了以前，而且更糟糕的是，他的精神状态也不妙，常常沉默得像一块冰冷的石头，有时一整天不说一句话。像他这种历经千难万险的人，肉体可以被摧折，精神却不能垮，一旦精神出了毛病，将是灾难性的。为了更好地照料他，我把我的床搬到了他的房间，日夜与他相伴。由于用在他身上的时间越来越多，我个人可以支配的时间所剩无几，只能在他睡着以后翻翻课本。我把自己搞得小脸灰黄，疲累不堪。我觉得为了他放弃考试也不是不可以，但又总是不太甘心。

在这个莺飞草长的春天，我陪着老头儿在干休所和医院之间来往奔波，常常在家里住几天，再到医院待一阵。他时而清醒时而糊涂，清醒时他对我念叨，说丁子死了，好多弟兄都死了，他却活下来了。丁子是替他死的，原本该死的是他，所以他的地位、房子、车子、存款都应该是丁子的而不是他的，只要有一口气，他就不能忘记这一点。糊涂时，他常常把我当成丁子，说一些老话旧事。或者把我当成鬼子兵、国民党兵什么的，突然抬起右臂对准我，右手食指做射击状；要不就枯坐在那里，目光呆滞，右手食指和中指顶着太阳穴，像个自戕动作。有一次，他从睡梦中醒来，硬说他的小洋楼是敌人的碉堡，窗子是射击孔，外面爬满墙的藤蔓是伪装网。他抱起枕头歪歪斜斜走到门口，往地上一竖，冲我说，快卧倒，要爆炸了。见半天没动静，他又拿起另一个枕头扔给我，命令我再上。还有一次，我搀着他在院子里散步，一辆小车驶过来，他猛一怔，说，敌人坦克上来了，给我炸掉它……

四月下旬的一天下午，我从医院取药品回来，突然不见了他的踪影。我急坏了，满院子找，都说没看见。住八号楼的胡德平老将军拦住我，惋惜地说，我看老韩活不过今年了。小伙子别急，他今天不会有事的。他能去哪里？你去山上找找看。胡老的话提醒了我，我飞奔着往山上爬，好几次滑倒在地，肘部和膝盖摔出了血，疼得我眼冒火星。我跑到南坡的陵园，果然看到了他的背影。他坐在一座墓基上，双臂死死抱住一块石碑，像溺水的人抱住一捆稻草——他居然脸贴着石碑睡着了，晶亮的涎水把铭文都打湿了一片。我摇醒他，他把右手放在头顶上，口齿含混地说这是在哪里，我的脑袋还在吗？

这是他最后一次上山。谁也弄不清他是怎么爬上来的，犹如神助一般，他竟然没有摔伤。回去的时候，于所长派来两名警卫战士，我们三人轮流背着他，好歹才把他护送下山。

我嗅到了死亡的气息。回到家后，我偷偷落了泪。当天傍晚，就和于所长一起把他送进了医院。从此，他再也没能回到七号楼。

院方提出让家属陪床，于所长打电话把他的儿子韩军叫了来。韩军磨磨蹭蹭来到后，面无表情地在他父亲的病床前踱了一会儿步。韩天成正在昏睡，并不知道儿子来看他。

164

一九七五年底，二十二岁的韩军涉嫌卷入一起流氓案，被公安机关刑事拘留。当时宋燕玲还在"靠边站"，她把电话打到韩天成在外地的军部，要他回省城一趟，找人把儿子办出来。她说，同时卷入那个案子的好几个有后台的嫌疑人都溜了，凭什么光抓韩军，你作为堂堂一军之长，不能袖手旁观。韩天成却一听就火了，说他干别的我原谅，乱搞女人绝对不可原谅，他是自作自受。儿子天天跟你在一起，你也有责任。话没说完，就把电话扔了。结果韩军被判五年徒刑。他们父子之间的芥蒂就是这时形成的，干休所人人都知道这事。

韩军把于所长叫到走廊上，有点动情地说："我爸在战争年代作战勇敢，出生入死，多次负伤，屡立战功，解放后又致力于我军现代化建设，兢兢业业，呕心沥血，做人正派，不搞腐化，像这样的高级干部，实在不多。他把一生都献给了党，最后时刻，就得靠党派人来侍候他，我想我的要求一点儿都不过分。"

韩军一席话，说得于所长张口结舌，无言以对。我站在一边，心想把那段话的后面几句去掉，就可以作为一篇简短的悼词。韩军说完头也不回地走了。看他决绝的样子，恐怕他永远不想和他的父亲和解了。于所长脸色铁青，对着空荡荡的走廊说："怎么啦？你以为组织上不管吗？当然要管！不但要管，而且还要管好！"

于所长和我商量，说让我先顶一阵，他再派人来顶替我，保证不会耽误我参加考试。我点头同意。后来于所长到底没派人来，这样我就一直陪伴韩天成，直至他生命终结。

其实高干病房条件不错，老头儿住里间，我住外间，每天都可以洗热水澡；医院还时不时派个护士帮帮我，而且不用做饭，我觉得比在干休所时还轻松。有个叫黄涛的小护士见我有空就捧读课本，说："有韩老英雄保佑，小韩你会考上军校的。"这话说得我心花怒放。望着她姣好的姿容，我的身体竟然不争气地躁动起来。我的脸红了。

在韩天成最后的日子里，宋燕玲倒是表现出了她宽广的胸怀。她隔三岔五来医院探望，有时陪丈夫说几句话，有时啥也不说，就坐在床头，握住男人的手，看他休息。这一对没有摘到爱情果实的革命者，最后时刻焕发出的桑榆之情，算是给他们的往昔岁月做了一点补偿。

韩天成断断续续对我谈了他对后事的要求。他说他过世之后，不要把骨灰盒放进凤凰山上的纪念堂，存在那里没用，白占地方，多少多少年后，谁还记得他？要把它葬在家乡的土地上，找个僻静处，拢一堆黄土，足矣。和土地在一起，他的灵魂才会踏实。又说他有个祖先，年轻时在外地做官，告老还乡后又做起振兴家业的梦，其实是害了后代。他从没做过这样的梦，只想百年之后把这把老骨头运回去，他从那里来，再回那里去，顺理成章。还说他的存款要建一所育英小学。他让我拣重要的记下来，向组织上汇报。

最后他对我说："起子，将来你也要这样做，不管你当多大的官。"

这天我回干休所取东西，见七号楼换装了崭新的铁门，韩军和他老婆艳芳正拿着皮尺丈量房间。我明白了，他们是趁老爹还有一口气，先把房子占下来，以免被干休所收走。我看到老头儿用来盛放存折的一个小抽屉也被撬开了，心里颇不痛快。韩军扔给我一支烟，说："我父亲从没为我着想过，他是个不称职的父亲。他自己也承认这点。我给他做了四十多年儿子，得到的报酬就是这栋老房子和这点钱。和别人比比，多吗？不多，真不多！"

韩军非要拉我坐下聊聊。客厅里的破沙发已被弄走，我们只好盘腿坐在水泥地上。韩军说，是战争使父亲变得冷酷了。父亲最大的悲剧是不会遗忘，战争早已结束，他却仍然沉湎其中，可看看人家，谁还老念叨过去？眼前的事还忙不过来呢！巴顿有一句话说得好——一个将军，最好是在最后一场战斗中被最后一颗子弹打死……韩军又扔给我一支烟，替我点上，说："小韩，不管怎么说，我和我母亲确实非常感激你，你照顾了他一年多。"

我说："我和首长都是老韩家的后代，几百年前一个祖宗，照顾他是分内的事。再说，又是组织安排的，是我的本职工作，不需要感激。"

离开韩军，我首先想到，老头儿建育英小学的愿望已不可能实现。向组织上汇报他的遗愿时，我擅自做主，把关于遗产一项的处理要求悄悄抹去。

这期间还有一个不幸的消息，我的朋友林建明东窗事发，他和赵冬在一个咖啡馆约会时被捉住。其实他们的事领导早有察觉。士兵玩这种游戏等于玩火，林建明不是不知道，他实在是昏了头。结果他受到严重警告处分，被调出机关大院，派往东部山区的一个守备团继续站岗放哨，而且他参加全军统考的资格也被取消。赵冬则因为有人说情，暂时不做处理，等待年底复员。

林建明来医院向我告别时神色惨淡。他说他不后悔，他毕竟爱过，他爱赵冬，赵冬也爱他，这就够了。他们把一段真挚的爱情故事留给军营，让后来者咀嚼吧。他说这些的时候我已经知道，他和赵冬不会再有什么结果了。我送他下楼，在楼梯拐角处，他拥抱了我一下，这种重于泰山的战友情谊竟使我们有了诀别的感受。

韩天成是在六月下旬的一天深夜走的，走时很安详，死因是心脏衰竭。他没有惊动任何人，当时外面下着小雨，大家都在睡觉。我最先发现的。我做了个梦，梦见有个黑衣人在往悬崖下面推他，他也不反抗，任由那个黑衣人往下推。我突然就醒了，光脚跑到他床前伸手一试，他已经停止了呼吸。我看到他微微皱着眉，右手的食指和中指紧紧扣着太阳穴，像一个智者在思考。但我更倾向于认为，这个姿势像自戕动作。从此，这个画面长久地留在了我的脑海里。

医生费了好大劲才把他的手拿开。

追悼会那天，来了很多人，光小轿车就摆了一大片。一位中将致悼词时，我负责搀扶宋燕玲。我感觉到了她的颤抖。于所长跑上跑下，衣服都湿透了。这个会开完，紧接着还要开一个，参加这个会的大多数人要留下来，对另一个亡灵进行追悼。被追悼者是住八号楼的军区原副参谋长胡德平老将军，胡老几天前的夜里突发大面积心梗，当即死亡。

韩天成的远房侄子韩道银作为家乡代表参加了追悼会。我在停车场看到了他的皇冠车，车身上沾满了污泥。透过车窗玻璃，我看到里面坐着一个年轻女人，正是寡妇小翠。韩道银把女人带到这个令人悲伤的地方来，让我的胃一阵翻腾。这时，韩道银叼着烟卷踱过来，他大大咧咧拍拍我的肩膀，说："你小子干得不赖嘛。将来混好了，可别忘了我啊，是我把你办出来的。"他又补了一句，"也别忘了咱家乡。"我笑笑，啥也没说。望着他硕大无朋的头颅，我突然想起韩天成曾经说过的话："……敲碎他的脑壳……"

我的右手禁不住抖了抖。

十一

年底，我从陆军学院回故乡休假。到家后的第一件事情就是到南山去，去看看韩天成的坟茔。夏天安葬他时，我正在考场里挥汗如雨，没有跟着来。

他的坟在一面向阳的山坡上，那地方确实不赖，僻静，幽雅，少有人打搅；阳光充足，而且避风。别处都是百草凋零，黄叶飘舞，这面坡上，小草们却还透着隐隐绿意。山下是一条蜿蜒的小河，此刻，河心的冰凌在阳光下闪耀着炫目的白光，宛若一面巨大的镜子。

如果不是那块大理石墓碑，他的坟和别的坟没有什么两样。我面前隆起的黄土堆上，已经开过一茬紫色的裂萼花了。西面不远处就是蔡婆婆的小坟头。据说为他举行安葬仪式时，村里有些上了年纪的人提出，干脆把"韩家少爷"和小蔡葬一起算了，被上面来的人严厉制止。老财主韩昭亮夫妇的坟头早已因年代久远无人照看而没了踪影。

我没有在他的坟墓周围看到一行新鲜脚印。想想他在家乡已经没有一个亲人活着了。许多年来，他一直固执地断绝着与故土的联系，和家乡疏远在所难免。孙家洼有个叫孙正平的老干部，官至省军区副司令，孙副司令在位时，孙家洼不断有年轻人去投奔他，前前后后被他拉扯出去的至少有一个加强排，最早走的都当上了师长。但韩家洼从没有一个人去投奔韩天成，人们说，他连他爹娘的坟都不曾回来看一眼，添一把黄土，去找他又有什么用呢？

我蹲下来，按照家乡的风俗，为他烧了一刀纸钱。纸帛爆响，青烟缭绕，灰蝶起舞，往事如云。六十年前，他决绝地与这里告别，做起闯荡天下的梦；六十年后，他终于还是回来了。他以肉体的形式走出，又以灵魂的形式返回，这似乎是一个宿命。

青烟散尽之后，我微闭上眼睛，试图看清黄土下面的他。但我只看到一只精致的小盒子，而无法看清他的面容和身躯。这时，我的脑子里出现了他把右手两根指头扣紧太阳穴的画面，感到热血一股股往脸上涌。我也不由自主地抬起右臂，伸出食指和中指，紧紧顶住太阳穴。这个姿势在别人眼里像一个智者在思索，但我更倾向于认为，这是个自戕动作。不知过了多久，我感到身后有点异常，就站起来，转过身子。

是姚秀。她在远远地望着我。我们已经有半年多没联系了，听说她过了年要去城里打工。我想喊她过来，和她说说话，但这时她已经走远了。

后记：一九九七年秋，我得到一个令人震惊的消息——我的朋友林建明出了事。不久前的一天深夜，他在上岗执勤时遭到两名歹徒的袭击。歹徒乘其不备，突然用钢珠枪朝他射击，一颗子弹打中了他的头颅，他当场死亡。歹徒抢走了他的枪。案子至今未破。

（2000 年）

天　佑

一

　　一连下了两天的细毛阴雨，间或夹杂着针鼻样的雪花，落地便成了黏稠的水珠，仿佛地上洒了一层桐油或米汤。虽然无风，但是天冷得很，天佑只好躲在屋里烤火盆。第三天晌午头上，天光终于放晴了。天佑从窗子里往外瞅，看到昏黄的太阳挂在头顶，像一个没烧好的瓷盘。外面好像暖和了些。这两天他真给憋坏了，回头瞅瞅躺在大铜床上睡午觉的彭贵山。彭贵山中午喝了一碗陈年苞谷酒，此刻打着小呼噜睡得正欢。

　　天佑拿不定主意是不是溜出去玩儿一会儿。

　　就在这时，隐隐地，飘来一阵货郎担子发出的拨浪鼓声：噗隆咚咚——噗隆咚咚——还夹杂着货郎拖长声调的吆喝声："针头线脑糯米糕，五花糖豆和剪刀……"这个货郎上午时曾经来过，天佑想出去，彭贵山不让。此时，天佑口水直流，他终于待不住了，伸手摸一下口袋，悄悄站起身，轻轻拉开屋门，溜了出去。在他身后，彭贵山似乎觉察到什么，咕噜了一句。天佑吓得一激灵，停住脚。好在彭贵山翻个身又发出呼噜声，天佑放心地往大门口溜去。

　　偌大的院子里没一个人影，天佑的母亲李凤莲在厅堂里和下人打麻将。大黄狗也在窝边睡觉，听到动静，它翻了翻眼皮，没有发出任何声响，继续睡。天佑蹑手蹑脚走到大门口，看到厚重的柚木大门紧紧闩着，当班的侯七怀抱一杆钢枪，斜倚在寨门楼上打盹儿。天佑轻轻咳一

170

声，侯七吓一跳，刚想发话，天佑伸一根手指放在嘴边示意他不要声张。

天佑轻手轻脚爬上门楼，抬眼就看到壕沟吊桥那边有一个货郎担子，还有一男一女两个大人，像一对夫妻。天佑别的不喜欢，就喜欢花花绿绿的糖豆。这一阵外面风声紧，彭贵山严禁家人外出，天佑口袋里的糖豆早就见底了。兴许是货郎夫妇知道天佑的喜好，那女的竟然抓起一把糖豆冲天佑晃了晃，又撒在货担子里，弄得天佑口水都要下来了。

天佑收回目光望向侯七，侯七缓缓地摇一下头。若在平时，天佑会掏他的裤裆，或者会拿头撞他，但是现在，天佑不想弄出动静，尤其不想惊动彭贵山。天佑想了想，伸手从口袋里掏出一小把铜板，递给侯七。侯七抬眼瞅瞅大宅院里无人，就接下了。

吊桥还没放稳，天佑就像一只小老虎，急不可耐地蹿了出去。这当儿，货郎夫妇似乎有点不敢相信，互相眨巴一下眼睛。天佑带着一股小冷风，冲向货担。那个头扎紫围巾、上身穿绿棉袄的女人，望着越来越近的小男孩，目露精光。一瞬间，天佑突然发现，她嘴唇上竟然长着一小撮黑胡须。天佑微微一愣，步子慢下来。就在这时，那个男的飞步上前，伸出铁钳般的大手，像抓一只小鸡那样拎起天佑，把他夹在腋下，同时打一声口哨，就和那女的一起，丢下货担，奔向路旁不远处的杂树林。

天佑竟然来不及哭一声。

站在大门旁的侯七，还没明白怎么回事，面前就不见了人影。他哆哆嗦嗦举起枪，冲天空放了一枪，枪声像炸雷一样滚过天际。

彭家的大黄狗率先狂吠起来。这一下，彭家大宅院顿时乱了套。

二十天前，给天佑过六周岁生日时，彭贵山专门从毕节老城隍庙重金请来一个有名的算命先生，给全家卜卦算命。老神仙燃上三炷香，跪拜过天地，又围着彭家大宅转了一圈，最后来到寨墙上，东南西北打望一阵，捻着黄胡须对彭贵山说，贵宅真是少见的好风水，日后必出大福大贵之人。旋即，他盯着天佑仔细看，微微颔首道，小令郎命数最好。又说，彭家明年可能会遇上一点儿小灾祸，但只要过了那个坎，以后就顺风顺水，一马平川。

171

哪想到，此话才说过二十天，灾祸就突然降临。看来算命先生的话，屁用不顶。

祸是侯七惹下的，他吓尿了裤子，在一旁筛糠。家丁头儿老冉慌慌跑来，提出带几个兄弟立刻去追。老冉刚跑出几步，彭贵山回过神来，又把他叫住，摆摆手说："追个屁呀，晚了！"老冉又向主人提出，剁掉侯七一根手指头，解解恨。彭贵山把瓜皮帽往地下一摔，狠狠地一跺脚说："你要他的狗命，又有何用？算了！"

天佑是彭贵山的第四个儿子，他上面的三个哥哥，老大天全在毕节城里当保安队副队长，红军前些日子打毕节时，天全闻风逃到了贵阳；老二天凤在县税警局上班；老三天保在贵阳读书。天佑是彭贵山五十岁过后才出生的，小家伙聪明伶俐，虎头虎脑，惹人喜爱，从感情上说，彭贵山更亲近这个小儿子。当然他老婆李凤莲更是把身边唯一的小儿子当作宝贝，百般疼爱。

听说天佑被人绑走，凤莲当即就吓晕了，掐了她好一会儿人中才醒过来。她抓住男人的手腕子说："老爷，只要舍得破财，天佑是不会有事的呀。"

这话提醒了彭贵山。彭家没有仇人，歹人绑走天佑，不是为了寻仇，不是为了要他的命，显然是奔彭家的钱袋子来的。

约莫一个时辰后，一个尖嘴猴腮的人来到吊桥下，说是送信的。侯七认出，此人就是刚才那个货郎装扮的小个头男人。把来人请进正厅大堂，彭贵山迫不及待地接过信，看到一张脏乎乎的白纸上两行张牙舞爪的字：拿一千块大洋换小孩，限明日中午十二点之前送到。

彭贵山心里踏实了些，问："什么地方？"

尖嘴猴腮的人说："一直往西，四十多里，白虎山下有个磨盘洞，知道吗？"

彭贵山知道有这么个地方，点点头，说："那么远……如果不能按时送到呢？"

对方犹豫一下，说："那就不客气，撕票……"

彭贵山左眼皮一阵抖，脑袋上像挨了一闷棍，捂着腮帮子说："这个价码太高，我拿不出。"

按彭贵山内心的合计，赎回天佑也就三百块，顶多五百块。一千块现大洋，真是顶天了，这可真要他的老命。

对方说："这个嘛，我可说了不算。"

三聊两聊，彭贵山听出来了，对方带有湖南口音，显然不是本地人。他有点装腔作势，却又不像那些凶巴巴的土匪，满嘴脏话黑话，他眼光里甚至有些歉意。虽然相貌丑陋，但站有站相，坐有坐相；端给他茶水，他一口不喝，拿给他纸烟，他也不抽。彭贵山干脆直接问他："兄弟，你们大当家的是哪个？"

对方说："这个可不能告诉你。"

彭贵山随口说出在这一带有些名气的几股马子（土匪），对方竟没任何反应。他心下合计，即使是那几股人马，也是轻易不敢对他彭家下狠手的。何况是些小绺子，那更是不敢了，而且他们也不会有那么大胃口。一千块现大洋，在这乌蒙大山里的穷地方，谁能拿得出手？

对方观察着彭贵山的反应，提醒说："破财免灾，破财免灾啊！钱不值钱，你儿子命值钱。"

彭贵山硬了硬心肠，说："我彭某人不缺儿子……少一个一样过。"

对方说："我把信送到了，你看着办。"

对方不愿久留，即刻告辞。彭贵山送他到吊桥边，他居然顺手挑走了那副丢在大门洞里的货担，大摇大摆地离开。

彭贵山心里渐渐有了底。

二

彭贵山没有猜错，绑走天佑的，不是一般的当地土匪，而是传说中红军的一支队伍。

他们年前从湘西开拔过来，在贵州境内一路辗转，当时叫战略转移，后来才叫长征。他们在贵州境内的乌蒙大山里，暂时摆脱了国民党精锐部队的追击，难得地赢得了几天的休整时间。休整除了休息，还有一项重要任务：补充给养。

红二军团四师十二团在大部队的左翼休整。三连驻地最靠边，在白虎山东侧一个七八户人家的小村落扎营。三连连长徐发祥不怕打仗，就怕在这人烟稀少的大山里搞给养，老百姓本来就穷，自己都没得吃，哪有东西卖给你？尤其是三连到达驻地晚了一天，周围的小村小寨都让兄弟部队"扫荡"过，实在没什么油水了，只能发动大伙儿上山挖野菜，看能不能捎带着打点野物。

补充给养，最好的办法就是打个土豪。

可是，附近没有什么称得上土豪的人家让你打，即使有个把小土豪，也让兄弟部队抢先下了手。无奈之下，徐发祥安排一班长王大妮带人到稍远处转转，看能不能搞几头猪或几只羊回来。王大妮像他的名字一样，生性腼腆，有点娘娘腔，但办起事来却不含糊，打起仗来更不含糊，当即带绰号"唐三猴"的唐本奇等人东行。傍晚，他们回来了，是空着两手回来的，连一根鸡毛都没带回来。徐发祥发火，说："你们还有脸回？不如在家挖野菜。"

王大妮却笑了。

徐发祥说："老子急得屁股蹿火，你还笑！"

王大妮把连长拉到一旁，提供了一个重要情况：往东翻过一座不算太高的山，约行二十公里，有一个较大的村子，名为彭家寨，那里有一个大土豪。唐三猴摸进村里搞清楚了，那个叫彭贵山的土豪是方圆几十里内最有钱的大户人家。王大妮说："打下这口'肥猪'，够全连吃仨月。"

脾气焦躁的一排长胡乃刚凑过来插话说："那就连夜打，我们一排上。"

王大妮摇头摆手说："不好打，不好打。"

胡乃刚说："打个土豪，有啥难？连长，我保证明天天亮前拿下。王大妮，你少啰唆，赶紧带路。"

"不行不行……"王大妮嘴巴慢，越说越说不清。站在一旁的唐本奇接过话头说，确实不好打，他都侦察清楚了，彭家大宅院依山而建，山背后是悬崖，根本爬不上去；环绕院墙的其他三面，是一个深七八米、宽五六米的天然壕沟，只能通过大门口设置的吊桥通过；而且院墙高达一丈多，全都是青石垒就，十分坚固，简直就像一个天然大碉堡，没有炮，别想打开豁口；况且彭家还有八杆钢枪护院，据说家丁枪法也都不赖。尤其是再往东面二十多里的芦花镇，驻有中央军一个团，如果一时半会儿打不下来，脱身都难……

这下徐发祥和胡乃刚都不吭声了。都是见过大阵仗的老兵，一听这个就知道这块骨头不好啃，恐怕这也是红军来了彭家不躲不跑的原因吧。而且徐发祥清楚，上级有命令，为防止暴露，各部队隐蔽待命，尤其不准擅自往东行动，那个方向有中央军的主力布防。

胡乃刚生气地瞪一眼王大妮和唐本奇："那你们带回这个情报有鸟用！"

徐发祥眉头皱成疙瘩，料想这块肥肉吃不成，摆摆手，让大伙儿散了。当天夜里，他睡不着，急得嘴唇上起了水泡。半夜，王大妮和唐本奇溜进他住的小柴房，说出一个大胆的设想。徐发祥一听，脑袋有点大，说："扯淡，红军咋能干这事！"

唐本奇说："你打土豪是为钱粮，干这个不也是为了钱粮，咋就不能干？况且这么干，不用动刀动枪，还少死人，划算！"

王大妮在一旁帮腔："连长，我带人悄悄去干，你们领导装不知道就是。"

这可不是小事。徐发祥想了想，还是不能干。虽说王大妮、唐本奇讲的有一定道理，是很划算的事，但你红军不能这样干啊，也不允许这样干。徐发祥把想法说出来，唐本奇急得像猴子一样，差点儿跳到那张小木桌上去，说："搞不到钱物，这一路走下去，得饿死多少兄弟！都这个时候了，过了今天没明天，总不能当饿死鬼吧！"

王大妮也是急得不行，说："连长，你不让干，一定后悔。说一千道一万，不如先把肉吃到嘴里再说。这样的好事，哪儿去找啊？过这个村，没这个店了！"

任他二人怎么劝，徐发祥就是不松口，二人只好悻悻离去。

第二天天刚放亮，胡乃刚匆匆跑来连部报告，说是王大妮和唐三猴不见了，而且趁他睡着，把他的短枪也给偷走了。"连长，他们会不会开小差？"胡乃刚焦急地问。一路上不时有人开小差，胡乃刚怕了。

徐发祥马上就意识到这二人干什么去了，脑袋嗡的一声，似乎要炸开来。他愣了愣，指着胡乃刚的鼻子说："那个事干不得！"

"哪个事？"胡乃刚有些蒙。

"一排长，你赶紧带人给我往彭家寨的方向追，无论如何把他们给我截回来！"

两个人只带一支短枪，跑去彭家寨，还能干什么？胡乃刚眨巴几下小眼睛，当即猜了个大概。他答应一声，换了便装，喊上一班副毛小虎，急急忙忙往东而去。徐发祥在他身后喊："要是有什么差错，你也别回来了！"

而此时，王大妮和唐本奇已经接近了彭家寨。二人边走边合计，可具体怎样动手，却一时拿不出办法。恰巧，在寨子外面路遇一个货郎。唐本奇立马来了主意，向货郎提出，借货担一用，过后归还，会给他赏钱。货郎不干，怕影响生意。唐本奇从怀里摸出一块大洋，说要买下货担。货郎还是不干，嫌少。唐本奇冲王大妮使个眼色，王大妮就把短枪掏了出来，货郎当即吓得脸变了色，接过那一块大洋跑到了路旁。这块大洋是唐本奇的"私房钱"，上次打土豪时他偷偷藏下的，王大妮几次提出让他交公，他不干，竟然派上了用场。"班长，这就算我交公了啊。"他说。

二人迂回到彭家大宅院西面不远处的杂树林里。王大妮同意唐本奇化装成货郎，到彭家大宅门口引小崽子出来，他负责接应。唐本奇挑着担子，摇着拨浪鼓，顺着一条青石板路，朝彭家宅院大门的方向走去。

但是他在那儿吆喝了好一阵，拨浪鼓摇得手腕子都酸了，就仿佛一块块石头子儿丢到棉花堆里，对面的大宅大门紧闭，无声无息。门楼上当班的家丁抱着钢枪，似乎也懒得理他。他担心时间久了引起对方怀疑，赶紧离开了，折回到王大妮藏身的杂树林里。

王大妮焦躁不已。如果这个办法不灵，他也实在拿不出别的招数了。他开始后悔，不该脑袋一热，擅自仓促行动，弄到这个地步，骑虎难下，进退两难，回去怎么交代？他不由瞪了一眼唐三猴——偷跑出来干这事，是这个臭猴子想出来的，他没好好考虑就采纳了。应该做好方案，按计划行动，擅自胡来，终究不是办法。王大妮暗自决定，事情办砸，回去就辞掉班长一职，愿接受任何处分。

176

唐本奇眼珠骨碌碌转着，他不死心。王大妮也不死心。他们想再试一次。王大妮决定亲自出马，说："你个唐三猴，尖嘴猴腮的，看着就不像个好人，谁能上你的当?"他打算和唐本奇一块儿去引崽出窝。他吩咐唐本奇想办法搞一身女人的衣服来。唐本奇明白班长的意思，溜出树林，三转两拐，来到山边一户百姓家里，趁这家没人，进到破屋里，翻腾一阵，把一条紫色的围巾，还有一件破旧的绿棉袄卷在手里，临走，他把身上仅有的五个铜板留下了。

这一次，居然得手了。

两个人一口气跑出五里多地，找个隐蔽处停下。小崽子不停地哭，唐本奇拿出一只麻袋罩住他，哭声顿时变小了。王大妮回头望，不见有人来追，脱下绿棉袄，摘下紫围巾，丢到一旁。唐本奇掏出事先备好的纸笔，把纸铺在一块石头上，请班长写信。王大妮拿起笔，嘀咕："五百行不行?"

"太少了，一千!"唐本奇说，"班长，我看清了，就那个大宅院，里面都是宝，要两千都算少的。"

王大妮还是觉得有点不妥，迟迟不下笔。唐本奇有些急了："班长，你仁义，那你跑来干什么? 就这个大土豪，不知喝了穷人多少血，我们只要他钱，没要他的命，够客气了!"

唐本奇从小在地主老财家干活，吃尽了苦头，所以他最痛恨有钱人，恨不得把他们全杀光才解气。王大妮心下合计，这事能成，唐三猴是首功，不妨听他一回，于是说："一千就一千……咱要一千，老土豪能给五百，咱也知足。"

唐本奇拿上信，只身返回了彭家寨。

三

晌午头上，胡乃刚摸进寨子，从百姓口中得知彭大财主家的小崽子被人劫走，心里有了底，立刻往回返。日头偏西时，在半道追上了王大妮和唐本奇。看到王大妮和唐本奇兴奋的样子，胡乃刚知道，如果此时勒令他们把小孩子送回去，他们一定会违抗命令。

"排长，你是来接应我们的吧？"唐本奇说。

胡乃刚苦笑，没有说话。他想好了，先回驻地，有事情他担着。

几个人轮流扛着小崽子，惴惴不安地回到连队驻地。徐发祥一见，头更大了，他忍着，没发作。唐本奇把小崽子从麻袋里抱出来，小家伙这会儿居然睡着了，脸蛋红扑扑的，嘴角挂着亮晶晶的口水，看上去蛮可爱。唐本奇想摇醒他，徐发祥说："放我铺上，给他盖好被子，让他睡。"

王大妮冷静下来，知道闯了祸，头一低，说："连长，咱们连太需要这笔钱了，它能救好多战士的命啊……"

徐发祥冷冷地说："打土豪，当然可以，红军有时靠这个解决给养，打不下来，怪我们没本事，但不能饥不择食，用这种下三烂的办法搞钱。"

"情况特殊，就这一次。"唐本奇不服气地说。

"一次也不能干。你们听着，明天上午，这孩子从哪儿来的，给我送哪儿去。"徐发祥不容置疑地说。

胡乃刚知道连长的脾气，他想好的事情，谁也改变不了，就说："好吧，我们执行。"

正说着时，小崽子醒了，蹬开被子，哇哇大哭，要找阿爸，找阿妈，他的嗓子早就哑了，哭声像一个狼崽。唐本奇上前哄他，冷不防被他狠狠咬了一口，右手背被咬出两排牙印，血珠子滴落到地上。心里有火的唐本奇忍不住打了他一下："狗崽子，你敢咬我……"这下他哭得更欢了。

徐发祥让唐本奇等人都走开，自己亲自哄，他拿给小家伙一个山梨，兴许是饿了，小家伙一把夺过来猛咬，几口就吃光了。徐发祥又拿出一个掺了野菜的窝头，小家伙以为是什么好吃的，夺过来只咬一口就吐了出来，张手把窝头朝徐发祥扔去，差点儿砸中徐发祥的脸。他继续哭，怎么劝都不行，徐发祥赶紧让炊事班长想办法搞点好吃的，后来弄来三个煮鸡蛋，哄他吃下去，大概是填饱了肚子，他才止住哭，抽搭一阵，又睡了。

这一夜，徐发祥是搂着小家伙睡的。半夜，他醒了，又哭起来，闹着找阿妈，要吃奶。徐发祥忍不住笑了，你都多大了，还吃奶？他不知道，这小家伙虽然已过六岁，但有个习惯没改，每晚睡前或者夜半醒来，都要咬一咬妈妈的乳头，尽管已不可能有奶水。这夜突然没了奶头可咬，他自然不习惯，闹腾了好一阵。徐发祥毫无办法，只能任他哭号。后来他实在是困乏了，才又沉沉睡去。

彭家大宅也是一夜没消停。彭贵山亲自动手，把埋在柴草房里的两个坛子起出来，里面有八百多块大洋，凤莲把压箱底的钱也拿出来了，总算凑够了一千块。望着一堆白花花的光洋，彭贵山面如死灰。

这几乎是他彭家的全部家底。

彭家的家业，主要是彭贵山父亲一辈攒下的。他父亲当过清朝的县令，到了彭贵山手上，家里有四十多公顷的土地，还有几家店铺。他父亲临咽气时，最放心不下的就是自己积攒了一辈子的家业，叮嘱他务必守好，否则到了九泉之下，也不会饶过他。这一千块钱白白流出去，彭家实打实是伤筋动骨了，以后想翻身，难。他不想对不起祖宗，也不想儿子出事。一夜间，他脑袋上的白头发多出不少。

猛吸了两袋水烟后，彭贵山终于打定了主意——你们说要一千，我只拿五百。这本来就是一场生意嘛，做生意哪有不讨价还价的，总不能你说多少就多少吧？我儿子在你们手里不假，可我还是那句话：老子不缺儿子，老子四个儿子，少一个天也塌不下来。他又合计，五百块现大洋，对于穷途末路的这些人来说，已经是大钱了，这里面大有转圜的余地，他不相信他们真会"撕"了天佑。

天快亮了，彭贵山吩咐家丁头子老冉牵过一匹骡子，把五百块大洋装进两个木箱子，余下的钱重新放回坛子里。凤莲看出端倪，不干了，哭道："老爷，你这是要天佑的命啊……"

"谁会要他的命？他们要的是钱。我合计，拿五百就能办成。"

"人家要是不干呢？"

"你怎么知道他不干？他们要是干呢？我不就省下了五百？"

凤莲还是不同意："老爷，摊上这事，宁舍钱，也要保命。"

"我是既少花钱，又要保命。这样吧，先把这些钱送去，他们真要不干，再回来取也不晚。"

"那样就晚了……哎哟我的儿啊……"

"哭！你哭个屁！大清早的，丧气！"

凤莲吓得赶紧闭了嘴。彭贵山出奇地倔，这一点凤莲最清楚，知道拗不过他，凤莲回屋烧香念佛去了，她去跪求观世音菩萨保佑儿子天佑平安回来。

这一天是个少见的好天气。太阳从山尖冒头时，彭贵山亲自把老冉和侯七送到村口，这二人负责去赎天佑。老冉以前在集市上干过经纪人，嘴巴好使，死的能说成活的，手脚也利索，彭贵山很信任他。彭贵山叮嘱老冉，如果对方嫌少，不要搞翻，马上赶回来取钱，无论如何要保住天佑不受伤害。老冉再三让主人放心，一定把事情办妥，绝不会伤着小少爷一根汗毛。

本来彭贵山想亲自去赎儿子，老冉提醒说，老爷，你不露面，事情还好办，你去了，他们再把你扣起来，就不是一千块的问题了，那些天杀的，啥事做不出来啊？彭贵山想想他说得有道理，就不再坚持。

老冉和侯七牵着骡子走远了。

天佑后半夜睡得很香甜，一觉醒来，太阳照到了脸蛋上。睁开眼，看到的还是陌生人，他又想哭。突然，一只小灰野兔吱吱叫着，站在他眼前的破被子上。小灰兔被一条细绳拴着，想跑也跑不了。天佑的注意力放到小兔身上，没再哭出来。

小灰兔是唐本奇一大早上山捕来的，为此他把膝盖都磨破了。

草草地吃过早饭，胡乃刚吩咐王大妮赶紧把小崽子送走。这时，团部通信员骑马赶来，送来了团部的紧急命令：中午十二点，全体开拔。据说，四周的国民党正规军已开始合围红二、红六军团，首长命令，在敌人大军合拢之前跳出包围圈。

问题随之来了：去彭家寨来回八十多里地，十二点之前根本赶不回来。胡乃刚请示徐发祥，最后决定，与其去送，不如原地等。不是约好十二点"交货"吗？大不了见了彭家的人，不收钱，把孩子还给他就是了。战士违反命令抢了人家的孩子，犯了错，知错就改，不正说明红军是仁义之师吗？

180

这天上午，因为有小灰兔的陪伴，天佑基本没再哭闹。唐本奇带着他，他抱着小灰兔，到村头的田地里玩耍。他们拔出刚冒尖的青草叶儿喂它，二人在光秃秃的田野里玩儿得很尽兴，嘻嘻哈哈的，无拘无束。唐本奇一时忘了这孩子最初是用来换钱的，恍惚间把他当成了房东家的孩子。日头近午，王大妮派班副毛小虎来通知他，把孩子带到磨盘洞去。

王大妮半晌午就带几个人到磨盘洞等人，为防止对方前来偷袭，还布置了警戒。结果等到日头当顶，眼看十二点到了，却连个人影都没见到。

徐发祥和胡乃刚急急赶来，众人分析说，老财主绝不会为了一点儿钱而置亲生儿子生命于不顾，一定会派人来的。到这儿四十多里山路呢，路不好走，一千块大洋也够好几个人背的，也许路上耽搁一会儿，那就再耐心等等。

可部队出发的时间到了，徐发祥不能再等，他命令王大妮带一班全体留下，继续等，务必平平安安把孩子交还给人家，最迟等到太阳落山，如果再等不到，立即连夜追赶队伍。他把队伍的行军方向和当晚宿营地点告诉了王大妮。

这天下午，一班的人都感觉十分漫长，站在山尖上手搭凉棚往东望，直看到眼睛发酸发虚，逶迤的山路上，还是一个人影都见不到。太阳就要落山，到了连长规定的时间，他们必须去追赶队伍。

王大妮犯了愁，小崽子怎么办？连长走的时候，并没交代如果等不到来人，怎么处理这个小家伙。也许连长以为，他们家一定会来赎人的，不过是晚到一会儿而已。

大家吵吵嚷嚷一阵议论，形成两种意见：一是把小崽子丢下，反正他家人早晚会来接他；二是把他带走。大伙儿忙活两天，一个铜板都没搞来，就这样白白放掉他，竹篮打水一场空，也太便宜那个老财主了。

唐本奇坚决反对第一种意见，说："你们想过没有？马上天黑了，把他一个小崽子留这儿，让野兽叼走怎么办？"

班副毛小虎反驳说："瞎操心，这几天你们谁见过野兽？要是有野物，我们就有的吃，用得着去绑他？"

"没人管他饭，饿死怎么办？他爹是个土豪该死，可他还是个孩子，他有啥罪过？"

毛小虎愣一下，说："把他送村里去，总有愿意收留小男孩的人家。"

唐本奇又反对："谁家养得起他？你们都看到了，他不吃差的，光吃好的，从昨晚上到现在，吃了十个鸡蛋。伤兵的鸡蛋都匀给他吃了。现在可好，鸡蛋都吃够了，要吃肥肉。老百姓家，哪儿去给他弄肥肉吃？"

最终，不能丢下孩子不管的意见占了上风。班长王大妮也是这么个想法，先把人带走再说，前一阵子，部队一直在这乌蒙大山里转圈子，说不定哪天还能转悠到彭家寨呢。到时候把小崽子交给他亲爹就是了，还得告诉他红军是仁义之师，不为钱而来。

唐本奇弯腰背起小崽子，一班的人在王大妮带领下，急慌慌去追赶大部队。途中，毛小虎问天佑："喂，小家伙，你叫什么？"跟红军战士待了一天一夜，除了没啥好吃的，天佑已经不怎么怕了，那只小灰兔，更让他觉得很好玩儿。那个捉来野兔的叔叔，长得像个猴子，动作也像个猴子，也让他感觉很好玩儿，他在心里叫他"猴叔"。

"喂，小家伙，问你呢，你叫什么？"毛小虎又问。

天佑咕哝道："天佑。"

"什么？天肉？你们听这鬼名字，这狗日的天天想吃肉！"

有人气愤地说："地主老财，除了吃肉就是喝血，没个好东西。"

王大妮问："唐三猴，他到底叫什么？"

唐本奇也搞不清他叫什么。又问，问来问去，终于搞清了，他叫天佑。

唐本奇心里瞧不起毛小虎，尤其这货坚决主张丢下天佑，让唐本奇很恼火，就说："毛班副，你真没文化，人家叫天佑，老天保佑的意思，懂吗？"

"老天保佑谁？保佑他还是保佑你？"毛小虎反击。

唐本奇愣了愣，回答道："他跟谁走，就保佑谁。"

王大妮给搞得心烦意乱，喝令所有人都闭嘴，抓紧赶路。王大妮平时脾气好，很少发火，一班的弟兄都敢跟他开玩笑，但是他偶尔发一次火，一班的人还是很怕他的。当下没人再吭声，只听到一片沙沙的脚步声。

这天下午，彭贵山一直站在村头等，结果他也是什么都没等到。天黑尽了，凤莲又哭开了，怪他应该痛痛快快拿出一千大洋去赎人，非要偷奸耍滑，讨价还价，到头来儿子不但没赎回，五百块大洋也没了，真是赔了儿子又蚀钱。

无论是彭贵山，还是王大妮、唐本奇、徐发祥、胡乃刚他们，都没有想到，老冉和侯七去赎人的路上出了岔子。两边的人到死都不清楚，到底出了什么岔子。

老冉和侯七根本没去磨盘洞。半道上，两人都在盘算，即使在彭家干一辈子，也挣不到这么多的钱，五百块明晃晃的大洋呀！何况由于他们的疏忽大意，导致小少爷被绑票……看着五百块大洋，心里的欲望藏不住，终于如野草般拱了出来。

天赐良机，机不可失，二人一合计，心下一横，于是拨转骡头，奔往四川方向去了，从此消失，无影无踪。

四

如果不是因为兵荒马乱，行军打仗，谁见到这孩子都会感到喜兴。他虎头虎脑，招风大耳，额头鼓鼓的，两只尖尖的小虎牙，红扑扑的大脸蛋，就像年画上的招财童子一样。

一路行军，风餐露宿，他瘦了些，黑了些，但也显得结实了。

那天半夜，一班的人带天佑追上连队之后，连长徐发祥又气又恼，却也暂时没有别的办法，只好以连队党支部的名义，宣布给胡乃刚、王大妮、唐本奇每人一个记过处分。拿到处分，三人心里反而变得轻松了。

出乎众人的意料，这回红军没在贵州境内打转转，而是一头扎进了云南。离彭家寨越来越远，天佑顿时成了三连的一块心病，所有人都后悔，不该把他带来。尤其是王大妮和唐本奇，更成为众矢之的，没少挨骂落埋怨，说他们偷鸡不成蚀了米之类。这二人整天垂头丧气，自觉对不起连队。

幸好，这一阵子没怎么打仗，否则战端一开，炮火连天的，真就顾不得天佑了，他是死是活谁都没法儿放到心上。

一开始，连长徐发祥要求知道内情的人保密，绝不能说出天佑的来历，只说是唐本奇他们路上捡的野孩子，或许是个孤儿。可是天佑白白胖胖，穿戴齐整，走路要人背，到了宿营地，二郎腿一跷，张嘴要肉吃，不给，又哭又闹又骂，哪像穷人家的孩子，分明是地主家的崽子。密很快保不住了，全连都知道了。不久，营里、团里也都知道了，团首长指示三连，尽快给天佑找个人家，把他安顿好。

部队到了宣威城外，休整两天。这地方比较富裕，给养问题一下子解决了。这天，炊事班长按照徐发祥的吩咐，给天佑弄来一大块有名的宣威火腿，切成薄片放在盘子里，把他叫到连部，让他吃个够。从贵州一路走来，他天天闹吃肉，其实并没吃过几回肉。

天佑见到肉，像小狼见到猎物那样，两眼放光，扑上去猛吃起来。但是他吃到一半，似乎觉出什么，动作慢了，最后干脆不吃了。他抬起头，看到王大妮和唐本奇一脸严肃地站在面前，也不知他们什么时候进来的。

王大妮亲热地说："乖儿子，慢慢吃，都是你的。"边说边拍拍他圆鼓鼓的脑袋。

王大妮叫他"乖儿子"，这口吻让他想起阿妈。在家时，阿妈就是这么叫他的。离开阿妈多久了，记不清。

"吃呀！傻愣着干什么？"王大妮又说。

天佑摇摇头，看着二人。

唐本奇此刻像个蔫猴，一声不吭，不看天佑，望着门外，一动不动。

天佑突然意识到什么，大眼睛骨碌碌转动几下，把盘子一推，蔫了。自从来到队伍里，他头一回这样安静。

这天中午，王大妮和唐本奇出城。天佑像往常那样，骑在唐本奇肩上，怀里抱着那只长大了一些的野兔，王大妮手里提着个小包袱，里面装着从城里商铺给天佑搞来的几件换洗小衣服。一路上三人都不说话。

他们找到了城东的一户人家，这户人家有十几亩水田，男主人还会做木工活，家境不错，有三个女儿，就是没儿子。这户人家是徐发祥事先联系好的。来到大门口，唐本奇把天佑从肩上卸下来，说："班长，我就不进去了。"

天佑到了王大妮怀里。王大妮剜一眼唐本奇，小声道："没出息。"

王大妮抱着天佑上前叩门，门开了，一个四十出头的女人露出头来，她仔细看了看天佑，马上就笑了，说："啊，你们来了，快进来。"

唐本奇别过头去。

天佑却开了口："猴叔……"

唐本奇仰起脸："孩子，你想说啥？"

天佑大眼睛盯着唐本奇的右手，问："还疼吗？"

唐本奇的右手本能地抖动一下。右手背上有两排牙印，是天佑刚到三连那天晚上咬的，还没好利索。听了这话，唐本奇心头一阵慌乱，眼圈居然红了，摇摇头说："不疼了，没事了……"

王大妮抱着天佑，天佑抱着野兔，跟女人进去了。唐本奇从外面打量这户人家的院落，虽然和天佑家没法比，但也算个不错的人家了，天佑留在这里，应该饿不着，有肉吃。

这也很好。

卸下这个担子，王大妮和唐本奇回去的路上，都感觉心里踏实多了，轻松多了。然而，他们没走出多远，那家的男女主人就叫喊着追了上来，男的抱着天佑，女的提着包袱，他们说什么也不收留这孩子。问为什么，他们说，怕养不活。再问，说是这孩子发烧了，烧得厉害。

王大妮一摸天佑的额头，烫手。刚刚还好好的，怎么突然之间就烧了？真是怪了。

那对夫妻曾经有过一个儿子，三岁上发高烧，死了，所以他们害怕。王大妮想说服他们，唐本奇却暗自笑了，接过天佑，扛在肩上，仿佛怕那对夫妻反悔似的，赶紧扛着他往前走了。

见二人带着天佑回来，徐发祥脸子拉了下来。王大妮把过程一讲，徐发祥伸手到天佑脸上试一下，果然烫得厉害，火炭一般，小脸通红。

此时小家伙烧迷糊了，闭着眼睛，呼吸急促，不时微微抽搐，说着胡话，爹呀妈呀大黄狗之类。唐本奇把他放到床上，几个人都明白，照这个烧法，这孩子或许活不过今晚。

王大妮又做自我批评，说不该把他搞来，拖累了全连。唐本奇说："主要怪我，是我最先侦察到他家情况的，是我向班长建议绑他的。"

徐发祥瞪他们一眼："现在说这个有鸟用！"他让唐本奇把卫生员叫来，看能不能死马当活马医，救他的小命。卫生员来了，上前摸了摸，听了听，摇摇头说，他没有办法，只能送到师野战医院去试试。

可是，部队马上要出发，师医院尚在五十多公里外的后方，送去肯定来不及。

"那赶紧把他送城里去，找个大夫看看。"徐发祥说。

"他需要住院。"卫生员说。

"多留点儿钱给医院，不就行了吗？"徐发祥说。

唐本奇伸长脖子说："连长，把他丢下，我们走了，他死了也就算了；如果救活了，以后谁管他？他可真成孤儿了。"

这倒也是个问题。正拿不定主意，胡乃刚闻讯赶来，他说出一个办法——他小时候发高烧差点儿死掉，奶奶就是这样治好他的。徐发祥按他的办法，命令炊事班长赶紧去搞点生姜熬姜汤，使劲熬，再想办法搞点红糖。

浓热的姜汤灌到不停抽搐的天佑嘴里，直灌得他像一只快淹死的小牛犊。紧接着，行军号声响起，唐本奇主动要求背天佑上路。他用棉被把天佑裹得紧紧的，头上还给他缠上一块毛巾，看上去像一个大号的襁褓。那一晚，一直在行军，唐本奇感觉后背上像驮着一块火炭，快要把他的后背烤穿。他一会儿希望后背变凉，那样说明天佑降了温；一会儿又希望别太凉，太凉说明他已没了命。

天亮时，他解下襁褓，放在草地上，伸手一试，天佑的额头微凉，退烧了。徐发祥和王大妮等人围拢来，兴奋地等天佑醒来。不一会儿，小家伙睁开眼，伸了个懒腰，打了个哈欠。徐发祥捏一下他突然瘦下来的腮帮子："小子，你命可真大。"

王大妮说："小子，鬼门关上走过这遭，以后你就死不了啦！"

天佑说："我梦见我家大黄狗了。"

众人都笑了。唐本奇说："小鬼，那是你的魂儿回了趟家。你回家看过了，以后就别再想回家了。"

众人都收起了笑。

天佑听不懂大人话里深奥的东西，他转向唐本奇说："猴叔，以后我不要肉吃，行吗？"

一句话，让在场的人眼睛潮了。

五

大病一场，天佑似乎明显懂事了，果真没再闹着要肉吃。那一阵连队不缺给养，伙食搞得不错，基本每天都有肉吃，端给他他就吃，没有他也不要。

他的病一直没好利索，冷冷热热，但已不再严重。徐发祥说，病来如山倒，病去如抽丝，大病初愈的人，需要将息一阵。因此，天佑送人的事，暂且搁了下来。那一阵，很少有人再提这个话题。

每天都是唐本奇负责照料天佑，行军时他就背着他，这孩子和大伙儿都熟悉了，不再认生，不再害怕。众人逗他玩儿，引发阵阵笑声，给枯燥的行军平添了不少乐趣。

唐本奇因为要背着天佑，他的枪弹和粮袋只能由别人帮着背。班副毛小虎就有意见，说唐三猴给自己弄来一个祖宗，完全是个拖累，拖累了全班。他是坚决主张把天佑送人的，认为留下他，一旦遇上大仗恶仗，谁能顾得了他？送人，兴许他还能保条命，跟着队伍走，必定死路一条。他多次向班长王大妮建议，早点送人。王大妮也知道送人是迟早的事，连队要打仗，长期带个小孩不是个办法。王大妮就说，等他的病好利索，连里会安排的。

天佑离家一个月后，不再闹着找阿爸阿妈，似乎把他们给忘了，但是夜里有时还闹床。他惦记着吃奶，咬奶头，没的咬就哭一阵，搞得一起宿营的人很烦。王大妮想出一个办法——他小时候就是这么断奶的——这天宿营时，见房东大嫂给一个小孩喂奶，王大妮就把他的想法给房东大嫂说了。

天佑半夜醒来，又闹着要吃奶，唐本奇把迷迷糊糊的他抱到房东大嫂门口。房东大嫂接过天佑，转身给他喂奶，天佑只吃了一口，就吐了出来，哇哇大哭。原来房东大嫂依王大妮的主意，在乳头上抹了辣椒面。

经此一次，天佑断了奶，半夜不再哭闹。

进入云南之后，三连所在的十二团接连打了几仗，规模不是很大，都是滇军的零星部队。这一天三连遭遇敌人，一班作为尖刀班冲在前头，唐本奇因为要留下看护天佑，就没有上阵。仗打完，班里牺牲了一个，伤了三个。收兵回来，大伙儿都用异样的目光看唐本奇，那意思分明是说，有这个小祖宗当挡箭牌，你唐三猴就可以不用上阵冒险了。唐本奇是个聪明人，一下子就看穿了众人的心思，他什么也没说。

两天后，又有战斗任务，王大妮让他继续留守，他二话没说，把天佑送到炊事班，跟上了队伍。战斗打响，他像灵巧的猴子一样，提着长枪冲到了最前面。这一仗打到最后，和敌人拼起了刺刀，唐本奇杀得格外猛，仿佛要把上一仗耽误的给补回来。他消灭了三个敌人，自己左臂也负了伤，好在不重，包扎一下就回班里了。

见唐本奇受了伤，天佑问他："猴叔，疼吗？你咋不哭？"他笑笑说："不疼。男子汉大丈夫，就是掉脑袋，也不能哭。"天佑似乎明白了，说："以后我受伤，也不哭。"

唐本奇向王大妮提出，只要天佑在连队一天，不打仗的时候，他负责带他。遇到打仗，他头一个上阵，只要他活着回来，就得把天佑交给他管。

其实谁都清楚，天佑离开的时间越来越近了。一次，唐本奇问他："天佑，你愿意走吗？"

"去哪儿？"

"给你找个有钱人家，天天有肉吃，有新衣服穿。"

天佑愣了愣："猴叔去吗？"

唐本奇摇摇头。

"猴叔不去，我就不去。"

唐本奇有些心酸："你想家吗？"

天佑先是摇一下头，而后又点点头："……想。"

"想阿爸阿妈？"

"嗯。"

"告诉你，将来你长大了，一定记着回去找你的阿爸阿妈，他们会一直惦记你的。你家在贵州，威宁县的彭家寨，你家有个大院子，你爸是个大财主，家里很有钱。你姓彭，大号叫彭天佑。记住了吗？"

天佑懵懵懂懂，只顾嗯嗯地答应着。

唐本奇絮絮叨叨，像个瘪嘴老太太："我问你，你叫什么名儿？"

"天佑。"

"大号呢？"

"……天佑。"

"彭天佑！记住了吗？"

"记住了。"

行军路上，唐本奇一遍遍重复上面的话，又说："是我不好，不该把你……抢来，让你见不到爸爸妈妈了。天佑，你恨我吗？"

天佑摇头："不。"

"为啥？"

"我喜欢跟猴叔玩儿。"

这似乎是对唐本奇最大的安慰，他感动得眼泪都要掉下来了。

过金沙江之前，徐发祥派人给天佑新找了一户人家，让王大妮和唐本奇把人送过去。唐本奇死活不去，王大妮也不愿去，安排毛小虎带战士韦四恩去送。王大妮和唐本奇躲了起来，离开的时候，天佑见不到他们，哭得上不来气。

送走天佑之后，唐本奇一天没吃饭，一个人躲得远远的，失魂落魄的样子，对着天地发呆。他在家排行老三，从小爱调皮捣蛋，上树掏鸟，下河摸鱼，偷地主家的瓜果梨桃，就没有个犯愁的时候。两个哥哥当了红军，不久先后战死，父母怕他再跑，整天把他锁屋里。他趁父母不留意，跳窗户逃走，找到了红军队伍，背上了钢枪。很快他就后悔了，他想家，想念父母，但是他已经回不去了。幸好憨厚的王大妮给他当班长，王班长把他当亲兄弟，他渐渐习惯了部队生活。和天佑在一起的两个多月里，他照顾天佑，虽然很累，但他很开心，似乎从来没这么开心过。如此看来，他把他绑来，好像存心为自个儿找个伴似的。

现在他要做的就是尽快把天佑忘掉。

毛小虎送走天佑回来，唐本奇很想问问他，天佑哭得厉害吗？却又不愿见他那张得意扬扬的脸。毛小虎是湖北洪湖人，一九三二年入伍的老兵了，用他的话说，他是"贺老总手下的老人"。他最大的特点就是爱抬杠，你说东，他偏说西，你说咸，他偏说淡，和谁都搞不好关系，所以一直当班副。和他一块儿投红军的人，有的都当上了营长。越是上不去，他越是和周围人闹别扭。平时唐本奇就不爱搭理他，天佑来了后，他比谁都反感，专门跟个孩子过不去，就好比天佑是颗炸弹，随时要炸着他似的。

唐本奇不想理他，他偏偏往唐本奇跟前凑，说："猴子，把你小祖宗送走，你不高兴了？"

唐本奇扭过脸去。

"不就是个地主崽子吗？哪天你想要，老子再给你弄一个来。"

话音未落，唐本奇一拳抡过去。毛小虎哎哟一声，蹲在地上，随即吐出一摊血，里面有一颗白白的牙。众人都愣了。王大妮过来，把唐本奇拖走。唐本奇说："老子申请一个处分。"

毛小虎冷静一会儿，摆摆手，含混不清地说："班长，都怪我，不该惹这个臭猴子，我知道他舍不得那小崽子……"

六

三天后，部队在金沙江边集结，船少人多，过江要排队。快要轮到三连登船时，传来一个消息——消息是徐发祥一个村子的老乡派通信员送达的，那人是二营副营长。

早上，那位副营长率部路过一个村寨，一对夫妻找上来，说是三天前他们收留了一个胖小子，"蛮讨人喜欢的"，可是，那孩子三天里不吃不喝，一个劲儿地哭闹，要找"猴叔""大妮叔""祥叔"。随孩子来的，还有一只小灰兔，装在小竹篮里。真是不巧，夜里小灰兔让黄鼠狼叼走了。没了小兔，孩子哭得更厉害，哭昏了好几次，再这样下去，他"活不过今天"。孩子如果死在他们家，他们"良心上过不去，要遭报应的"。他们央求副营长把孩子还给"猴叔""大妮叔""祥叔"。副营长猜到是徐发祥的人干的，只好接下孩子。说来也怪，天佑见了部队的人，立马不哭不闹，张嘴要吃的，狼吞虎咽吃下两大碗米饭。

徐发祥得到消息，摇头苦笑。这小崽子怎么像狗皮膏药，甩都甩不掉，仿佛前世欠他的。唐本奇不等吩咐，兴奋地嗷嗷叫着去接人。他在副营长那儿见到天佑时，吃得饱饱的天佑正在呼呼大睡，摇都摇不醒。

天佑重又回到唐本奇怀里。唐本奇感觉像做了个梦，紧紧抱住天佑，生怕他再跑掉。回到连队，天佑醒了，伸个懒腰，看一眼周围的人，都认识，委屈得又想哭，眼泪在眼圈里打转转，说："猴叔、大妮叔、祥叔……"

都以为他要哭一场，结果他却笑起来，坏笑，仿佛在说："我就知道你们跑不了。"

徐发祥冒出一个念头：让唐本奇带天佑一块儿留下，找当地党组织给安排一户可靠的人家，等天佑适应了，唐本奇再想办法归队。他刚把这个想法说出来，唐本奇就急了："连长，你这不是让我开小差吗?"

徐发祥瞪眼说："这是组织决定，怎么叫开小差?"

"反正我不脱离队伍，谁要逼我，我……我就跳江!"

似乎觉得这话还不够狠，他又补道："我带天佑一块儿跳金沙江。我们俩，活是红军的人，死是红军的鬼!"

别人也就无话可说。

船来了，如果不带天佑走，看唐本奇那恶狠狠的样子，他真敢跳江。徐发祥脸一黑，道："过江再说，上船!"

中央军的飞机在金沙江上空飞来飞去，像一只只大鹅，哼哼唧唧下蛋。炸弹投到江水中，掀起冲天的大浪，那些浪头反而像一个个巨大的水翅膀，掩护了小船。

行到江心时，一架飞机俯冲下来，船上的人都满脸惊骇之色。唐本奇把天佑紧紧抱在怀里。天佑一点儿都不害怕，仰起脸大声喊："灰机

191

灰机你下来，下来下来陪我玩儿……"居然把一船人逗乐了。毛小虎就在唐本奇身边，他不敢看天佑的脸，目光低垂，牙咬得紧紧的。

飞机下完蛋，轻快地飞走了，船也到了岸。一船人毫发未损。

过了金沙江，就是玉龙雪山。这大雪山高耸入云，让人不敢仰视，一看就眼花头晕。

前方传回消息，过雪山死了不少人，上级要求后续部队轻装简从，除了武器弹药和食品衣物，不需要的东西，能扔的都要扔掉。

在雪山下，已经来不及给天佑再找一个新家，而且看唐本奇那猴模样，谁要再提送人，他真会拼命的，只能继续带上天佑，过了雪山再说。有人嘀咕："大人翻过去都难，这小崽子，悬！"

徐发祥望着王大妮。王大妮说："连长，我们班对天佑负责到底，你就别操心了。"唐本奇说："只要我唐三猴有一口气，就把天佑背过去，谁也别管。"

徐发祥小声说："猴子，你可得想好，小孩子身体弱，弄不好……弄不好过不了这一关……"

唐本奇说："连长，是我把他弄出来的，就当我是他亲人行不行？他真要死……要死就死我怀里吧，将来我给他爸妈认罪去，是我对不起他爸妈。"

王大妮不干了："臭嘴！怎么老说要死？都给老子好好活着，我就不信翻不过这山去。"王大妮一副娘娘腔，发起火来，像是老母亲训儿子，并不让人觉得严厉，反而感到亲切受用。

毛小虎插话道："唐三猴，你也不要老觉得对不起他爹妈，他家是大土豪，我们没打，便宜他了。你把他弄出来，好比把狼崽子救出狼窝，兴许是救了他呢。"

毛小虎这番话，没让唐本奇反感，甚至让他感觉有人情味儿。

王大妮说："是我和唐本奇一块儿把他弄出来的，我也有份儿。"

徐发祥说："那天你俩去搞他来，我没反对，还派胡排长去接应，也算我一份。"

毛小虎说："连长，要说这事，其实你们当领导的，责任最大。"

徐发祥神色凝重地点点头，他命令毛小虎，协助唐本奇带天佑翻雪山。

没翻过雪山的人，往往低估了雪山的厉害。前头不断传话下来，说是死了多少多少人，后头的人半信半疑。走到半山腰，就见到了一些没掩埋好的尸体，人们这才信了。恐惧感开始袭来，步子越迈越沉重。

天佑虽说才六岁多，但他比一般大的孩子高出半个头，体重自然也多出不少，越往上走，唐本奇越感觉背上像是有一块磨盘，压得他喘不动气，鼻子像一架老掉牙的风箱，呼呼作响，但就是出气多，进气少。脚底像抹了枪油，一不留神，就好比子弹滑膛，把人吓一跳。

唐本奇瘦小的身子，背一个结实的肉墩子往雪山上爬，偶尔会摔一跤，天佑忍不住会哭两声，但他马上闭嘴，说："猴叔，我不哭……"唐本奇说："别说话。"在缺氧的雪山上，说话也会消耗体能。

毛小虎跟在他们后面。毛小虎几次提出要和唐本奇换换，他身背两支枪，还有子弹、背包和吃食，论重量其实比天佑轻不了多少。换换，只是个态度而已。唐本奇不理他。也许唐本奇还在生他的气。毛小虎急了："唐三猴，你就不能听老子一回？"

唐本奇终于开了口："别急，路远着呢，有你背的。"

过了半山腰，开始下雪，狂风呼号，世界一片银白，人们睁不开眼。三连的队伍里，已经有人撑不住，往雪地里一倒，就不省人事。越往上走，越感觉是在往天堂里去，禁不住让人灵魂出窍。

这座大雪山当天翻不过去，要在山顶附近过夜，天气极冷，红军战士衣衫单薄，大多数牺牲者都是因为没有熬过夜晚，在睡眠中死去的。天将黑，唐本奇和毛小虎找到一个稍微避风的地方，铺开薄而烂的被子，紧紧地裹住天佑，让他睡一会儿。由于缺氧，加之身体刚遭受过严重的摧残，天佑一整天基本上都在迷迷糊糊地昏睡。唐本奇和毛小虎也想睡觉，上下眼皮早就粘一块儿了，但是他们不能同时睡，必须轮流睡，留一个人值守，过一阵子就得叫醒另外两人，起来活动一会儿。天佑睡不醒，仿佛死了似的，唐本奇害怕，过一会儿就忍不住伸手试试他的鼻息。约莫个把钟头，硬把他拖起来一回，提溜着他原地跳一跳。他闭着眼，张嘴想哭，唐本奇就说："快看，前面有个小白兔……你不是想那个小兔吗？猴叔再给你捉一只。"

提到兔子，天佑微微精神了些，配合着蹦一蹦，跳一跳。他们那样子，真像雪地里的一对大野兔。

唐本奇带着天佑活动的工夫，毛小虎赶紧躺下睡一会儿。

夜里，阴风呼号，像万千个野鬼在悲鸣。雪时停时下，其实也搞不清是下新雪，还是狂风吹起的旧雪。漫漫无边的山坡上，所有的人都被白雪覆盖，和蛮荒的大雪山融为一体。三连由于吸取了前行部队的教训，为每人配备了一块御寒的牛肉，加之夜间有人值守，这一夜只牺牲了两个人。

天佑好好地活着，唐本奇心里总算踏实了。

天渐渐亮了，三连的人爬起来，开始下山。毛小虎抢先把天佑背在身上，说："今天该我了。"

唐本奇没有和他争。雪山上的这一天一夜，唐本奇发现毛小虎突然变得讨人喜欢了。昨夜，毛小虎就没怎么睡，还把自己的牛肉掰了一半给天佑。唐本奇认为，毛小虎对天佑好，就是对他唐三猴好，甚至比对他好还要令他高兴。

缓慢的行进中，谁也不说话，只听见风的号叫声，还有脚底摩擦雪粒的沙沙声。大队的人马，离远了看，就像数不清的雪人，在天堂里游动。前面是一个很大的坡，唐本奇心下合计，过了这个坡，他就和班副调换一下。

又一阵强风吹来，雪粒打脸，唐本奇不由得闭上眼睛。但当他睁开眼的时候，突然看到毛小虎脚下一滑，猛地摔了出去。伏在毛小虎背上的天佑摔得更远，像一块黑石头飞出去，砸进了坡道一侧的雪堆里，眨眼不见了。天佑的哭声从雪堆里钻出来，由尖厉变为暗哑。毛小虎吓傻了，竟然爬不起来。唐本奇惊醒过来，甩掉身上的两支步枪和背包，飞步蹿了出去，腾空掠过毛小虎的身体，砸进吃掉天佑的那个雪窟窿里……

慌忙中毛小虎手脚并用，往雪窟窿的方向爬，他先是看到了天佑的脑袋和上半截身子破雪而出，接着看到托举天佑的一双手。此时天佑满嘴是雪，发不出哭声，他赶紧伸出手把天佑拽出雪窝，用力丢到身后，然后再努力伸手去拉雪中那双若隐若现的手……

这时候，毛小虎面前的那双手，只剩一只露在外面，毛小虎喊叫着递过手去，但是那只手晃动几下，倏然就不见了。细雪像面粉一样，不停地往雪窟中流淌，流淌，流淌……

毛小虎大声喊："猴子，你出来……"

天佑缓过劲儿来，哭喊："猴叔……"

毛小虎不要命地往雪窟窿里爬，他的身子刚探进雪窟窿，在这生死的门槛上，他的一只脚踝被一双大手卡住。是王大妮。王大妮奋力把毛小虎拉了回来。

不大一会儿工夫，雪窟窿被新雪填满，变得无声无息。

徐发祥赶了过来，呆愣了好一阵，最后他黑着脸，拔出手枪指向天空，却担心雪崩而没有打响，只能无声地为战友送行……

天佑不再哭，一头扎进了毛小虎怀里。

队伍继续下山。毛小虎背起天佑，边走边流泪，他的脸被风一吹，结了冰碴儿。

在他们身后，唐本奇永远留在了雪山顶上。

七

从那以后，毛小虎的面前，总是有一只手在晃动。那是一只从雪窟窿里伸出来的手，晃动几下，倏忽不见了。

有时夜里，他也被这只手晃醒，醒了就再也睡不着。

他一直琢磨，唐三猴晃动手，到底啥意思？是不让他过来，还是与他和天佑永远地告别？抑或是把天佑托付给他？

后来他想明白了，臭猴子这三层意思都有。

从雪山上下来后，他和天佑形影不离，以前臭猴子怎么对待天佑，他就怎么对待他。夜里他搂着天佑睡，天佑半夜醒来，依然把他当成唐三猴，叫他"猴叔"，他答应着，耐心地哄他睡。

没有了"猴叔"，天佑好多天不开心。天佑问他："猴叔在那大雪堆里，冷吗？"

"不冷，猴叔像那孙猴子，能耐大着呢。"他给天佑讲《西游记》

里的孙猴子，那是他小时候听说书人讲过的，那时最开心的事，就是听人说书，讲唱本。

"猴叔还回来吗？"

"……会的。"

"啥时候回？"

他一时语塞，想了想，说："要是猴叔一直不回来，等你长大了，你就到大雪山上去看他。那个山叫玉龙雪山，记住了吗？"

天佑懵懵懂懂地点了下头。

出了云南，红二、红六军团在西康省境内的高原地带缓慢行进，这地方属藏族区，人烟稀少，道路崎岖，食物奇缺。好处是基本没太打仗——这里中央军不来，盘踞在较大市镇的当地武装见红军来了，能躲就躲，当然他们把能吃的东西都藏了起来。饥饿和疾病是红军最大的敌人，三连这一阵有不少人病饿而死。

徐发祥下令，炊事班弄到点好吃的，尽量给天佑多留点，尽量不要让他吃野菜。徐发祥也曾考虑寻机再把天佑送人，这回轮到毛小虎不干了，他竟然跟徐发祥瞪眼睛："又不打仗，整天就是走路，带上他，也就等于多扛一条小麻袋，有啥不行？要是有人嫌他白吃干饭，我可以不吃，把我那份口粮匀给他。"

他辞掉了班副职务，一心一意照顾天佑。

有人念叨，要不是这小崽子，唐本奇就死不了，多好的一个兵。这话让毛小虎听到，他哭了，说："是我害死唐三猴的，要不是我滑倒，唐三猴怎么会掉进雪窟窿？都怪我啊……"

团长指示，暂时不打仗，三连可以带这个孩子行军，一旦要打大仗，再想办法。

似乎为了表示自己能走，天佑有时主动要求下地走路，但是道路太难走，或者说压根儿就没路，部队整天穿行在原始森林或者山间乱石路上，加上高原缺氧，大人走不多远就气喘吁吁，汗流浃背，小孩子根本就迈不动步。天佑每天只能待在毛小虎背上，偶尔王大妮替他背一段。王大妮是班长，要管的事情多，不可能老是把心放到天佑身上。

有一天，天佑对毛小虎说："猴叔没了，我叫你虎叔，好吗？"

毛小虎眼泪立刻下来了："好，好，以后就叫我虎叔。"

也许这时候，毛小虎才理解唐本奇当初为啥那么舍不下天佑。他们的年纪也不过十七八岁，说起来也还算个孩子。大孩子和小孩子，就像哥哥与弟弟，原本应该是很亲的。

一天早晨，天佑醒来，对毛小虎说："我梦见大灰兔了。"他说的是那个被黄鼠狼叼走的小灰兔，他一直没忘记它，念叨过好几回了。这孩子也怪，自从离开家，很少见他念叨爹妈，可就是忘不了那只兔子，不知道小孩子是不是都这样？唐本奇在雪山顶上过夜时曾经许诺过，一定再帮他捉一只。

毛小虎揪揪他的招风耳："你这家伙，光想兔子，怎么不想猴叔？"

天佑指指心口窝："猴叔在这儿呢。"

毛小虎像唐本奇当初那样，时常叮嘱天佑，记住自己的大名，记住自己的家乡，将来长大了，就回家乡去找父母。"你家是彭家寨最有钱的人家，贵州威宁县的彭家寨。你回到县上一问，都会给你指路的。记住了吗？"

天佑含含糊糊点点头。

红二军团到达巴安，休整三天。休整无非是睡觉、洗晒衣服、筹粮、上街刷标语。这个小城本来人口不多，又言语不通，老百姓见了红军就躲，有钱的早跑光了，剩下的穷人也拿不出多少东西。

三连驻扎在城外的一座小寺庙里。徐发祥把一半的人派出去筹粮，结果大半空手而归。这两个月就没吃过几顿饱饭，战士们个个瘦了一圈不止，体力很差，每个人看上去眼睛都变大了，铜铃一样，就是没神儿。一路上牺牲的二十多人，如果每人每天能多吃一碗饭，或许大半都能活下来。原指望在巴安多搞点钱粮，看来又要落空，徐发祥愁得团团转。

人人都犯愁，就是天佑不知道愁，整天在寺院里爬上爬下，乐陶陶的。寺院住持略通汉话，能和战士们交流，很快知道了天佑的来历。他找到徐发祥，说出一个想法。徐发祥犹豫一阵，把王大妮叫来，商量半天，觉得这个办法虽然不好，但是也没有更好的办法了。

这天，毛小虎帮天佑把几件小衣服洗好晾晒，卸下刺刀，又到寺庙外的一个园子里割了一堆山茅草。天佑问他："虎叔，割草喂大灰兔吗？"毛小虎叹口气说："你呀，就想着兔子。这兔子不拉屎的穷地方，哪来的兔子哟。"

毛小虎小时候在家学过草编，他用一个时辰编了一个漂亮的草筐，还编了一个筐盖，扣在筐上，严丝合缝。天佑笑了："虎叔，将来让大灰兔睡里面吧。"

毛小虎说："有了好吃的，牛肉呀，糌粑呀，山果呀，就装里面，好不好？"

天佑说："好。"

此时，毛小虎犹如芒刺在背，猛地扭过头来，见王大妮站在身后，一脸的阴郁。他愣了愣，对天佑说："我跟大妮叔说话，你去那边玩儿好不好？"

天佑懂事地点点头，跑开了。

王大妮好半天才开口，毛小虎其实已经猜到了几分。

原来寺庙住持的弟弟，是当地藏族武装的一个头目，四十多岁没有子嗣。住持看上了天佑，想把他收留，转交弟弟抚养。现在住持的弟弟躲出去了，红军一走，就会回来。

"连长说，对天佑来说，这是一个最好的结果。我们不知道还要走多远的路，全连所有人都有可能饿死、病死、战死。到那时，这孩子能有好吗？留下来，他就可以活命，这你应该清楚。"

"……"

"他们……还答应给十袋大米。"

王大妮以为毛小虎会拒绝，会叫骂，甚至会冲到连长跟前去闹腾，但是没有，他只是久久地沉默着。

"有了这些粮食，兴许我们连就能撑到甘孜。连长说，四方面军有部队在那里活动，见到他们，就有办法了。"

毛小虎蹲在地上，双手用力捂住脑袋，又是半天没吭声，抬起头来时，眼里满是泪水，嘴唇咬出了带血的印子，他右手握拳往地上捶了捶："三猴子在地底下会骂死我的……"

"这是连长定的，我相信唐本奇一定会理解……"说这话时，王大妮眼睛也模糊了，"要骂，让他骂我吧。"

最终，毛小虎点了点头。

晌午头上，毛小虎突然不见了，那只草筐也不见了。王大妮赶紧报告了徐发祥，徐发祥立即派人四处寻找。有人曾经看见毛小虎去往城东边的草地方向，众人乱哄哄折向东边。

那是一片很大的荒草滩，老远就能闻到腐败植物的气息，一团团扑面而来，酸中带甜。众人放开喉咙，一遍遍呼喊："毛小虎……虎子……"

没有回音。

傍晚时分，众人在草地的一角，发现一个斜陷在泥水中的草筐，还有一顶破旧的军帽。酸腐的气息汹涌扑鼻。王大妮奋不顾身要冲过去，徐发祥一把拉住了他。后来人们找来一根长竹竿，把草筐和那顶军帽挑了过来。

草筐里，赫然卧着一只肥硕的野兔！

毛小虎却永远留在了巴安城东的那片沼泽地中。

八

王大妮把草筐拿回寺庙，放在天佑面前。天佑迟疑间掀开草筐的盖子，看到野兔，嘴巴张得老大，不敢相信似的，使劲眨巴几下眼睛。这只野兔比上次那只要肥大一些，给人感觉那只失去的野兔又回来了，而且长大了。

天佑开心地笑了："大灰兔！"

他伸手去抓野兔，王大妮架住他的小手："等等。"

天佑不解地看着王大妮。王大妮说："我有个条件。野兔给你，你要听话。"

天佑点了点头。

"不许哭。"

"不哭。"

王大妮说："给你了。"

天佑把大灰兔抱在怀里。兔子的腿上有一根细绳连着草筐，它是跑不了的。野兔受到惊吓，红红的眼睛微闭着，老老实实趴在天佑怀里，天佑一下下抚摸它。他突然想起什么，把野兔放回草筐："虎叔呢？"

王大妮脸扭到一旁，一时不知该怎么回答，想了想，只能骗孩子了，于是说："虎叔他妈妈病了，他回老家看妈妈去了……"

天佑愣一阵："虎叔啥时候回？"

"……要很久。"

天佑嘴巴咧了咧，张嘴要哭。王大妮抬手抚摸着他的脑袋："刚刚答应我，不哭的。"

天佑忍住了，没有哭出来。

"你想虎叔吗？"

"想。"

"我们明天就走……你留下等虎叔好吗？"

天佑意识到不好，又要哭，嘴巴撇了好几撇，但他到底还是忍住了，小声说："我不哭。"

"大妮叔给你找个有肉吃的人家，有大灰兔陪你玩儿，等虎叔来接你……"

王大妮发现自己说不下去了，他抹一把脸，起身走了。

部队明晨开拔。按照和住持的约定，黎明时分，住持负责送十袋大米过来，同时抱走熟睡中的天佑。这天半夜，王大妮睡不着，心一横爬起来，往寺院大殿一侧的小偏房走去，连长徐发祥和通信员牛得宝住里面，算是连部。小偏房亮着酥油灯光，王大妮从门缝里看到，徐发祥正在笨拙地缝补一双破袜子。

"进来吧。"徐发祥头也不抬地说。

王大妮推门而入，脖子一梗："连长，我班里的弟兄说，拿天佑换来的大米，他们吃不下去，就是饿死，他们也不吃……"

徐发祥不吭声。

"我们把天佑从贵州带来，过云南，过四川，到这儿，得有三四千里路了吧？这么丢下他……我良心上过不去……"王大妮快要哭了。

徐发祥缝完最后一针，把线头咬断，清清嗓子，说："我刚才和住持说了，不做这个交易了，你放心去睡吧。"

王大妮心头一震，喉头一热："连长，谢谢你……"

徐发祥站起来，眼睛也是红红的："怪我，不该动这个鬼念头……要不然，虎子也不会死，我对不起他……"徐发祥说不下去了。

三连出发之前，把寺院里里外外打扫了一遍。徐发祥睡醒后，在房门口看到一袋大米，没有见到住持，不知去哪儿了。他让炊事班长把大米收下，同时留下两块大洋，放在大殿的佛堂上，还让一个懂藏语的战士写了几句感谢的话。

部队继续沿着异常崎岖的小道向甘孜进发。这一路王大妮亲自带天佑，遇到道路好走点，天佑就下地跑一段，挎着那个装大灰兔的草筐，大多数时间，王大妮背着他走。王大妮也是断不了交代，让他记住自己大名叫什么，家乡是哪儿，嘱咐他长大了，一定回家乡看看爹妈之类的话。天佑嗯嗯啊啊地答应着。

一天晚上宿营，王大妮捡到一套别人遗弃在路边的旧军装，他翻看一下，还有点利用价值，就拿回来，裁开，三拼两凑打补丁，改出一套小军装。他打小手就巧，入伍前在裁缝铺干过几年学徒，如果不当兵，他会成为一个好裁缝。

徐发祥问他："你给天佑预备的？"

"是啊。"他说，"连长，天佑以后就是咱连的正式一员了，对不对？"

徐发祥没有马上答应，而是犹豫一下。王大妮接着说："他跟我们四个多月了。在他后头，有七八个新来的。"

徐发祥想了想，点点头："倒也是。"

"连长你认他就好。"王大妮激动地说。

过了几天，他又抽空给天佑缝了个八角帽，衣服和帽子上缀上了红五星和小领章，让天佑穿上试了试，蛮像那么回事。天佑一下子显得精神了，像个真正的红小鬼。

离甘孜还有四日路程时，前头传下话来，红四方面军的一支部队要来接应，大伙儿情绪立刻高涨起来，纷纷说，到甘孜就有好吃好喝的了。

三连所在的十二团行进在大部队的最后面，三连又是全团的尾巴，是断后的。因此一路上有一些小仗，都让前头的部队打了，主要是当地的藏族武装，在山林中偷袭红军，规模不大，一冲即散。

　　这天下午，三连尾随前头的二连进入一个峡谷中，两侧是陡峭的山坡和茂盛的松林，雨后的太阳露出脸来，雾气消散，空气清新，前胸后背暖洋洋的，令人感到无比舒坦。大伙儿都昏昏欲睡地迈动着双腿，没人说话。伏在王大妮背上的天佑睡着了，王大妮也打起瞌睡。

　　突然，就像过年放鞭炮似的，响起一阵嗵嗵噗噗的声响。王大妮一惊，猛地睁开眼，看到两侧山崖的林木间，一片片蓝烟升腾。身边的几个战士中枪倒地叫唤。王大妮高喊："有埋伏！"徐发祥指挥全连就地隐蔽。

　　袭击三连的当地民团武装有七八十人，他们放过了前面的大部队，专门袭击殿后的三连，听声音，他们用的大都是土枪、火铳之类，钢枪不多。他们看中的是红军的武器，三连五十多人，有四十多支汉阳造和毛瑟步枪，还有几支毛瑟半自动手枪，在阳光下闪闪发光。可是子弹很少，每人只有三到五发。徐发祥下令，先不许还击，放近了打。

　　王大妮把天佑塞到两块石头之间，这样两侧的火力都打不到他。他是第一次真正经历打仗，王大妮以为他会吓得哭喊，哪想到他竟然傻笑起来，嘴里说着什么。王大妮听清了，他说的是"炮仗、炮仗"，他真的把枪声当作鞭炮了。他想伸头往外瞅，王大妮使劲摁一下他的小脑袋，喝道："不许动！"他这才意识到不好，赶紧趴下，紧紧抱住那个草筐。

　　敌人呐喊着从两侧冲下来。最前头的冲到离沟底二十多米时，徐发祥才下令还击。三连的四十多支钢枪冲两边开火。听到枪声，前面的二连也回头支援。几分钟工夫，放倒了二十多个体形彪悍的敌人。敌头目一看不妙，吹几下尖厉的口哨，活着的眨眼间作鸟兽散。

　　打扫战场，清点人数，三连牺牲七人，五人负伤，被敌人抢走六支步枪。王大妮一时没顾上天佑。就在这当儿，天佑从石头底下钻出来，兴冲冲跑到一具敌人尸体跟前，去摘他脖子上的绿色项圈。

　　王大妮转脸看到了，大声喊："天佑快过来。"

可是那个项圈摘不下来，死去的人脑袋很重，搬不动。天佑这么一折腾，那人睁开眼，又活了。天佑吓得一激灵，惊叫一声，起身就跑。

王大妮此时看得真真切切——那个受伤的敌人迷迷糊糊坐起来，摸过了火铳，对准了越跑越远的天佑。王大妮叫喊着扑过去。他把天佑扑倒的同时，火铳响了，一片铁砂弹笼罩住了他。这种武器离远了威力小，离近了威力格外大，王大妮被打得全身流血，致命的一粒弹从他的右耳钻入，从左耳钻了出来。

血喷了天佑一身。天佑吓得哇哇大哭。自从有了大灰兔，他是头一回哭。徐发祥亲自帮他把脏衣服脱下，换上王大妮给他做的那套小军装。战士们挖了一个坑，把八个烈士草草掩埋。天佑不知从哪儿学来的，扑通跪在坟前，磕了三个响头。

九

从甘孜北上过草地，十二团仍然断后。团长提出，把天佑送到师后勤队去，和伤病员们一起行军，还有担架坐。徐发祥拒绝了，说："这么远的路，我们都带他过来了，就不送后勤队给别人添麻烦了。"他和通信员牛得宝轮流带天佑行军。

按照上级的命令，红二、红六军团等部队组成红二方面军，和早已滞留在甘孜的红四方面军一起北上。北上的队伍浩浩荡荡，人多了，阵势大了，但是食物更匮乏。走过长征的人后来回忆，长征路上最可怕的，不是拿枪的敌人，而是饥饿。到后期，病饿而死的人，远比打仗死的人多。

负责断后的部队处境更凶险，因为前头的部队往往把沿途能吃的东西都吃到肚里，仿佛夏季的蝗灾，飞虫过后遍地赤裸。

最大的那片水草地，叫松潘草地，要走十天左右。三连四十多人，走到第五天，把所带的粮食基本吃光了，只有徐发祥腰上的粮袋里还有几把米。饿红眼的人，都不由自主地盯着那个粮袋。徐发祥说："这是给天佑留的，谁也别想。"

草地上能吃的野菜只有灰苋菜。这地方本来没有灰苋菜，是藏民放

203

牦牛时，牦牛在别处吃了灰苋菜，菜籽没有消化，经过这里拉出来后生长的。走前头的部队差不多已经把沿途的灰苋菜吃光，后卫部队往往只能挖野菜根吃。

到第六天，三连的人把皮腰带都煮着吃了。

到第七天，三连还剩三十多人。徐发祥腰上的粮袋，已经是一粒米都不见。

所有人都瘦得变成了破衣服架子，肥大的裤筒，肥大的袖口，眼珠子鼓凸，脸蛋子乌黄，像叫花子。脚底下没根儿，走路摇摇晃晃，仿佛一阵风就能吹走。有的走着走着，往地上一歪，就无声无息了。天佑原本虎头虎脑的圆胖身子，小了两圈不止，又黑又脏，像个野孩子。

只有草筐里的那只大灰兔，因为草地上不缺野草，它胖了，胖得让人眼馋，谁看了都禁不住流口水。胡乃刚凑到天佑身边，虚弱地小声问："天佑，饿吗？"

天佑点点头。

"想吃肉吗？"

天佑口水下来了。

胡乃刚指一下草筐："……吃了它？"

天佑嘴巴咧一咧，又一咧，想哭，但还是忍住了。愣了好一阵，他终于点了点头。胡乃刚右手拔出尖刀，左手伸进草筐，摁住大灰兔，刀子举起来，恰在这时，两道目光逼停了他。他抬头一看，徐发祥趔趔趄趄过来了。

"就给天佑一个人吃……"胡乃刚不敢和徐发祥对视。

"你急什么？我看你是饿死鬼托生。"徐发祥说。

胡乃刚脸一红，无奈地收起刀，咽下一团口水。

这一天，又有六个人倒地不起。徐发祥也倒下了，上吐下泻，发高烧说胡话。他试吃了一种前几天没见过的野菜，想必是中毒了。趁着清醒，徐发祥把天佑叫过来，拉着他的手，说："孩子，你得好好活，你爹妈等你回去呢，无论如何你得活着见爹妈……"

天佑说："我不，我跟祥叔走。"仅仅半年过去，天佑已经淡忘了阿爸阿妈的模样，阿爸阿妈和家乡，在他脑子里，早就没有什么印象了。

徐发祥摇摇头说："祥叔走不动了，要跟猴叔、虎叔、大妮叔去做伴儿。"

天佑不大懂这话的意思，呆呆地望着徐发祥。

"天佑，天佑……你这名儿多好啊，天佑红军……老天爷会保佑我们红军的……"

徐发祥昏迷一阵，清醒一阵。半夜，他把胡乃刚叫过来，指定他接任连长。他叮嘱胡乃刚，一定要把天佑带出去。"如果天佑死在这大草地，我在地底下，饶不了你和三连活着的弟兄们……"

胡乃刚含泪答应。

徐发祥拜托胡乃刚，等到革命胜利后，要想办法找到天佑的爸爸妈妈，把天佑完完整整交还给人家。

"连长，我记住了。"胡乃刚说。他让徐发祥放心。当初把天佑搞来，他也有一份责任，他一定会管到底的。半年前，王大妮和唐本奇去绑天佑的那天，连长命令他去追上二人，把他们截回来，他明明可以在他们动手之前制止，结果因为他也希望借机搞点给养，所以就放任没管，才有了后来的种种变故……

徐发祥闭上眼，再也没有醒来。一路上死人太多，而死亡又离每个人只有一步之遥，所以活着的人已经麻木，不再悲伤。天亮了，人们掩埋了徐发祥，继续赶路。

到第八天傍晚，包括天佑还剩下二十八人。天佑昏了过去，气若游丝。胡乃刚掐他的人中，弄醒了他。他醒来头一句就是："刚叔，我想吃肉……"

通信员牛得宝提出杀兔子。胡乃刚想了想，说："还不到时候。"

天黑了，四野一片死寂，没有一点光亮。胡乃刚强撑着往一片水洼走去，回来时变戏法一般拎回来一团东西，他对天佑说："算你小子有口福，刚叔给你搞了一块肥肉。"

听说有肉，天佑两只大眼睛放出绿光。胡乃刚亲自动手，熬了一小盆肉汤。他不让任何人靠近，就让天佑一个人吃。天佑实在是饿极了，把肉汤喝得一滴不剩。

天佑活过来了。

到第九天，包括天佑，统共还剩下二十人。傍晚，人们搞点菜根填填肚子，分头倒下入睡。天佑搂着草筐，睡不着，他比别人有精神。大灰兔比他还有精神，在草筐里不消停，乱扑腾。这一路，就数它来劲，吃不完的野草，人都要瘦死，它快要胖死。天佑突然烦它了，他掀开草盖，一只手伸入草筐，捋了捋它的耳朵，又把另一只手伸进来。后来，他的双手死死地掐住了它的脖子……

十

第十天，剩下的二十个人，靠那一锅兔肉汤，走出了大草地。

一只兔子救了二十个人的命，多年之后仍然被人提起。但是彭天佑不认为是兔子救了他命，而是胡乃刚早一天弄来的那盆肉汤把他救了。

十年之后，胡乃刚才告诉他真相：那是一块人肉。知道这个以后，他后来终生吃素。

长征到了陕北，天佑离开三连，进入红二方面军随营学校学习。抗战爆发后，他转入延安的一所边区小学堂。一直到解放战争开始，他才离开延安，奔赴战场，到西北野战军第二纵队的一个师当政工干事。全国解放时，他是师组织科副科长。

后来上级有关部门审核认定彭天佑的革命经历时，经多方了解、查证，最终确定他参加革命的时间为一九三六年八月一日。这个时间他们正在过草地，他似乎是长征路上年龄最小的红军，六岁多，不到七岁。确定"籍贯"时，他要求填"延安"，而不是"贵州威宁"。

一九五〇年夏天，彭天佑接到了胡乃刚打来的电话，此时胡乃刚在另外一个师当副师长，胡乃刚提醒他尽快和家人取得联系。他就此萌发了回趟老家的念头，行前通过贵州当地的党组织打听家人的下落，费尽周折，得到的结果却是：他父亲彭贵山不久前土改时遭到镇压，彭家大宅充公。母亲李凤莲早在他离家不久就病逝了。他的三个哥哥——大哥彭天全抗战期间担任毕节国民党保安大队的大队长，后被地下党处决；他的二哥彭天凤解放战争期间被游击队打死，死前是威宁县税警局的局长；他的三哥彭天保先是在贵阳做生意，生意失败后回到彭家寨帮助父亲经营祖业，也是在土改中死了，妻子改嫁。

命运似乎早就注定，彭天佑成了彭家唯一的幸存者。他应该感到庆幸，还是应该诅咒命运的残酷呢？

对于母亲的过早去世，他的心疼痛了许久。他想，如果他没有以那种突然而极端的方式被迫离开家，母亲是不会那么早过世的。也因此，后来许多年里，他对唐本奇、王大妮、毛小虎、徐发祥、胡乃刚那些局中人，有着难以言说的复杂感情。他想把一切都忘掉。

这个家，他肯定是回不去了，从此他打消了回老家的念头。

不久，朝鲜战争爆发，紧接着抗美援朝。本来彭天佑所在部队没有入朝作战任务，但他主动要求到朝鲜前线去。被批准后，他分配到了胡乃刚当师长的那个师。他几次找到胡师长，坚决要求到一线部队去，哪怕当个连长、指导员都可以。他抱了必死的决心——全家都死光了，可他还活着，这让他感到愧疚。

胡乃刚就是不同意他上一线。胡师长说："我答应过老连长，要保护好你。我这个师，谁都可以死，就是你不能。"又说，"你不是以前叫我'刚叔'吗？我不是以师长的身份给你说这个，我是以'刚叔'的身份给你说这些的。"

他被分配到师政治部当组织科长，在朝鲜战场待了一年多，没有过一次和敌人打照面的机会。空袭倒是经常遇到，每当警报拉响，别人匆忙钻防空洞，他不急，总是最后一个离开岗位。炸弹落下来，他不怕，出奇地镇定。都说他不怕死，是个奇人。他笑笑，不知该做何解释。

难道是他想早点死去，到九泉之下和亲人们团聚吗？

一九五五年，彭天佑被授予中校军衔。同年，他和师医院的护士方小慧结婚。婚后，他给身边人留下的最深印象不是干工作，而是生孩子，不停地生孩子。到"文化大革命"爆发的时候，他们两口子生了四个孩子——三个儿子和一个女儿。而此时，方小慧的肚子又大了。

没有人能够理解，他为什么那么起劲地生孩子，就连妻子也不理解——为了少生一个孩子，她没少和他战斗，但又实在拗不过他，只能

207

像老母鸡下蛋一样，下了一个又一个。如果不是因为方小慧身体出了毛病，也许他们还会生第六个甚至第七个孩子。

到了一九六六年，三连长征路上活下来的另外十九个人，只有胡乃刚一人还和彭天佑保持联系。那十九个人，有四个死在抗日战场上，有六个死在解放战争中，三个死在朝鲜。另外的五人，失去了联系，不知所终。

胡乃刚从朝鲜回来后，转业到北方的一个省当掌管煤炭的厅长。一九六六年冬天，彭天佑收到胡乃刚的一封信，信中，胡乃刚代表死去多年的徐发祥、王大妮、唐本奇、毛小虎这几位老战友，向彭天佑表示深深的歉疚之情——当年他们一念之差，改变了彭家一家人的命运。

信中，胡乃刚又以"刚叔"的身份命令他，老老实实在部队待着，一辈子不要脱军装。

彭天佑有些不解其意。过后不久他得到消息：胡乃刚被红卫兵批斗致死。他这才明白胡乃刚的用意——有这一身军装，关键时刻可以保命。

彭天佑果然在军队干了一辈子。一九八八年，他五十八岁时从省军区政治部副主任的位子上离休，搬进了干休所。

他最后的职务是正师。上级照顾老红军，以副军职待遇给他办理离休手续，但是几乎所有认识他的人都认为，他很亏。以他的资历、能力和文化程度，混个军级、兵团级，乃至大军区一级领导，都是非常有可能的。但他只是个正师，说起来都有些羞于启齿。

有人说，生孩子太多耽误了他。他笑笑。

可是，他的五个孩子，加上媳妇、女婿，又没见哪个有"出息"。四个儿子里面，官当得最大的是老三焕新，仅仅是个处长；老大焕章连个干部都不是，只是个工人；唯一的女儿焕萍还算不错，是个军医，脑外科专家。

像他这种资格的老红军，算是后代混得最"惨"的。有人说："老彭，你自个儿不进步就罢了，怎么不关心孩子？"

他又只是笑笑。

有一件事情也是别家不好比的——彭家老老少少二十口子人，多年来一直平平安安，小灾鲜有，大灾更无。

难道还有什么比平安地活着更重要吗？

十一

彭天佑八十岁那年，老伴方小慧去世了。睡前还好好的，夜里一声没吭，天亮却没醒来。孩子们哭得稀里哗啦的，老头儿说："一点儿罪没受，一点儿麻烦不给别人添，你妈是福命，造化大。"

处理完老伴的后事，他突然向孩子们提出："趁还能走，想回老家看一看。你们能去的，尽量都去。"

孩子们清楚，父亲是个孤儿，老家没什么人了。但还是很愿意陪老头儿回去走一走，除了二儿子、女婿、三儿媳走不开，其余的二代都踊跃前去。他们打算坐火车到西安，再转火车到延安。

可是，老头儿却说："回贵州。贵州威宁，彭家寨。"

孩子们都愣了。籍贯栏里明明填的是"延安"，一辈子都是这么填的，怎么突然变成"贵州威宁"了？就因为祖籍是革命圣地延安，孩子们从小到大都很自豪。

个中原因，不但孩子们不清楚，老伴方小慧生前也不知道。彭天佑解放后没给任何人说起过，他把那些模糊的陈年往事，深深地埋在心里。到如今，当年三连的老战友，恐怕没有活着的了，世上只有他一人知道其中的原委。

孩子们还想问出点别的，他三缄其口，一个字不愿多说。干休所的领导听说老首长要外出，很支持，打算通过军区给贵州省军区打电话，让那边搞好接待。他谢绝了，说："自个儿的事，自个儿想办法，不麻烦公家。"

七个后代陪同老头儿坐火车先到贵阳，住了一晚。次日，老三焕新通过当地的朋友借了一辆面包车，直接开往毕节，再转威宁。到了县上一打听，才知道早在四十多年前彭家寨就没了，那里修起了一座水库。

一条省道从水库边上经过。面包车靠边停下来，车门打开，彭天佑下车，女儿焕萍伸手想扶父亲一把，手被他甩开。只见老头儿下了公路，步履矫健走到水边。子女们默默跟上。

这是一座中型水库，波浪不大，温柔地翻卷着，一群群水鸟自由飞翔。彭天佑久久望着水库的中央，据说那儿就是彭家寨的原址。七十多年过去，故乡、亲人，在他脑海里，早没有了一丝一毫的印象。他们就像一张薄纸，或是一片树叶，随风飘摇，不知飘到何处；又像一滴水珠，变成蒸汽，不知挥发到何方。故乡和亲人，成了一个符号，只有在夜深人静的时候，偶尔才来到他的心间……

彭天佑缓缓跪下，朝着水库中央的方向，磕了三个头。

在他身后，孩子们也无声地跪下，重复老头儿的动作。

回老家的任务，就这样算是完成了。上到车里，老三要掉头回去，彭天佑说：“往云南，上玉龙雪山。”

孩子们感到奇怪，老头子怎么突然有了游山玩水的兴致，他可是一辈子不出门的。

十二

他们乘坐冰川公园索道，到达玉龙雪山的最高点。这个季节游人不多，雪山顶峰静静伫立，白光夺目。

来的路上，彭天佑简单地给孩子们讲了“猴叔”的故事，讲了“虎叔”的故事，又讲了“大妮叔”和“祥叔”的故事。尽管他语气平和，不动声色，孩子们却听得骇然变色。原本一路上嘻嘻哈哈，气氛轻松，听过父亲讲的故事，一个个都沉默了。

许久，生性活泼的焕章说：“爸，您叫他们猴叔、虎叔，我们该叫猴爷爷、虎爷爷，对吗？”

彭天佑点点头。

彭天佑不用女儿搀扶，沿着峰顶下来，走到一个平坦一点儿的地方，见身边没有游客，说：“就在这儿吧。”

他率先弯腰，深深地鞠了三个躬，然后站直，口中念道：“猴叔，天佑看你来了……我来晚了，对不起了……我用六十年时间，想忘掉一些不愉快的事情……可是后来我发现，我怎么也忘不掉长征路上的你，还有虎叔、大妮叔、祥叔、刚叔……我把孩子们带来了，让你看看，我彭家后继有人……你就放心吧……"

他立正，对着苍茫的雪山，颤抖着敬了一个礼。

尽管他克制着，眼眶还是湿润了，两颗泪珠滚过饱经沧桑的面颊。

在他身后，孩子们对望一眼，然后都默默地跪下，虔诚地给"猴爷爷"磕头……

下一站自然是巴塘。

面包车大体沿着当年红二、红六军团走过的路线，到达巴塘。七十多年前，这里叫巴安，城东吞掉毛小虎的那片沼泽地，现在是一个森林公园，每天有不少外地游客。依然是选一个地方，彭天佑鞠躬，敬礼，念叨几句，孩子们跪下给"虎爷爷"磕头……

然后，继续赶路，在快要到达甘孜的公路旁，找到一条峡谷，在谷口简单地祭奠"大妮爷爷"……

面包车折向东北方向。当年那片最要命的草地，在青藏高原东北边缘、阿坝藏族羌族自治州若尔盖县境内，离包座不远，213国道穿行其间。他们约莫寻了个地方，简单祭奠了"祥爷爷"。

都以为结束了，孩子们都松了一口气。老头儿又说："还有个大灰兔，在前面。"接着把那只救了二十个人性命的大灰兔讲了讲。

于是又往前走了一段，下车，鞠躬，敬礼，磕头……

焕章忍不住道："爸，我们该叫大灰兔什么，兔叔？兔爷爷？"

彭天佑想了想："别乱了辈分，你们愿叫，就叫兔爷爷吧。"

大伙儿都轻轻地笑了。

到这时候，任务总算完成了。回贵阳的路上，焕章说："红军长征二万五，走了一年多吧？要是坐飞机，几个小时就到。"

大伙儿笑。

老三说："爸，如果没有长征，会不会没有我们？"

彭天佑想了想，说："是的。长征，是我们彭家的根。"又说，"我争取再活十年，活到九十岁。如果那时还能动，我还要来。"

孩子们纷纷说："全家都来，一块儿陪您。"

"若是我没了，你们也要来。"

孩子们都郑重地点点头。

他没能活到九十岁。二〇一五年，八十五岁那年，他无疾而终。他是本市最后一个去世的老红军。

办完父亲的后事，孩子们决定，沿着五年前走过的路线，再走一遭。

（2016 年）

坐到天亮

一

中尉李云茹推门走进办公室的时候，正是下午三点多钟光景。少校参谋赵子清背对着门，坐在办公桌前，两手撑住额角，面前的一张当天的报纸不知被他翻来覆去看了多少遍，此刻他双目涩滞，昏昏欲睡。

下午，外面很静，若有若无的蝉鸣穿过窗子，和吊扇的旋转声纠合在一起。窗子外的一棵白杨树挡住了毒辣的阳光，却挡不住湿热的气体，办公室里的人全都汗津津的，浑身不自在。

李云茹几乎是无声地走了进来。机关里的人都知道，李云茹绝少穿高跟鞋，平时人们总见她穿平跟布鞋或旅游鞋，偶尔穿皮鞋也是平底的那种。她说穿高跟鞋"咔咔咔咔"地响，她的神经受不了。她喜欢宁静，她愿意自己时刻处在一种宁静的氛围里。她还说，她渴望在宁静之中想心事——当然，这话她没讲给别人听，她只是讲给赵子清了。赵子清听后浅浅一笑，心说女人大了心事就多，愿想啥你就想啥吧。

赵子清微微移动一下酸麻了的双臂。他没有听到李云茹的脚步声，但他觉出李云茹来到了身后，并且飞快地扫了他一眼。他突然感到后脑勺有些不对劲，一股无以言说的情感在他全身弥漫开来。他把脑袋压得更低，装作什么也不知道。

处长到军区开会去了，副处长随集团军工作组下部队了，他们一个星期之后才能回来。头头不在，大家轻松了许多，工作上午差不多就干完了，下午无事可干，闲得无聊，加之天气炎热、憋闷，自然想打瞌睡。但趴在办公桌上睡觉太危险，参谋长、副参谋长什么的闯进来，弄不好要挨一顿训斥；讲讲笑话倒不错，一来可以提神顺气，二来可以消磨时光，头头们闯进来，就说在研究工作，畅谈大好形势。小个头长下巴的林参谋简直是一个活宝，他那十分不起眼的小脑袋里似乎装有扯不完的逸闻趣事，而且大多数和裤腰带比较接近。机关里有不少光棍儿，有的是真光棍儿，有的是假光棍儿——所谓假光棍儿，是指那些两地分居的人——林参谋的故事对于光棍儿们来说，不亚于一顿美味佳肴，林参谋因此被奉若星辰。

李云茹是军司令部保密室的保密员，老军长的女儿。李云茹怀抱一摞文件走进军务处办公室的时候，林参谋正眉飞色舞唾星四溅地把一个故事推向高潮，大家笑得前仰后合。李云茹的到来宛若火上浇油，使那精彩的故事愈显精彩，大家笑得更加起劲，似乎这笑是李云茹带来的。李云茹把手中的文件重重地放在办公桌上，脸有些泛红，十分认真地说："我知道你们在讲什么。"

仿佛一个谜底被人快速地揭穿，大家一下子失去了兴味，林参谋打了一个哈哈："穷找乐子呗。"

"你们这些家伙，真没治，也不学学人家赵参谋。到底是老参谋，和你们就是不一样。"李云茹一边说，一边再次飞快地瞟了赵子清一眼。

"他老参谋？"林参谋的下巴变短了些，"得了吧，在我们处，我才是正儿八经的元老，已经送走了三任处长，赵参谋不过职务高点罢了。对不对，子清？"

赵子清好像刚刚睡醒一般，揉了揉眼睛："你们在说什么？"

说这话的时候，赵子清命令自己，最好别去看李云茹。他总觉得，李云茹是个让人捉摸不透的女人。而让人捉摸不透的女人往往更富有耐人寻味之处，这也是没有办法的事情。

二

赵子清头一回见到李云茹，是在一个夏天的午后。

那时，赵子清二十岁，刚从陆军学院毕业，分配在军直侦察连当排长。那个夏天的午后，他带领全排弟兄在大操场上练习擒拿格斗，弟兄们练得热火朝天，大汗淋漓，操场上尘土飞扬，喊声四起。滚烫的阳光不留情面地泼洒而来，晃得人睁不开眼睛。新任排长赵子清像一个威严的督战官，在冒着热气的队列里钻来钻去，不时地提醒、呵斥那些想偷懒耍滑的家伙，间或纠正一下个别人的狼狈动作。由于要代表军里参加军区组织的侦察兵大比武，他不敢有丝毫的马虎，天气再热也得练，别人怨言再多也不行，在他手下当侦察兵，不扒掉一层皮你别想过关。

操场边上的法国梧桐树下渐渐聚集了一群孩子，他们个头不齐，年龄不等，都是些部队干部子弟，暑假里闲得无聊，跑来看侦察兵们练武。在部队待久了，他们都清楚，看步兵操练最没意思，看侦察兵表演最好玩儿。

那一群吃着冰棍躲在阴凉地里的孩子边看边叽叽喳喳议论不休，每逢有战士摔倒在地或者谁做出一个滑稽的动作，他们便高兴得大喊大叫，手舞足蹈。战士们沾满汗泥的花瓜样的脸膛令他们兴奋不已。他们的喊叫声穿越午后闷热黏稠的空气，在大操场的上空游荡。

有个班长提醒赵子清，说最好把这些孩子撵走，讨厌死了。赵子清摆摆手："得得，就当我们在演戏，他们是观众。有人看大家会练得更带劲。"

在那群孩子杂乱无章的叫笑声里，一个十四五岁的女孩的声音最清脆，最与众不同。赵子清不禁扭头望了她一眼。一个老兵告诉他，那女孩叫李云茹，是刚刚上任的李军长的千金小姐。

又练了一会儿，看到有人快支撑不住了，赵子清宣布休息十五分钟。战士们如获大赦一般逃向操场边的梧桐树，然后或躺或坐散布在那群孩子中间，有的累得不行闭上眼睛打盹儿，有的玩心不减逗孩子说笑。赵子清最后一个离开操场，边走边合计下一步的打算。他早已把李军长的千金小姐忘在了脑后，但那个清脆的声音却又在他的耳边飘拂。他看到李云茹穿一双塑料凉鞋，紫衣白裙，白裙上沾有星星点点的墨水，头发短短的，像一个男孩子。她长得还可以，不像军里其他首长家的女孩，一个比一个丑。

李云茹歪着脑袋认真打量了一眼赵子清，露齿一笑，说："你不简单呀，年纪轻轻的，就穿上了四个兜。"完全是一副大人的口气。首长家的孩子喜欢用这种口气。

赵子清突然就笑了："你觉得我年轻吗？"

她调皮地反问："你认为你老吗？"

一个战士扔给赵子清一支烟，赵子清划火柴点着，美滋滋吸了一口："你认为我不老吗？"他想逗逗这个正在发育的女孩子。她虚张声势般的大模大样让他觉得挺好玩儿，也有趣。

"你的意思是你老了。年轻人都爱犯这毛病，以小充大。"李云茹将脑袋歪向另一边。

"看来你也有这种毛病喽。"赵子清说。

"嗯，多少有点。"她爽快地承认。

"你是你，我是我，你看我这胡子都这么长了，还不老？"

"又在犯病，我看你没治了，才当了几天小屁官，纯粹是烧的，烧得不轻。"

"好厉害的嘴巴……"赵子清脸竟然红了，似乎被李云茹击中了要害。他想，将来谁要是娶了这个女人，算他倒霉。

李云茹无所顾忌地笑起来，笑到高潮处，她猛然打住："不跟你谈这些，像小孩子斗嘴，没意思。喂喂，你刚才也够狠的，光说不练，指手画脚，我要是战士，坚决不听你的！"

"你要是在我手下，非开除不可！"赵子清又好气又好笑，"你怎么知道我不练？我都练了四五年了，他们没一个比得上我，不信过一会儿我做一套动作给你看看。"

时间到了，赵子清甩掉烟头，吩咐值星班长吹哨子集合队伍。李云茹咯咯笑着大声说："你们别听他的，能偷懒就偷懒，累坏了身体多可惜！"

赵子清板起脸来说："去去去，少来扰乱军心！"

"你们练吧，"李云茹扮了一个鬼脸，"我该回家了。"

走出十几步，她又回过头来："我相信，强将手下无弱兵！"

这话赵子清爱听，他笑了。

操场边上的这段小插曲只不过让赵子清觉得好玩儿罢了，无非是要嘴皮子闲磨牙，实在没必要把它装在脑子里。一走进训练场，他马上换了一副威严的面孔，把兵们折磨得死去活来。结果那一年大比武，侦察连夺得团体第三名，荣立集体三等功。赵子清功不可没。

从那以后，赵子清很少再见到李云茹，即便偶尔在路上遇见，也都像压根儿就不认识似的，一晃而过，没再互相搭过话。

一年后，赵子清当了副连长，然后当连长、副营长，再然后调到军司令部军务处当参谋，可谓一帆风顺。

赵子清调到军机关的那年，李云茹也从军校毕业，分配在司令部保密室当保密员。李云茹比赵子清早到机关几个月。起初赵子清只是觉得这位女保密员有些面熟，就是想不起在哪儿见过，忍不住就问处里的林参谋。林参谋露出一副吃惊的神色："真不知道？你算白活了。她是咱们军长的女儿，本军第一小姐，芳名叫李云茹！"

赵子清这才模模糊糊想起若干年前的那个下午的情景。他说："她就是李军长的女儿啊，以前光听说她如何如何漂亮，其实也就那么回事。"

"已经相当不错啦！机关里有不少光棍儿在打她的主意呢。妈的要是我没结婚，我也会插一杠子，即使成不了，也得干扰干扰他们，那样岂不更热闹！"林参谋边说边瞪眼睛挥拳头，仿佛他真的参与了一场活剧，并且把对手杀得人仰马翻。

接下来的日子，赵子清仍然没主动和李云茹搭话。他发现，李云茹的话并不多，嗓音也不再像当年那么清脆，而是一种浑厚的、略带沙哑的声音。她的一副安安静静的神态透示出成熟，似乎彻底摆脱了令人愉悦的、少女式的高傲。赵子清把她的这种变化归结为女大十八变的缘故。

李云茹一般每隔两天来送一次文件，她的到来总能给单调、沉闷的办公室注入一点儿活力，甚至处长、副处长都笑嘻嘻地扯上几句打趣的话题。赵子清不这样，他坐在办公桌前，似乎连头都懒得抬。处里的人认为他可能刚刚调到机关，还放不开。时间一久，见他依然故我，便颇有些不解。

有一次，赵子清偶然看到李云茹在别人愉快的说笑声里告辞时，十分专注地望了他一眼。她的目光含有一种复杂的、让人捉摸不透的成分。当时他顾不上想别的，便友好地冲她点点头，动作有些僵硬。

在机关里的参谋干事处长中，除了赵子清，不主动与李云茹说话的人几乎没有。也许是他这种有些古怪的行为引起了李云茹的注意，也许是别的什么原因，反正有一天，在上班的路上，李云茹从后面叫住了他："赵参谋，上班啊？"

"是啊，是啊……"他停下来，半转身，冲她微微一笑。

那天她骑一辆半新半旧的女式车。骑到他面前，她下车，然后同他一起走。

赵子清说："你的变化可真大，我都认不出来了。"

"变化？"她吃惊地仰起脸，"你以前见过我？"

赵子清只好将若干年前的那个下午的情形简单提了几句，她缓缓地摇头："真对不起，我实在想不起来了。"

赵子清有些失望地笑了笑，没吭声。

过了几天，李云茹来送文件，恰巧办公室里只有赵子清一个人在。李云茹把门带上，定定地望着他，突然道："我终于想起来了，赵排长！"

赵子清笑笑："你还真动脑筋了。"

"当时我没惹你生气吧？"

"哪儿的话，大人不会生小孩子的气。"

"我是小孩子，你也大不了几岁嘛。"

就这样，他们算正式认识了。但在人多的场合，赵子清仍然不主动和李云茹搭话，李云茹也不把这当回事儿。

不久，赵子清的妻子周静来部队探亲。周静来的第一天，赵子清和她刚吃完晚饭，就有人来敲门。由于周静来得突然，赵子清当天没借到煤气罐，他便去干部食堂打了一些饭菜，然后用电炉子做了一个汤。军里对烧电炉抓得紧，主要是怕引起火灾，负责行管的陈副军长常常带着管理处和电工班的人搞突然袭击，搜查电炉子，而且陈副军长六亲不认，不管抓到谁，一律罚款、通报批评，所以听到有人敲门，赵子清急忙将电炉子踢到床下，并且用一张旧报纸盖住。他故作坦然地打开门，实在想不到，站在门外的是身着便装的李云茹，她手里提着一网兜水果。

他愣在那里。李云茹说："赵参谋，我来看看嫂子。"

赵子清这才反应过来，亲热地把李云茹让进屋。李云茹落落大方地和周静聊了一阵，便告辞了。

赵子清对周静说："她是我们军长的女儿。"

周静说："真看不出来，她不像当官人家的孩子。"

周静又说："这女孩不错，我能感觉到。"

第二天，李云茹见到赵子清，说："赵参谋，我能感觉到，你爱人不错的。"

两个女人说出同样的话，让赵子清吃惊不小，心想，你们这是怎么啦？过了一会儿，李云茹又说："人家来一次部队不容易，好好陪陪人家吧。"说完，李云茹就快步离开了。赵子清有些发蒙，半天没回过神来。

三

一天傍晚。赵子清在营院里散步，碰上了同样也在散步的李云茹。他问："小李，你怎么一个人？"他的意思是，李云茹应该陪她的军长爸爸散步才对。

"你不也一个人吗？"李云茹反问。

"我没办法啊，周静走了。"

"我不愿陪我爸，和老人一块儿散步，我总感到自己也成了一个老人。多么可怕啊！"

居然有这种想法，看来她还没长大，他想。

"喂，你抽空到我家玩儿吧，我向老头子提过你，他说对你还有那么一点儿印象，说是有一年你被评为优秀基层主官，上台领奖时，他给你发的奖状……我想，老头子会喜欢你的。"

"是有那么回事。不过，我还是不去的好，到军长家串门，人家见了要说闲话。"

219

"有那么严重吗？"

赵子清郑重地点点头。

当兵十几年，赵子清没少从别人那里听说过李军长的故事。干干瘦瘦的李军长有时看上去挺威严，有时则显得挺和蔼。他老人家一瞪豹子眼，怪吓人的；他咧嘴一笑，就显得慈祥。当年在朝鲜战场上，他是大功营的营长，著名的战斗英雄，北京的军事博物馆里，有他使用过的转盘枪和荣誉证书复印件。如今的军区司令员当时是他的副营长，据说有一年中将司令员来军里检查工作，在饭桌上两位老战友为一件事情争吵起来。少将军长一怒之下摔碎酒杯扬长而去，第二天司令员还得找老营长"道歉"。这段趣闻一时成为佳话，广为流传。

李云茹后来曾经对赵子清说："我爸脾气太倔，要不早上去了。"

又说："其实上去也好，上不去也好，一个样，都是一辈子。"

怎么会一个样呢？这个女人想法就是有点怪。赵子清又一想，突然就觉得她说的也许更有道理。

赵子清当连长的时候，有一次李军长突然带少数几个随从前来检查战备。听完汇报，又亲自察看一番，军长比较满意。受到表扬的赵子清脸色绯红，悬着的心终于落了下来。言谈之中，军长问他，小伙子，你叫啥名？他响亮地做了回答。军长说，噢，赵子清。军长临走，钻进车里后，又探出头来问他，小伙子，你叫啥名？

赵子清调到军机关不久，一天，在走廊里碰到军长，他向军长敬礼，军长摆摆手，问他，小伙子，你叫啥？他回答后，军长说，噢，赵子清，这名儿我知道。

后来李云茹多次向赵子清谈起她的父亲。她说她很少与人谈自己的父亲，对赵子清则是一个天大的例外。她说记忆里父亲是个很严厉的人，经常训斥哥哥李云天，但极少训斥她。这既让她感到幸福，又使她感到不安。

她说她的父亲有一个不是秘密的秘密。在朝鲜战场上，志愿军文工团一个跳舞的女演员曾钟情于大功营的李营长，经常捎给他或当面送给他一些象征友谊和爱情的小物品。她说她的父亲肯定动过心。但大功营的营长最终没和舞蹈演员结婚，舞蹈演员后来嫁给了另一个战斗英雄。

如今那个战斗英雄在一个偏远的省份当副省长。她母亲还活着的时候，一天晚上，父亲意外地接到了当年那个舞蹈演员的电话，他们只交谈了几句就挂了电话。她看到父亲眼角有细碎的泪花闪烁，父亲深陷在沙发里，手扶电话机久久不曾离开。

母亲去世以后，她从军校回来休假，帮父亲整理卧室时，从一个不起眼的地方翻出了那个舞蹈演员的照片。照片已经发黄，照片上的女人穿着志愿军的服装，体态窈窕，扎两条粗短的发辫；淡眉细目，流露出一腔柔情。她故意把那张照片放在了父亲案头，父亲回家后看到那张照片，马上拉长了脸。她平静地说："是我拿出来的。"父亲问："你究竟想干什么？"她依然平静地说："爸，我不想干什么，我只是为你感到难过。"父亲颓然坐在藤椅里。良久，父亲才说："你知道的，我和你母亲从小一块儿下地干活，四六年我当兵离家后，你母亲一直等着我。周围的人都清楚……"她说："爸，我不关心这些，我只是为你难过。"父亲拍了下桌子："你给我滚开！"她笑笑说："爸，其实我明白，你对前程考虑得太多，是你的前程连累了你。"她笑得有些勉强。父亲将桌边的一摞文件摔在地上，右手停在半空。他垂下花白的脑袋，轻声说："茹儿，你走吧，让爸爸一个人待一会儿。"她没有走开，她微笑着走近父亲，猛地搂住父亲僵直的脖颈，将滚烫的脸贴在父亲冰冷的耳郭上……

说这些的时候，李云茹的眼睫毛一眨一眨的，两腮洇出透明的桃红色。她安详的叙述语调在空气里缓缓流淌，犹如轻盈的雾气。赵子清不动声色地听着，仿佛在听一个古老的往事，或是一曲淡雅的歌谣。末了，他说："我并不觉得有什么奇怪。你爸爸骨子里是个传统的男人啊！"

李云茹轻轻叹了口气："什么时候，你们做男人的，特别是优秀的男人，不再把所谓的前程看得那么重，我想，你们的生活才会更有意味。"

"也许是吧。"赵子清点点头，然后又摇摇头。

那年冬天的一个飘着雪花的日子，李云茹拆开了军区发来的一份保密件，里面装有关于她父亲离职休养的命令，朱红色大印闪耀着动人的

221

光芒。事实上，几天以前，司令员已经在电话里十分遗憾地将这一消息通报给了老营长。由于没有正式宣布，她父亲不便告诉她。她将那张纸片贴在胸口，然后踱到窗前，推开窗子。一股冷风"呼"地灌了进来，她打了一个趔趄。房间里的暖气管"咕咚咕咚"地响，窗外碎银般的雪花静静飘落。过了一会儿，她关上窗子，决定给赵子清打个电话。

接电话的正是赵子清："喂，军务处。你找哪位？"

"我爸爸的离休命令下来了。"她轻声说。

"其实，机关里早传开了……军长身体那么好，完全可以再干几年……"

"这种话都老掉牙了。你说点别的不行吗？"

"反正军长年龄到了，到了年龄都得下，早下晚下一个样……"

"你是在安慰我吗？"

他不知道说什么好了，就愣在那里。

"没想到你也这么俗气！"她"啪"地放下了电话。赵子清僵在那里，不知怎么办好。过了片刻，电话铃又响起，他垂头丧气地拿起话筒。

"刚才对不起。"还是李云茹。说完她笑了起来，声音挺响。他急忙将听筒用力扣在耳朵上。她又说："我想听点别的，而你偏偏不说。告诉你，我所想的是，老头子太累了，累了一辈子，往后就可以过平常人的日子啦。我也一样。你想，那该多好！"

父亲退下来了，她反而高兴。原来是这样。这女孩子，思维和别人不一样。

赵子清再见到李云茹时，她脸上一如往常的平和仍令他感到迷惘。她调皮地一笑："赵参谋，还在难过吗？"

他尴尬地笑笑，没作声。

"我爸爸下来了，你去我家，别人就不会说闲话了，是不是？"

"我一定去。我今晚就去。"他说。

吃过晚饭，赵子清在营院里漫无目的地溜达了一会儿，估计时间差不多了，就径直朝首长住宅区走去。以前每每路过首长住宅区，看到那片绿树掩映中的红色两层小楼，他总爱产生一些不着边际的联想。值勤的警卫认识他，殷勤地告诉他老军长今晚没出门，肯定在家。他摁了摁小巧精致的门铃按钮，随即门从里面拉开了。李云茹说："我爸正等着你。"

他跟着李云茹走进客厅。坐在宽大沙发里的李军长欠了欠身子，朗声说："小赵，坐！"

他敬礼，然后坐在军长身边。这是他第一次和声名显赫的李军长挨得这么近，军长身上散发出来的职业军人的气息令他兴奋不已，就觉得自己还很稚嫩，脆弱的内心至少要和军长差两个档次。军长递给他一支万宝路，他说："谢谢，我不会。"

坐在门边单人沙发里的李云茹大声说："爸，他会，我见他抽过！"

三人都笑起来，在笑声里，赵子清接过烟。

李军长说："我以前不抽洋烟，嫌它太冲，谁知后来三抽两抽上了瘾，抽别的反倒没味儿了……你看我又忘了，你负责哪项工作？"

"首长，我是队务参谋。"

"噢，你负责队务。近来我见一些战士，还有个别干部军容风纪十分不整，什么原因啊？"

"是我们抓得不严，我有责任。"

李云茹插话："本世纪无大战。既然不打仗，差点儿也没啥。再说下边的一些领导心里清楚，你抓一抓，他动一动；你不抓他就不动，真是没治！"

李军长面向赵子清大笑："你瞧瞧我这个女儿，也是没治！"

接下来他们随便交谈，谈得十分开心。军长鼓励赵子清放开讲，而他非常渴望军长多谈点，老头子一肚子的治军经验实在让他眼馋，他很想借此走进军长的心灵，成为他的忘年交。打这以后，他又来过几次，每次都有收获。有一回，军长问他，你现在什么职务？他说是正营职。军长思忖片刻，说，怪我以前太官僚，要是早点儿发现你，交给你一个团队，我看没问题，呱呱叫。他忙说不行不行，我知道自己的缺点。说这话的时候，他心里怦怦直跳，仿佛面前真的有千军万马，正在听候他的调遣。他问自己，你这是怎么啦？纯粹官迷心窍！

四

夏末秋初的一个下午，少校参谋赵子清接到了中尉保密员李云茹的一个电话。李云茹让他到保密室来一趟。他问什么事，她说上来再告诉你。

保密室在办公楼二楼，紧挨着首长们的办公室。调机关两年多了，赵子清来保密室的次数寥寥无几。本来保密室的编制是两个人，另外一个回老家生孩子去了，现在只剩下李云茹，她整天忙得团团转。

推开保密室沉重的铁门，赵子清看到李云茹正埋头于一堆红头文件中。李云茹说，北京的一家歌舞团来小城演出，据说档次不低。她随即说出一串歌星的名字，都是些听了让人耳热心跳的角色。小城的人像是疯了，门票三十元一张都抢不到手，黑市票卖到了五十元。李云茹还说，今晚是最后一场，下一站去青岛，她费了不少劲，通过在演出公司工作的同学才搞到两张票。

她的意思很明确了，他们一块儿去看演出。赵子清一时没表态。

李云茹抬起头来望着他。他看到她的嘴角挤出了一丝似乎拒人于千里之外的冷笑，使他感受到了无端的沉重和难堪，也使他无法再犹豫下去。他说："那好吧……我们一块儿去……"

"这不勉强你吧?"

他不想再表白什么，问了问出发的时间和地点就离开了。草草地吃过晚饭，他去宿舍楼门口推自行车，发现自行车后胎的气门芯被人拔掉了，只好去找林参谋借。碰巧，林参谋中午晾在室外的一件夹克衫不见了，此刻林参谋正气恼不休，骂骂咧咧。见他进来，林参谋说，真他妈不像话，有本事去偷公家的，那件夹克是我花半个月的工资买来的，才穿过两回。老赵你说我多倒霉!

赵子清不想听林参谋唠叨，拿过他的自行车钥匙就往外跑。慌慌张张赶到营院门口时，赵子清看看表，正好六点半。远远地，他看见李云茹推着那辆女式自行车，站在路边的一棵柳树下等他。她穿一条白色连衣裙，头顶上的红发卡十分醒目。他冲她点点头，然后一同前行。从军部到市里，骑车大约需要十几分钟，时间尚早，他们骑得并不快。

虽说认识时间不短了，但赵子清对李云茹的情感经历了解得却不多。记得有一次，她好像说过，上军校时，她发疯似的爱上了一个男生。男的家在偏僻的山村，生活的重压使他变得更像一个男人，他的憨厚和诚实足以让人放心地把一切托付给他。然而正是那种憨厚和诚实，使他严格恪守上军校期间不准谈恋爱的戒律，她的一切努力最终付之东流。赵子清为她感到遗憾。她笑笑说，不遗憾，现在我想通了，我和那种人不可能有真正的生活，尽管我喜欢他。

那天晚上看了些什么节目赵子清已经忘记了，只记得音响特别刺耳，灯光闪闪烁烁，令人眼花缭乱。也许他压根儿就没有认真看那些节目，他纷乱的思想把他带到了另一个天地，他非常想在那个别具一格的天地里任意驰骋，就像小时候幻想骑着马在一望无际的大草原上奔腾一样。李云茹凑近他的耳朵问："感觉如何？"

"我说不上来。"他喘了一口粗气。

"我也说不上来。"她的嘴仍然没离开他的耳朵，他觉得耳朵差不多快要熔化了，胸口钝钝地疼。

演出结束后，他们推着车子慢慢往回走。初秋的夜晚已经没有了令人懊恼的暑气，一切都是那么自然和清新。渐渐地，小城明亮的灯火被他们甩在了身后。不太宽阔的马路上，偶尔有一辆汽车开着大灯驶过；行人极少，显出迷人的幽静。走到半路时，李云茹停住脚步，用夜莺般好听的嗓音说："找个地方坐会儿吧。"

他爽快地答应了。他们将自行车支在路边的小树下，然后坐在铺满细嫩小草的沟沿上。坐下后才突然发现天上的月亮又大又黄，原来是个满月夜。星星们瞪着明亮的眼睛互相对视和照耀，宛若可触摸的童话世界。面前是一大片茂盛的玉米地，在无风的夜晚，庄稼们生长拔节的声音清脆而传神，潮湿田野的腥甜气息不断地涌来又涌去，四周的寂静里，充满了神秘的、无法言说的呼唤声。赵子清断断续续地想，夜幕里的大自然最是温情脉脉的，只是人们难以去感受它，因为人们结了硬壳因而脆弱的内心世界实在经不起折腾。他点上一支烟，默默地吸，直到吸得口干舌燥。月色里，李云茹苍白的面颊静若秋水，暗藏着深不可知的内容；她的目光炯炯闪亮，犹如暗夜里兽类的眼睛。她看着赵子清将炯炯闪亮的烟头甩进脚下的渠水。然后，她向他要了一支烟，一丝不苟地将它吸完……后来她像一团随风飘摇的雾气，又像一滴晶莹柔润的露珠，轻轻一抖身子，脑袋便搁在了赵子清厚实的肩头上。赵子清微微晃了晃，他觉得自己也许支撑不住她。但接下来的事实证明，他没有被击倒，尽管此刻他战栗不已。脚边的一株不辨颜色的小花在轻轻摇曳。他无奈地闭上眼睛。温热而湿润的李云茹仿佛走进了一片色彩斑斓的广大原野，走进了一个难以述说的故事，赵子清小心翼翼地托举着这个沉甸甸的故事，在悬崖的边缘默立，恍惚中感到她多么像一个正在悄悄生长的美丽婴孩。婴孩洁净的心灵令人爱怜，同时又令人觉得，处在婴孩洁净的光辉里，自己也变得一片透明，并且无法拒绝这种光辉的照耀……

我该探家了。赵子清断断续续地想。他听到自己响亮地咽下一口唾液。

你该探家了。在心里，赵子清恶狠狠地对自己说。

五

出了北京站，赵子清明知周静不会来接他，他还是认真睃了几眼嘈杂的人群。繁华的市声一下子包围了他，他有一种轻飘飘的、失了根须的感觉，仿佛不会走路。

是他不让周静来接站的，几乎每次探家都这样。他不愿让夫妻久别相逢的那个美妙瞬间发生在混乱的人群中，他想在一个宁静的、最好是没有外人的地方实现那个美妙的瞬间。他家在木樨地附近，房子是周静春天刚分到的，两居室，条件不错。此前周静一直住在娘家，他每次回来也都住岳父岳母家。岳父岳母给予了女儿女婿充分的理解和宽容，大家相处得很愉快，以至于周静搬出去的时候，岳母的眼角竟挂着泪花，不住地嘟囔：周静长这么大，一直住家里，这下要和我们分家了……似乎女儿这天才是真正的出嫁。

赵子清坐地铁赶到木樨地的家。那是一座六层高的宿舍楼，附近这种式样的楼有七八栋。春天分房时，他曾请了一个星期的假赶回来搬家，还没收拾利索，一封电报就追到了周静单位，说是军区工作组来部队检查军容风纪，让他迅速归队。结果他在家只待了四天就回去了。他依稀记得家在六号楼四单元五〇一室，又有些吃不准，路过传达室时，顺便问了传达室老头儿一句周静家住哪里，得到的回答和记忆中的一致。说明记忆力还行，他有些沾沾自喜。

他掏出那把一直带在身上但半年没派上用场的钥匙开门，锁是三保险的那种，他用起来手生，动静大了点，惊动了对门的人家。一个戴老花镜的小脚老太太探出头来，警觉地问："您是……？"

他不假思索地回答："我就住这儿。"

"怎么没见过您？"老太太愈加不放心，脸压得更低，老花镜坐在了鼻梁上。

"噢噢，"他明白过来，回头一笑，"我是周静爱人。"

"噢噢噢，"老太太明白过来了，慈祥地摆摆手，"部队上的。周静上班去了。这楼上老丢东西，您说得小心点儿是不是？"

他道过谢，刚把门打开，人还没进去，一只活物"嗖"地一下蹿到他怀里，吓了他一跳。仔细看，是一只普通的猫。他连呵斥带拨拉把猫弄到一边，心想半年不见，周静居然有了养动物的闲情逸致。墙上挂着的石英钟指向了两点半，午后明亮的阳光经过窗帘的过滤，只漏进来一部分，屋里显得灰蒙蒙黄虚虚的。他推开卧室的门，看到床上被子没叠，几双式样各异的鞋袜和一些书报杂志散乱地躺在地板上，既显出浓郁的生活情调，又透出无奈的寂寞和缺乏热度。他将手提包放在门后，把窗帘拉开一半，卧室里亮堂了许多，然后简单归拢了一下地上的杂物，到卫生间洗了把脸，撒了一泡从千里之外带回的黄尿。坐了十几个小时的火车，一路上基本没吃东西，但并不感到饿，只是口渴得厉害。暖瓶里没水，他懒得去烧，打开冰箱，看到里面有几个失了水分、不太新鲜的西红柿和两根黄瓜，便把它们拿出来，洗了洗，全部吃下去。

肚子里舒坦了，眼皮又打起了架，他这才觉出又困又累。身上太脏，又不想去洗，他便和衣躺在小客厅的沙发上。那只讨厌的猫不时来骚扰他，气得他爬起来，把它踢出卧室，砰地摔上卧室的门。渐渐地进入了睡眠状态，由于脑子里塞满了乱七八糟的东西，他睡得并不实在。

227

赵子清认识周静，纯属偶然。他从军校毕业的那年（那时候他傻得可爱），回北京休假，有一天坐大 4 路公共汽车去王府井转悠，路上十分冤枉地挨了一个女人的两个耳光，羞得他满面青紫，无地自容。车厢里的人全不明白是怎么回事，纷纷用疑惑而暧昧的目光打探他。那个甩他耳光的女人下了车，人们对他的猜测愈发离奇，于是他不到站就下了车，捂着烫手的左半边脸，站在建国门的站牌下发呆，心里叫苦不迭。

没心思再去玩儿了，他打算回家。一阵咻咻的笑声突然从背后传来，他以为与自己无关，没理睬。但那笑声分明是冲他而来，他不得不回过头，看到一个留披肩发的姑娘，站在离他不远的地方，笑得正欢。于是他恼怒地问："你笑什么？"

对方没回避他，仍在笑。他想起，这个姑娘刚才也在车上，他曾经认真地打量了她一番。现在他不想理她，只是狠狠瞪了她一眼。

披肩发姑娘收住笑："哎，我说同志，刚才那女的是你什么人？好凶噢！"

他本不想回答她，见她没有恶意，才面无表情地说："我不认识她。"

"嗨，我以为她是你老婆呢。"

"怎么会！"

"那她凭什么打你？看你也不像坏人啊，坏人是不会红脸的。"

终于找到了一个为自己辩解的机会，赵子清苦笑一下，急赤白脸地告诉她，刚才在车上，他见那女人裙侧的拉链没拉上，露出里面的红裤头，偏偏边上有个男的不怀好意，老是偷看，他没加考虑就替她拉上了，冷不丁挨了她一耳光。他想既然人家不乐意，干脆再给她恢复原来的样子，又给她往下拉了一下，结果又挨了一耳光。

听完他的叙述，披肩发姑娘笑得前仰后合，满眼是泪。

"真是冤枉透了，倒霉透了。当然，我也够浑的。"他狼狈不堪地说。

之后，她上气不接下气地就这个问题和他讨论了一番。临分手时，互相通报了姓名，留了地址。最后他看着她消失在沾满尘土的阳光之中，消失在繁杂的人群里。

这个披肩发姑娘就是周静。当时周静高中毕业刚参加工作,在一家公司当职员。

几年之后,周静成了他的妻子。

婚后周静第一次来部队,应众人的要求,他把这段经历讲了出来,又引出一片笑声。团里的政委开玩笑说,都说咱们当兵的找对象难,我看不难嘛,关键是自己要把握住机会,赵子清和周静的例子很能说明问题嘛!

六点多钟的时候,楼道里响起脚步声,赵子清估计周静该回来了,打了一个哈欠,欠起身。等了一阵,不见门响,就又躺下了。那只该死的猫倒是没闲着,不停地在叫,并且用爪子扒拉卧室的门,将一种类似金属片划玻璃的令人肉紧的声音送过来。他迷迷怔怔地想,无论如何得劝周静将这个小东西处理掉,他们这样的家庭不具备养狗养猫的闲情逸致。

屋里渐渐暗了下来,浅睡中他听到楼下有孩子在哭,一个粗门大嗓的女人殷勤哄劝的声音不时将哭声遮住。哭声和哄劝声交替出现,充满了一种生活的趣味。再次醒过来时,他已没有了时间概念,钥匙插进锁孔转动的声音使他以为自己在做梦,以至于客厅的门被打开,头顶上的日光灯突然亮了时,他仍然以为是梦中的图景。

周静鲜艳欲滴的面孔一下子把他拉回到现实中,他猛地坐起来。他闻到了一股浓浓的酒味。紧接着,二人抱在了一起。他说:"我身上太脏。"

周静气喘吁吁,口齿不清地说:"今晚我们一个下属单位请客,科里人全去了。"

"有好吃的你就去呗。"

"要知道你回来,他妈的天王老子请客我也不去。"

"我又没通知你具体哪天回来,不怪你……哎哎,我身上太脏……"

良久,周静想起赵子清还饿着肚子,便到厨房忙活去了。很快,端出一盘炒鸡蛋、一盘炸鱼块、一个鸡蛋汤,打开一瓶白酒。那只猫不停地绕着餐桌转,周静夹给它一块炸鱼。周静叫它乐乐。乐乐叼着鱼块欢天喜地离开了，过了一会儿，乐乐又转回来，周静再次丢给它一块炸鱼。

尽管周静已喝过酒，她还是陪赵子清喝了几杯。周静的酒量大得惊人，恐怕不在赵子清之下。他们结婚那天，在一家餐馆请客，亲朋好友轮流向赵子清敬酒，令他无法招架，关键时刻周静出人意料地站出来替他代酒，并且两人联起手来，当场放倒了几个，大获全胜。周静每次去部队探亲也一样。后来赵子清周围的人谈起周静，绝少有人不提她的酒量。

吃罢饭，赵子清痛痛快快冲了个凉水澡，周静已将床单、被罩和枕巾换过，躺在床上等他。他擦干身子上了床，这时乐乐又来捣乱，"噌"地一下跳上床，横在二人之间。他气恼地驱赶它，周静说，乐乐跟我睡惯了，你一回来，它不适应。她爱怜地拍拍乐乐的小脑袋，笑着说："乐乐，今晚这儿没你的地方了，听你赵大哥的，到客厅去吧。"

乐乐不动，周静又笑嘻嘻地说："以前我是家长，从今天起，赵大哥是家长，咱们都听他的。乐乐快去。"

赵子清嗑着牙花子说："你这个大姐当得不错嘛！"

最后周静把乐乐抱到了客厅，又丢给它几块吃剩下的鱼，它才踏实。

在部队睡惯了硬板床，每次回来睡席梦思，赵子清总觉得别扭，等睡几个晚上才感到舒服。回到部队再睡硬板床，便又产生了新的别扭。经常制造点新鲜感，倒也有趣，他想。

那晚的缠绵自不必说，二人天快亮时才踏踏实实睡了。赵子清一觉睡到上午十点多，睡得极其酣畅。周静上班去了，早餐她早已备好，放在客厅里的茶几上，有几块点心、两只煎蛋、一碟榨菜、一杯牛奶。还有一张纸条，上面写着：

亲爱的，睡足了吃早餐，牛奶热热再喝。安心歇着。午饭不用你管，我回来做。

六

　　周静单位离家不算远，走着去也就半个小时。一天上午，赵子清闲来无事，出门溜达，遛来遛去遛到了周静单位附近。

　　这是个相当不错的单位，待遇丰厚，不但奖金高，而且经常分发各种名目的实物。赵子清都有些眼馋，当然嘴上不便说出来。

　　周静办公室的门开着，里面却没人，他想退出来，看到记事牌上歪歪扭扭写着上午九点全体去部长办公室开会，便决定等她一会儿，也好和大家见个面。和周静一个办公室的人他基本上都认识，有的还能叫出名字。办公室里摆着六张做工精细的写字台，每张写字台上都很乱，摆着些图表、书刊之类的东西。白天也开着灯，屋里又没人，太浪费了，赵子清顺手把灯关掉。他看到一张桌子上撂着周静的小挎包，认定那张办公桌是周静的，他就坐在周静的位置上，耐心地吸着烟等。

　　突然电话铃响起，新式按键电话的铃声十分悦耳，不像老式带拨盘的那种，响得人心尖子疼。接还是不接，赵子清拿不定主意，起初他不想接，但铃声响个没完，忍不住就拿起了听筒。

　　"你好……请叫周静接电话……"对方迟迟疑疑地说。是个男的。

　　"周静不在。"赵子清说。

　　"能给叫一叫吗?"

　　"恐怕不行，您过一会儿再打吧。"

　　赵子清刚把一支烟抽完，电话铃又响起来。这回他没犹豫，马上接了。

　　"周静在吗?"对方说。和刚才是一个人。

　　"她可能在开会，您要有急事，我可以转达。"

　　"嗯……没什么急事……您是哪位?"

　　"我嘛，"赵子清耍了个花招，"我是她……同事。"

　　"这样吧，麻烦您转告她，让她给我回个电话。"

　　"您贵姓，怎么找您?"

　　对方停顿了一下，突然又改变了主意:"算啦算啦，谢谢。"

对方先于赵子清挂上了电话，赵子清感到莫名其妙，他琢磨了好一阵，仍是理不清头绪。又抽了一支烟，还不见散会，他不打算再等了，便离开了周静单位。

中午，周静回家吃饭，他把那个电话讲给周静听。周静突然怔了一下，随即自言自语："到底是谁呢？这么讨厌……"

他认真地盯着她，看不出她脸上有任何掩饰的表情，便很大度地劝她："别管啦，不会有什么急事。我总觉得那人好像……好像鬼鬼祟祟的。"

"他的声音有什么特点？"

"我一下子说不出来。"

周静看了他一眼，没再说什么，埋头吃饭。

几天过去，他已和乐乐混得很熟了，乐乐似乎也明白它自己成了多余之物，吃饱了肚子便知趣地躲到一边去，晚上也不再往周静的被窝里钻。

一天夜里，二人躺在床上睡不着，周静给赵子清讲了一个笑话。那个笑话是她从一张小报上看来的，说的是从前有个男人外出当兵，要走很长时间，他对自己的老婆不放心，女人也对自己的丈夫不放心。走时二人一合计，决定在对方身上做记号。男的在女人左侧的大腿上画了一个持枪的警察，女人在男人的肚皮上画了一只怀抱木棍的猴子，然后分了手。到了男人回家的时间，他们都发现身上的记号不见了，为了交差，于是他们自己动手画记号，忙中出错，男的在肚皮上画猴子时画得靠上了点，女的把持枪的警察画到了右侧的大腿上。男人回到家，二人互相检查，男的发现了问题，不依不饶，女的怎么辩解都没用，一气之下说了一句话。"你猜她说了什么？"周静卖了个关子。

赵子清琢磨不出来。

周静抑住笑："那女的说，他妈的，兴你猴子爬竿，就不兴我警察换岗？"

赵子清听了哈哈大笑，周静也跟着笑，笑声惊动了睡在客厅里的乐乐，乐乐有些烦躁地叫唤了几声。

这当然是一个经不起推敲，也不值得推敲的笑话。但十分有趣。不过，周静在讲的时候，出于某种考虑，把外出当兵的男人换成了做生意的男人。显然她不想刺激赵子清。

赵子清假期快要结束的时候，周静所在的公司迎来了成立十周年纪念日，公司举办了一系列的庆祝活动，其中有一项是举办盛大的舞会。其实公司每个周末都举办舞会，周静有时去，有时不去。

周静动员赵子清晚上去跳舞，说今晚的舞会档次高，公司的头头要求大家把家属都带来，一块儿痛痛快快玩儿一个晚上。在部队搞军民联欢时，赵子清曾借机会学跳了几次，三步四步能凑合着走几下子。他有些犹豫，说我跳得不好，别给你丢人。周静说，就凭你这句话我也得把你拽去。

公司礼堂布置得节日一般，富丽堂皇，十分气派。周静着意打扮了一番赵子清，把那套轻易不穿的西服拿出来，逼着他穿上。二人早早赶到礼堂。时间一到，乐队奏起一支轻快的曲子，他们携手随众人旋进舞池。参加舞会的人空前之多，创了纪录。跳了几曲，他们坐回到边椅上，呷饮料休息，周静夸赵子清跳得不错，他自己也挺满意。无意中他看到不远处有个瘦瘦高高的小伙子，一个人孤零零坐在那里，既不跳舞，也不喝饮料，指间夹一支没点燃的香烟，像是怀了满腹心事，不断地拿眼睛往这边瞅。小伙子阴郁、孤寂的神态令赵子清想起昔日的自己和昔日的岁月，并且从他内心深处唤起了一股久违的情感，他年轻时也曾经有过几年这样的时光，后来他当了兵，一切都变了模样……仔细观察了一阵，他才意识到小伙子的目光其实是在周静身上打转转。不知为什么，他突然想起了那个莫名其妙的电话。他凭直觉判断出，这个小伙子就是那个打电话的人！

"那人是谁啊？"赵子清悄悄问周静。

周静原本单纯的目光里有了复杂的内容，但瞬间过后，重又复归单纯。她说："我认识他，他是我弟弟的同学，以前常来我家玩儿，后来就少了。现在他在西单百货商场工作。"

周静的坦诚和平静令赵子清有些尴尬，他为自己缺乏应有的大度和胸怀感到难堪。他点上一支烟，狠狠吸了一口，笑道："我能看出来，这小伙子挺可爱，我想我会喜欢他。"

“也许是吧。”周静轻轻叹了口气。

“我愿意和这种类型的小伙子交朋友。”

“不过，他还小，有些时候不懂事。”

“他肯定想和你跳舞。”

“也许是吧。”

这时，周静的一个同事前来邀她跳舞，她微笑着站起来后，又附在赵子清耳边，鼓励他去邀请坐在礼堂拐角处的一个穿红风衣的漂亮女孩跳。他说，算啦，我跳得终究不行，带不了人家，你尽兴跳吧，我到外面走走，一会儿就回。

出了礼堂，音乐在他身后渐渐淡下来，只有一支清亮的小号，在他走出不短的距离后，还陪伴着他，一直没有消失。

归队日期终于到了，周静托人给赵子清买了一张卧铺票，晚上十点半的车。周静又从单位要了一辆小车送站，九点半来家接他，安排得够细致了。

中午下班时，周静的科长对她说，你下午就不用来上班了，给小赵做点好吃的。周静很感激地点点头。吃过中午饭，她还是去了单位，她怕别人有意见。下午她抄了几份报表，提前一个多小时下班，晚上多做了几样菜，很丰盛。摆上酒，二人你一杯我一杯高高兴兴喝酒吃菜，一会儿工夫，居然干光了一瓶二锅头。他们扔下碗筷便上了床。周静搂着他，气喘吁吁地说：“我都快三十岁了，我想要个孩子。”

赵子清说：“我也想过这个问题，但有了孩子，你一人带不了，过两年等我转业回来再要吧。我估计我在部队干不长，年初差点儿向领导提出转业的事，考虑到我年轻，兵龄短，职务又高，提了也没用……”

周静没再说什么。他们疯狂地忘记了一切。

后来他们睡着了。他们本来不打算睡着的，只想关上灯说说话。完事后，感到浑身无力，不知不觉就醉入了梦乡，直到一阵短促的汽车喇叭声把他们惊醒为止。周静慌慌张张爬起来，披着毛巾被，赤脚跑到阳台上，脸朝下大声喊，刘师傅，稍等一会儿，马上就来。

急急忙忙收拾妥当，正要下楼时，乐乐不知从什么地方钻了出来，咬住赵子清的裤脚不放。赵子清扔下旅行包，弯腰将乐乐抱在怀里，他抚摸着乐乐柔软的躯体，感到仿佛抱着一个光滑可人的婴儿，又感到仿佛抱着自己。

他对乐乐说："好孩子，春节我还会回来。一定回来！"

七

赵子清赶回部队后，才感受到真正秋天的来临。开始有枯黄的树叶飞离枝头，落在地上，"沙啦沙啦"地响，搞得人心神不宁。

有一大堆工作在等待着他，他必须加班加点地干。他明白，许多年来，他其实是靠忙乱的工作支撑着，在连队时是这样，调机关后也是这样。处长说："你这一回来，我轻松多了。"

林参谋对他说，你不在时，处长老拉着脸子，嫌我们这也不行，那也不是。"看来还是你行啊，伙计。"林参谋的口气酸溜溜的。

他想过一段清心寡欲的日子，不想几天后，门卫打来电话，说是一个叫夏川的人找他。

夏川是他高中时的同学。

去年探家时，他听周静说，夏川给她打过电话，问他什么时候回来。周静还说夏川混得不错，像那么回事了，花六万多买了一套商品房，在大北窑附近。有一天，他回八王坟自己的家看望父母，决定顺路捎带着看看夏川。到了夏川家，不巧夏川出去办事。夏川的老婆，一个吊眼梢的粗壮女人堵在门边问他找夏川干什么。他说："我是夏川的同学，叫赵子清。"

女人立即改变了态度："噢，夏川常常提到您。请进请进！夏川去谈一笔生意，一会儿就回。"他坐在夏川家华丽的客厅里等了两支烟的工夫，果然夏川骑一辆台湾产的"野狼"牌摩托车回到了家。"野狼"值一万多，看来夏川真是阔了。夏川老婆说，有了几个钱，他就烧得慌。瞧您多稳重啊，您才是干大事的人。

夏川见到他，第一句话就是："我他妈把工作辞了，上班累点儿倒没啥，就是挣钱太少，日子过得寒碜。"夏川比以前胖了，也就显得更矮。夏川告诉他，离开国棉厂后，他给一些单位跑推销，走遍了大半个中国，确实是又苦又累，但挣钱多。"苦点儿累点儿也值得，您说是不？"

他笑问夏川："干没干违法犯罪的事？"

"可不敢可不敢。我最近正自学法律，我是严格按法律办事。"

"我又不是警察，你干吗急着辩解！"

夏川笑了笑："当然，有时出点儿格，打个擦边球难免，不然挣不到钱。"

"周静说你混得不错，开始我不信，心想你那个熊样子能好到哪里去，现在我信了。"

"说到底还是您混得好，您在咱们那批同学里，不论以前还是现在，都算是比较突出的。我和同学们碰到一块儿，聊起您，大家没有不佩服的。"

他苦笑了一下："真有人佩服我？谢谢，谢谢！"

赵子清把夏川领到宿舍，问道："你这次来有何贵干？"

"嗨，别提了，如今市场疲软，货推不动，来找您想想办法，看能不能帮忙销一点儿，也算是给企业给国家做点贡献。"夏川边说边打开随身带来的大旅行袋，里面有微型收录机、旅游鞋、运动服、牙膏、热水器等七八种样品。夏川又补充说，假货他连沾都不沾，坑害消费者的事他坚决不干，这些全是真货，质量绝对没问题。

赵子清十分为难，地方上的人他认识不了几个，而且都是些无职无权的人。他思索了一阵，最后想到了李云茹的哥哥李云天。

赵子清去李家串门时，见到过李云天两次，有次还和他多聊了一会儿。如今李云天是小城一家大公司的总经理，年龄和赵子清差不多，每天坐超豪华皇冠上下班，比他军长父亲的桑塔纳高级。

在赵子清的想象中，李云天是那种器宇轩昂、衣冠楚楚、难以接近的人，见了面才发现，不是那么回事。李云天个头比他父亲稍高点，比赵子清矮半头，留短发，穿一套半新半旧的西服，脚蹬部队发的那种胶底布鞋。李云天外在的朴素给赵子清留下了难忘的印象，李云天内在的精明和愿意在朋友面前敞开心灵更能打动赵子清。

自那次交谈后，赵子清许久没见到李云天了，夏川的到来使他再次

236

想起了李云天。他马上给李云茹打电话。她肯定能听出是他，但她仍然问您是哪位，他报出名字后，问："李总经理晚上回家吗？"

"哪个李总经理？"

"你哥哥。"赵子清耐住性子答道。

"我让他回来他就回来，他可以不听老头子的，但必须听我的。"

当晚，按照约定的时间，赵子清带夏川拜访了李云天。夏川赔着笑脸，一口一个李总，那副谦恭的样子不忍卒观。知道客人的意图后，李云天略一思忖："旅游鞋和运动服的价格是多少？"

"旅游鞋七十五元一双，运动服一百五十二元一套，价格还可以再商量。"夏川忙不迭地回答。

"这样吧，我给公司下属商店的孙经理打个电话，二位稍等。"李云天去自己房间打电话，夏川冲赵子清挤挤眼睛说，有门儿。几分钟后李云天回到客厅："夏先生是赵参谋的朋友，赵参谋和我是朋友，赵参谋又是我父亲和我妹妹的战友，这忙无论如何我得帮。"李云天告诉他们，市里每年重阳节都举行长跑比赛，到时会有一些单位公款买运动服运动鞋，他给朋友打个招呼，要买到他这儿来。他和孙经理商量了一下，决定买五百双旅游鞋、三百套运动服，让夏川明天去公司签合同。价格嘛，他不准备讨价还价了，就按夏川说的办。

夏川激动得差点儿跳起来。

夏川在军招待所住了一夜就去市里住了，他说部队招待所条件太差。临走时约定，星期天中午他在市里最豪华的华风大酒店请客，李云天和商店的孙经理参加，赵子清作陪，到时候他雇出租车来接赵子清。他喜滋滋地说："李总和孙经理看您的面子才答应赴宴的，您要不去，咱哥俩没完。小弟彻底服你了。"

星期天上午十一点半，一辆出租车把赵子清接到了华风大酒店。夏川正站在酒店大门口等他。夏川说："李总和孙经理也刚到。"

两年多前，三星级的华风大酒店刚开张的时候，小城的人奔走相告，部队里的人也跟着眼热，军政治部秘书处特地组织机关的干部战士来这儿参观过一次，它的豪华令走近它的当地人惊羡不已。干净明亮的台阶上，站着高大英俊、肩上披着金黄色流苏的保安和侍应生，在他们彬彬有礼的注视下，赵子清随夏川踱进酒店，赵子清觉得自己在走向一个幻想中的世界。

夏川订了八百元一桌的菜，喝的是五粮液。之所以没喝茅台，是因为李云天说近来市场上假茅台很多，假货可以蒙别人，但蒙不了我们。李云天孙经理和领台小姐及侍应生们很熟悉，估计他们常来这儿。餐厅里飘着轻柔的音乐，柔和的灯光显示出特有的温情与富足，这种迷人的情调令赵子清感到陌生，无所适从，同对又令他感到舒畅和兴奋。

席间，赵子清出来上厕所，夏川也跟了出来。夏川小声说："我打算给您一千元报酬，别嫌少。现在我身上没那么多现金，回北京后马上寄来。"

"什么意思呀？我又没费什么劲，你给我哪门子报酬？"

"明摆着嘛，要没有您，这笔生意做不成，必须给，这是我做人的一贯原则。"

"你他妈少给我来这一套！如果你寄来，我立马给你寄回去。"

"您那是瞧不起我。您要不收，叫我以后怎么做人！"

夏川把话说到这份上，赵子清没再作声。最后夏川伸出右手，说这次他起码净赚五千块。

一个星期后，赵子清果然收到了夏川寄来的一千元钱。汇款单附言条上写着，你要不收，以后咱们没法再交往。赵子清从邮局取出那一千元钱，不知所措，仿佛这钱烫手，放哪儿都觉得别扭。

不久，军党委号召大家为安徽、江苏等遭受洪灾的地区捐款捐物，军里规定，每个干部至少捐二十元，多则不限。考虑来考虑去，赵子清决定这时候将那一千元钱派上用场。他揣上钱来到负责这项工作的司令部直工处，承办人巩干事问他捐多少，他支支吾吾竟一时答不上来。

巩干事是陈副军长的爱人，有一副热心肠，从不端官太太的架子，参谋干事们和她混得很熟。巩干事说："小赵，你好像舍不得掏钱。经济上有困难，少捐点没关系，没必要和别人攀比。"

"我捐……一千元。"他被自己的话吓了一跳。

巩干事有点蒙，待她反应过来后，本来就大得可以的嘴张得更大："你疯啦！钱多得花不了？花不了送我家去。军里常委每人统一捐三百元，处长一般捐两百，参谋干事超过一百的一个没有，你想出风头千万别在这时候出！"

好心的巩大姐唾沫星子乱飞，赵子清想想她说得有道理，只是他不认为自己想出风头。"这样吧，我捐两百。"他红着脸说。

"两百也不少。"巩干事说。但她还是收下了。

赵子清把剩下的八百块钱锁在了一个平时不用的抽屉里。

八

转过年来，春天已到了眼前。在美妙的春天，一些美妙的东西会在人身上发芽，就像树木、小草和庄稼一样，不管你信不信。

李军长打算外出旅行，他的一位老部下如今在南方的一个军里当军长，老部下几年前就向他发出邀请，约他到南方几个有名的地方转转，放松放松。在位时，工作太忙，走不开，李军长下了几次决心都没成行。他决定在这个春天实现南行的愿望，计划先坐火车到青岛，从青岛坐船到上海，再从上海乘坐飞机去广州，然后以广州为中心，到深圳、珠海、海南和福建的一些地方走一走，时间一个月左右。军司令部办公室派一位秘书陪同。老部下早就打过招呼，吃、住、行一切事宜全由他包办。

临行前，李军长让女儿通知赵子清来家一趟，有件事情想和他谈谈。

赵子清走进老军长家时，父女俩正就外出的事宜进行最后的商议。李云茹说："你出去这一个月，要是自己掏腰包的话，没一万块钱拿不下来。"

李军长有些恼火地拍拍沙发扶手："你怎么老和我过不去！"

李云茹没理他，转向赵子清，说："你看你看，我爸都六十多岁的人啦，还和个小孩子差不多，好像比我都小，动不动就使性子。"

"我这个女儿呀，老也长不大，真拿她没办法。"李军长转怒为喜。

李云茹说，其实我早就盼着你出去散散心，原以为下台后，你会过得轻松一点儿，现在看来不是那么回事。人到了这个份上，已经没法儿解脱啦。

李军长挥挥手："我最不愿听这些。大家不是都很好吗?"他把女儿支走,对赵子清说,军里和军区已经决定,将 B 师 A 团改为快速反应部队,这样 A 团便成了全军第一团,更新装备,扩充人员,领导班子需要加强。昨晚丁军长王政委来看他,他向他们举荐由赵子清担任团长。赵子清才是正营职,他们说越级提拔不符合干部政策,但他们答应会考虑赵子清。"现在的条条框框多,我就是由营长直接提团长的。不过这样也好,一步步来,更扎实。"李军长说。

"谢谢军长。"赵子清说,"这种事情我以前考虑得多些,后来就少了。我打算过两年就转业回北京。"

"你不能走,部队不能轻易把你这样的人才放走。这段时间谨慎点,和周围人搞好关系,别惹麻烦就行。"

接下来换了个话题。李军长说,他对女儿一直放心不下,太幼稚。儿子又指望不上,不知道这小子一天到晚干些啥,也没见他干出什么名堂。"我总觉得他和我们不是一路人。我们两个人,真有很多相似的地方,不管你是否相信。"

赵子清感觉到了老军长对他的信任。又聊了一会儿,他敬礼后告辞。拉开客厅的门,发现李云茹正站在门外。她望了他一眼,突然把目光移开了,他心里不由得慌乱了一会儿。也没顾上和她道别,他就大步走出李家的院落。

周末的傍晚,赵子清又站在了李家的院门口。下午快下班的时候,李云茹给他打电话,说是请他到她家一块儿包饺子吃,反正是周末,也没事情做,他当即就答应了。此时,他呆立了片刻,他有些犹豫,不知自己该不该进去。但他很快又打掉这个念头,他觉得自己的行为没有什么,不该这般迟疑。

进了李家,李云茹已将面和好,正腰扎大围裙用力拌馅儿,像一个能干的小妇人。赵子清脱掉外套,问:"需要我干什么?"

"没你的事,坐那儿等吃就行。"说完这话,她低了下头,脸似乎也红了。像这样的相处,他们还是第一次。

拌好馅儿,开始包饺子。李云茹还是不让他插手,他坐在一旁抽烟。她包得很仔细,包好的饺子简直一模一样,小巧精致,如一个个金元宝。他看不下去，说："又没外人，随便捏成个儿就得了。"

李云茹不听他的，照样认认真真地包。

终于包好了。终于煮好了。于是就吃，细嚼慢咽，其间言语不多。赵子清自始至终被一种家庭气息笼罩着，那种温暖的气息仿佛浸入了骨髓，恍然如梦。

李云茹告诉他，父亲回来就该搬家了，搬到市里的干休所去。本来房子已经修好，可以早一点儿住进去，但卫生间和厨房弄得不理想，瓷砖铺得不平，父亲说凑合着用吧，她不同意，说住进去再想弄就难了。"我是不是有点过分？"她咬住筷子问他，又像在问自己。

两人吃了个大饱。刚收拾利索，门外响起汽车发动机声。李云茹说："总经理大人回来了。说好不回的，怎么又变了？"她走出去，赵子清坐着没动。他能听清他们的谈话。

"就你一个人？多没意思。"李云天的声音。

"赵参谋在，我们吃的饺子。"李云茹说。

"噢？好好，代我向他问好。"

赵子清意识到自己应该露露面，他拉开门，迎上去和李云天握手。这时，他看到李云天身后站着一个端庄清秀的姑娘，便冲她礼貌地点点头。李云天大概喝过酒，有点摇晃。"我妹妹活得太累，赵参谋你多陪陪她。"他压低嗓门对赵子清说。

"我讨厌你用这种口气说话。"李云茹剜了李云天一眼。

李云天和那个女孩相互搀扶着上了楼，赵子清随李云茹进了她的卧室。他说："那女孩是你哥的对象吗？"

"那是他新换的女秘书。"

"他怎么还不结婚？"话一出口，赵子清便觉出这话问得太没水平。

李云茹倒不介意，她轻描淡写地说："他四十岁以前不会结婚。不结婚好啊，自由啊！"

他不知该往下说什么了。

她提议杀几盘象棋，他马上就同意了。他们脱了鞋子，坐在地毯上，"噼噼啪啪"杀将起来。起初赵子清没把她放在眼里，连输两盘。她得意扬扬地说，别忘了我是正统的军人子弟，对搏杀和胜负格外感兴趣,这是天性。赵子清自然不服气,他全力以赴,连扳三局。轮到他得意了:"怎么样,我们工农子弟也不是好宰的,是吧?"

"刚才你悔棋了,这盘不算。最后一局决胜负。"

重新下一盘,结果还是赵子清赢了。他曾犹豫过,是否故意输给她。后来一定要赢的意志占了上风,他别无选择。

"我宣布彻底投降。"李云茹将棋盘放回原处,然后坐在床边的一张高背椅上。

赵子清说:"差点儿坚持不住,赢得很勉强。"

李云茹笑说:"男人嘛,应该赢。"

这时,墙上的自鸣钟响了十二下。自鸣钟温柔的响声提醒了赵子清,他大吃一惊:"这么晚了,我该回去啦。"

由于坐得久了,浑身的关节像是生了锈,他十分费力地站起身来。无意间他发现,李云茹一副怅然若失的样子。她一动不动地望着他,笑容凝固在脸上,犹如时间的凝固。他看到她的眼里渐渐蓄满了泪水,宛若两泓透明的清泉。他僵硬在那里,仿佛有汩汩泉水流过心头,一些陌生的欲望风车一般在脑子里旋转。他突然有了一种即将窒息的感觉。

赵子清僵硬在那里,他用夸张的口气说:"这么晚了,我该回去啦!"

李云茹一双眼睛晶莹闪亮,嘴唇哆嗦了一阵。他非常希望她说点什么,于是耐心地等待。然而她最终什么也没说,她只是咬住了下唇,咬得紧紧的。

现在,赵子清已经有足够的力量使自己保持从容和安详,任何慌乱的表示都不再属于他。他重新坐到地毯上,将双膝抱到胸前。他不再指望李云茹说什么,沉默也许是她最好的选择。他命令自己,无论如何不能这样走掉。他希望他们就这么沉默下去,默默地度过一个夜晚,哪怕这个夜晚像一个世纪那样漫长。外面似乎起了风,楼前雪松晃动摩擦的声响低缓凝重,像从很远的地方传来。他听到了时间从身边唰唰流走的声音,又觉得自己正唰唰穿行在凝滞不动的时间隧道里。后来,李云茹不知不觉闭上了眼睛,像是睡着了。她脖颈处的青青脉管明晰而动人,她均匀的呼吸柔软而动听。从他的角度望过去,靠在高背椅上的她要比他高出一截。他想轻轻地把她抱上床去，帮她盖好被子。然而他浑身乏力。他动弹不得。他唯有坐在那里，如一块石头。

坐到天亮。

植树节那天，全体机关干部到营院后面的土山上栽树。大家说说笑笑，活儿干得轻松愉快。谁都明白，军里年年组织大家来栽树，真正活下来的却不多，主要是雨水少，天气干燥。尽管如此，赵子清依然干得很仔细，他有板有眼地按规定的尺寸挖坑，然后到山下的池塘里提水，每棵树别人浇一桶水，他浇两桶。活儿很快干完了，人们陆陆续续往回赶，他却不忙着走，精心地为一棵小白杨培土。李云茹踱过来，响亮地说："赵参谋你是白费劲，也许等不到发芽，它就死掉了，老百姓会把它连根拔去，拿回家烧火做饭……"

他笑一笑，很勉强地笑一笑。

见人们走远了，李云茹悄声说，干部处张处长向她透露，他到 B 师 A 团当副团长基本已成定局，命令很快就会下达，他将成为全集团军最年轻的团一级领导。

"祝贺你！"李云茹兴高采烈地说。由于站在一棵小树下，她的脸半明半暗，看上去很不真实。

他真的不知道该和她说什么，就点点头，表示感谢的意思。

"你前途无量啊！"李云茹真诚地说。

他仿佛不认识似的看了她一眼，然后恶狠狠地说："狗屁！"

李云茹活蹦乱跳地消失在崎岖的小路上，他垂下眼帘，颤抖着手轻轻扶住那棵年幼的白杨树。一时间，觉得它极像一个刚刚来到人间的孩子，而他便是它亲爱的父亲。他在心里问它：孩子，你能长成一棵参天的大树吗？

（1993 年）

绿 云 彩

一

高家田当兵离家的那天，原本晴朗的天空突然阴云四合，头顶上急速掠过一团团的云彩，那阵势很吓人。有人说，云彩的颜色是红的，有人说是灰的，有人说是黄的。高家田坚定地说，云彩的颜色是绿的。他爹吓得小脸焦黄，他娘居然抽抽搭搭哭起来。他咬了咬牙说："怕个啥！我这是当兵去，天上飘过绿云彩，是好事呢！"

高家田说完就走了。

两个多月后，是转过年来的三月初。三月初的一个黄昏，几辆解放大卡车从远处的一个训练场开到师部，车上的新兵们纷纷下车。他们都是刚刚在新兵营接受完训练的新兵，被分到了师部，有些是勤杂兵，有些要充实到师直各分队。

高家田刚跳下车，脚步还未站稳，就有一个苍老的声音喊道："哪个叫高家田？"

高家田忙抬起头来说："我，我。"定睛看，招呼他的是个五十多岁的小老头儿，头发稀少，胡子却挺浓，脖颈处的青筋像露出地面的树根，十分显眼。老头儿也定定地打量他一眼，闷声说："跟我走吧。"

老头儿说完扭头便走。于是高家田明白，老头儿是来接他的。前来接兵的大都是各单位的干部，顶不济也是个老兵，唯有来接他的，是个穿件旧军棉袄的糟老头儿，不由得心里讪讪的。容不得多想，他一手提背包和一个盛脸盆的网兜，一手提一只装零散衣物的旅行包，颠颠儿地跟上老头儿。

老头儿倒背着手走在前面，步子还算结实，偶尔回一下头，跟高家田扯上几句。老头儿告诉高家田，他姓张。高家田闷闷地答："知道啦。"答完后又觉得自己太冷淡，赶紧补了一句："张大爷。"老头儿便嘿嘿地笑几声，声音哑哑的，像路边的植物一样，失了水分。

老张头是师部招待所的工作人员，待在这座院子里已经很有些年头了。招待所不设所长，老张头便成了实际上的所长。他手下原来还有一个兵，年前刚刚复员，空下的位置便留给了新兵高家田。

招待所坐落在师部大院的东南角，高家田颠颠儿地跟着老张头往营院东南角的方向走。此时正是冬末春初，路旁的冬青颜色灰暗，枝叶干燥，各类树木仍然光秃秃的，绝少生机。凉意很深的西北风卷起脚下的尘土，旋转的尘土不时打在行人的裤脚上。师里所属的三个团分设在周围的三个地方，师部大院除了机关人员，便是直属单位，人并不多，偌大的院子显得空落落的。几个军营里的半大孩子在一片枯草地上玩耍，见了他们，就一口一个老张头地叫。一把年纪的老张头也不气恼，笑嘻嘻地和他们说着玩笑话。

在几排红砖房前面停下，老张头说："到了。"

老张头又说："从今往后，你好好跟着我干，保证亏不了你。嘿嘿，我和师长老交情了。小李，噢，就是年前复员的那个小家伙，干得不赖，临走时入了党。我老张头至今还不在党呢，我老啦，入不入没关系啦，你们年轻人就不一样了……"

老张头啰里啰唆一大堆，高家田将手中的东西放在地上，毕恭毕敬地说："张大爷您多关照。"

说完，高家田扭了扭头，看到夕阳已经落下去了，西天像罩上了一块巨大的红布。

高家田是鲁西北人，家在黄河岸边的一个小村落，村名叫高家店子。高家店子只有二十几户人家，小而又小，十分不起眼。

高家田是村子里为数不多的初中毕业生之一，他原先每天要来回跑二十多里的黄土路去公社中学上学，不知穿坏了多少双千层底布鞋。稀

245

里糊涂初中毕业后，他没了再上下去的兴致，回乡务农，随社员们一起下地干活儿，每天挣八分工。干了两年，他越干越觉得别扭，整天愁眉苦脸。他爹说，别想三想四啦，看你那熊样子。等有了钱，盖几间新房，再给你娶房媳妇，安心过日子吧。盖新房娶媳妇当然是好事，求之不得，高家田很是高兴了一阵子。但渐渐觉得，这类事情离他还很遥远，他一时又没了兴趣。

就在这年秋末冬初，村口的大喇叭里说，部队要来征兵了，希望适龄青年踊跃报名参军保家卫国。高家田正端着饭碗，蹲在屋檐下喝玉米糊糊，大喇叭的声音令他心有所动。于是他放下饭碗，萌发了当兵的念头。

当兵扛枪，是一件多么让人激动的事情。

高家田在家里排行老二，上面有一个哥哥，下面还有一个妹妹。哥哥长得膀大腰圆，是个难得的庄稼把式，加之他的父母年纪尚不算大，家里本来不缺劳力，他出去当兵不会影响家庭的生计。高家田把想法讲给他爹听，他爹听后，马上皱起了眉头，默不作声。

高家店子有些很奇怪的事情，比如三年困难时期过去之后，外村的人都像野地里的青草一样迅速生长，高家店子的人口却未见增加多少，仍是稀稀落落的二十几户人家；又比如族谱上记着，自打民国之后，村里外出当兵吃粮的人共有七个，他们都是有去无回，大多连尸首都找不见。据村里的老人说，村西的高二棒，在吴佩孚手下当兵，死在了北伐军手里；村南的高大亮加入了北伐军，做了吴佩孚部队的刀下鬼；村东的高小米当了八路，死在日本人的枪口下；村北的高广明被国民党抓壮丁后，让解放军的炮弹炸成了肉酱。还有村南的高广平，在渡江战役时，葬身长江；还有村西的高绿豆，打上海时没伤着皮毛，进城后却被国民党暗藏的特务用尖刀捅死；还有村中心的高旺达，六十年代初中印边界发生冲突时，当排长的他在一次规模不大的战斗中壮烈牺牲。最蹊跷的莫过于高老壮的儿子高辉，长得白白胖胖，谁见了都喜欢，高辉兴高采烈当兵到了江南，却在一次投弹训练时自己炸死了自己。从那以后，高老壮的脑子就出了毛病，见人就说，当心，炸弹要炸了。

想想这也是差不多十年前的事情了。

246

起初村人并未意识到这一点，细细一想，始觉不妙，不由吓出一身冷汗。高家店子的事情很怪，怪得说不清道不明。

高家田清楚，他爹眉头就皱在村里人当兵有去无回这件奇怪的事情上。十几年来，天下的年轻人几乎都为当兵感到自豪，唯有高家店子对此事讳莫如深。在别人为当兵打破脑袋挤断肠子的时候，高家店子冷静得仿佛天底下压根儿没这回事情。

高家田他爹半天默不作声。末了，他爹突然开了口，压低声音恶狠狠地说："看烧得你。"高家田毕竟上过几年学，是个有文化的人，尽管想起那种事不免头皮一阵乱跳，但他能控制自己，觉得村里人太迷信，都什么年代了，迷信应该破除。他说："我不怕，我不怕。"

他爹说："你他娘的不怕，我他娘的怕。"

他说："该死该活都是命里注定，怕也不顶用，况且天下太平了，不打仗了……"

高家田软磨硬缠，好歹说通了他爹。他爹跺了跺脚，说："有了这心，拦也拦不住，愿去就去吧，好生照看自己，小命最要紧。"

这是一九七六年秋末冬初的事情。

当新兵们乘坐的汽车开出县城的时候，天空一下子变得晴朗了。高家田恍恍惚惚地想，不管怎样，无论如何，他都要成为高家店子第一个当兵后能平安回来的人。

二

新兵连的训练非常苦，但高家田顺利地熬了过来。吃点苦对于他来讲算不了啥，穷人家的孩子，能吃苦是本钱，是活命的保障。临近分兵时，师司令部管理科的胖管理员到新兵连挑兵，听说高家田不但训练成绩好，而且经常抢着打扫卫生，手脚勤快，动作麻利，会看眼色，胖管理员决定把他要到师部招待所当招待员。胖管理员关切地对他说："当招待员很好，风吹不着雨淋不着。"高家田突然问："当招待员，有意思吗？"胖管理员说："当然，比下连队强多了，自由多了。连队生活才叫枯燥，一群和尚住一块儿，多没劲！"

其实师部招待所只有三排平房，都是五十年代建造的，已很陈旧，极不起眼。三排房子有两排作为家属招待所，由那些两地分居前来探亲的人轮流占据。另一排接待上级来人和过往的军人，条件也相当简陋。不说别的，单说专门接待首长用的三个套间，除了比别的房间多一对沙发和卫生间外，其余没什么两样，不像后来的那么华贵、气派。但当时大家都觉得这样很好，没人嫌条件差。

高家田和老张头住在值班室里。来招待所的头天晚上，临睡前，老张头说："我这人睡觉有个毛病，打呼噜。当年在部队，我的呼噜就是出名的。"老张头原来也正儿八经当过兵，还打过仗，负过伤，伤得不重，没落下残疾。老张头当兵的时间似乎比师长政委还要早，师部大院的人都知道。

高家田说："张大爷，没事的，你打吧，我不怕。"老张头说："三年多前那个小李刚来我这儿时，不习惯，夜里老睡不着觉，后来就习惯了。小李说，离了我的呼噜反倒睡不踏实了。"

老张头脱得光溜溜地钻进被窝，高家田看在眼里，脸有些红。在老家时，老爷儿们都爱这么干，没想到到了部队，还能碰上如此睡觉的人。老张头得意地笑着说这样睡舒服。关了灯，老张头又说："小高，你别害怕，我光打呼噜不磨牙。打呼噜不吓人，磨牙才叫吓人，咯吱咯吱，像着了魔。"高家田说："是的，是吓人。"

果然不一会儿，老张头就打起了呼噜，高家田在老张头响亮的呼噜声里，度过了来招待所的第一个夜晚。

最初的时候，老张头领高家田熟悉情况，不厌其烦地交代注意事项。老张头说，在这里干，说难也难，说简单也简单，只要不偷懒，有责任心，见了首长懂礼貌，有眼色，就成。

一次，军区来了一位首长，住在小套间里。高家田端着盘子去送水果，首长正坐在沙发里看文件，高家田见首长很胖，很威严，又加之自己平生头一次见这么大的官，不免有些紧张，手一抖，两只苹果便从盘子里掉了出来，在地上乱滚。高家田吓黄了脸，心口窝怦怦跳，不知怎么办好。首长却像没事似的，弯腰捡起滚到脚边的一个苹果，放在茶几上。高家田一副战战兢兢的样子，首长却笑了，很亲热地要他坐下，问他叫什么，还问了几句他家里的情况。高家田悬着的心这才放下来，殷勤地给首长倒茶、削苹果。首长非要他也吃一个。他不敢。首长说，要吃要吃，莫客气。他只好给自己也削了一个，小心翼翼地咬。首长哈哈大笑，说，这样很好，这样很好。

高家田觉得那个苹果真甜，甜在了心里，一辈子难得碰上一个这样的苹果。过后他把这事讲给老张头听，老张头也很高兴，说凡我碰到过的大首长都不错，官越大架子越小，端架子的大都是些小不拉子，半瓶子醋。又说："前年军区来了个副政委，姓杨，首长也真叫辛苦，天天开夜车，看材料，听汇报，做指示，一待就是个把月。我去送水送吃的，首长一口一个老张老张地叫，叫得我不好意思。听说我在朝鲜战场上冻伤了腿，首长特意把他的羊毛裤送给我。这不，我穿的这件就是。有时小灶给首长做夜宵，他就派秘书喊我过去打牙祭，我们二人你一杯我一杯地喝酒、吃菜，啧啧……后来听说他下台了，是什么路线问题，反正我也不懂。奶奶的，上头的事咱小百姓搞不清楚。"高家田附和说："是的，路线问题是大问题，很多人吃了这个亏。"

末了，老张头向高家田传授经验说："小高啊，见了首长，千万别紧张，越紧张越容易出洋相，而且首长也不喜欢那些上不了台面的人。大大方方，拿得起放得下，首长才高兴，才把你当人待。"

高家田感到老张头的话有道理。老张头说："慢慢来吧，学问大得很呢，别着急。"

高家田刚到招待所的时候，由于"四人帮"粉碎不久，全国上下都在深入揭批"四人帮"的反动罪行，军队就更是如此，所以上面来人较多，从军区到军里的工作组，一批接一批，他们来检查、指导、验收、考核，名目繁多，老张头和高家田忙得团团转。过些日子，等工作走上正轨之后，就好多了。通过这段时间的锻炼，高家田成熟了不少。老张头挺高兴，连说小高不错不错，脑瓜子灵，学得快，进步大，前途无量。高家田也很高兴，尽管他看不出自己的前途有多么无量，但老张头是他的直接"首长"，老张头毕竟在夸赞他。当然，老张头在表扬过他之后，忘不了提醒几句："千万不能学油啊，兵油子不好，有的孩子刚当兵时怪可爱，过不多久就变油了。别看他扬扬得意，以为自己有多大能耐，过后他会后悔的。"

老张头总是这样唠唠叨叨。高家田想，他可能年纪大了，上了年纪的人都爱唠叨。

这当儿，天气逐渐热起来，院子里花草烂漫，知了的叫声此起彼伏。夏天来临了。

三

老张头是本地人，他家所在的村子离营院三里多地，村名叫张洼。张洼的男人们长得不咋样，女人们却出落得蛮好看。这大概是张洼人唯一值得骄傲的地方。

淮海战役打响前，张洼获得了解放，村公所的人挨家挨户动员青壮年参军，投身伟大的解放战争。村民们分了房子分了地，不出把力气说不过去，老张头弟兄三人，至少应该有一人当兵吃粮。他大哥刚娶了媳妇，炕头都没睡热，嫂子哭哭啼啼舍不得哥哥走；弟弟年纪尚小，长得像棵豆芽儿，根本没有兵样。老张头别无选择，一咬牙跟上队伍走了。打淮海时，他所在的部队是预备队，没有使用上，所以老张头平安无事。到后来，仗越打越小，老张头参加了十几次不太激烈的战斗，也未曾受伤。全国解放后，接着部队又开到朝鲜，重新打大仗。不久，一粒卡宾枪子弹射穿了他的左肋，他回国养伤，此后再未参战，伤好后稀里糊涂复员回到张洼村，当了一名农民。那时张洼的日子非常苦，老张头不甘心种一辈子地，挨一辈子饿，琢磨着到邻近的部队找点活干。部队的人看他当兵打过仗，同情他的处境，便安排他到师后勤部营房科干起了临时工。后来又把他调到招待所干勤杂，一干就是二十多年。每月领五十二块钱的工资，和排级干部差不多，因此，他家的日子在张洼算是富裕的，他也算得上一个有头有脸的人物。

尽管离家不远，两袋烟的工夫就能回去，老张头却很少回家，平时在士兵灶就餐，偶尔用煤油炉煮点鸡蛋和猪肉吃。他说："家里一点儿意思都没有，还是在部队踏实。"

每逢老张头煮东西吃时，都要让让高家田，高家田自然不好意思吃。有一次他执意让高家田吃一点儿，无奈之下高家田吃了一个煮鸡蛋。再往后老张头只是象征性地让一让，高家田也不当真。老张头的小女儿张云过些日子就来招待所转转，有时是给老张头送点好吃的，有时送件衣服用具什么的，有时单纯来玩玩儿。

高家田至今清清楚楚地记得他第一次见到张云的情景。当时高家田用那台老掉牙的洗衣机洗了十几床被单、床罩，刚刚晾晒到铁丝上，就见一个十六七岁的女孩夹一只小包袱朝招待所走来。起初高家田随随便便瞄了她一眼，没当回事，待女孩走近了，再看时，着实让高家田吃了一惊。

女孩个头不高，背上拖一条长辫子，额前的刘海儿飘向一边，露出光洁的额头。她白里透红的脸蛋儿像一只成熟的苹果，黑亮的眼睛宛若饱满的葡萄。女孩在强烈阳光下站立的姿态十分生动。那一瞬间，高家田觉得眼珠子有点不听使唤。女孩也看到了高家田，愣了一阵，女孩歪着脑袋冲高家田浅浅一笑。高家田断断续续地想，不知这是谁家的闺女，以前没见过，长得这么水灵。想着想着就红了脸，低了头，突然间意识到，自己长大了，是个男子汉了。女孩朝高家田走近几步，突然说："我爸说过你，你叫高家田，对吧？"高家田当下明白了八九分。老张头曾经谈起过，他有一个没成家的小女儿，他非常喜欢她，打算托托师长的人情，找个机会让她当兵去，端上铁饭碗，一辈子有保证。

高家田抬了抬脑袋，但不敢看她。在高家田发愣的当儿，女孩又说："噢，忘了告诉你，我爸和你一块儿上班。"高家田说："我知道……张大爷到管理科领东西去了。"

张云来给她父亲送换洗的衣服。高家田把张云带到他和老张头的宿舍，高家田坐在自己床上，张云坐在她父亲的床上。张云经常到部队来，也算见过世面，因此她显得很大方，不像一般的农村女孩那么腼腆，倒是高家田，在张云面前，感到有些不自在。长这么大，高家田从未和一个陌生的女人靠得这样近，他甚至闻到了张云身上淡淡的气味，听到了张云轻轻的呼吸。天气开始热起来，张云鬓角的发丝湿漉漉的。

简单交谈了几句之后，再也无话可说。

高家田的脸膛一直微微发烫。大概张云觉察到了高家田的异常，也红了脸，咬住下唇，双手绞在一起。高家田想起应该给张云倒杯水喝，他站起身，斟满杯子，却忘了递给张云，自己懵懵懂懂喝了一口，意识到不对后，又慌忙将水倒掉，冲刷了一下杯子，重新倒上水递给张云。张云看在眼里，"扑哧"一声笑了起来，高家田也跟着傻笑。他硬着头皮问："张云你笑什么？"张云说："你这人挺有意思。"

和张云第一次见面，高家田有点失态，为此他后悔了好几天，觉得自己太没出息，不像个男子汉。他想他不应该这样，即使八辈子没见过女人，也不该这样。

一回生二回熟，以后高家田再见到张云，情况就不同了，高家田能够心平气和地同她讲话，有时还讲个家乡的笑话给她听，逗得她咯咯直笑。有一次张云说："真看不出来，你这样的老实人还真有一套。"

高家田说："我老实吗？"

张云说："像榆木疙瘩。"

高家田说："你看错人啦，我才不老实呢。"

张云说："是的，是不老实，装的。"

高家田说："到底老不老实，以后你就知道啦。"

张云说："我不想知道。"

这时，适逢老张头进得屋来，见二人谈得挺开心，便干咳两声，吩咐高家田出去干活，然后又打发张云回家。老张头嘟囔道："唉，年轻人，年轻人……"

师作战科的孙参谋打电话找老张头，说杨铁民杨参谋的爱人来探亲，让老张头给准备一间房子。

高家田对放下电话的老张头说："杨参谋爱人来队，干吗孙参谋打电话要房子？"老张头叹一口气，说："唉，理不清的家务事。"

听老张头的口气，他好像知道某些事情。高家田想，这里面一定有名堂。通过一段时间的观察，高家田发现，有些来住所的夫妻感情不和，闹矛盾，甚至有的半夜三更吵架，搞得左邻右舍睡不好觉。高家田想，这也很正常，不断打打闹闹的夫妻往往更长久。

老张头说："你愣着干什么？你把一排三十五号收拾收拾，安排杨参谋住。"

来住所的夫妻一般都是自带被褥和炊具，招待所只负责提供房间、床和桌椅之类。高家田提着钥匙串来到一排，打开三十五号的房门，进去。他将垃圾清理干净，拖了一遍地板，擦了擦桌椅。见窗玻璃蒙了一层灰，他想，久别胜新婚，应该让杨参谋两口子住得舒服一点，便又仔仔细细擦起了窗户。

刚收拾妥当，孙参谋领着一个女的来到招待所。高家田认识孙参谋，孙参谋的爱人前段时间来队，就住在招待所，和高家田抬头不见低头见，自然就熟了。孙参谋的爱人是个小学教师，长得不漂亮，但耐看。高家田能看出来，他们两口子感情挺深。

孙参谋放下手里的旅行包，说："小高，辛苦了。"高家田说："不辛苦，为首长服务，应该的。"孙参谋说："你小子嘴巴越来越好使了。"

这时，高家田才看清孙参谋身后的女人——杨参谋的爱人。杨参谋的爱人是个女军官，二十六七岁的样子，个头儿挺高，身材苗条，红领章红帽徽使她楚楚动人，浑身透着股灵秀之气；脸色却不大好看，眼圈儿红红的。脸色不好看可能是累的，眼圈发红大概是激动的，大凡来住所的女人一般都是红着眼圈来，红着眼圈走，相见和分别当然是令人动情的事情。这一瞬间，不知怎么的，高家田忽然想到了张云。张云和杨参谋的爱人是两种不同类型的女人，张云单纯、活泼，杨参谋的爱人有种凄凉的感觉……

孙参谋划火柴点烟，吓了高家田一跳。孙参谋在烟雾里说："小高，你这位嫂子长得咋样？"高家田拍拍拍拍手，不好意思地笑笑，忙将目光移开。

孙参谋又对女军官说："刘冰，你先歇着，我再去帮你拿东西。"女军官说："孙参谋，谢谢你啦。"

高家田和孙参谋一起往外走，高家田忍不住问："怎么不见杨参谋？"高家田其实也认识杨参谋，在新兵连时，杨参谋曾经给他们上过课。杨参谋人长得威武高大，一表人才。杨参谋的单兵动作做得非常漂亮，新兵们啧啧称叹，印象很深刻。

　　孙参谋停顿了一下，说："杨参谋在办公室呢。"高家田说："杨参谋也真是，家属大老远地来了，他连面都不露一下。"孙参谋一甩手扔掉烟头，斜一眼高家田："你小子，操这份闲心干吗？"高家田说："啊，我随便问问。"孙参谋说："以后大人的事，小孩子不要多嘴多舌。"高家田说："是。"心里却说，谁是小孩子？这人真够呛。

　　紧接着，孙参谋又带师部的两个公务员给女军官刘冰送来了被褥、炊具，还从军人服务社买了肉和蔬菜。杨参谋一直没有露面。

　　高家田越发感到奇怪。

　　傍晚的时候，杨参谋耷拉着脑袋朝招待所走来，他高大的身影仿佛失去了往昔的英武之气，说不出的别扭。高家田犹豫片刻，硬着头皮迎上去，说："杨参谋，你好。"杨铁民头也不抬地说："你好。"高家田说："杨参谋怎么才来，嫂子都等急了。"杨参谋说："急？急个屁！"高家田伸了一下舌头，心想杨参谋好大的脾气，不知谁招他惹他了。杨参谋快速从高家田面前走过，走向一排三十五号房间。

　　据说杨参谋很懂军事，战术上很有一套，师长都对他另眼相看。在师里，杨铁民的名气还是不小的。

　　夜里，熄灯上床后，老张头突然对高家田说："你见到那个女军官了，她和杨铁民感情合不来，怕是要坏事。"高家田说："合不来？怎么可能，她长得那么好看，又是个当兵的，还不人见人追，想必是杨参谋昏了头。"老张头说："唉，理不清的家务事，咱也不知为的啥。"说完嘿嘿一笑。高家田估计，老张头肯定知道情况，他不便说罢了。

　　老张头告诉高家田，这个叫刘冰的女军官，以前来探亲时，杨参谋就多次和她闹别扭，老张头曾经见她哭过鼻子，哭得很伤心。很多人来劝他们两口子，不顶用，他们照闹不误。

　　高家田想，什么叫感情不和？感情是个什么东西？真值得琢磨。于是，高家田就开始琢磨。琢磨到半夜，仍然理不出头绪。那边，老张头的呼噜声连成一串，青蛙的鸣叫声从围墙外面的池塘里传来，声声热烈，阵阵烦人。

四

师部大院里很多人都知道老张头和师长有一层关系，有时人们当作一段逸闻来讲，当然不排除里面有虚构的成分。

据说一九七〇年前后，总参谋长黄永胜来部队视察，黄永胜曾经单独找师长谈过一次话，谈了大半夜，谈话的内容除了当事人之外，别人一概不晓。一九七一年，"九一三"事件发生的当晚，师长不在办公室，也不在宿舍，军区的电话打过来，硬是找不到人，急得上上下下的领导团团转。黄永胜和师长的那次谈话重新出现在人们的记忆里。军区命令师政委，一定要掌握好部队，防止发生动乱。九月十四日一大早，师长打着哈欠出现后，人们才舒了一口气。由此却留下了一个疑团。军区马上派来了工作组，调查师长"九一三"当晚的去处和动机。查来查去，查出师长到一个相好家睡觉去了，根本没参与什么事变，和黄永胜的那次谈话也都是谈工作，没涉及别的敏感问题。

堂堂一师之长，和女人睡觉算不上太大的事情，关键是不出政治问题。但上面仍然对师长不放心，决定开一个批判会，斗斗师长，然后再让他脱离一段时间工作，继续审查，决定是否留任。

批判会如期举行，全师营以上干部参加，会议主持者当然不便向部下公开师长相好的事，且师长政治上、路线上也无大的把柄，只好端出一些七零八碎的事情，什么军阀作风，轻视政治，片面强调军事，什么独断专行，生活散漫，不注意上下级团结，云云，供大家批判。与会者不知是出于公心，还是出于私心，都很振奋，群情激昂，批判会开得如火如荼，原定一个上午的会不得不拖期。平素的确很霸道的师长此刻大脸膛变成了紫茄子。中午休会时，与会者到食堂就餐，一个正在接受批判的人饿他一顿也没啥，师长被送进了隔离室。想必师长又渴又饿又沮丧，眼巴巴地盼着快点批完斗完，好让他喘口气儿。

师长挨批的消息像风一样快，迅速传遍了师部大院的角角落落。那天老张头纯粹是为了看热闹，中午头上，他嘴里叼一支旱烟袋往小礼堂走来，路过隔离室的窗口时，老张头看见了垂头丧气如丧考妣的师长。

平日里，大家嘴上都说师长好，如今师长犯了事，大家又都说应该斗斗他。老张头实在搞不准谁对谁错，倒是师长干裂的嘴唇提醒了老张头，老张头顾不上多想，急忙赶回宿舍，然后端一碗白开水来到隔离室门口。门口两个持枪的警卫拦住了老张头，老张头说："我给首长弄碗水喝。"一个警卫说："我们没接到命令，不能放任何人进去，不行不行。"老张头赔着笑脸说："不就一碗水嘛。"另一个警卫说："去去去。"边说边推了老张头一把，大瓷碗应声落地，摔成两半。

老张头急了，大声说："小子，你们知道师长官有多大吗？"还真把两个警卫唬住了。这时，师长在里面闷声闷气地说："是张师傅吧，给来点凉水就行。"老张头气咻咻地弯腰捡起两块碗片，到水龙头那儿接满了自来水，又滴滴答答端给师长，师长一股脑儿全喝了进去。师长说："老张，再来两碗。"

说穿了，师长和老张头的情分就这些。危难之际几碗自来水，师长记在了心里，而老张头当时并没当回事。

一年之后，师长从五七干校回来，官复原职。有一次，师长特意来招待所找老张头聊天，师长关切地问这问那，说家里有啥困难，老张你尽管提。老张头说，家里挺好，不缺吃不缺穿，没啥困难。师长说，往后有什么事，你可以找我。老张头心里直犯嘀咕，心想师长这是咋啦，跟我一个临时工这么客气，弄得我怪不好意思哩。老张头仍然没意识到那几碗自来水的事。老张头早就把这事忘在了脑后。

时隔不久，管理科通知老张头，说他年纪大了，再干下去不合适，收拾收拾东西回家抱孙子吧。老张头吓蒙了。老张头实在舍不得走。老张头在招待所干了二十年，干出感情来了。再说家里离了他每月这五十二块钱，日子就要差一大截。老张头想不通，蹲在招待所前面的一棵梧桐树下，越想越难过，越想越伤心，想着想着眼里就涌出了老泪。

算老张头走运。就在老张头难过得不行的时候，师长倒背着手散步散到了这儿。师长说："老张，你哭什么？"老张头吓得一激灵，忙用袖子擦擦脸，站起来，说："没啥，嘿嘿没啥。"师长说："有啥你说啥，别瞒我。"老张头说："我哪敢，我哪敢……他们、他们想打发我走。"边说边又用袖子抹泪。

师长闻听此言，马上火了，大骂扯淡、胡来。师长叫住一个路过的军官，说："你打个电话叫管理科长跑步来见我！"不一会儿，管理科长脸上挂着汗珠，屁颠屁颠跑了来。师长兜头盖脸一顿臭骂，管理科长像个做了错事的小学生，大气不敢吭一声。末了，管理科长当着师长的面，给老张头的答复是："老张，我向你道歉。留下吧，什么时候自己不愿干，你再走。"

老张头笑逐颜开。这时他才隐隐约约意识到，师长没忘记那几碗自来水。

下次见了管理科长，老张头怕管理科长怪罪他，解释说："科长，我可没去找师长，师长主动问起我，我才讲的。"管理科长说："老张，没事没事。"管理科长虽然窝了一肚子火，但碍着师长的面子，碍着师长和老张头的那层关系，唯有自认倒霉，无可奈何。

老张头从此以后常常将师长挂在嘴边。

老张头不止一次对高家田说："师长是个好人。"高家田有一回反问老张头："是不是师长帮过你，你才说他是个好人？"老张头眼一瞪："年轻人，什么话！"

见老张头不高兴了，高家田忙转个话题："张大爷，张云当兵的事怎么样了？"老张头哼哼着说："我还没顾上给她办，师长太忙，过一阵子再说。"高家田说："师长一句话就成。"老张头说："当女兵，可不那么简单……放心，我有办法。"

老张头摇头晃脑沉浸在幻想之中，高家田为张云有这么一个好父亲感到高兴。高家田说："张云会很有出息的，张大爷，等张云混好了，你就跟着享福吧。"老张头将刚才的不愉快忘得一干二净，摸了把亮亮的脑门，大嘴一咧，说："享啥福呀，她过上好日子，我也就不图啥啦，嘿嘿。"高家田若有所思地咕哝道："张云将来，肯定比我强……"

五

女军官刘冰的到来，使知道点内情的人意识到，又该有好戏看了。

师部大院里兵龄长一些的人大都对刘冰有印象。这印象主要来自刘冰和杨铁民结婚前的经历。那时刘冰是军文艺宣传队的演员，能歌善舞，人也漂亮。宣传队有五个比较出众的姑娘，人称"五朵金花"，刘冰是其中之一。

　　刘冰压根儿没想到自己能当上兵，而且还会出名，成为众星捧月似的人物。"文化大革命"开始那年，她正好初中毕业。说实在的，刘冰的学习成绩并不好，她父亲早就不想让她上学，况且当时天下大乱，想上学也上不成了。刘冰父亲就说，等闹腾过这阵子，到我们厂来上班吧，先当学徒工。刘冰的父亲是省城一家纺织厂的老工人，没有文化，为人厚道，人缘不错。

　　过了些日子，刘冰便进纺织厂当了学徒工。也就在这时，刘冰的命运出现了转机。

　　刘冰后来所在军的文化处长当时是纺织厂的军代表。文化处长姓冯，四十多岁，个头儿不高，戴一副眼镜，微微发胖，一副慈眉善目的模样。据说冯处长有一肚子学问，讲起话来滔滔不绝，尤其对文艺工作很在行，厂革命委员会的头头们对冯处长佩服得五体投地。冯处长从不摆架子，经常下车间，到工人中间走动，工人们也很敬重他。冯处长当厂里的军代表时间不长，就组建了一支像模像样的毛泽东思想文艺宣传队，三天两头为工人们演出，有时还到别的单位去演出，深受欢迎。

　　冯处长和学徒工刘冰聊过一次天。冯处长慧眼识才，冯处长从刘冰讲话的声调、音律和走路的姿势判断出，刘冰是个搞文艺的材料，于是有心栽培刘冰。刘冰很快离开车间到了厂文艺宣传队，一段时间下来，刘冰唱歌跳舞已经很像一回事了。

　　上级发来文件，进驻工矿企业的军代表一律返回原单位。冯处长就要走了，工人们恋恋不舍，文艺宣传队的人更是舍不得，纷纷来看望冯处长。冯处长将他们一一客客气气地送走，独独留下了刘冰。冯处长给刘冰倒了一杯茶，然后问刘冰："以后打算干什么？"刘冰当时情绪很低落，因为她对前途重又感到了渺茫，她说："当工人呗，还能怎么样。"冯处长点上一支烟，很斯文地吸几口，踱了一会儿步，加重语气说："小刘，如果你愿意，我想把你带到部队去。"

刘冰好一阵子才明白过来，明白过来后刘冰欢喜得差点儿晕过去。冯处长打算让她当兵，她做梦都没想到会有这样的好事。这样的好事凭空落到她头上，小姐妹们怕是羡慕得要死……刘冰眼里当即涌出了泪光。刘冰感激地望着本来就令她敬佩不已的冯处长。

冯处长诚恳地说："部队更需要你这样的文艺人才。对于你个人来讲，也是机会难得。"

冯处长说到做到，果真想办法帮刘冰办好了入伍手续。刘冰极为顺利地成了军文艺宣传队的一员。

由于有了冯处长，刘冰的人生道路发生了根本性的改变。这一切都是刘冰始料不及的。

有几年时间，军里的宣传队办得很红火，经常下部队演出。杨铁民所在的师离军部不远，不到二百华里，所以看演出的机会很多。每逢宣传队下来，干部战士家属小孩就像过节一样欢天喜地，奔走相告，驻地的老百姓也都跟着沾了光。"五朵金花"是人们心目中的偶像，最小的"金花"刘冰更能打动人们的心。她们给兵们带来的美好幻想怕是一火车也拉不完……

刘冰和杨铁民就是这时候认识的。

几年之后，随着宣传队红红火火的年代过去，也随着冯处长转业离队，军文艺宣传队基本上成了半瘫痪状态。刘冰年龄也偏大了，便申请离开宣传队，到军医院当了护士。

不久，刘冰便和杨铁民结了婚。他们婚后的生活大大出乎人们的意料。他们生活得并不顺利。

关于刘冰的传言很多。宣传队的女兵每个人都有传言。她们离开宣传队后，基本上都调走或者转业了。刘冰因为丈夫杨铁民，就没有离开老部队。

刘冰此次来，在招待所住了半个多月。刘冰和杨铁民的关系出现了重大变故，这是人所共知的事实。

起初，杨铁民还能每天板着脸来上一两次，渐渐地，来的次数更少，有时两三天见不到他的影子。高家田为刘冰感到难过。孙参谋倒是

259

经常来，作战科的科长也曾经来过两次，好像来做杨铁民和刘冰的工作，效果并不明显，杨铁民仍是老样子。

杨铁民竟然没和刘冰同过一次房。

孙参谋和杨铁民是很要好的朋友，孙参谋对朋友的事情格外关心。孙参谋对杨铁民说："你他妈的脾气比牛还倔，真要命，不就那点熊事嘛！"杨铁民说："你说得轻巧，换上你也会这样。"孙参谋说："绝对不会。不信换过来试试。"杨铁民说："别绕来绕去的，你小子要是看上她，就去找她。"孙参谋说："你当我不敢？今晚就去。"说着两人笑起来，孙参谋笑得挺开心，杨铁民笑得很苦涩。

孙参谋说："美死我啦……净是扯淡，别的先不管，晚上你一定去陪陪人家，让这么一个漂亮人儿独守空房，于心何忍。"杨铁民说："我没兴趣，我恶心。"孙参谋说："得得，再说我就揍你。"

孙参谋在走廊上碰到高家田，说："小高，求你件事。"高家田说："孙参谋你客气啥。"孙参谋说："我过不来时，你照顾一下刘冰。这女人，唉。"高家田点点头。这些天里，高家田已经和刘冰认识了。高家田曾经和刘冰聊过两次，一次在马路边，一次在水房里。刘冰莺歌般的声音十分好听，令人回味无穷。

有了孙参谋的交代，高家田可以放心大胆地帮刘冰干活了，有时帮刘冰到食堂打饭，有时替刘冰到大门口的书报亭里买报纸杂志。刘冰不愿意出门，几乎整日都憋在房间里。

一天晚上，高家田打扫走廊卫生，打扫到一排三十五号门口时，听到里面有争吵声传出来。杨铁民口气很硬，刘冰像是在哀求。高家田忍不住停下来。高家田怀着复杂的心情，像做贼一样听了一会儿。高家田觉得这样不好，但他管不住自己咚咚乱跳的心。

杨铁民叫嚷最多的是离婚，刘冰坚决不同意。听动静，刘冰好像扑到了杨铁民怀里，杨铁民在推她。碰翻了凳子似乎还打坏了碗。杨铁民说，你少来这一套，我他妈腻歪……

刘冰嘤嘤地哭，声音婉转凄凉……

高家田忽然想到了张云。张云有些日子没来招待所了。高家田想，和刘冰相比，张云算是幸福的人。高家田又想，不知张云爱不爱哭，也不知张云哭起来是个什么样子。

门"咔嗒"一声响，杨铁民冲出来，门在他身后猛地关上。高家田低头清扫地面，慌乱中问道："杨参谋，你们……没事吧……"

杨铁民大步流星走远了。

六

星期天，高家田向老张头请假，说是到营院门口的自由市场上转悠转悠。高家田好几个星期天没休息了，老张头不好再拦他。老张头说："年轻人，出去注意点，别惹事。出了事，管理科长饶不了你，也饶不了我。"高家田说："张大爷，我能出什么事？"老张头挥挥手："快走吧，不出事不更好嘛！"

高家田出了营门，漫无目的地在自由市场上闲转。他不想买什么东西，也没有东西可买，只是随便转转。自从来招待所工作，最初的新鲜劲儿过去之后，高家田感到眼前的生活和他想象中的军营拉开了距离。高家田无法解释。高家田在一个卖香油的小摊前停下，看买主和卖主讨价还价，他们的嗓门高得惊人。这时，有人从背后捅了高家田一指头，回头看，是张云。吓了高家田一跳。高家田突然明白了，他来这里是有意无意来碰张云的。张云说："你在干什么？"高家田说："啊，不干什么。"张云说："我琢磨你会想家。"高家田说："有时想，有时不想。"张云说："当兵有意思吗？"高家田说："有时有意思，有时没意思。"张云说："我爸老想让我当兵，可就是办不成。"高家田说："慢慢来，你爸有办法的。"张云说："我喜欢当兵。"高家田说："你当了兵肯定比我强。"张云说："为什么这样讲？"高家田说："我也说不准。"

张云掏出小手绢往脸上扇风。高家田问："你买东西吗？"张云说："瞎逛。下地干活，一天只挣六工分，能值几个钱？我妈老是嘟囔我，我才不管呢。"高家田说："老憋在营房，难受死了。"张云说："我想也不会好受，不像我爸，他年纪大了。"高家田说："当兵的，有啥办法。"张云说："今天不是星期天吗？"

后来高家田提出，到田野里溜达溜达，散散心，张云高兴地点点头。

　　他们顺着乡间的黄土路朝原野走去，走得很慢。碰巧这天没太阳，天空罩着阴云，虽然稍显闷热一些，但比有太阳的时候好受。黄土路弯弯曲曲，路边生长着幼小的柳树和杨树。四周的庄稼地里，小麦刚收割过不久，玉米和谷苗儿只及膝盖，有成群结队的庄稼人在劳作。黄土路上行人极少，偶尔走过的人也都是行色匆匆，全没有高家田和张云的雅兴。

　　高家田说："我一直想看看，你们这儿和我们家乡有啥不同。"高家田家乡的地貌和这儿差不多，均是平原，所不同的，站在高家田家的门前，可以望见高高的黄河大堤，而站在这儿，往远处看，看见的却是若隐若现的丘陵。张云问："到底有啥不同？"高家田想了想，说："地是一样的地，人不是一样的人。"

　　有一条十几米宽的河流横在他们面前，河上的石桥已经很有些年头了，桥头的石柱上，有上学的小孩子们用粉笔画的图画，和一些乱七八糟骂人的话。张云提出，不从桥上走，他们蹚水过河。高云非常赞同。高家田说，当兵前，每年夏天，他就和伙伴们到大水库里游泳，有一年他们嫌水库不过瘾，就到黄河里游，结果一个伙伴淹死在里面，从此他们不敢再去黄河里游泳。张云一吐舌头，说好吓人啊。高家田说，不用怕，这条小河淹不着人。

　　河水只有十几米宽，十分清澈，河底的鹅卵石清晰可见，一些细小的鱼儿在水中穿行。张云抢在前面下了河，高家田注意到，张云的脚趾缝里沾着黑泥巴，这使他分外地感到亲切。高家田觉得他闻到了泥土的气息和庄稼的芳香。在高家田愣怔的当儿，张云返身往他身上撩水，他边躲闪边往水中走，弯腰掬水洒向张云。张云咯咯笑着往前跑，河水溅湿了她挽起的裤脚。大约一块石头硌了她的脚，她哎哟叫着一瘸一拐上了岸，坐在地上扳着脚丫子揉搓。高家田感到很惬意……

　　他们走进一片柳树林，找个地方坐下。张云说："讲个故事吧。"高家田说："我是这里的客人，你是主人，应该主人先讲。"

　　张云歪起脑袋托着腮，讲起了她的爷爷。她说爷爷是个勤快人，省吃俭用一辈子，也没享到什么福，七十岁那年害了眼病，从此双目失明。这可憋坏了爷爷，整天唉声叹气，吃不下睡不好。就这样挨了三年，爷爷瘦得不成样子了。一天晚上，她和女伴们到外村看电影，看的是《渡江侦察记》，回来时已是深夜。她轻手轻脚进了院子，不想惊动家里人。爷爷还是听到了，爷爷其实并未睡着。爷爷在他住的小偏房里喊：小云，你过来。她说：天不早了，爷爷你睡吧。说完她进了自己的房间。第二天一大早，妈妈进来推醒她，小声说爷爷死了，上吊死的，吊在屋梁上，大哥去部队叫爸爸了。她半天缓不过气来，害怕得不行，心窝子乱抖，忘记了哭。她想起昨天夜里爷爷呼唤她的声音，那声音久久不去。爷爷临死前，一定是很想见见她，爷爷原本很喜欢她的。而她却拒绝了爷爷。她甚至想，如果她进爷爷的屋，和爷爷说会儿话，爷爷也许就会打消寻死的念头。她偏偏没那么做，她恨死了自己，总也不能原谅自己……

那一年她十四岁。

张云眼里噙着泪，笑了笑说："都过去好几年了，一直忘不掉。哎，该你啦。"

高家田脑子里也涌出一个故事，故事里有一个叫莲儿的女孩子。莲儿长得白白净净，眉心有一颗黑痣，人们都说那叫美人痣。莲儿比他大三岁，和他哥哥同岁，小时候他们经常一块儿下地割草，卖给生产队喂牛，十斤青草换一个工分。他八九岁那年，秋天的一个下午，哥哥领着莲儿和他到大田里割草，累了，渴了，哥哥便溜进生产队的菜园里偷来了两颗甜瓜。哥哥舍不得吃，哥哥也不让他吃，哥哥说送给莲儿，让莲儿带回家，给她弟弟吃。莲儿家四个女孩，只有一个男孩，是个宝贝疙瘩。莲儿高兴得直拍手。但哥哥提出，要像大人那样，和莲儿"睡一觉"。莲儿起初不干，后来莲儿同意了。哥哥把莲儿领进一块密不透风的玉米地，他也跟了去，坐在一边看，根本不懂害羞。哥哥也不知羞，莲儿倒是羞得小脸红扑扑的。哥哥脱光衣服，趴在没脱衣服的莲儿身上。莲儿的腿夹得紧，哥哥便喊他过来帮忙扳开莲儿的腿，莲儿痒痒得直喘。哥哥在莲儿身上趴了一会儿，就下来了。哥哥一个劲儿地摇头，说这就叫和女的睡觉，一点儿意思都没有。几年过去了，莲儿上初中时，和班上一个男生偷偷好上了，有一回莲儿和那个男生到学校后面的小树林里碰面，他们亲嘴时碰巧被老师发现，老师当场逮着他俩，押到课堂上，当着同学们的面让他俩讲清楚。台下的人笑得要死，台上的人羞得要死，觉得再也没脸见人，果真就琢磨着死。莲儿和那个男生跑到抓他们的那个老师家门口，每人喝下半瓶敌敌畏。人们急忙把他们送到医院，莲儿活了过来，那个男生却死了。莲儿退学后，经常到那个男生的坟前去，一坐就是半天。莲儿十八岁那年跟一个货郎跑了，从此杳无音信。

高家田在讲这个故事时，把前面的部分省略了，因为不便讲给张云听。张云说："老掉牙的事儿，没意思。"

这时阵阵小风刮来，心头顿觉舒畅，好像还下起了小雨，雨珠儿从树上滴落下来，摔碎在他们身上。高家田扭脸望着张云的侧影，有些发呆。张云白了他一眼，他明白过来，当下二人都红了脸。高家田顺手折断一截柳枝，做成一个柳笛，含在嘴里轻轻地吹。

林木瑟瑟，雨雾飘飘，张云在悠扬的柳笛声里端坐，一动不动。高家田痴痴地吹着，吹着。高家田忘记了张云的存在，甚至也忘记了自己。

不知过了多久，天上飘过大团大团的云彩，像一群群野马掠过长空。那些云彩颜色艳丽，气势汹涌，高家田突然想起，他当兵离家的那天，就曾见过这样的云彩。他惊呆了。张云也惊呆了。他们站起来，望着云彩渐渐变弱、消失。张云说："我从没见过这么红的云彩，天上像着了火。"高家田说："可我觉得，云彩是绿色的。天空就像大地一样，全变绿了。"他们争论了半天，没有个结果，后来时候不早了，赶紧往回走。

刘冰来向高家田告别，说是准备回单位，感谢他的关照。又说高家田是个很可爱的小弟弟。

高家田说："刘护士，你瘦了，回去多吃点，补补身子。"刘冰说："我原先饭量就小，在演出队养成的习惯，也不觉饿。"高家田说："杨参谋……他太倔。"刘冰说："他人不坏，是我不好。过些日子，我可能还来，少不了给你添麻烦。"

孙参谋要了一辆吉普,代替杨铁民送刘冰去火车站,然后她乘火车回军里的医院。

高家田目送小车一溜烟远去。不知咋搞的,他心里有些空落落的。

七

冬天一到,来住所的人逐渐多起来,大都是些农村媳妇,趁冬天庄稼地里没活干,来部队探亲。把房间钥匙交给他们,基本上就不用再管了,老张头和高家田的工作量没添多少。

冬天一个北风呼啸的日子,老张头忽然来了兴致,到军人服务社买来鸡蛋和猪肉,又到警卫连的菜棚里弄来一些蔬菜,说是馋酒了,今晚乐和乐和。老张头硬拉着高家田一块儿来,高家田想,反正闲着没事干,一块儿来就一块儿来。高家田跑到服务社,狠狠心买回来几听罐头和一瓶白酒。老张头说:"你挣不了几个钱,摆什么谱。"

收拾妥当,插上门,二人便吃喝起来。高家田不会喝酒,但架不住老张头一个劲儿地劝,也紧着嗓子喝了几盅,辣得直哈气。老张头卷着舌头说:"我年轻那会儿,比你强,酒瘾大。再说,行军打仗,喝点酒,解乏、壮胆、暖身子。"

酒一多,老张头打开话匣子,收都收不住。老张头说,年轻人,三件事最要紧:不偷,不抢,不乱沾女人。最要命的又数第三件,沾上这事,一辈子别想抬头。高家田心里有点打鼓。那次和张云到田野里闲逛,不知怎么被老张头知道了,老张头嘴上不说,脸上却显露出来,好几天没给高家田好脸色。高家田也没法解释,越解释越解释不清,索性装聋作哑。高家田怀疑眼下老张头又在敲打自己,忙赔着笑脸,连连称是,说张大爷你讲到了点子上。

老张头提起已经复员的前招待员小李。老张头说,一天晚上,小李去查房,许久不回来。天太热,老张头在屋里待不住,也出来转悠。他忽然发现小李脑袋贴在一间房子的窗户上,原来小李透过烂了边的窗帘,在偷看里面的女人洗澡。老张头气得鼻子发麻,脸都歪了,悄悄溜过去,扭着小李的耳朵把他拽回到宿舍,好一顿训斥。

老张头说："我这人心软，没向领导汇报，不然怕是要打发他狗崽子回老家，起码背一个大处分。想入党？一边去吧！"高家田说："张大爷你太好了，小李会感激你一辈子。"老张头打一个酒嗝："屁！他当兵三年，对我一肚子意见，回家后连封信都不给我写……你比他强，我早就看出来了。"高家田说："张大爷你放心，我不会像他那样没良心。"老张头高兴了，一仰脖喝下一大口酒："这样就好，这样就好。"

说着说着，老张头把话题扯到了朝鲜战场上。他说打新义州时，他所在的连受命攻打一个山头，打了一天都没拿下来。他们排长阵亡，连长命令他代理排长，率弟兄们往上冲。连续三次，都被敌人打退，部队伤亡很大，他也负了伤，肋骨被射穿。他向连长建议，不能这么蛮干，应该天黑以后再打。连长杀红了眼睛，用手枪指着他的鼻子说，妈拉巴子，给我冲，这回再拿不下来，我要你脑袋。他恨连长恨得牙根儿痒，本来他和连长平时就有矛盾，心想这回算是完了，已经没有退路了，自己这条小命恐怕保不住了。恰恰就在这时，谁也没想到，山头上打出了白旗。他马上意识到敌人是假投降，那时活着的人里大概只有他的脑袋是清醒的。然而连长一见，高兴得嗷嗷叫，不容分说，带几个弟兄就往上冲。果然，刚爬到半山腰，敌人一阵排枪，把他们全部放倒在地……

老张头咕咚灌下一口酒，说："我本来可以拦住连长，哪怕他真的拿枪崩了我。但我没拦，结果白白葬送了几个弟兄。我越想越后悔，骂自己浑蛋，没良心。养好伤后，我不想再在部队干下去，打报告要求复员。要不，肯定也混好了，最起码混个离休待遇。可是，混好了又能说明什么？别的债都好说，唯独良心债，难偿还啊……"

老张头说到伤心处，眼角挂着眼花。高家田说："张大爷，别喝了。"老张头说："醉不了，醉不了。"高家田说："过去这么多年了，忘掉吧。"老张头说："一辈子忘不了，怎么能忘呢？"

窗外北风叫得正欢，不时有断裂的树枝落在地上，发出噼里啪啦的响声。屋里很暖和，老张头满面红光，高家田红光满面。老张头借着酒劲，道出了埋在心底的陈年旧事。那些事情已经在他心里深深地扎下了根，每每想起来，都令他难以安宁。

那晚老张头果然喝多了。高家田把老头儿扶到床上，替他脱了衣服，盖好被子。老张头说了一夜胡话。

半夜里下起了雪。第二天凌晨，高家田拉开房门，来到院子里，看到遍地一片银白，大雪覆盖了一切。

八

开春时节，刘冰又请假来到了师里。老张头安排她住进二排十号房间。刘冰剪短了头发，气色好像也比上次来时要好。高家田猛一见她，差点儿没认出来。

刘冰告诉高家田，她终于想通了，决定和杨参谋离婚，再拖下去对谁都不好。说完，刘冰笑了笑，笑得有点迷人。高家田不知该为她高兴，还是该为她难过。刘冰说："小高，你老看着我干什么？"高家田说："刘护士，杨参谋真是太倔了……其实，我觉得，离了也好，你会找个更好的。"刘冰哈哈一笑，说："老天爷，你还让我找？不找了不找了，一个人过。一个人清静。"高家田说："也是。"

见刘冰情绪并不是太坏，高家田心里踏实了许多。

刘冰和杨铁民办妥离婚手续后，特意到饭馆吃了一顿饭，回来的路上，两人依偎在一起，像一对热恋中的情侣。杨铁民送刘冰回到招待所，默默地坐了一会儿就回自己宿舍了。

高家田透过窗子，望着杨铁民摇摇晃晃消失在夜幕里。高家田心神不定，总觉得应该去安慰一下刘冰，尽管刘冰在人前极力做出没事的样子，但刘冰心里一定不好受。犹豫了好一阵，他终于下决心敲开了刘冰的房门。刘冰正在洗头，她大声说："是小高吗？啊，一会儿就完。"高家田跑到值班室，又给刘冰提来两壶开水。

刘冰和杨铁民认识，是在她参军后的第四年。那时，杨铁民还在三团九连当排长，而刘冰早已是全军闻名的人物了。

军里决定文艺宣传队化整为零，到基层锻炼锻炼，首长们特意交代，要把"五朵金花"安排到政治基础和军事素质双过硬的基层连队。任务下达到师里，师里打算把她们放在三团。三团研究来研究去，又决定她们去九连。九连连长指导员找到杨铁民，说上级派"五朵金花"到我们这里来，是对我们连的信任，也是我们连的荣誉，连党支部决定由你们排帮助她们训练，你负全责。杨铁民嘴上说，得得，这些姑奶奶，我可侍候不了。其实打心眼儿里他非常愿意领受这个任务，哪个男人不想在女人面前，尤其是漂亮女人面前露一手？

五个鲜亮亮水灵灵的姑娘住进了连队特意为她们腾出的一间宿舍，她们要在这儿接受半个月的军事训练。五个女兵一到，杨铁民便皱起了眉头。看她们走路的姿势，说话的语气，你就明白这件事够缠人的。第一堂课，杨铁民带她们到操场上训练。杨铁民亲自喊口令。别看她们平时走起路来蛮有韵味，一旦来到操场上，全变了味儿，洋相百出，引得操场边的战士们哈哈大笑。杨铁民不便对她们发火，只好把气出在操场边的部下身上，喝令他们躲远点。

女兵们大多是一穿上军装就进了演出队，基本上没受过军事训练。练了不一会儿，她们便开始叫苦，这个说休息会儿吧，那个说杨排长心太硬，累坏了我们怎么办？杨铁民耐着性子给她们讲动作要领，并让她们记住。那个叫孙小倩的说，杨排长你别费口舌了，讲了也白讲，我们记不住的。刘婷婷说，杨排长你长得蛮英俊，真该到我们演出队来。刘冰说，杨排长你想听歌吗？你让我们休息一下，我唱支歌给你听，好不好？王莹说，对对，把战士们集合起来，我们给大家表演节目，保证让大家喜欢……

你拿她们有什么办法？

夜里搞了一次紧急集合，那洋相出得就更大了。杨铁民连连摇头。连长指导员提醒杨铁民，随她们去吧，只要不出事就行。

无可奈何的杨铁民想认真也认真不起来了。半个月过去之后，姑娘们还是原来的样子。然而对于刘冰来讲，这些并不重要，重要的是杨铁民在某些方面打动了她，她突然意识到，杨铁民是能够吸引她的。也许杨铁民这样的男人，才是她寻找的真正目标，才是她未来的归宿和依靠。总之，杨铁民和别的男人不一样，他们在她面前的表现她已经厌烦了，而杨铁民偏偏和他们不一样。

夜里，刘冰失眠了。

刘冰的爱情，就是这时候萌生的。

离开九连之前，刘冰勇敢地约杨铁民出去散步。杨铁民说，大伙儿都盯着我呢。刘冰说，想不到杨排长这么封建，又不是干别的，怕什么。杨铁民无法再拒绝一个姑娘小小的要求，况且和一个漂亮女孩散步又是一件十分愉快的事情。杨铁民微微一笑，点了点头。

他们在众目睽睽之下走出营院，沿着营院外的林荫道缓缓前行。这次散步，对于刘冰和杨铁民都是一种全新的感受。刘冰问了杨铁民很多事情，杨铁民也问了刘冰很多事情。杨铁民问得最多的是演出队的情况。在杨铁民眼里，演出队是一个神秘的地方，流言颇多，真假难辨。比如谣传孙小倩和军里某位领导好，刘婷婷和军机关某位处长好，云云。刘冰问杨铁民:你信吗? 杨铁民说:我又不明真相，谈不上信，也谈不上不信。刘冰说:树大招风，演出队的事情很复杂，上上下下都盯着，有些传言可能是真的，有些过了头。的确，有些领导有事没事爱往宣传队跑，和女孩子开开玩笑，拍拍人家的肩膀什么的，套套近乎，她说她宁愿相信他们因为无聊才这样做。杨铁民说，是的，我也感到无聊，这些年来，无聊的事情太多了。

聪明的杨铁民已经隐隐觉察到了刘冰的用心，惶惑之余，杨铁民没理由不高兴。杨铁民在收到刘冰的来信后，很快回了信。一来二去，信件越来越频繁，内容越来越大胆、直露。爱情的果实逐渐成熟。

刘冰和文化处冯处长的事情演出队的人当时自然有所觉察。在这种单位，没有不透风的墙，保密几乎不可能。刘冰在演出队站稳脚跟之后，有一次到冯处长的宿舍找他汇报工作，聊天。冯处长住单身宿舍，家属在他家乡的县城当革委会副主任，由于不愿放弃革委会副主任的美差，一直没有随军。在这之前，孙小倩就曾提醒刘冰，孙小倩挤挤眼睛说，刘冰你可得当心点噢。王莹说孙小倩你操什么闲心，人家愿意。刘冰有点生气了，说你们胡扯什么，冯处长不是那种人。冯处长见到刘冰，高兴地说:"小刘，你刚来宣传队时别人对我有意见，有人认为我为你开后门，可是呢，事实证明你是非常合格的，现在我可以理直气壮了。"刘冰说:"处长，没有你，就没有我的今天。我会记你一辈子的。"冯处长说:"小丫头，跟我还客气。再加把劲，好好表现，争取

269

尽快提干。"

那晚冯处长屋里没有开大灯，只开着台灯，室内光线昏暗，蛮有情调。刘冰忽然注意到，冯处长在不错眼珠地望着自己，她的心立刻怦怦跳起来，像擂鼓一样。刘冰说："处长，我该回去了。"冯处长说："再坐一会儿嘛。"刘冰拿不准，如果那种事情发生，她该怎么办……所幸的是，那天晚上一切正常。刘冰越想越觉得冯处长是天下难得的好人。冯处长吸罢几支烟后，平静地说："小刘你回去吧，晚了别人说闲话。"

往回走的路上，刘冰心里对冯处长又多了一层感激。

不久，刘冰又去找冯处长。冯处长刚陪军区工作组的人吃过晚饭，大概喝了点酒，眼睛红红的。冯处长在给刘冰递水果时，犹犹豫豫抓住了刘冰的手。刘冰吃了一惊，但刘冰没有反抗，她缺乏反抗的勇气。片刻过后，奇怪的是刘冰一点儿都不感到害怕了。柔和的灯光下，冯处长像一个慈祥的长者。冯处长面部的表情仿佛具有某种动人的力量，刘冰根本不认为那是色眯眯的模样……

后来刘冰也搞不清楚自己怎样跑到了冯处长的怀里。冯处长像爱护一件宝物那样，小心翼翼地亲吻她，抚摸她。刘冰浑身软绵绵的，一点儿力气都没有。再后来她脱了衣服，是她主动脱的。她倒在床上，冯处长也脱了衣服，扑上去抱住她。但冯处长没有刘冰想象中的那种激情。冯处长喃喃地说，大概他老了，不中用了，已经好多年不这样了，老婆嫌弃他，他也嫌弃自己……刘冰想，她不会嫌弃他。尽管冯处长没有激情了，可刘冰照样感到很激动。她的行为令冯处长感怀不已，冯处长眼里含着泪光，后来眼泪就下来了。是男人的眼泪，每一颗泪珠都像小葡萄一样。冯处长不住地念叨："谢谢你，小刘，好妹妹，谢谢你……"

这样的事情后来还有过几次，尽管冯处长依旧是白费，但刘冰并不感到痛苦，也许她有了一种母性，试图唤回冯处长作为男人的某种自尊。也许还有别的什么原因。总之，在这件事情上，她从来不去怪冯处长，一辈子都不会怪人家。

在她和杨铁民的关系正式确定下来之后，她与冯处长才渐渐疏远开来。

文艺宣传队解散之后，很多问题暴露出来，一时传得沸沸扬扬，当然也包括刘冰，有些肯定是传到了杨铁民耳朵里。杨铁民和刘冰结婚之前，就已经心事重重，满腹忧虑。尽管新婚之夜的事实证明了刘冰仍是一个处女，但杨铁民并未罢休，反复追问刘冰。刘冰想，既然自己和杨铁民相爱，就不该隐瞒什么；况且她觉得那件事情已经成了她的一块心病，不倒出来也不踏实；再者，她认为那不是实质性的问题，杨铁民会原谅她。结果，她和盘道出了事情的真相后，杨铁民更不干了，他一怒之下，在新婚第五天便不辞而别。从此，他们之间的关系越来越恶化……

刘冰一边洗头，一边把以往的事情回忆了一遍。她已经无数次回忆这段往事，每一次回忆都令她疲惫不堪。

高家田送来开水后，应刘冰的邀请，没有立即走掉，他坐在床沿上，望着她洗完头，擦干净。刘冰简单地向高家田讲了讲她和杨铁民的过去。她需要倾诉，因为她憋得太久了。她边讲边对着随身带来的小圆镜往脸上抹脂粉。她一下一下地抹，双手在脸上揉来揉去，动作极慢。初春的寒意透过窗子涌进来，高家田在微微的战栗中听完了刘冰不动声色的讲述。

刘冰说："杨铁民和我离婚，我不会怪他。"高家田说："我觉得是他不好，他不该这样对待你。"刘冰说："小高，你总是向着我。"高家田说："本来就是杨参谋不对嘛。"刘冰停了停："他对女孩子很有吸引力，这不是主要的。我想，他事业心强，军事上有一套，如果以后有机会打仗，他一定会干得很出色。"高家田说："刘护士，你表面上无所谓，其实心里不好受，我看出来了。"刘冰说："谢谢你。"高家田说："刘大姐，你可别想不开啊。"刘冰笑笑说："不会的，不会的。"

高家田叹了口气。刘冰站起来，走到窗前，怔了好一阵。刘冰扭过脸来的时候，高家田看到她脸上的脂粉并未抹匀，并且她的眼角挂着两行清泪。

九

有麻雀在招待所的后墙屋檐下做窝，高家田经常发现麻雀们飞进飞出，从野外叼回食物。这天，高家田实在闲来无聊，便搬来梯子，爬上屋檐掏麻雀窝，果然掏出几只刚长出翅膀的幼雀，他送给了几个随母亲来部队探亲的孩子。高家田嘱咐他们："养着玩儿可以，别弄死啊，它们也是一条命。"

没有得到麻雀的孩子咋咋呼呼，高家田说："别急，那边还有一窝。"老张头走过来说："算啦算啦，今儿个掏光了，明天就没啥可干了。"高家田一想，觉得老张头的话很有道理，于是作罢。

张云吃过晚饭来招待所玩儿，赶上大院放露天电影。张云打算看完电影再回家。张云对高家田说："咱们一块儿去。"老张头眼一瞪，说："破电影有什么好看的，回去回去！"老张头近来对张云管得很严。张云假装回家，其实三拐两拐来到电影场。高家田放下小板凳刚坐稳，张云在背后喊他。张云说："他不让看，我偏要看。"高家田说："我以为你早走了。你还是回家，别惹你老爸不高兴。"张云说："我爸越来越古怪了，以前不这样的。"

看电影时，只一个凳子，两人轮流着坐。高家田心里混乱，演的什么电影也没看明白。散场后，高家田劝张云随张洼来看电影的乡亲一块儿回家，免得路上害怕。张云说："今夜有月亮，不害怕。我跟你到招待所，告诉我爸，我没走。"高家田说："你犯啥神经，张大爷知道了，肯定生气。"张云说："不就看场电影嘛，他愿生气我有啥办法。"见高家田站着不动，张云只好说："我陪你到招待所门口再回，还不行吗？"

二人边说边奔向招待所，走的小路。路过一个排水沟时，张云绊了一下，高家田忙扶住她。二人抓在一起的手便没再松开，也都闭了嘴，低头走路。高家田不由想到，他和张云是不是很像当年的杨铁民和刘冰？当然，他同杨铁民不一样，他绝对不会像杨铁民那样……离招待所不远时，张云抽出手来，小声说："我回去吧。"高家田说："要不我送送你。"

这时，二人突然发现，老张头正站在招待所门口的路灯下望着他们。张云到底是有点怕老爹，扭头走开了，高家田怔了怔，硬着头皮悻悻地来到老张头面前。老张头挥动手中的芭蕉扇拍了一下大腿，哼一声便进了屋。

高家田进屋后，和老张头没话找话说，老张头待理不理的，只顾听他那台裂了外壳的老式收音机。收音机上说，越军又在我云南、广西一带边境制造事端，打死打伤多少多少边民，炸毁烧毁多少多少房屋，等等。末了，老张头一拍桌子，低声喝道："日他祖宗，真该教训教训狗崽子！"

高家田却觉得，老张头是在骂他。

一九七八年底，当兵已满两年的高家田打算请假回老家探亲。这时，师里接到去云南前线参战的命令，干部战士一律停止休假，并且禁止干部战士家属来队，部队加紧训练，做好战前准备。

一天晚上，老张头躺倒后又坐起来，对高家田说："要打仗了，咱这阵子该清闲清闲了。"高家田说："噢。"老张头说："小高，你想去打仗吗？"高家田支吾了好一阵，脸涨得通红，答不上来。老张头嘿嘿一笑："想去，我给师长说一声，把你调到连队。"

高家田心里七上八下，搞不清老张头为何突然说起这事。他甚至认为老东西想报复他。高家田挨到后半夜才睡着，他做了一个奇怪的梦，梦见高家店子那些当兵后再也没回来的先人，他们一个个鲜血淋漓、面目狰狞地来到他面前，对他说了许多乱七八糟的话。高家田被吓醒，全身都是冷汗。醒来后再也没睡着，思前想后，觉得自己是个兵，当兵的去打仗天经地义，关键时刻不能装熊，尤其不能被老张头这个老东西瞧不起。于是，第二天一大早，他对老张头说："张大爷，你给师长说说吧，让我去打仗。"老张头颇感意外，说："真话还是假话？"高家田鼓足勇气，挺了挺胸脯说："……真话。当然是真话！"说完，他再次挺了挺胸脯，感到胆气壮了许多，要冲天了。

到了晚上，老张头说："小高呀，我是给你开玩笑，哪能真让你去。"高家田舒了一口长气，但他执拗劲儿上来了，说："我是真想去。"老张头正色道："你当兵后没摸过几天枪，上去还不是送死！"高家田低头不语了。老张头又说："你想去，我还真舍不得呢。"

老张头这回说的是真心话，高家田颇受感动。老张头抽几口烟，咳嗽几下，说："再说，在咱招待所，还不是照样干出成绩……我是有心栽培你，你要是能提干，穿上四个兜的军装，张云和你好，我不会有意见。"高家田急赤白脸地辩解说："张大爷，你弄错了，我和张云啥事没有！"老张头摇摇头，换个话题："唉，张云当兵的事，一直没个着落……"

尽管老张头误解了高家田，高家田仍然十分感激老张头。

十

那天夜里不像要出事的样子。事先一点儿预兆没有。天气也不错，没有风，上弦月儿高挂，星星满天都是。机关和直属单位大部分人员上了前线，师部大院清静了许多，留下的又都全心全意关注前线的战况，人们见面不谈别的，除了打仗还是打仗。

那天晚上，高家田和老张头议论到很晚才上床睡觉。从老张头那台老式收音机里传来的消息又总是那么令人振奋，二人躺下许久，仍无睡意。不知过了多长时间，蒙眬中的高家田听到外面有急煎煎的喊叫声。喊叫声越来越近。高家田对老张头说："我出去看看。"老张头翻了个身，说："没事快回来。"高家田披上棉衣，趿拉着棉鞋跑到门口马路上。借着积雪的光亮，高家田看到前面有一个人在跑，后面一个人踉踉跄跄地追，喊叫声来自后面的人。显然跑在前面的人更像是坏人。高家田赶紧穿好棉袄和鞋子，大喝一声："站住！"然后迎着跑在前面的人扑过去。

那人个头比高家田高，比高家田粗壮，脖子上挂一只手枪套，看上去沉甸甸的，里面大概有真家伙，估计是从警卫手中抢来的。而且那人手中还握一把尖刀。高家田紧张得眼皮乱跳，知道不妙，但已没有了退却的余地。那人似乎比高家田还要紧张，摇摇晃晃，一身酒气，站都站不稳。高家田瞅准空当，一拳把对方打倒在地，然后骑在他身上，夺他手中的刀子。那家伙清醒过来，拼命反抗，挥动尖刀刺来刺去，高家田左躲右闪，虽未被刺中，但被对方一脚蹬出好远。那家伙并未乘势进攻高家田，而是爬起来仓皇往前跑。高家田哪里肯放过他，从后面猛追，追上后又是一番厮打。厮打的过程中，高家田从歹徒脖子上拽下了枪套，但尖刀一直握在歹徒手里。高家田由上风变为下风，又由下风变为上风，最终还是落了下风。歹徒压在高家田身上，举起尖刀，朝高家田胸部一点一点刺来。高家田闭上眼睛的那一瞬间，看到明亮的天空中突然掠过大团大团的云彩，是红色耀眼的云彩，云彩像一群脱缰的野马，灿烂而恐怖。看到这个奇异的景象，高家田心想完了，一切都完了。他对自己的生命不抱有任何希望了……高家店子的那个宿命在他身上又要应验了……

生与死，就在一念间。

但是，高家田并未被刺中，关键时刻，一个人从后面死死抱住了歹徒。是老张头。歹徒只好放弃高家田，朝抱住他的老张头一顿乱刺。随着一声声尖叫，老张头颓然倒在地上，高家田喊一声张大爷，迅速爬过来，扑向老张头。奇怪的是歹徒也叫了一声大爷，然后连滚带爬，翻过院墙逃掉了。

人们听到动静，小心翼翼围过来。老张头身中三刀，一刀刺在右胸，一刀刺在左臂，第三刀正好刺中老张头颈部的动脉血管，鲜血如涌泉，喷到高家田身上，洒在脏污的积雪上。有人叫道，赶快要车，送医院。但为时已晚，老张头痛苦地闭上了眼睛。高家田失声痛哭，边哭边说："张大爷你醒醒，张大爷你为了救我才死的……"高家田恍惚中想起那个北风呼啸的夜晚，老张头喝着酒讲述他在朝鲜战场上的情景。老张头最后用悲壮的死概括了自己的一生。高家田哭得更加伤心。哭泣的间隙，他抬起头来，看到天空中涌过的云彩变成了绿色的。是绿色的云彩，而且气势也小多了。

凶手是第二天早晨在生产队的麦秸垛里被抓到的。凶手叫张三丙，是老张头的远房侄子。张三丙因宅基地纠纷和邻居结下了冤仇，两家打打闹闹好几年，不但没有平息，反而愈打愈烈，张三丙家总是吃亏。年轻气盛的张三丙忍无可忍，决计弄支枪来，将邻居一家全都"嘟噜光"。张三丙这天晚上喝了点酒壮胆，然后来到部队，见营门口是双岗，不好下手，他便潜入营院，在师部办公大楼前乘警卫不备，一刀刺伤警卫，抢走手枪，打算在营院东南角翻墙而出，连夜干掉邻居一家"报仇雪恨"。却不料碰上高家田和老张头，于是就有了深夜的那一幕。

在家主持工作的林副政委给在前线指挥战斗的师长打长途电话，汇报了家里发生的情况。大概前方接连不断的伤亡已使师长感到麻木，师长在电话里并未流露出明显的悲伤。师长只是说："死了？噢噢，知道了。"

三天之后，部队部分留守人员和当地党委、政府以及张洼大队的群众，在师部大礼堂召开追悼会，林副政委致悼词。林副政委高度评价了张贵堂同志的一生。张贵堂即是老张头的大号。林副政委念完悼词，老张头的老伴和女儿们便亮开嗓门号啕大哭。高家田陪着哭。张云却没有哭，张云死死咬住嘴唇，小脸憋得青紫，能看出来她很坚强。开完追悼会，张云来招待所为父亲整理遗物时，突然抱住高家田哭个没完。张云一把鼻涕一把泪，高家田像一截木头一样任张云在怀里扑腾。高家田一遍又一遍地说："张大爷为了救我才死的……"

老张头既不是军人，也不是军内在编职工，部队拿不出更多的安慰死者的办法，留守在家的领导们开了几次会，决定发给老张头家属一千元安葬费，另外根据老张头生前的愿望，报请有关部门批准他的小女儿张云入伍，并在适当的时候给她转干。张洼大队党支部决定追认张贵堂同志"勇斗歹徒，英勇献身"的光荣称号，县里也号召全县人民向他学习。

老张头从此成了一个历史人物。

十一

老张头去世后，管理科从警卫连调来一个姓赵的志愿兵接替老张头，高家田顺理成章地成了赵老兵的部下。

赵老兵初来招待所时，夜里老睡不踏实。赵老兵认为睡死人睡过的床霉气，不吉利，一天，他悄悄从别的房间调换了一张床。赵老兵睡觉不打呼噜，但他有时磨牙，咯吱咯吱的，像老鼠在捣鬼，搞得高家田心里别扭。

张云入伍后，暂时在二团通信排当战士。二团离师部三百多里远，是离师部最远的单位。张云给高家田写信说，离家远点儿好，她不愿在家门口当兵。

张云当兵离家前，曾来招待所找过一次高家田，来向高家田道别。碰巧高家田外出办事，没见着。高家田并没感到遗憾。他想，也许他们不见面更好。

春暖花开的季节，营院呈现出勃勃生机，参战部队在鲜花与锣鼓声中撤回原驻地，接下来是评功评奖，消除战争后遗症。师作战科参谋杨铁民在这场有限的战争中声名大振，报纸、电台、电视台登载、播送了他的事迹。一九七九年二月二十五日，在大部队进攻屡屡受阻后，杨铁民向师长建议组织一支精干的小分队，从背后袭击敌人。他毛遂自荐担任了小分队的领导，带领部下出其不意直插敌人的指挥部，打乱了敌人的整个部署，为大部队全歼敌人立下了头功。杨铁民荣立一等功，并被授予荣誉称号。但他的双腿被地雷炸断了，造成下肢瘫痪。杨铁民先是在一个野战医院接受治疗，伤情稳定后被接回师里，暂时住在招待所，领导专门安排一个战士照料他的生活，据说过些日子就把他送到省城的荣军医院去疗养。

刘冰特意请假来招待所探望杨铁民。高家田见到刘冰时，发现她的肚子隆得高高的。高家田说："刘大姐，你好吗？"刘冰说："还行。"刘冰离婚后，很快又嫁了人，丈夫是军医院的一位外科医生，外科医生的老婆患癌症，于一年多以前去世。

高家田陪刘冰往里走。刘冰站在杨铁民房间的门前，理了理头发。愣了很长时间，刘冰才轻轻敲了敲门，试探着走进去。坐在轮椅上的杨铁民见到刘冰，先是吃惊地张大嘴巴，继而勉强挤出一个笑。二人久久地望着对方，默默无语。刘冰鼻子酸酸的，她觉得自己要哭了，她努力克制着，不使眼泪流出来。窗外阳光的声音似乎很响亮。不知过了多久，刘冰笑笑说："我早说过，你会干得很出色。"杨铁民说："这些年来，总感到这兵当得窝囊，好不容易有了一次机会，谁想到又成了这个样子……"刘冰说："我们在一起的时候，我没有让你得到幸福……我一直在责怪自己。"杨铁民说:"唉,以前的事情,一句话说不清楚……是我对不起你了。"刘冰的眼里亮晶晶的,她说:"无论如何,我还会想着你。"杨铁民说:"这样子下去,真不如让我死了好。"刘冰微笑着走上前,俯下身子,轻轻吻了吻杨铁民的额头。刘冰抚摸着腹中的胎儿,柔情万般地说:"铁民,我本该为你生个儿子的。"

杨铁民突然泪流满面,双肩颤抖着。

高家田抹了一把眼角,悄悄离开了。

这年秋天,当兵已三年的高家田面临两种选择,要么复员回家,要么继续留下,日后找机会提干,或者转志愿兵。

管理科长找高家田谈话,告诉他直接提干已不可能,除非极特殊情况,从今以后,战士必须经过军事院校培养才能提干;师里本来有一些机动提干名额,主要是照顾那些上过战场的人。管理科长说:"你这几年的表现我们都清楚,那次抓歹徒,你表现得也很勇敢,我们曾经考虑过给你转干。可是……"高家田说:"谢谢领导对我的关心。"管理科长又说:"如果你愿意,可以留下,过两年我们再想法给你转志愿兵。"

高家田认真思索一阵,说:"我想,我还是回家吧。"

自从当兵后,高家田还未回过家。三年来,家乡的人、家乡的土地,不知变成了什么样子。回家,是一件多么令人激动的事情啊!

招待所的房子太陈旧了,已经不适合形势的需要,师里已拨出专款,在营院南面僻静的地方,修建一座三层小洋楼,命名它为高干招待所,专门接待上级首长。建筑工人正日夜施工,据说房间内要铺地毯,配备彩电,添置新式沙发和豪华灯具。高家田对赵老兵说:"我要走了,咱们招待所也快鸟枪换炮了,你等着风光吧。"赵老兵说:"屁!上面打算把我再调回警卫连,招待所任命专职所长,由干部担任。听说还要招几个漂亮的女服务员。"

张云给高家田写来一封信,信上说,领导和同志们对她很好,估计再过半年她就可以直接转干,但她一想起父亲,心里就难过……高家田也给张云写了一封信。高家田写道:张云,过几天我就要离开部队了,我想,我们以后可能再也见不到了,但我会永远记着你,希望你也不要忘记我，同时希望你在部队好好干……

　　高家田思前想后，没把这封信发走。夜里睡不着，高家田披上外衣，来到空旷的大操场上。高家田站在秋末苍白失血的月光下，掏出写给张云的那封信，一下一下地撕碎，然后挥手撒向空中，看着它们像美丽的雪花一样，随风飘落……

　　这时，他看到，在惨白的月光下，昏黄的天空中，掠过一团一团的云彩。那些云彩在别人眼里颜色艳丽，而在他眼里，是绿色的。他喜欢这种颜色。

　　高家田不由想到，如果不出大的意外，他将是故乡高家店子几十年间外出当兵的九个人中，唯一一个活着回去的人。他之前的那些先人们带着满身的伤痕离开了人世，而他却完好无损地走上回故乡之路。此时此刻，他实在搞不明白，到底应该值得庆幸，还是值得悲哀。泪水不知不觉湿润了他的眼眶。

　　　　　　　　　　　　　　　　　　　　　　　　　　（2003 年）

天下的事情

　　星期一早晨，高云田起床比平时晚了点，他简单洗漱一下，坐在餐桌边吃妻子给他备好的早餐，脑子里琢磨着上午开常委会的事。这时，餐厅门一响，小外孙亮亮闯了进来。亮亮是女儿高洁的儿子，刚满四岁，正在上幼儿园，每天由他外婆负责接送。小家伙长得极像女儿高洁，十分可爱。高云田抬眼看看表，时间还来得及，边吃边逗外孙说话。他问："亮亮，最近都学了啥？"

　　亮亮学外公的样子，抓过一根油条往嘴里塞，然后摇头晃脑地说："背唐诗。"高云田说："那你背一首给外公听听。"亮亮说："小意思。"于是他停止咀嚼，依旧摇头晃脑地背道："春眠不觉晓，处处蚊子叫，打上敌敌畏，蚊子死多少。"

　　高云田听了哈哈大笑，笑毕他问："这是谁教的？"亮亮说："老师呀。"

　　妻子孙爱凤正在门外的小花园里忙活什么，听见爷孙俩的对话，插话道："亮亮胡扯，老师哪能教这些，全是小家伙们自己编排的，像这样的歪诗还有不少呢。"

　　高云田放下碗筷，踱到门口，他看到妻子正在一棵海棠树前铲土填坑，知道她又在埋食品。但他还是忍不住故意问："老孙，你一大早就在花园里折腾，到底干啥？"

　　孙爱凤抹了一把脑门上的汗珠，轻描淡写地说："嗨，一点儿对虾，还有几只鸡、几条鱼什么的，不新鲜了……"

　　高云田摇摇头："这么好的东西埋掉，简直是胡闹嘛！"妻子说："昨晚食品公司送来不少新鲜的，冰箱冰柜里装得满满的，不埋掉咋办?"高云田有点儿恼火:"我不是多次给你交代过吗,不要收人家的东西。""不是我要收,是人家非留下不可。来人说,快到国庆节了,县里每个领导都有份,没别的意思,只是为了感谢领导对食品公司的关心,又不是求你办事。再说,其他人都收了,你不收,别人知道了会怎么想? 我也是为你开展工作搞好团结考虑嘛……"妻子振振有词。高云田打断她:"无论如何,收人家的东西不对。""嘿,不就是一点儿臭鱼烂虾吗? 算得了屁,值得你发这么大的火? 也不看看人家林书记他们,"妻子朝前迈了几步,很神秘地压低声音,"听说前些日子林书记生病住院,县里各局、委、办、室的领导都去看望,这个送三千,那个送两千,说是让他买些好吃的补补身子,林书记收了这个数……"

孙爱凤边说边伸出五个指头。高云田下意识地合计,不知这五个指头代表五千还是五万。随即他打消了这种念头,觉得这样不好。他认真地说:"没有证据,不要乱说。"

"这话是林家的保姆亲口对我讲的,还能有错?"

高云田烦躁地摆摆手,制止她再往下说。在这样的事情上,似乎妻子总是有理。高云田想起,他在化肥厂当工程师时,家里拿出攒了几年的钱买了一台冰箱,妻子觉得冰箱小了点,装不下多少东西。他给她开玩笑:"我们能有多少东西装? 等我当了官,我们再换大的。"后来,他果然时来运转,先是当总工程师,然后是副厂长、厂长、工业局长、副县长,一直当到如今的临山县县长。官越做越大,来送东西的也就顺理成章地多起来,但只要他在家,一般情况下他都拒收,尤其是来求他办事的,他更是拒绝。久而久之,别人摸透了他,选择他不在家的时候来送。起初,他让妻子给人家退回去,妻子不干,说,人家是送给你的,要退你去退。他说,是你收下的,应该你去。妻子说,别冒傻气了,你给退回,人家会以为你嫌少,而且你退还一千,别人会说你起码收了一万。渐渐地,他也就不大当回事了。当然,妻子孙爱凤也不是那种贪得无厌的人,她把握住一点,现款和重礼不收。因为她清楚,男人当上县长不容易,弄丢了乌纱帽,那才是因小失大呢。

说起冰箱,当初买的小冰箱早就淘汰了,换成了大的,仍是不够用,家里又添了冰柜。女儿高洁过些日子来取些食物,孙爱凤过段时间就清理一下冰箱冰柜，那些放久了的东西只好处理掉，门口小花园里的树木花草消受不了，一边疯长一边不断地被烧死。高云田耐着性子劝妻子不要往里埋，妻子说，往垃圾箱里扔太可惜了，也太显眼，只好埋掉，让它们再发挥点余热吧。

还有烟酒，他对酒没有兴趣，不得已时才喝点；至于烟嘛，他过去一直抽，而且抽得很凶。自打当上县长后，妻子逼着他戒烟，说："你和过去不一样了，得学会爱惜自己。"他不明白："我还是我嘛，怎么会不一样呢？""当官啦，命值钱了呗。""什么话嘛！""你别不承认，其实就是这个理。"他说："什么话嘛！""你可以打听打听，大首长有几个抽烟的？人家都会爱惜自己。"他说："有人抽了一辈子烟，还不照样高寿？"妻子撇了撇嘴："你能和人家比？"

妻子天天唠叨戒烟，唠叨得他心烦，一气之下就戒了。家里越积越多的烟酒派不上用场，妻子隔段时间就用小包袱兜着，做贼一般拿到烟酒商贩那儿，以较低的价格卖掉，而且打一枪换一个地方。

高云田站在门口发呆，妻子孙爱凤拍打拍打手上的土："愣着干什么，该去上班了。"他回过神来，看到太阳已经升到了很高的地方，有点儿晃眼。小花园里，树木花草洋溢着勃勃的生机，宛若美好的明天。

七点五十分，高云田准时走出家门。他的司机王师傅已经把车停在了大门口。王师傅见他来到，冲他点点头，然后拉开车门，手撑在他的头顶，送他进去坐好。

临山县的主要领导大都住的是两层的小楼，带花园，独门独院。宿舍离县委县府大院并不远，步行大约十五分钟，骑自行车不超过七八分钟。高云田刚当副县长时，不习惯坐车，他对王师傅说："不用你辛苦，我散着步就过去了。"王师傅说："其他领导都坐车，你步行，怕不合适。"王师傅欲言又止。他说："萝卜白菜，各有所好嘛。他们愿坐就坐，我喜欢步行，你甭顾虑。"他想，王师傅可能在机关待久了，过于谨慎。过了段时间，果然有风言风语传到他的耳朵里，大致是说新上任的副县长有车不坐，还不是为了哗众取宠，捞政治资本。尤其是县委报道组的一个笔杆子将这件事连同别的事写成稿件在市报发表后，传言就更多了。以至于有一次，林书记和他闲聊时，似在无意中谈起此事，叮嘱他最好和大家打成一片，别搞特殊。目前的形势下，脱离群众不好，脱离干部也不好。到这时，他才明白了当初王师傅的一番苦意和好心。从那天起，他就和其他领导们打成一片了。

车子平稳地在大街上行驶。高云田坐的是日本新式皇冠，质量没的说。大约半年前，由县财政拨款，给县里五大班子的主要领导换车，替换下来的桑塔纳让给副职坐，此事经常委会专门讨论过。当初他曾提出异议，他说，临山县还是个偏僻的穷县，我们应该考虑到这样做带来的影响。具体办事的同志说，临水县比我们还穷，年年要救济，可人家的主要领导两年前就换了车，也没见得有啥影响；再说，我们县再穷，几辆车总还买得起吧。有粉往脸上抹，你头头坐上它去市里省里开会参观啥的，也算是个门面，免得人家瞧不起我们。加之其他常委并无不同意见，高云田只好少数服从多数，不便再说什么。

王师傅为了让他放松一下，特意打开录音机，轻柔的音乐缠绕着他，他感到极惬意。每当这个时候，不知为什么，他的脑子里总是浮起张雨霞的音容笑貌。张雨霞是县府招待所的女服务员，今年刚满十九岁。小东西年龄不大，成熟得却令人吃惊。她相貌清丽，皮肤白净而湿润，长着一口亮晶晶的牙齿，两条腿又长又直；她偶尔狂放轻佻，大多数时候却又不失庄重诚实，浑身上下都透出一种难以言喻的光辉和无法嚼透的魅力，这样的女人也许更有吸引力……高云田想到，他们已经有一个多星期没见面了，工作太忙，杂事缠身，他没有那么多的精力，条件也不允许。他想，小东西肯定着急了，下次见到他又该噘起她好看的嘴唇假装生气了……喇叭一响，高云田把思绪从遐想中拉回，回到过一会儿即将召开的常委会上。

四分钟后，皇冠车准时驶进县委县府大院。

周一上午，是例行的常委会。今天的会范围有所扩大，除了常委，到会的还有公安局长、检察院检察长、法院院长、教委主任、卫生局长、体委主任、财政局长，因为近期的主要工作与他们有关。高云田没有进办公室，下车后他和已经等候在楼门口的这些官员们互相问候着，一同走进三楼会议室。

八点十五分，正式开会。首先由县长高云田讲话。会议的内容很多，高云田列举了一下，主要有：

近期县城和一些村镇治安问题很多，案件数量直线上升，犯罪分子和一些不法分子十分猖獗，严重威胁到人民群众生命和财产的安全。县委决定本周内开展严打斗争，重点是扫黄打黑，争取社会治安全面好转。具体事宜由公检法三家实施。

教师节即将来临，可全县到目前为止拖欠教师工资约二百万元，教师们意见很大，不能再拖下去了，必须尽快解决。具体由财政局和教委负责落实。

市里十月底举办第三届全市运动会，十一个区县参加。上届临山县得了倒数第二，这届必须扭转落后局面，争取进入前六名。体委一定要下大力气抓好训练。

反腐败工作要抓紧，目标放在领导干部身上，力争近期内侦破几起大案要案，以便对上对下都有个交代。检察部门的同志担子不轻。县工商银行负责信贷的副行长赵立发的问题看来比较严重，已经收到群众的检举信近百封，需尽早立案侦破，搞个水落石出。

市卫生系统下周将对全市各区县的主要医院进行卫生医疗检查，此事同参加运动会一样，关系到本县的声誉和地位，不可马虎。卫生局需全力以赴抓好落实，减少死角。

……

接下来，有关部门的领导汇报了各自的工作进展情况，以及今后的打算和要采取的措施。其他部门决心很大，唯有财政局长叫苦不迭，说是到处都需要钱，但我县的财政状况相当困难，很多问题无力解决。就拿筹集教师工资一项，虽多方筹措，拖欠的二百万元中仍有八十多万没有着落，他这个财政局长整天像热锅上的蚂蚁，日子实在难熬。

财政局长一脸苦相。林书记插话说："县里会帮财政局想想办法。都说财神爷好当，我看如今你们这些财神爷真够受的。"

高云田说："是的是的，我们会采取点措施，让你这个财神爷的口袋鼓起来，腰杆子硬起来。"

中间休息时，高云田找到林书记，试探着说，他有个想法，打算把

284

皇冠车卖掉，卖车的钱用来给教师们补发工资。这个想法高云田一个多月前就有了，由于此事比较敏感，他一直没把它端出来，他觉得今日是个机会。说完，他盯住林书记那张光明正大的脸，等待林书记的反应。在临山县，林书记是个老资格的官员，在市里和省里的根子也硬，包括他这个县长在内，无人能和他抗衡，所以他事事都须谨慎。如果把关系搞僵了，工作更难开展，对全县也更不利。他之前的两任县长，一个调走，一个不到年龄就下来，很能说明问题。

林书记愣了愣，眼睛一亮，击掌道："好！我支持，这个想法很好！"

高云田的表情松弛下来，林书记又说："老高，干脆我们俩都卖。从今天开始，我们换车坐。我想，领导干部带头清正廉洁，我们两个一把手算是拿出了实际行动嘛！"

林书记很兴奋，高云田上前握住林书记的手，"我们两人想到了一块儿，真是太好了。过一会儿我向与会者宣布。"

这时，县委办公室的人进来请示，中午是否一块儿进餐，餐厅好早做准备。林书记摆摆手："嗯？上头刚发过文件，禁止公款吃喝，你不知道吗？"来人悻悻退出。

会议重新开始时，高云田庄严地宣布："林书记决定带头卖掉坐车，我响应。卖车的钱退还财政，用来补发教师的工资。"

会场里响起了热烈的掌声。

然后，林书记进行总结。林书记对刚才布置的各项工作提出了要求。最后，林书记又补充了几件事。一是他明天要到省委党校参加为期半个月的集训，这段时间内的党委工作由县长高云田同志主持；二是昨天市委陈书记给他打来电话，说是省委书记王道伦同志本周要来临山县检查工作，具体时间另行通知，届时在家的主要领导同志要搞好汇报和接待；三是在市人民医院住院的副县长孙长平已生命垂危，医院连续发出了三份病危通知，没去探望的常委这一两天内赶快去，如果孙长平同志病逝，他无法赶回来参加追悼会的话，在家的同志多费点心，把后事处理好，让死者家属满意；四是最近县直各部门办公秩序很成问题，迟到的，早退的，上班时睡大觉的，打毛衣的，很普遍。居然有人上班时间关起门来打麻将，谁敲门都不开，下面来办事的同志反应很强烈，这很不好嘛！我建议由高县长和毛副书记亲自抓一下……

会议整整开了一上午。散会后，林书记的司机小李和高云田的司机王师傅各开一辆桑塔纳来接他们。林书记对高云田说："我觉得换成伏尔加更好些，要换就来个彻底的。"

高云田深为林书记的主意折服。他冲小李和王师傅说："去，到车队调两辆伏尔加，不要怕破。"

小李和王师傅疑惑间把车开走。林书记说："明天我就坐伏尔加去省里。"高云田说："我想这会成为一大美谈。"

二人拊掌大笑。坐伏尔加回家的路上，高云田感到这车确实与皇冠差远了，但他的心情很好。王师傅回头笑了笑说："县长，你和林书记先将就点，我琢磨用不了多久，又要换回来。"

"有车坐就可以，没必要再换嘛。"

"你想，你们两个一把手坐这样的车，别人好车还能坐得住？都换旧车又不可能，唯一的办法就是过些日子再给你们买新的。"

下午一上班，办公室的人就四处打电话联系卖车事宜。在临山县买得起皇冠车的单位并不多。即便买得起，县长书记卖车带头清廉，你却在这种时候买豪华车，似乎也不妥。一家设在本县的合资企业资金倒是雄厚，但人家回话说，他们那儿资金都是个人的，还是节俭点好，不像你们公家那么大方。

工作人员满面愁容向高云田汇报。高云田说："事情已经宣布，无论如何都要卖掉，而且动作要快，不然没法向林书记交代。可以和别的县联系一下。"

"就怕时间上来不及，我们觉得还是立足于在本县卖。据了解，税务局、工商局和工商行前些日子打算买车，但刚才在电话里他们都矢口否认。"

于是，高云田亲自打电话找这几个单位的头头。工商银行的刘行长坚持不买，高云田意识到，这一切都是副行长赵立发的事情造成的。赵立发的问题越搞越大，工商行风声鹤唳，眼下既谨慎、紧张又警惕。在

286

他的劝说下，税务局和工商局最后答应买。税务局的于局长说："唉，我们只好勒紧腰带为领导排忧解难了。"工商局的江局长则说："只要别把这事当成不正之风就行。"

高云田说："先别扯这些，明天你们派人来接车。价格嘛，每辆三十万，最好今天就划到财政局。"

这件事情就这么办妥了。

星期二早晨七点五十分，高云田和县委毛副书记面带威严站在县委县府大门口，检查上班情况。奇怪的是上班秩序和往日不大一样，机关干部们有的骑车有的步行，准时走进办公室，就连老县委书记的女儿——平时天天迟到早退的保密员唐小娜也按时来到。看他们交头接耳挤眉弄眼的样子，就明白消息已经走漏出去，高云田、毛副书记此举成了摆设。唐小娜冲高云田和毛副书记挤挤眼睛："今天不会有人晚来的，两位领导别累着，回办公室吧。"

毛副书记和唐小娜更熟一些，毛副书记说："臭丫头，你今天按时到，说明我们没白检查。"

他们和唐小娜一同往办公楼走。唐小娜说："其实早来晚来一个样，反正来了不是抽烟喝茶就是聊大天讲笑话，还不如在家睡懒觉有价值。"

下午一点五十分，高云田和毛副书记又来到商业局大院门口，这次让他们抓着了。迟到的占一半以上，有的竟晚到半个小时。商业局局长的脸涨成了猪肝色，一个劲儿地做自我批评。高云田和毛副书记毫不留情地把他臭骂一顿。此事风一样传到了全县各部、局、委、办、室，办公秩序均有了明显好转。

宣传部的笔杆子们动作够快的，他们把林书记和高县长卖车给教师补发工资的事写成了新闻稿件，派专人送到省市各新闻单位。省报和市报的领导感到这不是一般性的稿子，打算突出报道一番，马上派记者来临山县采访。星期二下午下班前，一男一女两位记者先后来到，宣传部马部长赶紧向高云田报告。马部长说："我们把客人安排住进了县府招待所，那儿的条件比县委招待所好一点儿。"

高云田说："你们把情况向他们介绍一下就行了，我觉得这不是什么大不了的事嘛。"

马部长说："这事宣传出去，是我们全县的光荣嘛，你就是再忙也要抽点时间和客人谈谈。况且这是找上门来的好事，别人就是用八抬大轿请，人家都未必来。再说，这些记者老爷也惹不起呀！"

"如果要写，多写写林书记，主要是他的事迹。"

"林书记已经去省委党校了，人家记者点名要见你。这样吧，六点钟开饭，还有十几分钟时间，我们一块儿过去，先见个面，然后边吃边谈。"

马部长硬是把高云田拉走了。

他们走进县府招待所大门，迎面正碰上张雨霞。她手拿碗筷，像是去餐厅打饭。高云田强烈地感受到了熟悉而又陌生的气息，不觉心头抖了抖，一股暖流霎时涌遍了全身。他以为张雨霞会一低头过去，但她却大大方方地冲他们点点头，甜甜地问候了一声。高云田愈发感到，这小东西真是聪明可人。

这顿饭吃得舒服，谈得也很投机。

就在这天晚上，一个中年女人和一个年轻姑娘敲开了高家的门。孙爱凤认出，她们是县工商行副行长赵立发的老婆和女儿。她们以前曾和赵立发一同来过，送过一些烟酒和食品，还给小外孙亮亮买过玩具。孙爱凤当然知道赵立发的事，她对她们说："老高不在家。"

中年女人说："大姐，我就找你。"然后她冲女儿说："快叫阿姨。"

孙爱凤犹豫着把她们让进客厅。赵妻抽泣着向她描述了家中的遭遇和不幸。赵妻说："老赵确实有的地方不干净，干他这一行的就是想干净也干净不了，但绝不像告状信上说的那么严重。听说检察院要收审他，这么一折腾，我这个家就要败了。请高县长和大姐关键时候替老赵说句话，救救我们一家，我们全家会感谢县长和大姐一辈子……"

孙爱凤对她表示了些微的同情，安慰道："身正不怕影子斜，只要问题不严重，你甭怕嘛。"

赵妻说："他们要是把他关进去，就说不清楚了。"

说完，赵妻从随身带的手提包里掏出几张名人字画、两件古玩、三条沉甸甸的项链，颤抖着手递给孙爱凤。孙爱凤吓了一跳，她知道，这些名人字画和古玩虽不能说价值连城，但分量却是那三条项链远远无法比的。这一刻，她的大脑飞速转动了一阵，稳定下情绪，拉下脸子说："你这是什么意思？快给我放回去！"

"没、没别的意思，只要大姐和县长帮说句话……"

"你把我们当成什么人啦？老高是有名的廉洁人，你送给谁都行，我们坚决不收！"孙爱凤的口气很强硬。

赵妻仍是抓住她的手不放，孙爱凤的脸色更加难看，"好好，只要你敢留下，我就让老高在大会上讲出来！"

送走近乎绝望的赵妻，孙爱凤为自己经受住了一次严峻的考验而激动，她觉得自己非常了不起。她想，老高知道了这事，肯定会竖起大拇指赞扬她，说不定会像三十年前那样抱起她原地转几圈。此时，她感到自己年轻了许多……

翌日早饭后，按照事先订好的计划，高云田和教委主任老周驱车去三十里外的孙家庙乡，参加该乡发放教师工资的仪式，两位记者同行，现场进行采访。老周见县长乘坐一辆破伏尔加，临时把自己的丰田车换成一辆四面漏风的北京吉普。两辆破车在坑洼不平的泥土路上颠簸得快要散了架，拿出吃奶的劲才跑完那三十里路。

仪式在孙家庙乡中学的操场上举行，搞得热烈而隆重。校门口张挂着巨幅标语，组织者不知从哪儿弄来几面掉了颜色卷了边的彩旗，斜插在残缺不全的围墙上。锣鼓声忽高忽低，阵势像过年一样。乡里的头头脑脑都来了，临时在操场上用课桌和苇席搭设了主席台。坐在上面，高云田看到，校舍已破得不成样子了，一律的灰砖灰瓦，房顶上长满荒草，越看越像一座古庙。台下坐满了教师和学生，灼热的阳光使他们睁不开眼睛，白亮的汗珠在他们黄色的脸上流淌。高云田心里酸酸的，极不是滋味，他对坐在左边的乡长孙道国说："场面没必要搞这么大嘛！"

"大家心里都很激动，所以乡里决定搞隆重点。"

"耽误学生学习不好。"

"一会儿就完，耽误不了多少。最后你给大家讲几句吧。"

"没啥好讲的，我不打算讲。"

挂在顶棚上的大喇叭吱吱呀呀叫唤一阵后，中学校长宣布仪式正式开始，随即数挂鞭炮在场外响起。硝烟味儿一散，乡长孙道国首先讲话，他代表乡党委和全乡教师一再感谢县委县政府的关心，决心以此为动力，使全乡的教育事业更上一层楼，高质量地培养社会主义接班人。当他提到为了给教师们发放工资，县委林书记和高县长特意卖掉了小轿车时，全场欢声雷动。高云田注意到，那个徐娘半老但风韵犹存的女记者站在人群里，不断按动照相机的快门；男记者则把一个谢了顶的老教师叫到一边，边提问边记录……

孙道国讲完后，大声道："下面请高县长讲话。"

高云田站起来，清清嗓子，他只讲了两句："老师们，县委县政府对不起大家，委屈你们啦……"潮水般的掌声就打断了他的声音，很多人都红了眼圈，高云田的眼角也潮乎乎的。他分辨不清这样的场面到底含有多少揶揄的意味，台下的一张张陌生的面孔确确实实是真诚的、生动的，更让他觉得脸上并无太多的光彩，以至于掌声平息后，他却不知道讲什么好了。谁也不会想到，他干脆闭上嘴，朝台下深深地鞠了一躬。

掌声再一次潮水般地响起，久久不息。孙道国嘴对着高云田的耳朵小声说："场面太感人啦。"

接下来，十名教师代表上台领红包，红包里装着他们的工资。这十名代表喜气洋洋下台后，一个背有点儿驼的三十多岁的男子懵懵懂懂往台上走。有人拉住了他，他急煎煎地说："哎哎，我的还没领呢，该我两千多呢……"

有人告诉他，那十个人是做做样子的，别人的散会后领，一分钱不少你。

仪式在锣鼓声中结束了。

两位记者当天要赶回报社发稿，县里派车送他们回去。第二天，省报和市报都在头版显著位置发了消息，市报还加发了编后和一篇两千字的通讯，在全省、全市尤其在临山县引起了极大反响，县广播站翻来覆去播放这几篇稿件。林书记从省委党校给高云田打来长途电话，言谈之中流露出兴奋和满意。林书记说："老高，一开始我就感到我们这样做是对的。眼下我在党校成了大明星，今天下午省委王道伦书记来党校讲课，特意提到了这件事，评价很高。其实工作主要是你做的。"

"你是我们临山县的核心，如果说有成绩，主要在你嘛。"

"说到底，我们做得还很不够，还有很多差距，有待于在今后的工作中改进。"

"是啊，我们不能满足于现状。"

"另外，赵立发的事进展怎么样？"不等高云田回答，林书记接着说，"省里和市里有关部门也很关注。今天中午，省工商行毕行长专门来党校找我，他谈了一些想法，总之他很关心赵的处境……我想，这个这个……我的意思是，赵在临山县是个有影响的人物，在省里市里也有一定的影响，我们在他的问题上一定要慎重……"

高云田半天没吭声，直到林书记征求他的意见时，他才说："我觉得，赵的问题最好由司法机关按法律程序解决为好，我们不宜过多地干涉。"

电话那头，林书记哈哈一笑："我赞同我赞同。"

"当然，慎重一点儿是必要的。老林，你的意见我会向其他常委和有关部门转达的，你放心。"

林书记说："那好那好，这阵子你的担子很重，注意身体呀。"

天上下起了小雨，毛茸茸的雨丝像雾一样在室外的大气里飘荡，黏附在屋墙和绿色的植物上，然后结成晶莹的水珠滴落。高云田双臂交叉抱在胸前，静静地呆立在卧室的窗下，他看到几只鸽子绕着前面的一栋尚未竣工的高楼飞来飞去，鸽哨声隐隐约约地传来，宛如梦中人的呓语。

凌晨四点多钟的时候，秘书打来电话，说副县长孙长平在市人民医院去世了，时间是凌晨一时二十五分。县里已派车去医院接他的家属和子女，估计天明就能到家，孙的尸体一同拉回来，暂放在县殡仪馆，等待开追悼会。

高云田的心情很沉痛，心口隐隐作痛。他右手握紧话筒，左手用力撑住额头，努力控制住自己的情绪，对秘书吩咐道："请你转告办公室宋主任，务必把善后工作处理好。上午八点半，我直接去孙副县长家安慰一下他的夫人和孩子，其他的常委和县五大班子以及各部、局、委、办、室的领导尽量都要通知到。苏副县长上午在办公室值班，处理日常工作。"

自接到电话后，高云田没再睡，也睡不着，他披衣起床，呆立在窗前久久未动。妻子孙爱凤嘟囔道："他完全是自己不注意，喝酒喝死的。"

高云田斜了妻子一眼，没理她。

副县长孙长平的确是个有名的酒篓子，他比高云田小两岁，刚满五十一。谁也说不清楚，在他不算太长的生命里，到底喝了多少酒，估计一解放牌卡车肯定拉不完。他是个土生土长的干部，没多少文化，家境也很贫困，父母亲就他一个儿子。最早他在远离县城六十里的黑山镇当公务员，也就是跑个腿送个通知什么的，这号人的前途可想而知。终于有一天，他的领导发现他很能喝酒，酒量大得惊人，一口气灌下一瓶酒，脸不红心不跳。从那以后，领导们外出喝酒或是上面来人，便经常叫上他陪酒，他酒惊四座的非凡表现给人们留下了相当深刻的印象，也改变了他未来的人生道路。

后来，他奇迹般地当上了黑山镇办公室主任、副镇长、镇长，三年前，又被任命为副县长。他当了副县长后，县里的大小应酬基本上全靠他顶着。书记和县长在场时，也主要靠他代喝，林书记和高云田自然省掉许多麻烦。这种传奇般的经历使他在本县的知名度相当高，以至于在各式各样的酒宴上经常可以听到这样的话："今天咱们别喝多，赶上孙副县长一半就成。"据说有一次，市长招待北京来的客人，碰上一个酒量大的，无人能招架得了，市长感叹道："要是临山县的孙长平在就好了……"

他和爱人王玉枝的感情一直不和，据说很大程度上缘于他经常喝酒，整天醉醺醺的。一次，他爱人找高云田告状，说："我一闻见酒味就恶心，这日子没法过了。"孙长平则解释说："你以为我愿喝？没办法嘛，这也是工作嘛。"

大约一年前，孙长平病倒了，脸色很难看，到医院检查，并未查出什么病，医生叮嘱说，最好少喝点酒。他根本不当回事，照旧在各式各样的酒场上一展雄姿。他同人开玩笑说，喝了一辈子酒，不能虎头蛇尾，只要还有一口气，就要喝下去，生命不息喝酒不止。他爱人气得不行，居然跑到纪委书记那儿反映问题，纪委书记哪能管得了这事，只有笑着把她送走。不久，一段民谣就在本县传开了："当个头头真叫累，革命小酒天天醉，喝坏了党风喝伤了胃，喝得老婆背靠背。老婆告到纪委会，书记说：该喝的不喝也不对。"

当初，林书记听到这段民谣，曾哈哈大笑，笑毕对高云田说："你听听，这不是指老孙嘛。"高云田说："你别说，还真够形象的。"他们也都未当回事。

终于就有了后来的恶果。

三个月前，孙长平昏倒在招待市委组织部长的晚宴上。不是醉倒，是昏倒，因为那天他的脸呈猪肝色，样子很吓人，别人没敢让他多喝。工作人员赶忙送他去县医院，医生怀疑是肝癌。又赶紧送市人民医院复查，结果很快就出来了：肝癌晚期！

林书记和高云田去医院看他，他倒是很乐观，一见面就冲他们说："伙计，我得了癌症，赶紧给我准备后事吧。"林书记说："你少扯淡，安心休养。"他笑着说："没关系，反正人早晚有一死，谁也跑不了。只是我手头还有几件事没办妥，只有劳驾你们了。"林书记说："你给我放心吧，我们会下大力气把工作干好的，全县人民的日子会越过越好的。"高云田无限怜悯地望着面目全非的孙长平，总觉得他像一块在酒缸里浸泡了半个世纪的木头……

外面刮起了风，小雨几乎停止了。妻子孙爱凤准备好了早餐，喊高云田吃饭。高云田说："你自个儿吃吧，我吃不下去。"

八点三十分，高云田乘车来到孙长平家。孙长平是唯一一个没住小独楼的县委常委，他刚当副县长时，小独楼都占着，办公室暂时把他安排进机关干部们住的三室一厅的宿舍。后来小独楼腾出来了，办公室通知他搬家。他却说，我这人喜欢热闹，太清静了受不了，就住这儿吧，我看挺好。他一直没有搬家。

那座普通的居民楼前，停了十几辆小车，引起不少孩子的围观。高云田艰难地登上三楼。孙副县长的二儿子领他进屋，说："妈，高伯伯来了。"

高云田上前，紧紧握住孙妻王玉枝的手，"老王，你要珍重，节哀。"

然后，他眼含热泪，在孙长平的遗像前深深地三鞠躬。他同已经到来的各单位的头头们一一握手，不断有人告辞，不断有人进来。他缓缓地巡视死者的家，发现竟然连一件像样的家具也没有，电视机是十四寸的，这样的摆设连一般的家庭都不如。而且孙长平身为副县长，他的老父老母仍然在乡下居住，种两亩责任田；他的妻子至今仍是县棉纺厂的普通工人，眼下棉纺厂效益不好，停工停产，每人每月只能领到八十元的生活费；他的大儿子也仅是县化肥厂的一般工人，二儿子还在上高中。高云田曾来过两次孙家，以前怎么就没发现这些呢？此刻，高云田深深地为副手的廉洁节俭所折服。他对王玉枝说："老王，你们太清苦了，我对你们一家关心不够，实在对不起。"

王玉枝说："高县长，不能怪你，老孙就是这样一个人，对什么都不在乎。"

高云田说："老孙是个好同志，全县人民会永远怀念他。"

王玉枝说："有件事我想和你好好谈谈。"

高云田想，她可能借机提一些要求，比如生活补贴、她和孩子的工作、老孙在乡下的父母的安置、房子什么的，只要不出格，合情合理，就要答应她。王玉枝把他领到卧室，愣了一阵儿，然后说："县长，林书记不在家，县里的事情你说了算，你们得好好给老孙一个评价。"

"林书记交代过，老孙的后事一定要处理好，想方设法让家属满意，你放心。"

"其他的都好说，我就想让你们好好评价评价他。"

"评价？错不了，老孙是个好党员，他为本县的发展做出了重大贡献，我们都要向他学习。"

"这当然好，但我还有一个要求……"王玉枝欲言又止。

高云田鼓励她："老王，你尽管提。其实，有些问题我们已经帮你想到了，县里会拿出一些钱补贴你家的生活，老孙的父母我们也会考虑到，让老人家安度晚年，你和老大的工作以及房子可以调一调……你尽管提，啊！"

王玉枝摇摇头："这些事老孙生前我多次向他提过，他都否了。他做得正，我不反对。如今他不在了，还是尊重他早先的意见吧……"王玉枝说不下去了，嘴唇哆嗦得厉害。

高云田为孙妻的崇高境界所折服，但他猜不透她有什么要求。他边劝她边说："老王，你的意思是……"

王玉枝抹了一把鼻涕又抹了一把泪："我想……县里最好给他定个烈士……"

高云田吃了一惊，以为自己听错了："老王你说什么？"

"我想让县里给老孙定成烈士。他的身板并不比别人差，年轻轻的却得了癌症，医生都说是喝酒喝坏的。他为啥天天喝酒，连自个儿的身体都不顾？谁都清楚是为了工作。他这一辈子不知道陪多少领导喝过酒，宁可亏了自己，也要让人家满意，图的是增进感情，让领导记住咱临山县……"

高云田有点儿傻眼："老王，你你你听我讲……"

王玉枝并不停顿："你是县长，你该清楚，老孙在酒桌上为咱县争了多少光，靠拼命喝酒为咱县要来了多少项目、资金，减少了多少麻烦。就这，他受了多少洋罪？他不容易呀！到头来他把命都搭上了，苦了我们娘儿几个……"

王玉枝满脸眼泪鼻涕，高云田企图制止她："老王老王，你听我讲……"

王玉枝摆摆手："我想起，董存瑞舍身炸碉堡，黄继光舍身堵枪眼，还有大名人雷锋，悄没声地干好事，报上咋说来？噢，默默奉献，他们都成了大英雄，定了烈士；就连我们厂看大门的老张头，他的儿子上越南打仗，连个鬼子毛还没见着，就踩了地雷，也给定了烈士；老孙呢？"

高云田差点儿给她逗得笑出声来，他狠狠地咳嗽两下，捂住嘴："老王老王，扯远了……"

"老孙呢？他为工作舍身拼上性命喝酒，这和炸碉堡堵枪眼差不离吧？明知山有虎他偏向虎山行，明知是地雷他偏要踩，而且月月年年，

295

整天如此，这算不算默默奉献？他明明白白是个烈士料子嘛！"

王玉枝终于住了口，坐在床沿喘粗气。高云田正色道："老王，纯粹是两码事嘛。"

"我觉得一回事。在咱县，哪个敢像老孙为工作那样耗自己？都认为他是个酒篓子，说他没魄力，没能力，除了喝酒啥也不是，我就想让他们看看，我们老孙是革命烈士，是条响当当的汉子！"

"老王，我说句实在话，你不能让县委出洋相嘛。如果依你说的，其实对谁都不好。至于对老孙的评价，县委会高度赞扬他的功绩，充分肯定他的伟大贡献……"

高云田费了九牛二虎之力，才基本说通王玉枝。他口干舌燥，感觉很累，浑身像散了架。最后和王玉枝达成的初步意见是，追悼会一定等林书记回来再开，而且由高云田主持，林书记致悼词；县里拿出一笔数目可观的钱安抚死者亲属，但对外要保密；王玉枝和大儿子的工作调整一下；县里为她快要结婚的大儿子解决一套住房……

临离开时，高云田再一次对着孙长平的遗像三鞠躬，他在心里默默地说："老伙计，你安息吧。"

孙副县长的死给整个县府机关带来了一股压抑的气氛。他是个豪爽、豁达、带有传奇色彩的人物，平时很少与别人过不去。本来人缘就不错，加之去他家吊唁的人回来后，绘声绘色地讲述他家的清苦和他本人的廉洁风范，更让这些同他朝夕相处的人唏嘘长叹。

高云田下午一上班，就明显感受到了这种弥漫在办公大楼里的气氛。他叫过办公室宋主任，交代道："孙副县长的死是县委县府的重大损失，大家悼念同志的心情可以理解。我认为，最好的悼念方式是，活着的人化悲痛为力量，把工作干好。近期的事情很多，大家务必振作起来，完成各自的任务。"

宋主任说："我一定把你的指示传达到各科室。"

这时，秘书推门进来向他报告，县体委张主任和卫生局刘局长来电话，下午能否抽点时间听听他们的工作汇报。高云田想了想，说："光听汇报效果并不好，你电话通知他们，过一会儿我去他们那儿看看。

噢，先去卫生局吧。"

秘书离去后，他一口气喝了三杯茶，出了一身透汗。他仰躺在高背椅上，理了理思路，努力让思绪从孙副县长死亡的阴影中冲出来。要干的事情很多，他不敢有一时一刻的懈怠。收拾一下东西正要出门，外面却有人轻轻叩门，他说请进，外面的人并未进，仍在犹犹豫豫敲门，他只好起身拉开门。

来人四十出头，小个子，头发梳得溜光，鼻尖翘翘着，腮帮子格外肥胖，嘴里的两颗金牙不时从咧开的嘴角闪几下光，一身打扮仍明显地露出农民的痕迹。高云田觉得此人十分面熟，但一时想不起是谁。来人紧紧握住他的手不放，"县长啊县长，我是李家村的李胜利呀。"

来人是黄山镇李家村的支书李胜利，高云田一下子对上了号，他亲热地拍拍李胜利的肩膀，拉他坐在沙发上，又给他倒了一杯茶。两年前，高云田曾带一个工作组下基层蹲点，就选在李家村，他在那儿蹲了七天。如今回忆起来，仍觉得那几天过得很愉快。这两年公务繁杂，忙于应付，整天浮在上面，很难抽身下基层搞调查研究。想到这里，高云田无奈地摇摇头。他说："小李呀，那时你没这么胖嘛！"

李胜利说："嘿嘿，我这肉长起来像生产形势一样，想慢都慢不了。"

高云田记得，李胜利干事泼辣，点子蛮多，嘴巴子也好使，是个典型的农村干部。据黄山镇的领导介绍说，李家村原是该镇最穷的村子，十年前搞土地承包时，村里只有三元五角五分钱的现金积累，短短几年一跃成为该镇的富裕村。村支书李胜利很能干，是个远近闻名的大能人。

高云田说："小李子，哪阵风把你刮到我这儿来的？"

李胜利喝了一口茶，水太热，烫得他吧唧了几下嘴："嘿嘿，进城办事，乡亲们想你，托我来看看你。"

"谢谢。回去代我问乡亲们好。乡亲们好吗？"

"都好，都好。乡亲们盼你再去村里看看呢。"

"我一定去，过些日子就去。大伙的收入怎么样？"

"比你那会儿去时又有了很大程度的提高。大伙越来越有奔头了。"

"这是肯定的，你们这些常年处在第一线的同志功劳很大。"

这时，秘书进来说："车子准备好了，是不是现在走？"

高云田挥挥手："李家村的支书来看我，他好不容易来一次，我想和他多聊聊，了解了解下面的情况，稍等一会儿。"

秘书退出。高云田见了下面的人很热情，这是他多年养成的习惯，机关的同志都清楚。他曾多次向传达室和身边的工作人员交代，下面来人找他，尤其是基层和乡下的人，不论是反映问题的，还是要求解决困难的，一律不要阻拦，而且不用请示，直接放进来就行。

然而，接下来的事情却让他惊愕不已。他和李胜利聊了一会儿，该说的都说了，李胜利并无要走的意思，他只好提醒他："小李，还有什么事吗？"

李胜利吭哧了半天，才说："县长，你得为我撑腰，帮我想想法子，给公安局打个招呼，有人……想杀我……可能是我搞改革，得罪了一些人……"

"到底怎么回事？"高云田欠了欠身子。

"村里有人放出风来，说要谋害我。夜里外出，老有人跟踪我。前几日，有人在我家大门上挂了一串死耗子，还留下一张纸条……"李胜利手指哆嗦着从怀里摸出一个皱皱巴巴的纸团递给高云田。他接过，见上面歪歪扭扭写道：李胜利小心点，你的下场就向（像）这些老术（鼠）。

"前天夜里，有人向我院里扔了两个雷管，把看家的狼狗给炸死了，当时我正在茅坑拉屎，差点儿伤着我……"

"是啊，我县治安形势不好，县委已经做出决定，近期内开展严打斗争，你暂时多提防点，很快就会好的。"

"可是，可是……"李胜利似乎还有很多话要说，但又不便说。他胖嘟嘟的腮帮子和嘴里的两颗金牙令高云田感到极不舒服，同时他鬼鬼祟祟的样子使高云田顿生警惕。此刻，高云田猛然想起，有一次他去县信访办走动，遇到三个上访的乡下人，他们反映村里的问题，并且咬牙切齿地说，上面再不管，我们跟他就不客气了。其中一个人还说出一段顺口溜：房子建得像宫殿，吃喝嫖赌全都干，睡了这个睡那个，谁不听

298

话罚你款，欺上瞒下没人管，家家户户去敛钱，摊派集资月月有，腰包鼓得像牛蛋。信访办负责记录的小丫头笑得岔了气，捂着嘴去了厕所。高云田忍不住问上访者："你们是哪个村的？""黄山镇李家村。""噢，村支书叫什么？""狗日的叫李胜利。"这名字他感到耳熟，但又想不起具体人。他对信访办的负责人说，群众反映的问题必须认真对待，转交有关部门查处，万万不可置之不管。对方说，像这样的上访几乎每天都有，我们都认真进行了登记，及时转交给有关部门处理。不久，高云田碰到黄山镇的金书记，把这事讲给他听。金书记说，群众的意见有时往往偏激，李家村的支书还是不错的，他是县劳动模范，群众发家致富的带头人，在我镇很有影响。我们认为他成绩是主要的，问题当然也有一些。我日后过问一下，有则改之无则加勉吧。

这事就这么过去了。

高云田目光紧紧盯住李胜利，李胜利低下头，腮帮子耷拉着，像两只硕大的马奶子。高云田拉下脸来说："李胜利，我问你，做没做亏心事？有没有对不起群众的地方？"

"没、没有……"李胜利木木地摇头，腮帮子两面扯动。

"我看你很成问题！"高云田提高嗓门，拍了拍沙发扶手，有些激动，"我告诉你，群众要杀你并不是没道理。群众为什么不来杀我？纯粹是你个人为官不正造成的，再这样下去你很危险，即使群众不杀你司法机关也不会放过你！"

"县长，我……"李胜利带着哭腔，面无人色。

"也许亡羊补牢还来得及，你赶快给我回去，向乡亲们认个错，多吃多占的退还集体，把自己的毛病统统改掉，切实为群众着想，带领大伙尽快富起来，到那时谁还想杀你？！"

高云田乘车去卫生局时，已是三点多钟。他自言自语道："妈的，净是些什么破事！"

坐在前座的秘书和司机王师傅面面相觑，吓了一跳。在他们印象中，高县长从不骂人的，今儿个是怎么啦？县长这把交椅不好坐，他也真够累的，大事小事都要找他，千头万绪无从下手，忙了这头顾不了那头。他完全可以像前任县长那样，超脱一点儿，睁只眼闭只眼，得过且过。但他偏不，事事认真，你认真得过来吗？他们眼见着，几年的工夫，他的头发白了一半，照这样下去，还不累死……他们很为县长的身体担忧。

王师傅说："县长，我把车开慢点，你闭会儿眼。"

高云田说："一会儿还要去体委，最好快点。"

卫生局的刘局长和几个副局长以及县医院的院长、书记等人已在局门口等候多时，他们上前同高云田热情地握手。刘局长说："咱们先去会议室吧，我们给你汇报。"

高云田说："不用了。我想去医院实地看看，你边走边说。"

"天太热，先去会议室坐坐嘛。"

高云田率先钻进汽车，刘局长犹豫着跟进来。其余人慌忙坐上各自的车子，车队向县医院驶去。到医院后，一干人直奔各科室和病房，挨个走了一遍。高云田边走边听完了刘局长的汇报，他强调说："此次检查不同以往，市里很重视，分管文教卫生的曹副市长亲自带队，一个医院一个医院地过筛子，和以前的检查不一样，想糊弄都糊弄不了。它关系到我县卫生系统的荣誉，只许成功不许失败，我想你们应该明白。"

刘局长说："局里上上下下都很重视，我们决心很大。"

医院院长说："在县委和局党委的领导和关怀下，我院半年前就开始着手准备，做了大量的工作，我们主要狠抓了职业道德、服务态度、医疗质量。医护人员收受红包的现象一度很严重，现在已完全杜绝。以前遗留的医疗事故也都处理完毕，病人家属很满意，不会留下后遗症。目前一切工作都已就绪，万事俱备只欠东风……"

医院院长像念讲话稿那样有板有眼，正正规规。

高云田说："问题还要想细一些，把死角找准。"

院长说："我们尽量往细处想，而且注意搜集兄弟医院的信息。昨天刚刚派出九个人，分赴各医院搜集情况，以便使我们有的放矢。"

高云田有心听听，他问："怎么个搜集法？"

刘局长赶紧朝院长使眼色，制止他再往下说。院长没注意到，只管往下说："我们让他们以就诊、看望病人或是探亲访友的名义，深入各区县的主要医院，搜集信息，掌握情况，然后汇总，便于我们做到心中有数……"

高云田不由皱了皱眉头："我看这和搞地下工作差不多嘛。"

院长方知失口，像个做了错事的小孩子一样，满面愧色地看了刘局长一眼。高云田又说："我看这样做不大好吧。"

刘局长赶忙圆场，他对院长说："成事不足败事有余，你们赶紧把他们叫回来，不像样子嘛！"

县长离开后，刘局长说："你们这些知识分子又可气又可爱，怎么能当着县长的面讲那些？"

院长脸仍旧红红的："局长，你看，下面该怎么办？"

刘局长笑着说："和以前一样，该怎么干就怎么干。"

院长一拍脑门："我呀，越活越糊涂啦！"

赶到体委后，高云田又拉上张主任奔赴训练场。县里仅有的一个体育馆里，运动员们正加紧训练，发令枪声、各种球类的撞击声、观众和教练员运动员的叫声此起彼伏，犹如一个炼钢厂或战场。

高云田说："体育比赛虽然和经济增长不沾边，但它能提高我县的知名度。你取得好成绩，会对我县各行各业产生推动作用。上届我们得了倒数第二，林书记和我感到脸上无光。这届进入前六名，有把握吗？"

张主任说："我们压力很大，目前很难准确地预测，但我们有信心。"

"还有什么困难吗？"

"嘿嘿，我正要说这事。有困难，主要是经费方面……"

一提经费，高云田马上瞪起眼来："老张，你别耍赖，为了这届运动会，尽管县财政很不景气，县里还是按照你要的数目一分不落地拨给了你，怎么又冲我提经费？"

张主任和他很熟，说话就随便。张主任说："当初我要少了。"

"少个屁！给你的钱今年十个厂也赚不回来，县里咬了半天牙狠了半天心才拨给你那么多的。要依我，干脆不参加，不如省下钱建个中等规模的厂子，那会解决多少人的饭碗？"

"你是目光短浅，小家子气，缺乏现代意识。既然定下来参加，就要豁出去。你睁开眼看看，凭眼前这些人，别说进前六，就是保住上届的倒数第二都够呛。"

高云田有点儿摸不着头脑，他问："你究竟想怎么办？"

张主任点上一支烟，美美地吸一口："唉，给你说实话吧。为了完成县里定下的争进前六名的光荣任务，我们采取了一项小小的措施，到东江市的专业队里借来了一些人，进前六就靠他们啦。人家帮我们拿名次，总得意思意思。用什么意思？钱！当初我没考虑到这些，经费要少了，现在申请追加二十万。"

"弄虚作假。去你妈的，我们不能这么干！"

"你不这么干，有人却这么干。"张主任得意扬扬地说，"据我们了解，除几个区实力强劲无须玩花样外，临水、临江、临湖、西水等县都这么干了，甚至有的县跑到外省拉运动员。我们可以不干，但县里别给我们定目标。"

高云田张开的嘴半天没合上。许久，他才说："妈的，净是些什么破事！等林书记回来让他定。"

"等他回来黄花菜都凉了。老高你别担心，我可以肯定，林书记绝对同意。"

高云田叹了一口气："妈的，净是些什么破事！"

离开体委时已到了下班时间，张主任留高云田等人吃饭。高云田问："吃你的还是吃公家的？"

"想吃我的就吃我的，想吃公家的就吃公家的，随你便。"

高云田说，吃你的你心疼，吃公家的你不心疼老百姓心疼，还是别让大家心疼为好。他懒懒地同张主任握手道别。车一上路，王师傅问回办公室还是直接回家。他说，回家。过了一会儿，他又改口道，把我送到办公室，你们再回家，我还有几份文件没看。

车开到办公楼前停下，大院里已人去楼空。他对王师傅和秘书说，你俩先走吧，我自己走回去。王师傅说，我先送陈秘书，过会儿来接你。他说，不用，别耽误你吃饭。王师傅说，不碍事。见劝不下，他只

302

好随王师傅。

他走进二楼县长办公室，坐在桌前看文件。脑子有点儿涨，眼睛发酸，文件上的红头黑字像一堆小虫子那样跳个不停。他喝了几口水，揉揉眼睛耐住劲继续看，边看边琢磨红头黑字的深刻含义。这时，电话铃响了起来，怎么下班了还来电话？他咕噜了一句，有些不耐烦地拿起听筒："谁呀？"

对方不说话，只有轻微的喘息声传过来。他又问了一句。

"是我，张雨霞。"声音柔柔的，像春天的小风。

"噢，小东西，是你呀。"他略感惊讶。他曾经叮嘱过她，没特别要紧的事情尽量不要打电话，不知今天她发的什么神经，他想。

"今晚我值夜班。刚才我见你的车又进了大院，早就下班了，别累坏啊。"

小东西观察得这么细，这么善解人意，说明心里一直装着他，令他好生感动。他微微一笑，顿觉脑袋清醒了许多。他说，习惯了，不会的。再往下，两人都没了话，彼此的喘息声听得真真切切，仿佛近在咫尺，伸手即可触到。他在这种浓郁的氛围里有些战栗，幸福感严严实实包裹了他……末了，她用半是央求半是商量的口气道："这个周末，我、我能……见见你吗？"

他认真思考了一下："噢，是这样，我太忙，到时候再定吧。"

她又叮嘱了几句注意身体之类的话。他轻轻放下话筒，似乎怕吓着她似的。昨日的事情历历在目，思绪在无边无际的空间里驰骋，他试图强迫自己回到现实中来，然而不能。他为自己缺乏这种毅力感到羞愧。

许多年以来，高云田并未觉得女人对他有多么大的吸引力，需要装进脑子里的事情太多，这种事情也许就显得微不足道了。当了领导之后，接触面宽了，去市里省里开会，住在招待所，几个老家伙茶余酒后坐在一块儿，开起玩笑来一点儿不比小伙子差。起初，每当听人说谁谁艳福不浅，谁谁有几个红颜知己时，他竟然脸红心跳，好像人家说的是他。后来，也就习以为常了。但他仍然觉得，别人的经历对于他来讲，是很遥远的事情，可望而不可即。他当上县长的第二年，外贸局一个叫苏倩倩的女出纳经常借故来找他。有时在办公室，有时干脆来他家里，

303

而且待上半天不走，谈的都是些鸡毛蒜皮的小事情。苏倩倩丰满迷人，语言机智幽默，不时耍一点儿女人的小聪明，和这样的女人多待一会儿，也许并不是什么坏事情。他甚至觉得自己回到了学生时代，变得年轻而富有朝气。老天做证，他并没有往别处想，他坚信自己的品行还不至于到别人评头论足、议论纷纷的地步，他有这个把握。

一天晚上，妻子孙爱凤和孩子们去看演出，他一人在家看电视，苏倩倩又来了。他给她倒上一杯茶，她娇滴滴地说太热；给她打开一听饮料，她娇滴滴地说太凉。他挠挠头，心想这女人真难待候。苏倩倩坐在他对面的沙发上，眼神儿愈发不对。他说你病了吗，她什么也不说，只是笑。笑声如三月的春水，既让他感到舒坦，又让他觉出刺骨的寒意。苏倩倩不错眼珠地盯着他，一条腿不断地往上翘，裙子滑到了腰部，露出里面窄窄的红裤头，刺得他眼睛发酸发麻。他突然意识到了什么，脑袋"嗡"的一声，一时不知怎么办好。苏倩倩闪动着眉眼，扭动着腰肢过来往他的杯子里续水，长长的发丝拂在他的脸上，陌生异性的气息令他无所适从，心神恍惚。苏倩倩续完水，干脆一屁股坐在他身边。他说，小苏你走吧。苏倩倩说，我不我不我偏不……话没说完，她提起身子，像一面旗子那样呻吟着罩向他，然后双手死死搂住他的脖颈，肥大的胸脯压住他的肩膀，香气扑鼻的粉脸在他的有些粗糙的脸上滑动。他觉得这样不好，非常不好，但他无力拒绝她。片刻过后，她张开薄薄的嘴唇亲吻他，用纤细的手指抚摸他，他感到浑身像着了火一样，滚烫滚烫，绷得难受。幸福和痛苦交织在一起，根本无法分辨，这种从未有过的体验让他觉得实在不可理喻，多年来苦心经营的防线居然如此脆弱，似乎一下子就坍塌了。后来，他自然而然地由被动变为主动。但紧要关头，她却轻轻推开了他。她说傻瓜你急啥呀……接下来，她提出一个条件：想法让她丈夫当外贸局副局长。

他吓了一跳，气喘吁吁地问，小苏你说什么？苏倩倩说，县长这事在你还不是小菜一碟，亲我呀快亲我呀。仿佛一桶冷水兜头浇下，他蓦然清醒过来，刚才的激动顿时无影无踪。他愤怒地站起来，整理了一下衣服，压低声音呵斥道，你把我当成什么人啦？滚！你给我滚！……苏倩倩捂着脸离开了。他对自己说，好险呀，你这个老小子，差点儿犯错误。他暗自感到庆幸。

这件事情过去很长时间之后，再见到来找他办事的漂亮女人，他仍然有所警觉。他对自己说，你这是怎么啦，没必要这么草木皆兵呀。但他不得不承认，很多事情随着岁月的流逝都淡忘了，风骚迷人的苏倩倩留给他的奇特感受却久久难以忘怀。一种极为矛盾的心理不时地折磨他，动摇他，令他无所适从。他克制住不去回味，并且不断地自我谴责。值得欣慰的是，此时他仍然对自己坚信不已。他想，无论如何他不会走到那一步。

当然，那时他绝对不曾料到，一个叫张雨霞的姑娘会在适当的时候走进他的生活，而且又是那样的自然而然、浑然天成，一切仿佛是上苍早就安排好的，想逃避都逃避不了。每每想到这里，他唯有摇头的份儿。

县府招待所按照以往的规矩，总是留几个房间给县长和副县长们备用，就像县委招待所留几个房间给书记和副书记们备用一样，预备着让领导们饭前饭后在此稍作休息，除非房间特别紧张时才短时间内动用一下。高云田固定的房间是118号。大约半年前的一天晚上，高云田陪市里来的客人在县府招待所进餐时，酒用得多了点，工作人员扶他到118号休息。喝了几杯浓茶之后，他感觉好受多了，正准备回家，突然想起随身带的手提包里有一份工作报告，下午下班前秘书刚刚交给他。他必须今晚看完、改定，明日一上班就交打字室打印，然后由市里来的客人捎走。于是他打开台灯，坐在写字台前审阅报告。只看了两页，他就觉得这份报告写得不好，漏洞百出，让办公室的人重新写已来不及了，只好由他亲自动手。他吩咐秘书，给他家里打个电话，就说他不回去了，而且谁也别来打扰他。他聚精会神、字斟句酌地修改那份糟糕透顶的报告，十一点多才搞完。他对修改后的报告很满意，虽感到有点儿累，但他毫无睡意，倒背着手在房间内踱步。

这时，有人敲门，他高声说，请进。门把一响，张雨霞像一股轻风，款款走了进来。张雨霞是这个楼层的服务员，他认识她。他说，小张，请坐。张雨霞说，刚才见您喝多了，我来看看您。他说，我没事，谢谢。张雨霞给他倒上一杯新茶，双手捧着放在他面前的茶几上。他说，小张你坐。张雨霞莞尔一笑，坐在床沿上。他边和她说话边漫不经心地打量她，她有一种惊人的美丽，怕是临山县都找不出第二个，然而先前却不曾留意，他暗暗称奇。而且到这时他才发现，房间里只亮着台灯，光线有些暗。柔和的灯光正好衬托了张雨霞的妩媚，她身上的美妙的曲线和面部多变的表情开始令他有点儿魂不守舍。他想，这也许是酒精的作用，一会儿就好了。然而内心的欲望越来越强烈，他无法控制自己的思绪，说话语无伦次，大脑更加活跃。张雨霞渐渐低下了头，几绺青丝搭在光滑的额头，使她的面部轮廓愈显生动。在他眼里，这更像一个美丽的陷阱。然而此刻她并没有离开的意思，仿佛受到某种力量的驱使，他缓缓地站起来，缓缓地走过去……

事情的结局有点儿出乎意料，除了最初遇到轻微的抵抗外，再往下，张雨霞似乎比他还要投入，使他觉得宛若置身在梦中。从巅峰跌落到深谷之后，他终于彻底清醒过来，快意、悔恨、舒畅、悲哀，一阵阵袭上心头。他手足无措，像个做了错事的孩子，乃至当他联想到她已不是处女时，心里才好受一些。他说，你看你看，都怪我都怪我，小张你生气了吧。然而，她的回答却让他更为吃惊。她说，我愿意。她理了理零乱的头发，又说，是我愿意……

从那以后，他们基本上每周会一次面。对于张雨霞的行为他一直不解，多次问她，到底为什么。她说，不为什么，我喜欢这样。而他一直认为，也许她怀有某种企图，他甚至希望她提出各种各样的要求，比如给她调调工作或者帮助她家里解决点困难什么的。他只知道，她的父母都是普通工人，她有一个哥哥一个姐姐，她喜欢看书，常常富于幻想，其他的一无所知。但她从未张口提过，再问她为什么，她干脆笑着说，我崇拜英雄。她这种不着边际的回答让他大笑不止。他说，可我不是英雄啊。她冲他眨巴几下眼睛，扬扬得意地说，可我觉得，你就是个英雄，咱县的领导，数你口碑好，也数你有风度。可这并不能说明什么呀，纯粹是书看多了胡思乱想，他说。我愿意胡思乱想，她说，好像故意气他似的。

……

高云田从文件堆里抬起头来，凝神片刻。文件已经翻完了，但他并未看进去。他合计着是不是需要重新看一遍。

高云田回到家时，电视新闻联播刚放完。妻子孙爱凤埋怨他，在外面吃饭也不说一声，害得她等了半天。他说，我还没吃饭呢。孙爱凤进厨房做饭。他说，随便弄点就行，我不觉饿。又问："高铭呢？"

高铭是他的小儿子，高中毕业后不愿参加工作，和几个朋友合伙开了一家皮包公司，整日鬼鬼祟祟的，不知倒腾些啥，他想管都管不了。

孙爱凤在厨房里大声说："他十天半月的在家吃不上几顿饭，你又不是不知道。也没见他挣多少钱。"

高云田吃过一碗面条，嘴还没抹净，门铃就响了。孙爱凤打开院门，进来的是县检察院的检察长老侯和一个穿制服的陌生人。老侯介绍说："县长，这位是我们院反贪污贿赂科吴科长。"

孙爱凤为客人倒上茶。高云田当下就意识到，他们是为工商行副行长赵立发的案子而来。赵立发官衔不高却神通广大，事发没几天，上上下下来说情的人不计其数，看来不是个轻松事。果然，开场白一过，老侯连喝了几口茶，露出一副严肃的面孔，说："县长，我和吴科长想给你汇报一下赵立发案子的进展情况。"

高云田说："你们是司法人员，一切按法律办就是了，就别给我说了吧。"

老侯说："虽然我们是独立办案，毕竟是在县委的领导下嘛。你是县长、县委副书记，林书记又不在家，必须向你汇报，这是我们的职责。"

"老侯，这样好不好，下周一开常委会时你再汇报。好不容易来我家一趟，咱们聊点别的。"高云田边说边起身为他们倒水，吴科长忙接过暖壶。

"是这样，林书记临走时向我们交代过，随时向你通报情况。"

"林书记想得太细了……赵立发刚刚立案，现在谈他是不是太早？"

"是这样，"老侯点上一支烟，吸了两口，"在我们之前，县纪委和监察局已经进行了一段时间的调查取证，工作做得很细。我们接手后，抽调精兵强将，白天黑夜连轴转，我和几个副检察长都靠了上去，大家

307

分头行动，全力进行侦破，争取尽快弄个水落石出，早日结案。像这样的案子，就怕时间拖长了，我们的精力、经费都负担不起……"

高云田认真思忖着老侯的话，他问："查到了什么程度？"

吴科长接话道："我们按照揭发信提供的线索，深挖细掘，现在基本上查清了赵立发的问题。"

高云田提醒自己，不能被他们的话牵着走。他提高嗓门道："我是说，你们查到了什么程度。"

吴科长有点儿语塞。老侯不自然地笑笑："小吴，你如实给县长汇报嘛。"

吴科长清清嗓子，端起茶杯咕咚灌了一口："噢噢，我们经过调查取证，发现赵立发确实有比较严重的问题。他任工商行副行长三年以来，利用职务之便，数次收受贿赂……"

吴科长掏出一个小本子照着念，大致有：赵立发收受水泥厂收录机一台，折合人民币七百二十元；收受化肥厂茅台酒四瓶，折款八百元；收受轴承厂红塔山香烟六条，折款六百元；收受黑山镇个体户王某现款一千五百元；收受无线电元器件厂北京牌纯毛毯两条，折款三百一十元八角六分……共计四千余元。

吴科长收起小本子，看看老侯又看看高云田，然后抓过暖瓶挨个倒水。老侯打着哈哈总结道："赵立发收受贿赂虽然数额不大，但影响恶劣。尤其是他作为国家工作人员、领导干部，不好好履行职责，反而带头违法乱纪，理应是我们重点打击的对象！"

高云田浅浅地笑了笑，他的笑意味深长。顿了顿，他说："照这个数额审理，会是什么结果？"

老侯说："是这样，按照刑法条款，可以判刑。但考虑到赵任副行长期间，确实为繁荣我县金融事业做了不少有益的事情；事发后认罪态度较好，愿意悔过自新，而且积极退赔了赃款赃物；再加上近年来对经济犯罪量刑尺度掌握得较宽，所以我估计，不会判他刑，很有可能是免予起诉或是免予刑事处分。"

高云田半天没说话，他心烦意乱，不由摇了摇头，又深深叹了口气，然后他仰靠在沙发上，闭上眼睛。这种难堪的沉默使气氛显得很压抑。老侯和吴科长一支接一支地抽烟，不知往下该说什么好。许久，高云田才睁开眼，他耐住性子，尽量使自己保持平静。他说："他的问题，就这些吗？"

老侯抢在吴科长前面说："是的，据我们掌握的线索，就查出这些。"

"我记得，有一封检举信上说，水泥厂扩建时，从工商行贷款一百万，赵一下子就从中收受回扣五万元；还有一封信，说他挪用公款三十万做生意，这些你们查过吗？"

"查过，证据不足。"

高云田轻轻啜了口茶水："老侯，我们不是外人，我说话不当的地方你别见怪。就这些，你信吗？"

老侯表情略显尴尬，他使劲抽了几口烟掩饰一下："县长老兄（其实他的年龄比高云田大），让我怎么说呢？我想，我们已经尽了力……"

高云田紧紧咬住不放："侯检察长，你凭良心说，就这些你信吗？"

"唉，是这样，县长，赵的案子非同一般。"老侯努力选择恰当的措辞，"可以说相当复杂，牵一发而动全身哪！如果真查，会把很多人扯进去，而且很难收场，我们难以左右……"

"我不管这些。我只是问你，就这些你信吗？"

"是这样，这个这个，小小一个赵立发，按说没什么，可就是有名堂。老兄，我这个检察长不好当啊！……"老侯感叹着摇头。

高云田依旧不依不饶："我不管这些。老侯，你们想过没有，目前上级正下决心反腐倡廉，群众对赵的问题反映又那么大，不认真查查，对上对下怎么交代？"

"很多人认为，如果查大了，反而不好向上交代，至于群众嘛，好说，这阵风一过，也就完了。"

"你也这么认为吗？"

"县长，是这样，"老侯抬了抬身子，有些激动，"不瞒你说，我已经两天两夜没合眼了。这两天，我接到的电话就有几十个，上至省里市里，中至县里某些领导，下至各局委办，大家都在关心赵的事情。人家也不说别的，就说要慎重，慎重，其实意思明摆着嘛。他们哪个来头也不小，我们压力很大。嘿嘿，我想，你应该理解我们的难处嘛。"

说完，老侯疲倦地吐出一口长气。

高云田的心情也逐渐平静下来。显然这个话题难以进行下去，他们又聊了点别的。自鸣钟响了十下时，老侯和吴科长告辞。高云田热忱地拍拍他们的肩膀："老侯，小吴，我非常理解你们的处境，请你们尽力而为吧。"

老侯大受感动，他紧紧握住高云田的手说："我们工作做得很不够，还有一些线索，我们决心继续查一查，也不能太便宜那小子。"

一个月后，赵立发的案子有了结果。县检察院依法对他提起公诉，县法院依法进行了审理，最后依法判处他免予刑事处分；县委依照党纪，给予他撤销副行长职务、留党察看一年、行政记大过的处分；县工商行依照工作条例，决定扣罚他一年的奖金；组织部门依照惯例，决定调他到县建设银行另行安排工作。据说他到建行后表现不错，不久就当上了副行长。这是后话了。

喧嚣了一整天的临山县城渐渐平息下来，沿街的店铺早就关了门，一些主要建筑物上的霓虹灯仍在半死不活地闪烁。昏黄的路灯下，只有寥寥几个行人，他们故意弄出一点儿响动，为的是给自己壮胆。

星期五夜里十二点整，县公安局杜局长手握对讲机，庄严地下达命令："行动开始，全体出发！"

随着杜局长一声令下，大批干警分成若干行动小组悄悄出动，他们以迅雷不及掩耳之势奔向各自的行动地点，一张天网就这样张开了。

杜局长亲率一支有力的小分队奔赴中华路。中华路店铺林立，号称小巴黎，是县城最繁华的地方，也是不法分子的云集之地，藏污纳垢的理想处所。按照事先侦查好的路线和地点，他们轻而易举地抓获了三名正在分赃的贼、八个妓女和十个嫖客，以及正在打劫的两名歹徒。在"大地金属制品有限公司"门前，从二楼窗子探出来又马上缩回去的一颗脑袋引起了他们高度的警惕，杜局长一挥手，干警们蜂拥而上。有人一脚踢开了那间具有重大嫌疑的房间的门，屋子里的狼狈景象令干警们心花怒放。墙角的电视里，正在播放不堪入目的黄色录像；五男四女赤身裸体，慌乱中争抢衣服穿；满屋烟酒味和腥臊之气。干警们从邻近的一间仓房里又搜出二十几盘黄带和一堆淫具。杜局长在两名干警的陪同下赶到，有人向他报告说："这是一个黑窝，群奸群宿，播放收藏黄色录像，简直是无法无天。"

五男四女慌乱中大都把衣服穿混了，一个男的居然罩上了一件女人的花上衣。干警令他们举起手来面壁站好。那个穿女人上衣的男的怯生生地冲杜局长说："杜叔叔，我……我是高铭。"

杜局长一愣怔，认出此人是高县长的儿子。杜局长左右看了看，对手下人说："把他们统统给我押走！"

高云田正想起床，电话铃响了，他提着裤子去接。电话是公安局杜局长打来的，杜局长说："县长，我向你报告，昨晚我局和城关、各乡镇派出所全体出动，可以说战果辉煌。共摧毁犯罪团伙十六个，抓获犯罪分子九十八名，大快人心啊！"

高云田说："好！很好！你们辛苦了，请向大家转达县委县政府的问候。"

"我们打算乘胜追击，把犯罪分子一网打尽，争取我县社会治安全面好转！"杜局长嗓音嘶哑，能感觉到他很疲惫。杜局长话音一转，犹豫片刻，"县长，还有一件事情，我想向你报一下，你别生气……"

"怎么，有什么问题吗？你讲，你讲。"

"问题倒不是太大……小高铭和几个男女在一起乱来，干那些乌七八糟的事，被我们碰上了……"

高云田觉得脑袋嗡嗡地响，不由摇晃了几下，左手一松，裤子滑落在地。他顾不上提裤子，恶狠狠地说："老杜，我早看出这小子不是东西。他犯了法，你不要顾及我，该抓就抓，该判就判，该枪毙就枪毙！这就是我的态度！"

由于气愤，他一抬手把台灯打落在地。杜局长说："老高，没那么严重嘛，太不巧了，正好让我们碰上……"

他左手使劲擂着桌子："老杜，我再说一遍，你们该抓就抓，该判就判，该枪毙就枪毙。不然你要负责！"

"嘿，你真干脆。没那么严重嘛……"

不等杜局长说完，他猛地扣上了电话。回过头，见妻子孙爱凤在他面前站着，刚才的谈话她肯定听到了。他余怒未消，孙爱凤上前帮他提上裤子。孙爱凤说："高铭是你的儿子，你那么狠心呀！"

孙爱凤边说边哭，高云田烦躁地下楼。她跟他下楼，不住地流着泪唠叨。谁谁的儿子净糟蹋黄花闺女，谁谁的儿子和人打架捅了刀子，谁谁的儿子贪了多少钱财，他们哪个不比高铭过火，但人家还不是吗事没有？高云田说，他们是他们我是我。孙爱凤说，就你正统？你要不把儿子给我领回来我跟你没完……

这么一折腾，高云田没吃早饭就上了班。

办公室宋主任过来说："省委王道伦书记今天到临水县，估计明天上午十点左右到咱们县，先听汇报，然后吃一顿午饭，下午离开。"

高云田说："明天是星期天，王书记真会选时间。"

宋主任说："星期天更好，机关不上班，免得乱糟糟。"

高云田说："怎么乱糟糟？我和毛副书记不是刚刚抓过吗？"

宋主任说："你和毛副书记亲自抓过之后，确实大有好转。但好了两天……又掉了下来……先不提这些。王书记来后，主要由你汇报，其他常委补充。汇报材料我们已经准备好了，一会儿你先熟悉一下。关键是，你看这顿饭怎么个安排法？"

下边常搞接待的人都清楚，省委王道伦书记是个美食家，对食物的研究相当有造诣，什么东西金贵他就喜欢吃什么，他每次下来，下面领导最头痛的就是怎样给他安排吃。

高云田说："还能怎么安排？省里刚刚下发了禁止公款吃喝的重要文件，我们总不能马上就违反吧？按规定来，四菜一汤。"

宋主任支吾道："规定是规定，就怕……不妥当……万一怠慢了老头子，怎么办？以前不就有过这种情况嘛，而且林书记不在，主要由你牵头搞接待……"

高云田说："如果出了娄子，我负责嘛！"

宋主任说："那样我们就算失职啦。我想了想，不妨做两手准备，到时见机行事，以免被动。我刚才给临水县办打过电话，接电话的人硬是不露底，说穿了就是希望我们砸锅。后来我找他主任，我的老同学，才弄清，他们也做了两手准备。"

高云田说："本来不大的事，越搞越复杂。"

宋主任说："现在都这样嘛。然后，我们及时和临水那边通气，以求确保万无一失。"

高云田刚熟悉完汇报材料，公安局杜局长登门造访。高云田开门见山地说："老杜，我还是那句话，高铭的事你们不要有顾虑，一切按法律办。请你相信我。"

杜局长说："我当然相信你。你放心，我们会认真对待的。刚才你老伴到我那里问情况，我毫不客气地把她打发走了。"

高云田说："高铭纯粹是老太婆惯坏的；当然，我这个做父亲的也有责任。"

杜局长说："照这么说，我这个当叔叔的也有一份责任啊。另外，我想声明一点，高铭惹了祸，表面上看起来只是他一个人的事，但他却代表着干部子女的形象，同时也多多少少代表着领导干部本身的形象；而自觉维护上级领导的形象和威信又是我们的一项职责，所以我们理当考虑周全一些。因此，也请你体谅我们的一片苦心……当然，我们也绝不会视法律如儿戏……"

高云田黑着脸说："我现在不想听你的高谈阔论，请回吧。"

"那我告辞。妈的一夜没睡，又饿又渴又困。"杜局长笑嘻嘻地说。他抓过高云田的杯子一饮而尽，连说好茶。

高云田下班后回到家，一进门就见孙爱凤冲他傻笑。问她笑什么，她不说。吃饭时餐桌上居然摆了一瓶葡萄酒，孙爱凤哼着小调给他斟上，他愣着不喝。她这才把嘴凑在他耳边说："告诉你，老头子，儿子没事了；过几天，风头一过，就可以回家团聚……"

高云田重重地叹了口气，把筷子啪地往桌子上一放："妈的，净是些什么破事！"

星期日早晨，高云田像往常一样，准时来到办公室。县五大班子的主要成员也先后来到，大家碰了碰头，就汇报和接待上的一些悬而未决

313

的问题进行了最后磋商。九点半，他们来到县府招待所，坐在门口大厅里等待省委王道伦书记的到来。工作人员则站在院子里或大门口翘首以待。过了十点，还不见动静，办公室宋主任到总服务台给临水那边打电话，对方说，王书记一行早八点准时离开的，估计该到了。放下电话，宋主任到院子里溜达，神色有些焦急。不一会儿，一辆不起眼的"丰田面包"驶进院子，下来七八个人，正是王书记一行。

众人忙从大厅里出来，高云田率先上前和王书记握手问候，并将跟在他身后的各级领导向王书记做了介绍，然后和王书记的随行人员重复同一套动作。院子里一派热闹景象。王书记六十出头，面容和蔼，衣着朴素。王书记爽朗地说："我这次下来，轻车简从，主要是看望大家。"

众人来到二楼会议室落座。趁汇报尚未开始，宋主任叫出高云田，悄声说："老头子这次有点儿特别，听说昨天在临水吃饭时，他见上了一桌子菜，很生气，坚决不吃。弄得他们很被动，不得不重新备饭。"

宋主任多少带点幸灾乐祸的神色。其实刚才一见王书记坐面包车来，高云田心里就有了底。以前他下来，总是坐他的"奔驰"，而且带着一支庞大的车队，有时还有警车开道。高云田说："我知道了。中午饭严格按规定来，尽量清淡点，不能超标准。"

高云田进会议室坐下，王书记的秘书凑在他耳边说，昨天临水县巩县长汇报了两个小时，王书记很疲劳，效果不好。你最好别超过半小时。高云田感激地点点头。

接下来，高云田代表中共临山县委向王书记做工作汇报。原来准备的汇报内容太多，一小时都讲不完，高云田只能边讲边进行排列组合。他看着表，到三十分钟时果断结束。王书记对这个汇报很满意，他简要进行了讲评，提了几点要求，尔后又讲了讲全省的形势。总之，形势很好。在场的人都认真记录。

汇报结束后，王书记又和同志们合影留念。

吃饭时，王书记见到餐桌上摆着普通的四菜一汤，又是一番赞扬。他动情地说："临山的廉政工作确实好。中央对这个问题抓得紧，我们就应该这样嘛！昨天临水拿山珍海味招待我，搞不正之风，不像话嘛！"

高云田说："县委对此一直很重视。"

王书记说:"很好。高云田同志,你和林志民同志卖车给教师补发工资的事我知道了,你们做得很对,我走了一路讲了一路。我们都应该向你们学习嘛!"

饭罢,王书记一行在招待所稍事休息。办公室宋主任向高云田请示,给王书记等人预备好的一点儿土特产是否装上面包车。高云田说,你这不是故意往他枪口上撞吗,千万送不得。

下午三点,王书记一行离开,去临湖县,送走了王书记,众人各自回家。高云田一身轻松,他对司机王师傅说:"老王,你把车开走吧,我想一个人到处转转。"王师傅见他兴致很高,没再说什么。他倒背着手,慢悠悠地在招待所的院子里走动,第一次发现这里环境很优美,到处是树木花草,路面也十分光洁,真是一个难得的去处。初秋的太阳虽然灼人,却失去了夏日的盛气,令人感到了异样的抚慰。在这样的时刻,他总觉得应该去做一件事情……

他在一座盆景似的假山前停下来,望着渐渐西斜的日头出神……不知过了多久,身后有熟悉的脚步声响起,他知道是谁,故意不回头。张雨霞快步走近他,微喘着说:"县长,让我好找。体委的张主任电话找你。"

他怀着别样的心情望着张雨霞。张雨霞飞了他一眼,又四处看看,不胜娇羞道:"瞧你……"

他微微一笑:"那老小子找我没好事,我不接。"

张雨霞又飞快地瞄了他一眼:"别耽误工作,快去接吧,张主任说急事,电话在总台。"

张主任在电话里说,今晚运动员在县府招待所聚餐,想请高云田参加,给大伙讲几句话,鼓鼓劲,以示领导重视。高云田说:"又是大吃大喝,我不参加。"

张主任说:"这些运动员都是从下面各单位抽上来的,不像领导,他们一辈子捞不着几回,你就别认真了。"

高云田痛痛快快地答应了张主任,他自己也弄不清楚,为什么这么痛快。这顿饭吃得很开心,他喝了不少酒,但毫无醉意。结束时已近九点,值班的服务员很懂事地把他领到118房间,让他休息一会儿。

高云田在想象中度过了一段难挨的时光，欣喜和忧伤几乎将他击垮。终于隐约听到了小东西的脚步声。门开了，门又从里面锁上了。张雨霞亭亭玉立在离他三步远的地方，面部表情急剧变化着。仅仅一瞬间，她已是热泪盈眶。瞬间过后，张雨霞颤声呻吟着一头扎进他怀里，差点儿将他撞倒。他们先是站着，后来又倒在床上。他在这个短暂的过程中，充分领悟到了抛却一切的愉悦。天下的事情，世间的万事万物，包括荣耀、地位、痛苦、烦恼，光明正大也好，蝇营狗苟也好，那些乱七八糟的东西，统统离他而去了，他感到奔放和自由、充实和舒畅，感到更像一个人，一个实实在在的人……

　　高云田离开招待所时，已近夜半时分。临山县城在睡梦中缄默，宛若凝固的雕塑。他在冷冷清清的大街上踽踽独行，脚步声响满了整个街道。他的影子在路灯的光亮下忽长忽短，令他感到很不真实。走着走着，不知怎么，他忽然想起小外孙亮亮背过的那首歪诗：春眠不觉晓，处处蚊子叫，打上敌敌畏，蚊子死多少……起风了，秋风卷起地上的残片，带来明显的寒意，他不得不加快步子。后来，他在一个高坡上停下，回首望去，数不清的建筑物和灿若星河的灯光仿佛是冥冥之中的一个昭示，它们好像在说，明天，明天也许更美好……

　　他看看表，十二点整。秒针不停地往前走，新的一天又开始了。

（1995 年）

316

大　器

一

那是一个夜晚。一个十分平常的夜晚。

夜晚是要发生许多事情的。

到底是春天的夜晚还是秋天的夜晚，记不得了，因为这无关紧要。

他就在那个十分平常、无关紧要的夜晚干了一件非同寻常、顶顶紧要的事情。那天夜里，他一直这样想。

后来，他最崇拜、最信服的好同学、好朋友、好兄弟鲁钟这样评价他："这小子……唉，咋说他呢？……"

鲁钟不无感慨地说："这小子想干大事，终难成大器……"

当然，这些话他是不可能听到的。

那个年月，天一黑尽，镇子就像咽了气的人一样，死寂一片。

他是在傍黑的时候走进镇子的。他已经走了很远的路，长这么大还从来没有这样走过。左脚好像起了水泡，每迈一步牵得他的整个左腿跟着一起疼。领口里冒出的湿热的蒸汽熏得脸一阵奇痒，小分头的头发上凝聚着黏涩的汗水。快要进镇子时，他住了脚，站在路边的土岗上打量了一下即将被浓重的夜幕遮住的镇子，心里一阵发紧。透过硕大的黑边眼镜，他看到剪影样的镇子里，有许多参差不齐、猥琐不堪的黄泥小屋；不少小屋的屋顶上有炊烟徐徐上升；那些黄烟在镇子上空形成一个厚厚的低云层，久久不散。几乎家家都有的古槐树的树冠像一朵朵巨大

317

的黑蘑菇，似乎压在他的心上，让他有点儿喘不过气来。镇子的这副景象令他心乱如麻，而在一年多以前，他感到镇子还是了不起的，蛮吸引人的。

当然，在这一带，镇子还是挺有名的，镇子比它周围的八里营子、马刨泉、王庙等小村镇要强得多，气派得多。这气派一来是因为镇子比那些小村镇大许多，二来是因为镇子上有一个富甲一方的财主陈发庆。

陈发庆是这一带最有影响的人物，连堂堂国民党手枪旅少将旅长都和他常有来往，由此可见一斑。

陈发庆是他的爹。他是陈发庆的儿子。

站在土岗子上，他能清楚地看到自家的院落，就在镇子的中央，占了不少的一片，一色的青砖青瓦。这院落别说在这一带，就是放在鲁西北的重镇聊城也并不算差。

他把右手提着的皮箱换到左手。皮箱是一年多以前他去聊城读书时，他爹托人从天津卫捎来的，一口上等的牛皮箱。当时，他爹敲鼓似的双手拍打着黑灿灿的皮箱说："提上它到聊城，就没人笑话我是土财主，笑话你是土财主的儿了。"

他最后急速地打量了一眼自家的出类拔萃的院落，忐忑不安地沿通往镇子的车马道朝家里走去。道路坑洼不平，路面上散布着零零星星的碎砖头、土坷垃、羊屎蛋之类。连成一片的黄泥小屋里窜出来的烧柴草的苦味呛得他忍不住想咳嗽。他习惯性地扶扶眼镜，竭力想把那呛人的气味忘掉。镇子口有一群光屁股的小男孩在摸爬滚打，小男孩们全身的颜色同脚下的车马道，同黄泥小屋，甚至同罩在头顶上的烟云一样，黯淡无光。见他走过来，小男孩们赶快退到一旁，呆痴痴地望着他。待他走过去，小男孩们你看看我，我看看你，接着便十分整齐地拖长声调"嗷"了一嗓子，之后，他们一齐蹦跳着喊——

> 四眼短，四眼长，
> 见了媳妇就叫娘，
> 叫得媳妇咧嘴笑，
> 臊得小子要上吊。

......

　　他十分生气地回过头，想骂一句什么，却没有骂出口，只是扶了扶眼镜。小男孩们顿了顿，见他扭头走，再喊——

　　　　脸上多俩眼，
　　　　裆里少俩眼，
　　　　不能屙，不能尿，
　　　　真是个书呆呆。
　　　　......

　　他再次停下来，使劲跺了跺脚，压低声音骂："小王八蛋！滚！要不我去叫大耳黄！"

　　一提大耳黄，光屁股小男孩们马上住了嘴，"嗷"了一嗓子后赶快跑散。

　　大耳黄是他爹的帮手，也就是后来人们常说的狗腿子。大耳黄在这一带是个响当当的人物，镇子上可以有人不怕他爹，但不怕大耳黄的几乎没有。大耳黄枪打得准，且有一身好武艺。

　　自家那两扇巨大的黑漆大门闪进了眼里，他心里一坠一坠的，脚步似乎迈不动了。

　　他明白，自己是在做一件大事，他必须鼓起勇气，像往常一样迈进大门。

　　可心里始终沉甸甸的。

　　就在他犹豫着是否打门的当儿，大门吱吱扭扭咣咣当当打开了，开门的是家里的小帮手曹庆彬。

　　"哟，"曹庆彬眼睛一亮，扭着水蛇腰忙跨过门槛，"哟，是少爷回来了。"

　　他隐隐地打了个寒战。

　　"少爷愣着干啥，陈大人刚才还念叨你呢，快进来吧。"

曹庆彬边说边接过皮箱，他一咬牙跟着曹庆彬走进院子。他看到他爹正坐在大槐树下的藤椅上吸烟袋。见到他，他爹微微挪了下屁股，抬了抬眼皮："怎么说回来就回来啦，广征？"

　　"我……"

　　"想啥就说啥，支吾个屁！"

　　"我……钱花光了。"

　　他爹在藤椅的扶手上磕了磕烟袋锅，眼睛睁大了一点儿，上上下下打量他，像在审视一个外乡人，令他无所适从。他觉得腰间那件硬物非常不安分，一跳一跳的，像要钻到衣服外面来，或是钻进皮肉里去。他一动也不敢动。

　　他的腰间别着一支……手枪，一支德国造小撸子！

　　打量了他一阵，他爹终于闭上了眼睛，使他快要提到嗓子眼的心又回到了原来的地方。

　　"唉，"他爹叹了一口气，"要钱要钱，上次不是刚带走五块大洋吗？告诉你要节俭要节俭，祖宗积下的家业早晚要在你广征手上踢蹬光……"

　　闭着眼睛吐出一口黏痰，他爹不再说什么，他明白，现在可以走了。于是，他匆忙转过身，闪进自己的房间。进屋后他发现手心脚心以至脊梁沟里全是冷汗。

　　似乎他的后娘云景在窗外"咯咯"笑了一阵，笑声放浪而且瘆人。

　　沉重的夜幕很快就密密实实地笼罩了镇子，镇子也就安安分分地静了下来。后窗外的街道上偶尔有夜行人走过，拖拖沓沓的脚步声便传得很远、很滞重。他将豆油灯熄灭，和衣躺在床上，脑子里乱糟糟的。

　　镇子坐落在黄河的一条支流——苇河的边上，他记得，每逢到汛期，夜里躺在床上，就能听到苇河"唆唆"的流水声，那声音像催眠曲一样，给人以宽慰，使他受感动。现在正是汛期，奇怪的是这时他却听不到苇河的声音，他的耳朵里充斥的是另外一种强烈的声音，一种刺耳的、铮铮的金属声……

　　那声音来自他的枕下。

320

他的手不由自主地绕过脖子，伸到枕头下面。他摸到了那支德国造小撸子。手和小撸子相触的一瞬间，他觉得像是触到了一个火球，烫得他哆嗦了一下。

三天前，在他就读的学校后面那片杂树林子里，当他从好同学、好朋友鲁钟手里接过小撸子的时候，就有了这种感觉。那玩意儿闪耀着钢蓝色的十分迷人的光泽，此刻闭着眼睛他也能清楚地感觉到那光泽的存在。

他缓缓地把手从枕下抽出来。他想，现在最好什么也别想。

二

大约在他五岁那年，有一天，他爹喝了不少酒，黑亮的腮帮子泛出了红色。在兴头上，他爹招呼他过来，说："我儿啊，你也喝一盅。"

他知道酒的厉害，就摇头，说："不敢不敢。"

那时他的亲娘还活着，他的亲娘个头很小，比他爹矮近两个头。亲娘非常听男人的话。亲娘留着南瓜纽儿一样的发髻，亲娘的脚尖尖的，如胡萝卜一般。据说他的奶奶很喜欢亲娘的脚，奶奶也就很喜欢亲娘，而他爹却不喜欢。这些都是他后来知道的。

"孩子，听你爹的。"他的亲娘说，"爹让你喝你就喝。"边说亲娘边倒满一盅酒端给他。他看了爹一眼，又看了亲娘一眼，愣了愣，接过酒盅，迟疑了一下，然后试探着喝下。

热酒穿过喉咙，在心上打了个滚，落进肚里。眼泪差点儿涌出来，他忍住了，抿了抿嘴，没吭声。他爹得意地说："好样的！好样的！不愧为我的种！"

然而过了一会儿，他爹忽然流出几滴眼泪。又过了一会儿，他爹单独领着他迈进正房大厅。平时他是很少能进大厅的，大厅是个十分神圣的地方。大厅里安放着陈家列祖列宗的神灵牌位，大厅正中朝南的墙壁上挂着陈家的族谱。族谱是他爹按爷爷的吩咐，花三十块大洋请鲁西北最有名的字画先生王世斋写就的。族谱上陈家第七代的神位还空着，那是留给他爹和他在外闯荡的叔叔的。这是他的亲娘悄悄告诉他的。

走进气氛森严的大厅，他感到自己的脊背冷飕飕的。他跟在爹的身后，他看到爹先走上香案燃上一炷香，然后退到原地，朝族谱和密密麻麻的牌位作了三个揖，随之摇晃了一下，跪在地上。他看到爹的黑缎子长袍兜着屁股一提一坠，重复了三次。他爹磕了三个响头，额头和石灰地面接触的"嗵嗵"声直震得他心惊肉跳。磕完头，他爹站起来，冷冷地说："你也给我跪下！"

仰脸看到爹的脸色挺难看，他吓得不轻，双膝一并，就跪下了。

"磕头，磕三个。"

随着话音，他的头被向前推了一下。

那是他有生以来第一次很庄严地磕头。虽然打他会跑起，亲娘就教他磕头，给这个神磕，给那个神磕，给这个老人磕，给那个祖宗磕，但那都是象征性的，闹着玩儿一般。现在他似乎看到面前的那些黄褐色的神灵牌位都变成了一张张脸，有瘦的，有胖的；有长胡子的，有唇上光秃秃的；有瞪眼睛的，有闭着眼睛的；有头上飘着白发的，有头上亮溜溜的……所有的脸都像石头凿刻而成，那么生硬，那么冰冷。他感到裤裆里小鸡儿一缩一缩，像要尿尿。腿弯儿软得不行，聚不起一点儿力气，挣扎了几下，就是站不起来。他忽然想哭，想大声哭……

但没有哭出来，刚一张嘴，就像有什么东西往里钻，堵得他喘不过气儿来。

是他爹把他提溜起来的。站起来后，他觉得舒坦了点。他爹说："我的儿，要记住，这些都是咱的祖宗，咱的先人。咱家里所有的东西，所有的土地、房屋都是祖宗们攒下的，包括我和你也都是先人们给的！"

他懵懵懂懂地点点头。

"所以，无论到啥时候，都不能忘了祖宗先人。"

从正房大厅里出来，他爹又领着他走出镇子，到大田里转悠。边走爹边对他讲，这块地是咱家的，那块地也是咱家的……绕镇子走了一大圈，他记不清有多少地是自家的了。正是开春时节，麦苗儿已经返青，仍含凉意的小风吹打着麦苗，麦苗儿左右摇摆，摆得他心里痒痒的。他看到在自家的土地上，有不少衣衫破旧的农人在锄草、松土，农人们用冷漠的目光远远地瞧着他和他爹，不时地掩嘴说着什么……

太阳费了好大的劲才从云层里钻出来，土地上的一切也就鲜亮了许多。他觉得身上渐渐暖和起来，不解地说："别人咋在咱家的地上干活？"

"他们没有自己的地，租咱家的地种。"他爹自豪地说。

"那咱咋有这么些地，他们没有呢？"

他爹笑了笑："那是他们笨，没本事，挣不来。其实咱们祖上原先也是很穷的，和他们一样，是我的老爷爷，就是我爹你爷爷的爷爷靠贩牲口发了大财，置了地，建了屋，从那以后咱家才发起来，日子一天比一天好，地一年比一年多。咱的祖宗先人是有能耐的，所以我才说你千万别忘了他们，要不是他们，我们哪有如今的好日子过？"

他再次似懂非懂地点点头。

十几年后，鲁钟也向他提过类似的问题，他却没敢把十几年前他爹说的这些讲出来，如果讲出来，也许鲁钟会把他的脖子拧断。

"你要多学本事，"他爹慈爱地抚摸着他的脑袋，"将来好成大器，等我老了，撑起这个家，多积攒家业，让祖宗先人放心……"

太阳露了一会儿脸，又钻进了云层，凉意再次袭来。

三

去鲁西北的重镇聊城读书之前，他爹曾给他请过两个教书先生。

他七岁那年的秋天，请来了马先生。马先生五十多岁，戴一顶黑色瓜皮小帽，下巴上留着一撮黑不黑黄不黄骨节儿草样的胡子。一进他家的门，马先生慌忙扔下随手带的小粗布包袱，先是右手一提长袍，尔后双手抱拳，冲他爹和他连连作揖，讷讷地说："马吉才才疏学浅，承蒙陈大人、陈少爷瞧得起……"

"先生免礼，先生免礼。"他爹上前搀住马先生。

马先生是他的第一个老师。从此以后，马先生教他识字、算数、背四书、诵五经，讲三国，讲隋唐，讲自从盘古开天地，三皇五帝到于今，还教他汉语拼音。马先生边讲解边领着他在宽阔的院子里转悠，他学着马先生的样子，倒背着手，微弯着腰，微昂着头，念："风萧萧兮易水寒，壮士一去兮不复还……"

马先生是一个好人。除了教他识字，念课本，还给他讲神谈鬼。他最喜欢听马先生讲狐狸精的故事。马先生讲道，他小的时候，在一天凌晨曾亲眼看见村头麦秸垛下坐着一个大闺女，大闺女十分漂亮，穿着彤红彤红的衣服。看不清咋回事儿，大闺女就把自己的脑袋摘了下来，拿出梳子，把脑袋放在膝盖上一下一下地梳理头发……马先生还讲道，从前有个叫山代的人，山代是个猎手。有一天，山代进山打猎，看到一只大狐狸。大狐狸见了山代不但不跑，反而冲他笑。山代很恼火，举枪就打，大狐狸变成一股蓝烟，不见了踪影。山代就想，完了，打错了。果然，晚上回家，山代看到灯影里坐着一个梳长辫子的大闺女，大闺女冷笑着往山代怀里扑，山代大骂，摸过菜刀乱砍一气，大闺女就不见了，等山代回过头来，大闺女又出现了，直闹得山代浑身流脓，最后脓干而亡……马先生讲得他又害怕又想听。

终于有一天，马先生讲另外一个狐狸精的故事时，被他爹听到了。

"马先生，"他爹拉下脸来，"我一月三块大洋请你来，就让你讲这些吗？"

"陈大人，马吉才知错，小老儿知错。"马先生一提长袍，单腿跪地，十分可怜。马先生的三角眼一挤一挤的，望着他爹，焦黄的小眼珠像个杏仁。

他爹狠狠地朝地上吐了口唾沫，转身离开。

第二天一大早，马先生提着小包袱，一步三摇地离开了镇子。

从那以后，没有人再给他讲狐狸精的故事了。

马先生刚走出院门，他的脸上就重重地挨了爹一巴掌。他爹怒冲冲地望着他，过了好一会儿才说："你爷爷死得早，你爷爷留下两条根儿，我算一条；你叔叔不争气，十八岁就出外跑江湖，听说几年前在天津卫落了户，开赌场，这会儿不知是死是活。我就你这么一个种，你不正经学，家业留给谁？留给那些穷光蛋？"

脸上火辣辣地疼，他哭了起来。哭了一阵，跪在地上，给他爹磕了一个头。

不久，他爹又派人从铜城东北面的牛角店给他请来了牛先生。牛先生比马先生年轻十来岁。牛先生的黑色马褂快要褪成了白色。牛先生不长胡子，面皮白净。据说牛先生早年在济南府上过五年学堂，学识比马先生要深一些。

　　牛先生教了他七年，他非常刻板地跟牛先生学了七年。有一天，牛先生缓缓地摇了摇头，说："少爷，你不简单，你快超过我了，我已无法教你了……"

　　牛先生辞教回家，他跟着舒了口气。

　　他爹终日紧绷着的脸咧开了几道笑纹儿。他爹说："儿啊，你不负我！"

　　他爹从腰间抽出烟袋锅，在鞋帮上"梆梆"磕了两下："你长大了，该出去闯荡闯荡了。"

　　他爹打算送他去鲁西北的重镇聊城读书。

　　他高兴地走上前，扶住爹的肩膀。那一刻，他觉得爹真不赖。

　　那一年，他十六岁。他爹说："你也该出息出息了，像你这大时，你爷爷已经给我和你娘成了亲。"

　　他的亲娘比他爹大五岁。他的亲娘是在两年前过世的，亲娘死于疟疾。爹很烦亲娘，亲娘一死爹高兴，爹很快就娶了马刨泉的云景为妻。后娘云景只比他大两岁，见了他，后娘云景就咯咯地笑，笑得他浑身起鸡皮疙瘩。

　　想起亲娘，他的鼻子酸酸的，高兴劲儿一扫而光。

　　那年白露过后，家里的小帮手曹庆彬赶着马车送他去鲁西北的重镇聊城读书。马车沿着黄土大道前行，马蹄嘚嘚有声，车轮辘辘旋转，道路两边的田地里成片的玉米、高粱，还有谷子快要熟透了，满目都是灿烂的金黄色。小帮手曹庆彬一遍又一遍地哼唱一首淫荡的曲子，唱得他心里烦烦的，他喊："再唱就剁下你的舌头喂狗！"

　　曹庆彬马上住了口。

　　温暖的阳光透过花布车棚照进来，眼前一片迷茫，他不知道前面等着他的将是什么。

　　来到学校后，认识的第一个同学叫鲁钟。只看了鲁钟一眼，他就断定，鲁钟是个了不起的人物！

约莫二更天的时候，外面刮起了不大不小的风，略带凉意的风很尖锐地从方格窗棂和门缝里钻进来，屋里便有了"呼嗒呼嗒"的响动。有一只老鼠从头顶上跑过，吓了他一跳。

他爹和他的后娘云景早已入睡，仆人们收拾妥当也已歇息。今晚轮到大耳黄巡夜，这不是个好兆头，大耳黄比小帮手曹庆彬要难对付得多。但大耳黄很少正正经经地巡夜，大耳黄自觉天下太平，等全家人熄灯后便悄悄溜进偏房睡大觉。这使他心里略略踏实了些。

他想，他该行动了。

他欠起身子竖起耳朵听了一会儿外面的动静，除了风声以外，没有任何响声。他爬起来，摸到后窗根下。后窗比前窗要小得多，也高得多，只有一尺见方，能够从里面推开。他事先已把桌子搬到了后窗下，此刻他站到桌子上，轻轻地把后窗推开。

事成之后，走大门不可能，一来到了晚上，大门拴得紧，黑灯瞎火的，很难打开；二来大耳黄和其他帮手、长工们住的偏房紧挨大门，听到动静，这些人会从偏房里蹿出来，挡住去路。只有从他住的房间后窗钻出去，尽管后窗很小，但他身材瘦弱，能够顺顺当当地通过。

跳下后窗，朝东跑不到一里地，就是苇河。苇河滩上生长着连成一片的野苇子，钻进苇荡，别人就很难找到他，鲁钟和另外一个同学李小海在一片他熟悉的苇丛里等着他。

这是三天以前就计划好了的。三天前，鲁钟用蒲扇般的大手拍打着他的肩膀，说："兄弟，你放心，保证万无一失。就看你的啦！"

他相信鲁钟的话，他一直觉得，鲁钟和圣人差不多。圣人的话是不会错的。

弯下身子，从后窗望出去，外面朦胧一片，此时月亮还没有露脸。在这样的暗夜里，当然应该发生一些事情，一些意想不到的事情。

他定了定神，踩着椅子下到地面。下一个动作该是从枕头下面抽出那支德国造小撸子。子弹已经顶上了膛，是进镇子之前，鲁钟在苇丛里替他压上的，到时候，他只要轻轻一撸，问题就解决了。

右手触到德国造小撸子的时候，他感到整个右臂乃至整个右半边身子都跟着麻了一下。

四

学校叫"国立聊城第一中学"，据说是一个英国商人在五十年前捐资兴建的。日本人打进来后，曾把它改建成一座医院，日本人一走，又恢复了原来的样子。因年久失修，房屋显得破旧，青瓦铺就的房顶上飘摇着一丛丛尖嘴猴腮的狗尾巴草。校园倒是不小，但很不平整。每个教室的门口都洒有几摊黄中见白的玉米粥，每一摊玉米粥上又都卧着数十只苍蝇，不免龌龊，令人反胃。听爹说，来这所学校就读的大都是些城里有钱人家的学生，这些玉米粥大概是为那些没钱人家的学生准备的。

曹庆彬三转悠两打听，找到了学校的教务次长。他爹以前曾差人给教务次长送过一些银洋，见到他们，教务次长很热情，忙唤人给他安排寝室。

安排妥当，曹庆彬说："少爷，我该回去了，天不早了，不然会碰上劫道的。"

他便想，碰上劫道的，把小子的嘴巴打歪了才好。

曹庆彬掏出一个钱袋递给他："这是二十块大洋，陈大人嘱咐说别乱花。当然，该花的还得花，花光了，捎个信回去，我再来送。"

"我知道。"他有点儿不耐烦。

"陈大人还让我告诉你，现在天下不太平，共产党不安分守己，国军肯定不放过他们，兵荒马乱的，没事不要往外跑，安心学业……"

"我爹给我说过不下一百遍了！"

曹庆彬告辞往回返。望着曹庆彬扭来扭去的水蛇腰，他想，这小子和爹一样，还把他当小孩子看待，实在令他气恼。

寝室的门是被鲁钟一脚踢开的。鲁钟说："嘀，又来了一个。"

他慌忙站起来，一时竟不知说什么好。

鲁钟一副武高武大的样子，站在门口，几乎把整个门框填满了，寝

327

室里一下子黯淡了许多。他为之一愣。

鲁钟坐在自己的床铺上，木板床被他压得摇晃了一下。鲁钟穿一身灰洋布学生装，无所顾忌地打量他，说："家里挺有钱?"

他挺尴尬，想点头，又想摇头，结果还是点了点头。

"你请坐，"鲁钟说，"我能看得出来。说实在的，我鲁钟十一岁就外出闯荡，啥样的人没见过?"

"那是，那是。请兄长以后多多关照。"

"好说。"鲁钟一挥右臂，手指尖几乎划着他的脸。鲁钟说："我还能看出来……你叫什么? 噢，陈广征。我还能看出来，你这人并不太坏，不像别的有钱人家的龟孙子，他们不是东西。当然，你爹你爷爷坏不坏我就不说了，据我推断，有钱人良心都大大地坏，不然哪来那么多钱? 好人是挣不来钱的，像我爷爷、我爹还有我……"

他的脸红了一下，心想鲁钟这人口气挺大，胆量看来也不小。

鲁钟的话挺刺耳，奇怪的是他并没有感到不快。

"我还能看出来，"鲁钟又说，"你爹是个土财主，土财主也是蛮狡猾的。土财主也好，洋财主也好，共产党的队伍一过来，都得完蛋，哪个也跑不了……"

他心里打了个颤，他知道，他爹最担心的就是这个。前一阵子风声紧了点，他爹好几夜睡不成觉，专程赶到长期在聊城一带驻扎的国民党手枪旅巩旅长府上，打问情况。巩旅长哈哈大笑："老兄，你放心便是，国军强大得很，共军一帮土八路，成不了大气候……"

那天，鲁钟和他聊了好大一会儿，尽管鲁钟不时取笑他，说一些难听的话，他还是很佩服他。鲁钟豪放，敢说敢为，鲁钟才是一个干大事的人。

同寝室的除了鲁钟，还有两个人，一个叫李小海，一个叫胡心。二人见鲁钟和他谈得挺上瘾，也就没冷眼瞧他，这使他很满意。可以看出来，李小海和胡心都听鲁钟的。

他从门缝里往外瞅了瞅，见空旷旷的院子里没有人影，便缓缓拉开门，轻手轻脚地走出来。

尽管天上没有月亮，但星星一个也不少，外面比屋里要亮一些。风一阵紧一阵地刮，拉扯着他的衣衫，他并不感到冷。德国造小撸子提在右手，缩进宽松的袖管里。

我已经开始行动了，他想，鲁大哥，你现在等急了吗？……

家里共有十二间正房。最西面的两间是客厅，紧挨着客厅的是三间大厅，安放着祖宗先人的神灵牌位，摆挂着族谱；大厅往东的两间，他奶奶住。奶奶说，她见了后儿媳妇——他的后娘心口窝就疼，所以到他姑姑家去住了，他姑姑家在三十里外的杨集镇上。奶奶已去了大半年了，他爹亲自去接了两回，老太太就是不回来。老太太说，她打算在闺女家养老送终……他住最东面的两间，夹在他和奶奶之间的三间正房原先他爹和他的亲娘住，现在他爹和他的后娘云景住。

他似乎已经没有退路了，鲁钟和李小海在心焦地等着他，他必须义无反顾地去干。这是三天前在学校后面的杂树林子里说定了的，而说定了的，特别是鲁钟和他说定了的事情，他怎么能改？

手心脚心以至脊梁沟里再次涌出冷汗，这几处地方烫心地热。德国造小撸子释放出的铮铮鸣响一阵强过一阵地敲打着他的耳膜。毫无疑问，大耳黄进偏房睡大觉打呼噜去了，大耳黄不会想到，在他巡夜的这个夜晚，会发生令镇上人乃至令方圆几十里、几百里的人为之震惊的事情，大耳黄半世的英名会跟着跌进去，跌得他再也无脸见人。

现在，知道这一切的只有他、鲁钟和李小海，可能那个三十多岁、嘴角有颗黑痣、戴鸭舌帽的人也知道。据说那人是一家工厂的领班。那人经常神不知鬼不觉地来学校找鲁钟，鲁钟几乎什么人的话也不听，单听那人的。他猜想此人可能是共产党，问鲁钟，鲁钟说，目前你还没资格知道。

他啥时候才能有资格知道？是今天晚上之后吗？也许是，也许不是。现在顾不上想这些了。有一个四条腿的黑影飘过来，他吃了一惊，定睛看，是小黑。小黑是一条狗。小黑是他两年前从苇河边上捡回来的，当时小黑快要被冻死快要被饿死了，他竟然把它养活了。他爹说见了这条癞狗就恶心，他爹说早晚要砸死它吃肉喝汤，他爹还说去找国民党手枪旅的巩旅长要一条西洋狼狗看家护院。大耳黄说不用，有他大耳黄在，保证院子平安无事，大耳黄还说陈大人你把喂狼狗的东西省下来喂我就行了……

小黑很潇洒地绕着他转圈子，后来小黑又舔他的袖管，差一点儿把德国造小撸子吞进嘴里。他很生气地踢了它一下，它便挺知趣地低叫了一声，跑向大门边的狗窝。

狠狠地吸了几口气，又缓缓地喷出来，咬了咬牙，他抬腿往西移动。因为他赤着脚，行走时没有一点儿声响，睡梦中的人肯定不会察觉……

慢慢地和鲁钟、李小海他们熟了，也就知道了他们的经历。

鲁钟是聊城南面的二十里铺人，年龄比他大一岁。据鲁钟说，当年他出生时，他娘不小心把他生在了尿盆里，就是那种鲁西北常见的硕大的瓦盆。如果不是他娘动作麻溜点，也许他就被尿水呛死了，自然也就不会有后来的英雄壮举了……

长到三岁时，鲁钟能吃三个窝窝头，而家里却没有那么多窝头给他吃，于是就吃野菜、榆钱儿甚至树叶，肚子越撑越大。爹娘叹气，说："你这副馋相，日后想给大户人家当个长工都难，还不把人家吃穷了！"

鲁钟说："当长工最没出息，像牲口一样让人使唤。"

鲁钟不想当牲口，鲁钟就经常饿肚子。一饿肚子鲁钟就大骂那些不饿肚子的人，说有朝一日要把他们全宰了。十一岁那年，饿急了的鲁钟不想在家待着了，背着爹娘跟村子上的一帮讨饭之人出外闯荡。他们在聊城、邯郸一带转悠，沿路乞讨，有时也偷点；当然，偷的都是大户人家的东西。鲁钟一直认为偷他们的东西没有啥不对，谁让他们那么富？不偷他们又能偷谁？在外的日子，填饱肚子并不难，尽管他一顿能吃下八个窝头。另外，他还有一个重要收获。一起行乞的人中，有一个粗识文墨的老头，老头感到自己一肚子墨水不倒出来，涨得难受，就教他识字。若干年后，一想起这事，鲁钟就感慨万千："当年识字读课本是对的，脑瓜里少点糨糊，多点墨水，才能更好地混世界……"后来听说那个老头过大运河时被河水卷走了，他难过得差点儿落下泪来。

在外闯荡了三年，鲁钟十四岁了，十四岁的他块头已经和大人差不多了，唇上的茸毛逐渐褪光，取而代之的是密密的胡楂子。鲁钟觉得自己有一膀子力气了，手就开始痒痒起来，他被一个财主及其手下人打断过两根肋骨，他也打断过国民党杂牌军一个连长的两根肋骨。那连长在集市上对一个年轻的女商贩动手动脚，连长斜挎着盒子枪，歪戴着帽子。连长的左手伸进女商贩的怀里揉，右手贴在女商贩的屁股上摸。女商贩吓得直喊"兵大爷行行好"，而"兵大爷"是不会行好的。鲁钟想起自己被打断的两根肋骨，浑身痒痒得受不了，他绕到连长的身后，朝连长的右肋就是一脚，连长便瘫在了地上……

鲁钟能进国立聊城第一中学读书，纯属偶然。有一天，在鼓楼附近，一群荷枪实弹的国民党兵从卡车上跳下来，说是抓共产党。行人见状，惊得一个个面色蜡黄，纷纷躲避。一个七十多岁白发苍苍的小脚老太太避之不及，摔倒在泥水里，老太太一声作孽一声娘，喊叫个不停，泥水把她花白的头发染成了酱黄色。众人只顾自己，无人上来搀扶。恰在这时，鲁钟从一条小胡同里奔出来，拉起老太太。一个国民党兵端着上刺刀的枪走过来，用枪尖一比画鲁钟的胸脯，说："小子，我看你像共产党，老实跟我走！"

"我像共产党？我咋像共产党？"鲁钟嘿嘿笑了一阵，"共产党要我这模样的？如果我真是共产党，见了你们能不跑？"

兵说："共产党……共产党善于玩把戏。"

鲁钟说："咱他娘的太笨，不会玩这种把戏。"

兵说："我说你是你就是。"

鲁钟说："非说我是你就崩了我。"

兵说："崩你像宰猪，容易。"

鲁钟在心里说："我操你娘！"

兵叫鲁钟举起手。兵说："我看你身上藏没藏家伙。"

"藏着呢！"鲁钟挤了挤眼睛，"大腿根里有一个，厉害着呢！"

兵火了，捣了鲁钟一枪托，直捣得他牙根子冒火。

兵们到别处搜共产党去了，老太太感激不尽："大兄弟，让你吃了亏。"

鲁钟一脸的欢喜："这算啥，我盼着国民党打我呢，他们越打我，

331

我越恨他们。这笔账先记着，以后慢慢算。"

"不敢瞎说，不敢瞎说，当心……"老太太哆哆嗦嗦地要捂鲁钟的嘴。

这老太太是国立聊城第一中学校长的亲娘。校长是个孝子，校长认为救了娘比救了他自己都更令他受感动。校长说："鲁老弟，如果你愿意，就到本校来读书吧，学费减免。"

于是，鲁钟就成了国立聊城第一中学的学生。

李小海的家在聊城城里，他爹是个靠捏泥人糊口的手艺人。他说他有个不争气的哥哥叫李大海，李大海如今是国民党手枪旅的一个连副，连副打共产党的游击队挺卖力，据说很快就要提升为少校营副。李小海还说，都怪爹娘瞎了眼，养了这么一个浑蛋。可气的是爹娘见了哥哥捎回来的光洋就满脸放光，真是一对老糊涂。

李小海说："早晚我要剁下他的狗爪子煮了吃！"

李小海说："早晚我要割下他的鸡巴喂狗！"

鲁钟说："光吹牛有何用！"

李小海手指苍天脚踹大地："如若不然，到时候你剁下、割下我的！"

他们便都笑起来。

五

他就是在如今爹居住的那三间正房里面世的，他跟着爹和亲娘在那房里睡了十年，他对里面的摆设一清二楚。房子中间是个屏风，西面有一张八仙桌，两把太师椅，紧靠东墙的是一个大土炕，他爹和他的后娘云景就睡在那大土炕上，头朝南，脚冲北。在他们的头顶，高出土炕约一尺高，稍微偏西一点儿的墙壁上镶着一个硕大的窗户。正房的前窗都是一个样子，就是那种雕花的方格木窗，不安玻璃，大户人家用白纸糊，穷困人家用黄麻纸或破布糊。时至今日，在鲁西北一带，这种式样的窗户仍然随处可见。

这样的窗户容易使人动心思。

他压抑住自己剧烈的心跳，在窗外弓着腰侧耳谛听，依稀能听到他爹时高时低、时紧时慢的鼾声，犹如风吹屋檐一般，间或还夹杂着他的后娘云景撒娇似的呓语，云景的呓语让他想起母鸡低柔的鸣叫……糊在窗户上的白纸一片灰蒙，他抬抬身子，准备找个恰当的位置戳出个洞来。左手食指伸进嘴里想蘸点口水，然而喉咙、舌苔十分干燥，像含了满口石灰。无奈，他吐出左手食指。狠了狠心，将左手的两个指头插进窗户。插进的一瞬间，白窗纸发出"嘶啦"的声音，他觉得整个窗子，甚至整座房屋都跟着摇晃了一下，摇得他浑身的毛发都竖了起来……

一个边缘不齐的小洞形成了，他扭头望了望院子，没发现什么动静，便将左眼贴在小洞上。一股浓郁的混合气味从小洞里流出来，徐徐飘进他年轻的鼻子。那是他十分熟悉的气味，那气味里含有香烛的成分，含有墙角落里的霉气，含有他爹旱烟的味道，含有他爹高大的身躯上流露出的汗酸味儿，自然也含有他的后娘云景粗劣的脂粉气，他甚至觉得，后娘云景大腿根里的烧碱味儿也从窗洞里钻了出来，顶得他鼻子有点儿受不了。

不能再耽搁了，龟缩在河滩苇丛里的鲁钟和李小海怕是早已急火攻心了。

可是……可是右手那么沉重，像坠上了一块千钧巨石，他几乎没有力气抬起来。

鲁钟说："你不是想成大器吗？……"

鲁大哥，他想，我应该听你的，但你知道，这毕竟不是一件轻而易举的事情……尽管我透过窗洞已经朦朦胧胧地看清了我爹滚圆的脑袋，看清了我爹厚实的胸脯，按照原来的计划，我把德国造小撸子对准土炕，我甚至连看都不用看，更不需要瞄，右手食指轻轻一搂，一个悲壮而伟大的故事就要诞生，但诞生这样的故事却是实实在在不容易……

他那鼓了三天的勇气似乎一下子消失殆尽了。

鲁大哥，你怪我吗？你恨我吗？

他再次淹没在德国造小撸子发出的铮铮鸣响里。

头疼欲裂。

鲁钟和李小海经常在一起嘀嘀咕咕谈论什么事情，一副很神秘的样子。那个三十多岁、戴鸭舌帽的人也隔三岔五地来。那人的帽檐总是压得很低，离远了看，只能看见一个长下巴。他忍不住好奇地问鲁钟和李小海："你们到底在谈什么？"

　　"我们的事你别管！"鲁钟很粗鲁地说，"你是有钱人家的种，和我们不是一条路上的，我们的事你没必要知道！"

　　他觉得很委屈，鲁钟和李小海一直没把他当作自己的弟兄看待，这使他很伤心。

　　鲁钟说："如果你觉得我们可疑，可以找国民党告密。"

　　"你放屁！"他火了，差一点儿跳起来。竟然能在鲁钟面前发起火来，连他自己都感到吃惊。

　　然而鲁钟并没恼，他哧哧地笑了："兄弟，你还行，日后可以造就。"

　　他不太明白鲁钟这话的意思，想了想，说："我家有钱，那是我爹的钱，并不是我的，两回事。"

　　"兄弟，你挺有骨气，"鲁钟眼睛瞪得滚圆，"认识到这一点，了不起，我鲁钟佩服你！"

　　鲁钟滚圆的眼睛瞪得他很舒服，很痛快，很满足。

　　过完年回学校，他给鲁钟带去很多好吃的，有猪杂碎、羊杂碎，还有年糕、细面馍馍等，装了半包袱。见了这些好吃的东西，鲁钟口水直往外流，边狼吞虎咽地吃，边说："不算多，不算多，财主家的东西有的是，你都搬来让我吃才好。"

　　"任你可劲儿吃，也吃不穷俺家。"他一时高兴，嗓门大了点。但话一出口，就有点儿后悔。果然，鲁钟不干了，将啃剩下的一块猪头肉摔在地上。

　　鲁钟愤愤地说："这有什么光彩的？你家的东西咋来的你知道吗？剥削来的！哼！土财主！"

　　他一声不吭。

　　鲁钟气鼓鼓地来回踱步。气消下去后，又捏起一只羊蹄子塞进嘴里。他带来的东西毕竟诱人，据鲁钟讲，过年时他连个肉丁都没吃上，大年初一只喝了五大碗面条。他家是没有钱买肉的，能放开肚子吃顿面条就算不错了，因此，他更加憎恨那些天天吃肉的人。

那年的春天来得早，春节过后开学不久，柳梢儿便有了韧性，天气渐渐暖和起来。

礼拜日一大早，鲁钟就嘟嘟囔囔："在学校憋得够呛，今儿个得出去遛遛。"

李小海说："干脆到运河边上转悠转悠。"

他们说走就走。他试探着问："鲁兄，带我一起去行吗？"

鲁钟右手放在冬瓜状的脑袋上抚摸了一把，说："你不能去，我们想谈点要紧的事情。"

"在一起都快半年了，还信不过我？"

"不是信不过你，而是问题太复杂。"

"其实我都明白，我愿意跟你们出去散散心。如果你答应，中午我请客，请你们吃烧饼子豆腐脑，外加炒菜。"他拍了拍腰间，钱袋就拴在他的腰上。

李小海说："我看他愿去就去吧，正好我们也熏陶熏陶他，让小子开开窍。"

鲁钟点头："不过你得说话算数，中午请客。也应该你请，谁让你家那么有钱！说穿了，就是你请我也不感激你，因为你家的钱是从别人家搜刮来的！"

三人出了校门，暖暖的小风迎着他们扫来，拂在脸上，痒在心里。几十年来，战争的阴影一直笼罩着这座古城，街道愈来愈显得破败，路面坑坑洼洼，泥浆遍地。街上行人稀少，小商贩们无精打采地叫卖，不时有三五成群荷着大枪的国民党兵走过。鲁钟说："狗日的神气不了几天了。"

李小海拉拉鲁钟的衣袖："小声点。"

鲁钟嗓门更大："怕个球！"

沿着朝南的道路，三人不紧不慢地走。鲁钟走在前面，他和李小海跟在后面。鲁钟宽阔的背影几乎塞满了他的视线，鲁钟的脊背像一座大山一样，令他无限神往，令他的心胸无限充实……

鲁钟说："看国民党兵如临大敌的架势，我有一个预感，要打大仗了。"

李小海说："打呗，越快越好。"

鲁钟说："早就该打了。"

李小海说："是呀是呀。"

越往城外走，道路两边的房屋越矮小破败。到了城外，清新的空气无可阻挡地扑过来，搅得人荡气回肠，愁结顿开。他似乎闻到了鲁钟身上雄壮的男人气味，这气味渗到他的血液里，快速流遍了全身。于是，他觉得自己的每一个毛孔里也释放出了雄壮的男人气，同鲁钟的气味一样，禁不住赞叹道："真舒畅啊！"

"小子，什么真舒畅？"鲁钟回过头。

"噢，没啥……"他自知失口，脸一红。

"真舒畅的在后头。"鲁钟意味深长地说，尔后又意味深长地一笑。

过了一会儿，李小海问："鲁钟，你说共产党……能成功吗？"

"谁说不能！"鲁钟不假思索地说。

"可国民党的势力目前还很强大。"

"那是外强中干，倒台是早晚的事。"

"我担心……"

"你动摇了？"

"哪能呢！"

"那你少放这样的冷屁！"

"是！鲁大哥！"李小海学当兵的样子，"叭"地来了个立正。

"别忘了你那缺德哥哥还在耀武扬威呢！"

"这你放心，日后我饶不了他，我要割下……"

约莫走了一个时辰，大运河闪进了眼底。裹挟着凉意的春风硬了一些，绕着他们旋转，搞不清是南风还是东风。风儿卖力地扯动他们的衣裤，使人感到身上空落落的。他和李小海长长的头发一忽儿倒向左边，一忽儿又倒向右边，鲁钟黑针样的短发却不受任何影响，昂扬地向上伸展。

他们在大运河高高的堤岸上坐下来，三人坐成一排，鲁钟居中，他和李小海分列左右。火红的太阳已经升到了半空，阳光很从容地泼洒而来，亲热地粘在他们身上，融进他们心里。

运河水在他们脚下静悄悄地流淌，像在讲述一个千古不变的故事。他看到鲁钟和李小海十分痴迷地望着河水出神，一时间他觉得有一种很神圣很神圣的东西涌上心头。苇河和大运河就在前方不算远的地方交汇，苇河流经的一个镇子里有一座挺气派的宅院，挺气派的宅院里住着一位挺气派的姓陈的土财主，姓陈的土财主有一个想成大器的儿子此刻就坐在运河高高的堤岸上……

他不知道自己是否算得上气派。在鲁钟和李小海面前，他感到自己要比他们缺少很多很多的东西。

望得久了，脖子和眼睛都有些酸疼，他们便收回目光，互相对视一下。

鲁钟说："如果共产党真的打过来，你们咋办？"

李小海很痛快地说："我已经说过了。"

"那你呢？"鲁钟的脸转向他。

"我……不知道。"他有点儿慌乱。

"你是很危险的，陈老弟！"鲁钟朝他调皮地挤了挤眼睛。

"可我……并没干啥坏事。"他嗫嗫嚅嚅地说。

"可你爹干过坏事！"

"我爹……没有……"

"放屁！没干过坏事哪来那么多钱？！"

"我……不明白。"

"你是很危险的，陈老弟！"鲁钟用一种很奇怪的眼神看着他。说完，他似乎不怀好意地讥笑，李小海也跟着嘿嘿地笑，笑得他浑身不自在，笑得他脸由红色逐渐变成猪肝色，笑得他小肚子一坠一坠的，心跳陡然加剧。

"你是很危险的，陈老弟！"鲁钟加重语气，又重复了一遍。

他低下头，不再说什么，鲁钟的话使他领悟到了断肠般的战栗，他忽然有了一个预感，一个痛彻心扉的预感……后来，他的鼻子一酸，眼泪就涌了出来，双手捂住脸，湿热的泪珠从手指缝里爬出来，晶晶莹莹滴落在沙质的河堤上，不留一点儿痕迹。他抽搐着说："我该咋办？"

鲁钟说："你会慢慢明白的，哭顶屁用！"

他猛然抬起头，他看到鲁钟宽阔的巨脸上几点麻坑反射着白炽炽的阳光，像是镶着的碎银子，他的脸便犹如圣物一般，光彩照人。

"多想想他们的罪孽，你就明白了。"鲁钟朝他挪了挪屁股，厚重的大手搭在他单薄的肩膀上。

那个可怕的念头也许那一瞬间就曾萌发过，后来他常常这样想。鲁钟雄壮的男人气息蒸得他四肢酸软，他想，和鲁钟在一起，是一件挺愉快的事情，日后要做的，自然也是极为神圣的……

"多想想他们的罪孽，你就明白了。"这是鲁钟说的，鲁钟的话是不会错的。

"多想想他们的罪孽，你就明白了。"他记住了这句话。

六

依稀想起日本人在时发生过的一些事情。

日本人说来就来了。日本人扛着一色的三八大盖，头戴钢盔，神气极了。日本人认为，镇子所在的位置很重要，必须派兵把守。一声号令，几百民工拥了来，大干了一个冬天，一座炮楼便矗在了镇子西面。炮楼有十二个日本人把守，领头的日本人叫冈茨，四十多岁，留着浓黑浓黑的八字胡。里面还住着一些汉奸，有外地人，也有本地人，老百姓称他们为二鬼子。

远远地就能看到炮楼上黑洞洞的射击孔，夜里常常可以听到刺耳的枪声。

有了日本人，也就有了八路。八路主要是土八路，人多枪少。八路主要在夜间活动，一天夜深，在炮楼底下站岗的一个日本人和一个二鬼子被人用杀猪刀刺死了，一支三八大盖和一支汉阳造被抢走了。

剩下的十一个日本人急了眼，汉奸也跟着急眼。第二天一大早，日本人和汉奸们就挨家挨户地砸门，赶着人到苇河滩上去，并放火烧了部分民房。领头的日本人冈茨说，据可靠情报，是八路军的县大队袭击了炮楼，镇子上的一个人带的路。

砸门砸到他家，他爹诚惶诚恐地迎出来。站在门口的是冈茨，另外还有一个年轻的日本人和两个汉奸。冈茨握在手中的大砍刀贼亮贼亮的，烫人的眼睛。

"太君息怒，太君息怒。"他爹点头哈腰。

"陈先生，"冈茨一吹八字胡，"你的镇子有人通八路，杀死了皇军。不把通八路的交出来，都死啦死啦的！房子，统统烧掉！你的，也不例外！"

他爹的脸都吓黄了，忙说："本镇如真有人通八路，在下愿意为皇军效犬马之劳，把小子查出来交给皇军。"

他爹为日本人立下了保证，冈茨总算收了兵。日本人还是信得过他爹的，日本人来到以后，逢年过节，他爹都亲自带人给日本人送酒送肉，冈茨不止一次地竖起大拇指说："陈先生效忠皇军，大大地好！"

他爹派人暗中查访，最后终于查清，给八路军县大队带路的是镇子上一个叫赖八的人。

他爹亲自带人去捉拿赖八，赖八边挣脱边说："狗日的日本人，糟蹋了我妹妹，我咽不下这口气……"

"这我管不着！"他爹冷冷地说，"日本人惹得起吗？都是你小子不老实，差点儿惹得日本人动真的。掉脑袋是你自个找的……"

赖八被五花大绑地送进炮楼。赖八被一顿乱棍打得七窍流血，一命归西。他爹召集镇上人，说："都看到了吗？以后谁再惹日本人，就是这个下场！……"

从那以后，镇子上没人敢再通八路，日本人也就没有开杀戒。而赖八的瞎眼娘却疯了。

也许……也许这些就是罪孽？

日本人轰轰烈烈闹腾了八年投降了，国民党的手枪旅从南面开了过来。手枪旅的人用的是清一色的盒子枪，装备精良，队伍严整。手枪旅的巩旅长早先就是他家的常客，巩旅长的老母亲过八十大寿时他爹派人送去三马车厚礼，巩旅长高兴得直抓挠耳朵。

339

日本人一走，共产党的队伍由和日本人打变成和国民党打，打得人慌马乱。手枪旅的任务是剿灭这一带的共产党游击队。一日，巩旅长亲自带队在苇河滩上和共产党的游击队打了一仗。巩旅长指挥有方，打散了游击队，抓了不少俘虏。闻讯后，他爹异常高兴，马上带着大耳黄曹庆彬等人去见巩旅长，然后把巩旅长和一些将校军官接至家中，设宴款待。席间，他爹眉飞色舞地说："共产党想共产共妻，有本事就让他共去吧！"

　　"共个屁！"巩旅长一拍桌子，"我巩某人不是吃素的！"

　　"当然，当然。有你老兄在，这一方天地就变不了。"

　　"谁想共你的东西，得先问问我巩某答不答应。"

　　"没的说，没的说。我可以放心地睡大觉了。"

　　……

　　趁着高兴，他爹唤过他的后娘云景，给巩旅长斟酒。他的后娘云景娇声说："巩旅长，今天你可要一醉方休。"

　　巩旅长说："行伍的人喝酒像打仗，决不含糊！"边说边瞟了他的后娘云景一眼，云景就咯咯地笑。巩旅长端起酒盅，一饮而尽。

　　"巩兄，"他爹说，"我盼着你天天打胜仗，你的仗打得越好，我心里越踏实。"

　　"没错，"巩旅长说，"老兄你说得对。"边说边又瞟了他的后娘云景一眼，云景便咯咯地笑。巩旅长再次端起酒盅，一饮而尽。

　　"祝老兄你步步高升，飞黄腾达。"他爹说。

　　"也祝你老兄财源茂盛……"巩旅长说，目光粘在了他的后娘云景的脸上不再动，云景咯咯笑得更欢。巩旅长连干三盅……

　　那天巩旅长喝得烂醉如泥。巩旅长最后说："为了老……兄……你的酒，我要杀……他个共产党的……游击队片……甲不留……"

　　也许……也许这些就是罪孽？

　　镇子上好像有个叫广和的人，租了他家二亩地。那二亩地在低洼处，赶上涝年，几乎颗粒不收。到年底，别人都交齐了租子，唯独广和迟迟不来。他爹很恼火，让小帮头曹庆彬去催，一连催了几次，广和就

340

是不来交。他爹说："好小子，我让你尝尝大爷的厉害！"

大耳黄领命前去将广和带了来，他爹眼一瞪："跪下！"

广和脸一黄，不情愿地跪下。广和喊："陈大人……"

他爹往地上吐了口唾沫。

广和喊："陈爷爷……"

他爹再往地上吐了口唾沫。

广和喊："陈大老爷……"

他爹将一口唾沫狠狠地吐在广和的秃头上。他爹说："你小子胆子真不小。"

"那二亩地收的粮食都顶不上种子。"广和说。

"顶不上也得交！"

"我没有粮食交。"

"你小子嘴挺硬。给我打！"

大耳黄一脚踢得广和滚出五尺远。

广和大叫："陈大人你饶了我……"

大耳黄又是一脚，广和又滚回原来的地方。

广和大叫："陈爷爷你饶了我……"

大耳黄第三脚踢上去，广和滚得更远。

广和声音变了调："陈大老爷你饶了我……"

他的后娘云景吓得直捂脸。后娘云景说："我看算了吧，怪可怜的。"

"你懂个屁！"他爹剜了他的后娘云景一眼，"都像他这样，你喝西北风?! 这种先例不能开，给我打，不能饶了他！"

最后，广和用两间草屋顶了租子。他爹把那两间草屋卖给了一个来逃难的外地人，卖了三块大洋。广和没了栖身之处，外出流浪去了。

也许……也许这些就是罪孽？

现在，他清楚地看到了亲娘瘦小的身影，亲娘的尖尖小脚在他面前来回滑动。亲娘说："你爹他心太黑……"

亲娘活着时，没少受他爹的气。亲娘常常在夜里挨上一顿拳脚。亲娘最怕过夜，天一黑亲娘就叹气、皱眉头。后来，亲娘忽然患了疟疾，一会儿热得要死，一会儿冷得要死。他爹随便找来个江湖郎中看了看，就算完事。亲娘咬着被角哭，他也跟着哭。亲娘对他爹说："套车拉我到聊城的大药行去瞧瞧吧。"

他爹说："生死由命，富贵在天，到哪儿都一样。"

亲娘的病情越来越重，无奈，他爹派人把亲娘送到聊城。但晚了，亲娘的五脏六腑已经中了邪火。没几天，亲娘就咽了气。

镇上人都知道他的亲娘是患疟疾过世的。

现在，现在他宁愿相信亲娘是被他爹害死的，譬如他爹在亲娘的饭碗里下了毒药……

现在他宁愿相信这些！

亲娘死了没多久，他爹又给他娶来了后娘。后娘云景是十里外的小村马刨泉人。云景的一双杏眼和一对高耸的奶子很诱人。云景和她的爹靠编苇席为主。他爹托媒人去马刨泉提亲的时候，云景的爹挥手把割苇子的镰刀扔出八丈远。云景的爹说："老天爷，以后我有好日子过了，我这闺女没白养……"

几天以后，云景便成了他的后娘。后娘云景喜滋滋地睡到了他的亲娘原先睡的地方。脱去粗布衣衫，换上绫罗绸缎，云景越发诱人。后来大耳黄来到他家，见了他的后娘云景，肥厚的嘴唇咂得叭叭响。

后娘云景只大他两岁。起初她叫他"少爷"，以后叫他"广征"，又过了不久，两人碰在一起的时候，她叫他"儿唻"。

他的脸涨成赤红色，张了张口，想说一句难听的，但没有说出口。

后娘云景说："你爹他傻大黑粗的，一点儿意思都没有。"

后娘云景说："看你白白净净的，我真想咬你一口。"

后娘云景说："你的脸蛋子真馋人。"

他觉得额角的血管突突地跳。他说："骚！"

"骚？"后娘云景咯咯大笑了一阵，"骚不好吗？我的儿唻！"

他实在受不了啦，大声说："谁是儿唻？你才是儿唻！"

后娘云景的脸一下子拉得老长，她呜呜地双手捂着脸哭。他一直认为她是在假哭。他爹大步赶来，喝问："咋回事？"

后娘云景抢着说："你儿骂我！"

他爹大怒："混账！云景好赖是你娘！"

他爹结结实实地踢了他一脚。

……

不管他咋想，他爹娶了云景，云景就是他的娘。

有一次，鲁钟问他："你爹凭啥娶那么俊气的女人？……"

也许……也许这些就是罪孽？

这样的事情，大概还有很多……

七

这时，约莫是四更天的样子。外面依旧很静谧，未见任何异常。挂在中天的月亮被一层薄云覆盖着，已经朦朦胧胧地露了脸，夜晚明亮了许多。风越来越弱，露水越来越重，空气湿润新鲜。一阵狗的吠叫从挺远的地方传来，霎时，附近有不少狗跟着响应，狗们吠成一片，睡在大门旁狗窝里的小黑也跟着懒懒地叫了几声。但不一会儿，狗们的叫声便弱了下来，镇子重又陷入沉寂。

握枪的右手似乎灵便了一些，整个右臂也不再那么沉重。他看到他爹房间窗纸上的那个小洞十分耀眼，好像有橘色的气流从小洞里往外溢。他渐渐感到那小洞很诱人，身不由己地被吸了过去。

站在窗下，他的嘴角竟然有了一丝笑纹。忽然，他像中了雷击似的全身剧颤了一下……身后有人低低地咳嗽了一声。

是大耳黄！

大耳黄第一次在这一带出现，是两年前的事。

有一天，他爹忽然来了兴致，说要到野外打野物。

他爹倒背着手在前面走，小帮头曹庆彬和一个长工跟在后面。长工的肩上扛着一杆长筒猎枪，在一片黄豆地里，他们发现了一只野兔，他爹从长工手里接过猎枪，略略瞄了瞄，扣动了扳机。没有打中，野兔踏着黄烟消失在豆棵子里。就这样转了一上午，碰到了十几只野兔，打了十几枪，一只也没有打中。倒是打伤了两只，但伤得不重，眼看着它们一瘸一拐地跑掉。他爹很恼火，说再打一枪，打不中就回去。在一个沟渠边，一只肥大的野兔愣头愣脑地出现了，他爹慌忙搂火，野兔猛地跳了一下，栽倒在地上不再动弹。

打中了。小帮头曹庆彬兴奋地打了一个滚。然而没等他爬起来，一个男人的狂笑声传了过来。随着笑声，一个五短身材的人走上渠岸，此人的手里也提着一支猎枪，一支稍短一点儿的猎枪。

大耳黄就是在这时候出现的。大耳黄的两只耳朵像两片旱烟叶，迎风招展着，逆光望去，似乎是透明的。

三人从来没有见过耳朵如此之大的人，不由愣怔了一下。大耳黄冷冷地说："大人的枪莫非有毛病？"

"别胡说！"曹庆彬跳起来，"那兔子是陈大人打中的。"

"老弟，你小瞧了黄某。"大耳黄眼皮都没抬，"如若不信，可再试试。"

说完，大耳黄扭头便走，三人身不由己跟在了大耳黄后面。

又一只野兔被惊动，大耳黄回头鄙视三人一眼，单手抬枪，瞄都不瞄，很轻松地击发，野兔应声栽倒。

"看清了吗？"大耳黄右手一松，猎枪滑落在地，他双臂交叉抱在胸前，酱紫色的脸上一副得意之色。

小帮头曹庆彬不再吭声。他爹是个见过世面的人，猜想此人非等闲之辈，便双手抱拳施礼，说："壮士好枪法，在下佩服佩服！"

"不值一提。"大耳黄抱拳还礼。

"敢问壮士尊姓大名？家居何方？"

"在下黄富，人称大耳黄，是河南安阳人。"

……

接下来他爹把大耳黄请到家中，好酒好肉盛情款待。借着酒兴，他爹说："凭壮士的神力，完全可以谋个一官半职，如蒙愿意，我可向国军手枪旅巩旅长举荐一下，你去投靠巩旅长，给他当贴身侍卫。"

大耳黄说："大人有所不知，在下不想从伍，从伍太清苦。"

于是，他爹动了心思。日本人走后，一些汉奸自觉无依靠，扒下黑皮当了土匪，干起了打家劫舍的勾当，加之共产党的游击队不断袭扰，他爹终日担惊受怕，如果有大耳黄这样的人看家护院，自然会省去诸多烦恼。因此，他爹言谈之中露出留下大耳黄之意，说随他吃随他穿随他花，绝不会亏待他……

大耳黄很爽快地答应了。

从此，大耳黄成了他家的一个重要人物。他爹用一百块大洋从手枪旅巩旅长那儿换回一支二十响驳壳枪，那枪理所当然地成了大耳黄的腰中之物。

据说大耳黄在家乡杀过人放过火，遭到官府捉拿，他才流落到此。一天深夜，一伙土匪前来抢掠，大耳黄飞身上房，右手一挥连发三枪，十分准确地击中了三个土匪，余下的土匪便落荒而逃。

大耳黄从此名噪一时。

大耳黄又低低地咳嗽了一声。他腰间别着的驳壳枪大张着机头。

他木然地站在窗下，右手下意识地往上提了提，冷汗几乎湿透了衣裤。大耳黄不知什么时候来到他身后的，大耳黄会武功，动作极轻。

他想说句什么，但嘴巴似乎不听使唤了，说不出来。

大耳黄压低声音说："少东家，到这边来，别搅了陈大人的好梦。"

他机械地跟着大耳黄来到院子正中的大槐树下，槐树巨大的阴影罩住了他们，他心里踏实了些。

大耳黄抓挠了一下大耳朵，晃了晃脑袋，公鸡打鸣般地"咴咴"笑了一阵。大耳黄凑近他问："看到啥啦？过瘾吗？"

"……"

"是不是挺解馋？"

"是……不是……"

"你还不好意思呢。"

"是……不是……"

"告诉你，陈大人刚娶小娘子时，我在窗户根下蹲过几晚，里面热闹透了，陈大人不含糊，小娘子也真不赖。如今陈大人身子被小娘子掏

345

得差不多了，怕是热闹不起来啦。"

"你小子……真不是东西。"

"刚睡下可能有点儿戏唱，深更半夜的，早睡死了。"

"你小子……真不是东西。"

"小娘子见了我就捂鼻子，见了你就香喷喷地笑。我说少爷你放开胆子，瞅陈大人不在时，和小娘子来一回真的，岂不痛快！"

"滚你狗日的！"

"光偷听偷看有啥意思？还是来真的过瘾……日他奶奶，我大耳黄没那个福气，真真对不起祖宗啊！……"

"滚你狗日的！"他佯装生气，猛一转身，走向自己的屋子。边走边向前摆右臂，直至德国造小撸子贴在肚皮上。

大耳黄公鸡打鸣般"咦咦"的淫笑声一直把他送进屋。

八

三天前的中午时分，鲁钟、李小海和他走进学校后面的那片杂树林子里。

平时很少有人进入那片林子。据说日本人在时林子是个埋死人的地方。大概得益于人的腐烂的肉体，这些野生的各种树木和藤蔓疯了似的长。

鲁钟和李小海拉他到这种地方来，他预感到必有大事情发生。

他们扒拉着树枝和藤蔓，一步一步向里挪动，脸和手臂被枝叶划拉得火辣辣地疼。阴森森的既香且腥的气息熏得他脑袋发涨。

他们在一块极小的十分难得的空地上停下来。

沉默了足有一袋烟的工夫，鲁钟和李小海都望着他不说话，绷得紧紧的脸上无任何表情。鲁钟的眼睛又大又圆，瞪得他心里发虚，浑身燥热难耐。有一阵子，他似乎坚持不住了，全身的骨头像被剔了去，血肉挤成一团，晃晃悠悠往下坠……

他说："鲁大哥……"像在哀求。

鲁钟眼里射出的光线减弱了些，坑洼不平的脸膛松弛了一点儿。

他说："鲁大哥……"

鲁钟叹了口气，"扑通"一声，一屁股坐在地上，李小海也学着鲁钟的样子，坐下。鲁钟说："你也坐下。"

他犹犹豫豫地往下滑落，直到屁股着了地，身上才有了点力气。又湿又闷的腐败气息蒸得人头皮发麻。

鲁钟说："不知你们听到没有，战局正在逐步地发生变化，共产党的队伍越打越好，国民党越打越糟。"

"这是天意。"李小海说。

"估计共产党的队伍很快就打过来，听说国民党的手枪旅正加紧布防。"

"一个手枪旅顶屁用！"

"好戏快开场了，狗小子们等着瞧吧，到时候一个也跑不了！"

"包括我哥。我要割下……"

……

鲁钟和李小海你一句我一句地往下说，他似乎一句也听不进去，又似乎听得真真切切，脑子里如塞进一团乱麻，怎么也理不顺。他忽然意识到，他们是在有意说给他听。

后来，鲁钟和李小海都住了口。又是一阵难堪的沉默。他觉得在凝固了的时间里，自己更难忍受，还不如听他们讲好受一些。他便缓缓地抬起头……他看到，鲁钟和李小海又把眼睛对准了自己。

不知哪来的勇气，他腾地站起来，一字一顿地说："鲁大哥，有话你就讲！"

鲁钟意味深长地一笑。

他说："你讲你讲！"

鲁钟慢悠悠地说："兄弟，你坐下。"

他愣怔片刻，无可奈何地坐下。

鲁钟的大手抚摸着狭长的下巴，双眼眯缝了一下，说："兄弟，我们的确是为了你考虑。你应该明白你现在的处境。"

"……"他疑惑不解。

"当然，这也是大局的需要。"

"我不明白你的意思。"

"一会儿你就明白了，别急。你首先要知道，我们是为了你。你是个挺不错的人，关键时候，该往正路上走。改天换地，是要付出代价的，必须动真格的……"

"我还是……不明白。"

"你可能听说过，共产党是为穷人说话做主的，共产党最恨那些盘剥、欺压穷人的人，共产党是不会放过这些人的。你明白吗?"

"我……"

"你爹是个啥样的人，你总该清楚。"

"我爹他……"

"有人从东边过来，说那边已经开始搞土改了，地主一个也不放过，当然，地主家里的人也不会有好果子吃。估计我们这儿离那一天也不远了。你应该心里有数。"

脑袋嗡嗡地响，他死死地用两腿把脑袋夹紧。

"你家的土地、财产不是一个小数目，逃是逃不脱的。"

鲁钟的声音像从极遥远的地方传来。

鲁钟说:"这是摆在你面前的一条道，光明大道。"

鲁钟说:"你要学会干大事，成大器。"

他想起，他爹好像也说过:"你要学会干大事，成大器。"

月亮终于挣脱了薄云，露出了全貌。月亮很圆很亮。风也停了，古槐树的叶儿一动不动。

约莫五更天的时候，他再次拉开屋门，来到院子里。

鲁钟说:"你要学会干大事，成大器。"

他松开两腿，抬起头来，双眼朦胧。他说:"我该咋办? 我该咋办?"

鲁钟似乎被一下子弹了起来，他双手掐腰，叉开两腿。抬头看去，他顶天立地，高大无比，令人敬畏。鲁钟说:"你给我站起来。"

他颤巍巍地渐渐升高，李小海搀了他一把。

鲁钟顿了顿，眉头皱成一个硬疙瘩:"让别人动手，不如自己动手。"

鲁钟的眼里迸出两道凶光："干掉他！"

丝丝冷气从鲁钟的牙缝里钻出来，撞在他的脸上，他觉得像有无数把细小的刀子钉在了脸上。怔了许久，他才回过神来。他说："干掉……我爹？"

鲁钟没有回答，只是定定地望着他。他感到鲁钟的目光像一股巨大的力量，推着他一步一步往悬崖峭壁上走，眼看着到了悬崖的边沿，只差一寸就要滚落无底的深渊。

他说："干掉……我爹……"

"我不想再说什么了。"鲁钟眉结上的疙瘩一鼓一鼓的。说完，他把手伸进怀里，摸出两件硬物，"咚"地扔在地上。

是一把刀和一支盒子枪。

就在那一刻，他极为真切地听到了德国造小撸子发出的铮铮的声音。

九

银色的月光透过白窗纸照进屋里，照得那张大土炕黄蒙蒙的。眼睛贴紧窗纸上的小洞，他清楚地看到他爹和他的后娘云景睡得十分香甜，他爹阔大的嘴里吐出的热气四处弥漫。时候不早了，该下手了，他提醒自己。

腿弯有点儿抖，他努力抑制住自己。右臂一寸一寸地抬高，德国造小撸子的枪管很潇洒地画了一个弧，准确地伸进那个神秘的小洞。鲁大哥，你在苇丛里，此刻你一定等急了，再过几分钟，不，也许再过几秒钟，你就会听到一声惊天动地的枪响……他在心里对自己说，你数一二三，数到三，你就搂火！

他运了运气，数一。

他再次运了运气，数二。

然而，然而就在他即将数三的时候，身后一个尖锐的声音震得他摇晃了一下，右手像被剁了去，一点儿也不听使唤……他艰难地回过头，他看到大耳黄站在偏房门口。大耳黄大张着嘴，大耳黄的两只大耳朵闪

349

闪发光，大耳黄手中的驳壳枪管里有蓝烟徐徐往外冒。

他只来得及嘟囔了一句："狗日的……枪打得……真准……"

一个月以后，共产党的一支大军从这一带过黄河，据说是要到大别山去，和国民党打大仗。过黄河前，和国民党的手枪旅交上了火，手枪旅不是对手，一触即溃。有人说手枪旅巩旅长被打得身边只剩下几个人，他们十分狼狈地躲到了地主陈发庆家。巩旅长说："时局不妙，这儿待不成了，到江南去吧。"有人看见他们在一天夜里化装成老百姓，悄悄出了镇子。之后一直下落不明。

知道那天晚上的真实情况后，鲁钟不无感慨地说："这小子想干大事，终难成大器……"

后来每每想起这事，鲁钟就说："这小子想干大事，终难成大器……"

时间一久，便慢慢淡忘了。

若干年后，鲁钟由地区调到省里工作，分管教育。他最头疼的事情就是教育经费短缺，上头天天喊要重视教育，可就是不见增加经费。

有一天，他很随便地圈阅一份报告。报告上说，台胞富商陈发庆老先生虽久居海外，但思乡之情未了，许多年来一直关注着家乡的建设。陈老先生决定捐赠二百万美元，资助家乡发展教育事业，计划在鲁西北的苇河两岸建几所学校。陈老先生说，要为家乡的孩子们创造一个良好的环境，让他们好好学习，将来都成大器……陈老先生不顾年届八十之高龄，打算近日回故乡看看……

二百万美元不是一个小数目；况且对促进海峡两岸的统一，其政治意义和影响更为远大。仔细看了几遍报告，他甚为感动和高兴。冷静下来，总觉得这位台湾富商的名字有点儿熟，便回忆了一下。记忆力还行，很快就想起来了。

他提笔在报告上批示：届时一定要好好接待。

放下笔，他又想起那个叫陈什么什么的小伙子。他风趣地想，如果那天晚上陈什么什么得了手，也就不会有现在的这件好事情了。

他为自己的这个想法淡淡地笑了笑。

（1994 年）

350

海很遥远

在塔镇下了长途汽车，一问，离羊口还有二十里，不通车。灰不溜秋的汽车遗下一堆灰不溜秋的人，去了，卷起的黄尘唰唰下落，宛若潮声。

将行李扔在脚边，我不知所措。见天色尚早，也不着急，点一支烟慢悠悠抽。当兵前我不抽烟，家里管得严；来部队后，新兵连也不让抽，但训练很累人，烟能解乏，大伙便偷偷摸摸抽，我学别人样，三抽两抽就学会了。不远处的十字路口，一个破衣烂衫的女疯子半躺半坐，不住朝这边恶狠狠地张望，我有些紧张。女疯子不辨年龄，浑身脏兮兮的，裸露的皮肤黑亮而坚硬，像某些顽固的思想。我忙收回目光，不敢再看。

想起指导员交代过，可以在塔镇截辆车，便打起精神；刚扔掉烟蒂，就见一辆小轿车奔驰而来，挥手叫停，小轿车根本不予理睬，鸣着长笛得意扬扬驶过。这才醒悟，小车是截不得的。于是盯住过往的大车和拖拉机之类，最后终于截住了一辆手扶拖拉机。司机问："去靶场？"

我点点头，递上一支香烟。司机摆手，说："风大，没法抽。"

"你怎么知道我去靶场？"我好奇。

司机说，他一眼就能看出来，他常年在这条道上拉沙子，当兵的没少坐他的车，快上来吧。我提起行李连滚带爬进到拖斗里。拖拉机重新启动起来，突突突突撒着欢儿跑，道路忽宽忽窄，起伏不平，令人想起我们的未来。路两边的田地一片荒芜，偶尔见到成块的麦田，尚在冬眠的麦苗顺风摇摆，枯黄的尖儿零乱破碎。风很大，冻得我不停哆嗦。从后面望去，司机的脑袋极像一个倒扣的瓦罐，我觉得有趣。

351

约莫半小时后，拖拉机停在一个不起眼的小村边。司机说，羊口到了，你往东走里把地就是靶场。

我道谢，递给他十元钱。他坚决不收，说我是顺路捎你。我只好扔给他一盒未启封的"良友"，他仍旧不要。他大声说，哪能呢哪能呢，你们当兵的，怪不容易。

说完，他打个响指，拖拉机摇晃着远去了。

愣了一会儿，我心想，这人蛮不错的。遂将行李背在身后，按照他手指方向，往东走。羊口是个几十户人家的小村子，房屋低矮无序，约有一半是砖做的，另一半是土屋，年代久远，十分陈旧。街道上散落着枯枝碎石和牲畜的粪便，一股股焦苦味儿徐徐飘来，不觉皱了皱眉头。一条杂毛狗从街角的一堆柴草里抬起头，懒洋洋地望我一阵，接着又将狗头埋进草中。还遇到几个披黑袄的老人和打打闹闹的孩子，他们的模样难以形容。

出了村子，眼界突然开阔，面前是无遮无拦的一大片荒地，怕有几千亩，用铁丝网围着。这就是靶场了。

我歇了歇气，然后走向一排红砖的房子。四周依然很静，房前的铁丝上，晾着几件洗得发白的军装和内衣什么的。抬头西望，此刻太阳挂在小村的一棵树梢上，明亮耀眼。真担心它会爆炸。

正踟蹰间，见一腰挂围裙的胖兵出来倒脏水，看样子是炊事员，忙上前说："你好，我找刘班长。"

炊事员头也不回，梗着脖子喊："老刘，新兵来报到了！"

随着话音，最西边的一间屋门打开了，走出一个三十岁左右的老兵，肩上佩戴志愿兵肩章，心想这便是刘班长刘大有了。

将介绍信递上。刘班长说："算球算球，不用这么复杂，指导员电话里说过了。"

刘班长把我领进东边的一间房子，指指门旁一个空铺说，你住这儿。好地方都让老兵们占下了，无疑这是最差的位置，大冷天开门关门的，冷。心里有些不快。想想自己是新兵，初来乍到，免不了吃点亏，于是坦然，解开行李卷儿。刘班长招呼一个叫蔡庆来的兵帮我收拾床铺。

靶场班一共七八个人，刘班长一一做了介绍，他们分别是炊事员黄希、四川兵蔡庆来、北京兵郭炳文……我挨个向他们敬烟，都说不要不要，但最后都接住了，津津有味地吸。我一下子难以记住他们，心想时间一久，熟了就好了。

晚饭后，刘班长把我叫到他的屋子谈话。他一人独住，房间收拾得干干净净。他问了问我家里的情况，提了一些要求，主要是这地方不比大部队，条件差，和老百姓接触多，弄不好会出事，一定要严格管理自己，遵守纪律之类。我频频点头。

末了，我问他："这儿离海远吗？我喜欢大海。"

刘班长定定地望了我一眼："挺远。"

又说："大海有什么好喜欢的。"

当下凉了半截。

夜里躺在床上，许久睡不着。蔡庆来不停地打呼噜，郭炳文牙齿咬得咯咯响，像兽类吞嚼食物的声音，很瘆人儿。

睡不着当然不是因为这些，当兵几个月，住大房间，早已习惯了磨牙放屁打呼噜，主要是心里空荡荡的，没有着落。

从新兵连下到警卫连后，我胡诌了几首赞美大海的诗，其中有一首抄在了连队的黑板报上。指导员倒背着手看过后，说写得不赖，想不到你还能耍几下笔杆子。

我一高兴，将余下的几首拿给指导员，他反反复复看了几遍，从中发现了名堂。"看来你对大海很感兴趣。"他说。

"是的，我从小就喜欢海。"

几天后，指导员告诉我，警卫连有个靶场班，我们这批下连的新兵将有一人补充到那儿。靶场班离海很近，既然喜欢大海，干脆你去吧，在哪儿都一样干，对不对？

于是我便来了羊口。

夜里，风愈刮愈大，呜呜的风声活像飞机或战车的轰鸣。我想，一定是海风，从东边大海上刮来的，带有咸味的海风。没再往下想，很快平静地睡去。

翌日吃罢早饭，刘班长召集大伙开会，庄严宣布我成了靶场班的一员。随后，差四川兵蔡庆来领我绕靶场转转。他说："好好见识见识，咱们这地方，偏是偏一点儿，但地位重要，飞行训练离了咱，就玩不转。"

我说："是，班长！"

一前一后进了靶场。靶场全是盐碱地，不长庄稼，稍稍肥沃处倒伏着一些陈年杂草，远远看去，像人的疤癞头。蔡庆来打着口哨走在前面，他长得五大三粗，和我印象中的四川人相去甚远，倒像大块头的北方人。我不时向他提一些问题，他虽是老兵，并不端架子，耐心回答我。我一支接一支敬他烟，他反而不好意思起来。

我说："这儿蛮不错的。"

"比大部队自由些，就是闷得慌。"

他提醒我，以后不要叫老刘班长，叫他场长。场长比班长好听点不是？老刘喜欢人叫他场长，我老兵一个，叫他啥子都无所谓，你是新兵，适当注意点。

我点头。

"听说你家很有钱？"他问。

"还行。"

"有多少？"

我胡乱报了一个数目，他一吐舌头，小眼睛惊讶地瞪着我："妈呀，我们整个村子的钱加起来也没你家多，你小子，福气哩！"

我略带自豪地一笑。

"那你还来当兵干啥。"

"出来散散心呗。"

"嘿，纯粹是吃饱了撑的！"

我仍是一笑。

我们这个靶场属于飞行训练用的靶场，场子里有不少石灰撒成的T型和十字形标志，如果飞靶场课目，飞行员就驾机来投弹、射击。靶场班的任务主要是警戒，防止人或牲畜们溜进来，造成事故。如果部队不搞飞行，我们便无事可干。

354

"炸弹爆炸挺好玩吧?"

蔡庆来说,好久没投实弹了,据说训练费少,投不起,另外怕出事,他当了三年兵,只见过一回,炸得天昏地暗,全班人干了一个月,才把炸出的大坑平上。平时投的都是训练弹,水泥做的。

"这样我们的责任就小多了。"

"那当然,不过也不能马虎。"蔡庆来说。羊口的老百姓不听劝,他们经常偷偷放牛羊进来吃草,有回一颗水泥弹把一头牛砸得稀烂,牛主找上门来闹事,最后赔了他三百块钱才算完,负责值勤的人受了处分。

靶场确实大,个把小时才转了一半。往回返时,见场外荒地上立着一个穿红羽绒服的姑娘,头发长长的,遮住了半个脸;眼睛大而有神,小嘴巴翘着……

不觉心头一痒,忙低下头。当兵前遍地都是漂亮姑娘,也没当回事,后来军装一穿,便不可同日而语了,常感眼珠子发涩。

姑娘随随便便冲蔡庆来打招呼,看样子他们很熟。蔡庆来甩下我,走过去隔铁丝网和她叽叽咕咕说话,很像探监。我坐一边抽烟,尽量不看他们。板结的盐碱地冰凉冰凉,屁股极不舒服。

姑娘离去后,蔡庆来微红着脸,嘿嘿笑着说,羊口村的人他没一个不认识。他张了张嘴,似乎还想说什么,我耐心等待,他终于忍不住,补一句:"这姑娘……怎么样?"

"长得不错,就是……黑点。"我强咽下一口唾沫。

"嗯,你不懂,就因为黑,她才显得更有味儿。妈的,她叫崔秀芝,父母特浑蛋!"

"是吗?"

"她是羊口村的一枝花,外号黑牡丹。够味儿吧?嘿嘿。"

心头又一痒,忙掩饰性地打个哈欠。蔡庆来不知怎么来了精神头儿,大步朝前迈,我气喘吁吁跟上。

几日后,赶上好天,刘班长屋里那台老式电话机怪叫起来,上面通知说,师里组织飞行,靶场班做好准备。

刘班长安排我和蔡庆来一个组。一大早,我们先绕靶场巡视一圈,隔几百米在铁丝网上插一面小红旗。约莫九点多钟，第一批两架飞机露了脸儿，起初像燕子，后来像老鹰，最后排山倒海汹涌而来，但并不投弹。我纳闷儿，蔡庆来说，这是侦察机，先假模假样地侦察一番。果然，两架飞机离去不久，第二批四架飞机出现在靶场上空，转了一个圈儿，然后俯冲，气浪把地上的枯草连根拔起，水泥弹嗖嗖落下，眼花缭乱。接着又来了一批……

我自言自语，要是投实弹该多过瘾。

有几只老百姓的猪和狗在场边活动，它们贼头贼脑的模样令人担忧，我时刻提防它们从铁丝网下钻进去，不断驱赶。蔡庆来说，妈的砸死它们才好！

原来靶场班干这活儿，心里踏实了许多。

靶场上的小草冒出了新芽，才觉得身上有了力气，骨节儿叭叭响，躁得不行。开始有人到东墙边的单、双杠上练劲，那只吊着的帆布沙袋被北京兵郭炳文锤得咚咚有声。

"郭炳文，北京人，哼！他牛×得很。"蔡庆来咂着牙花子说。

"就是就是，好像天安门、北京城是他家的。"炊事员黄希过来帮腔。

"即便北京城是他家的，没有咱广大农村，他光有北京城顶啥子用！"

郭炳文双杠撑得也不错，能连续做八九十下，无人能比。蔡庆来不服气，日夜操练，终于能撑到一百下。郭炳文便不再玩双杠，专心致志打沙袋。

刘班长好似也怀了心事，常常一个人耷拉着小脑袋，到静若死灰的靶场溜达。他爱穿未挂军衔符号的干部毛料服，不知从哪弄来的，不明底细的难以搞清他的身份。授衔前，志愿兵和干部穿同样衣服，均是四个兜，授衔后就不一样了，一目了然，据说志愿兵们颇有情绪。隔着窗子，我看到盐碱地上那团屎黄色的影子走走停停，如一具玩偶。

"场长，你在想什么？"

"啊？啊……没想啥没想啥，随便转转。"他紧皱的眉头快速展开。

"场长，像你这么好的同志，真该提干。"

"瞧你说的，嘿嘿，咱没文化，考不上军校，混到这份儿上，不错啦，至少下半辈子不用日弄地了。"

"要在以前，不兴考试，你绝对能提干，说不定还谋个师长团长干干。有些师长团长，未必就比你水平高。"

"倒也是。但人家赶上好时候了，说这些晚了。不过，你小子嘴巴蛮好使，说出来的话中听，不像他们几个，妈的老不把我放眼里，喊！"

我甩给他一支烟，自己也点上一支。带来的好烟早已抽完，羊口村的代销点、小卖部里最好的烟是济南产的大鸡，一块五一包。炊事员黄希去塔镇采购时，曾托他代买两条希尔顿，不想被小子凭空宰去半条，而且还引起一些非议。从那以后没再让他捎，只好抽大鸡，没滋没味儿。我正考虑是否借机戒掉。

刘大有被团团烟雾包裹着。他是河南许昌人，据说爱人长得很标致，根本不像农村姑娘。

他在这片盐碱地上已经待了十三个年头，按志愿兵服役条例，年底就该转业了。他曾经向我透露，年底无论如何得回去，家里有实际困难。我说，就怕连里舍不得放你走。他突然一瞪眼睛，不让走老子就躺床板不干了。吓我一跳。

"天眼看热了，"他将烟头狠狠插进泥土，"人和牲口一样，天一热就爱找事儿……"

我有些不解。

他告诉我，他最担心的是部下在男女关系方面出问题，捅娄子。部队最忌讳这些乌七八糟的事。和他同年入伍的一贵州兵复员时，曾拐走了小村的一个姑娘，当时部队和地方就此事闹得不亦乐乎，影响了军民关系。眼下羊口有几个不大守规矩的疯丫头，尤其是那个黑牡丹，爱和我们的战士套近乎，听说她已把地方上不少男人拉下了水，很危险。据了解，四川兵蔡庆来、北京兵郭炳文均有些魂不守舍。他嘱我平时注意观察，一有情况马上报告。

"社会上对这类事已经看得很淡了……"我嗫嚅道，欲言又止。

"社会是社会，部队是部队，部队啥时候也不能和社会比！"他满

357

腹狐疑地望着我，"我得站好最后一班岗，更要对他们负责，对不对？"

"太对了！"我毫不含糊地答。

他的神色忽然又暗淡下来，小声道："再有半年我该往后转了，不走不行，家里有实际困难呀……"

小院东南角的露天厕所满了，屎尿开始往外溢。刘班长吩咐我去掏。他嘟囔道："这几年老百姓确实富了，先前他们像抢宝贝一样挑去种地，如今没人要了。"

我怔了半天，迟迟疑疑走至厕所，邪味儿顶得脑仁疼，眼角呛出泪水。妈的，这哪是我干的活儿，长这么大，我什么时候受过这份洋罪！要在以前，非跳起来不可……

这时，蔡庆来踱过来，讥笑道："我没说错吧？你来当兵纯粹是吃饱了撑的。"

"去你妈的！"我正在气头上，对他不客气。

奇怪的是他并不恼，反而嘿嘿傻笑。

"为什么偏让我干？"

"这很正常，你是新兵，先苦后甜嘛。"

我没话。蔡庆来顿了顿："唉，也确实委屈你这富贵人。"边说边从我手中抓过粪勺，一下一下往桶里舀。我背过脸："老蔡，这、这怎么好……"

他很快干完了，我感激得直点头："谢谢谢谢。"趁无人注意，塞给他五十元钱。他死活不收："你龟儿子这是瞧不起我。"

我急了："你不要我就撕碎它！"

他也急了："撕吧，你们家钱多，不在乎，烧得慌！"

我当然不会撕。过了些日子，请假去塔镇玩，拐到邮电所，以他的名义寄给了他父母。待他收到回信时，已经晚了。

他终于释然。

我和蔡庆来的关系逐渐密切，趁同房间的郭炳文不在，有时他拐着弯儿谈起黑牡丹，虽是只言片语，却也足见他对我的信任。他说，秀芝其实是个很不错的姑娘……

有时他偷偷溜出去一会儿，我猜他也许是找黑牡丹，也可能去干别的，又不便问，只好闪闪烁烁提醒他当心点，让班长知道就麻烦了。

　　"知道又怎么样，我用良心担保，我是清白的。"

　　"这我相信。"

　　他依然断断续续把黑牡丹的事讲给我听，我把它连缀起来，大致是：崔秀芝是羊口长相最出色的姑娘，姑娘一出众，自然就不安分。三年前，来了一采购海货的外地青年（羊口有不少人家靠打鱼、养殖海产品为生），偶然机会他们认识了。小青年英俊潇洒，口舌利索，腰里揣着大把大把票子。黑牡丹一念之差，跟小青年跑了。然而某天早晨，在南方的一家宾馆，她睁开眼睛，发现小青年不辞而别，再也不知其下落。她只得捂着脸返回羊口，从此她像变了一个人，按老百姓的话说，叫破罐子破摔。

　　黑牡丹的经历使她蒙上了一层神秘色彩，也许这便是她的迷人处。

　　蔡庆来正色道："秀芝有错，但绝不像人们说的那样。"

　　……他的父母都是本分人，总觉得闺女是块心病，想快点打发她嫁人，介绍了几个她看不中。镇上有个管民政的头头汪昭铭，家里很富有，遗憾的是脸上有几粒麻子。汪前些日子死了老婆，托人来做媒，黑牡丹的父母十分乐意，女儿坚决不干。事情就这么拖了下来……

　　"她父母硬逼她，这样下去会弄出人命的。"蔡庆来忧心忡忡。

　　"你有对象吗？"我冷不丁问。

　　他思忖片刻，嘿了一声："老家亲戚给介绍了一个，土得掉渣儿，我瞧不上。"

　　再谈下去没什么意思了，我换个话题："老蔡，这儿离海到底远不远？"

　　"说远也远，说不远也不远。"

　　"到底有多远？"

　　"几十里路吧。"

　　"太好了！"

　　我们没再说啥。

　　闲暇时候，刘大有仍是一人在盐碱地上晃荡，微驼着背。我想，如此下去，他的背可真要驼了。

又想，人人都有心事啊。他妈的心事！

我大声喊："场长，又在琢磨啥？"

他猛地收住步子，"噢噢……"

"别累着。"我走近他。

"唉，出来十几年了，家里事管得太少……"

"有什么困难，比如缺钱，你言一声。"

"要是缺钱就好了……有些话我没法张口……"

"别想那么多，天塌下来有高个的顶着，这好像是……——一个伟人说的。咱们散散心，看海去好吗？"

"真想去？"

"如果不是因为喜欢海，我可能来不了这儿。"

"那好吧。咱们星期天去，给他们说咱俩去羊口村家访，搞社会调查。"

我高兴极了，差一点儿就要拥抱他。

一大早，我们出了门，向东走。几乎见不到路，尽是盐碱地，偶尔看到几棵半死不活的枯瘦杂树，低凹处有小块小块的麦田。我肩挎军用背包，里面装着昨晚从羊口小卖部里买来的点心和几瓶令人生疑的劣质汽水。

这一带村庄稀少，宁静而荒凉。太阳尚未露脸儿，东方天际有红霞闪耀，犹如梦中剪影。便想那红霞笼罩下的，一定是氤氲缥缈的大海了，多么迷人。不觉加快了步子。刘大有在后面说，你急什么，时候还早呢。声音沙哑，沾着浓重的夜气。

一片较大些的麦田里，竖起一着红色上装的人，身材姣好，面庞湿润，长发及腰，麦苗过膝。细盯，是黑牡丹。不由放慢步子，回头望一眼班长。

刘大有目不斜视，昂首挺胸超过我。

"哟，刘场长，起这么早。"黑牡丹抖着眉眼说，声音又脆又甜。

"你不也是起得挺早。"刘大有粗鲁地打个哈欠。

"睡不着，来田里拔拔草。"

"场长，我想抽空儿帮同志们洗洗衣服、拆拆被褥什么的，行不？"

"嗯嗯，这个嘛，你的心意我们领，不麻烦啦。"刘大有话音呜哩呜噜，像害着牙病。边说边扫我一眼，意思是快些走。

很快将黑牡丹丢下一大截。

我说："啧啧场长，她不像……坏女人。"

"呔！这年头，是好是坏说不清。"

沿途经过了几个小小渔村，空气越来越潮湿，能闻到浊重的海腥味儿；脚下的土地亦越来越松软，想起书上说过，这就叫滩涂。太阳已升得老高老高，红霞退尽，天际一片湛蓝。隔三岔五的，有百姓们开拓的养虾池、扇贝池，池边立着草苫油布搭起的窝棚。渔人们忙碌的身影形同活蹦乱跳的大虾。

后来我们听到了大海的呼吸。

连天碧波吃进眼里时，我却有些不相信，激动得心尖子乱抖。班长说，你尽兴玩吧。他扑通倒在温热的沙滩上，不再起来。我扔下挎包，嗷嗷叫着奔至水边。大海大海，多么叫人忘乎所以！我在心里大喊，我要哭啦！我要死啦！我要……

长长海岸线上，泊着数不清的小船；远处的海面上，帆影幢幢，轰轰的马达声喑哑厚重。极目远眺，无尽的蓝色早已超出幻想中的境界，大海的传说，古老的传说，尽在其间了。岸边织网的渔家女腰身柔软多情，她们释放出的新鲜气息令人沉醉。便想，她们每人都是一个故事，一个美丽的故事，这故事谁也说不清，猜不透，宛若黑暗中的点点渔火，不由你不注目，不祈祷……

日头当顶照耀，感到热得不行，未加思索扑腾着下了海，浑身弄得精湿，凉气灌满了骨缝。至齐腰深时，刘大有喊："小子别胡闹，快上来。"

"场长让我泡一会儿吧。"我夸张地往身上撩水。

"当心鲨鱼吃了你！"他抬高嗓门。

"吃了才好。"回头见他脸色不好，慌忙爬上岸，一仰身子摔在他面前，衣服头发上的咸水溅了他一脸，他也不擦，任水珠渐渐凝固。他

361

脸旁的沙地上斜插着五六个烟头，烟头的姿势多少带点暧昧色彩。

许久，他说："瞧你光棍一条，无忧无虑的，真好。"

总感到他有难以言说的秘密。

他躺正，面朝青天咕噜道："好久没给燕华写信了……"

燕华是他爱人。

"她怎么啦？"

"一年多以前，托人到县城旅馆当了服务员。"

"好事，总比干农活强呀。"

"我也没说是坏事。可……长了见识，心气就高了。日他姐，当初我转了老志愿兵，她求爷爷告奶奶怕我甩她，如今……算球算球，不说这些，你想下海就下吧，在浅处泡泡。"

我居然失却了下海的兴趣，脱下衣服在水中涮了涮，重新披上。沉默着琢磨出一首小诗，想诵给班长听。返回他跟前，见他睡着了，身子球成一团，几乎整个儿埋进沙堆。

日头西斜了，西天的红云愈显浓郁。我枯坐在班长脚边，耐心等他醒来。

郭炳文的哥哥从北京来看他，他领着哥哥到海边小村里转过两次，鬼鬼祟祟的，有些反常。刘大有吩咐我留点心。

无事时，和郭炳文闲聊，三拉两扯，他便扯到生意经上，说："你们南方人鬼精鬼精，生意场上轻易吃不了亏，兄弟，能否给传授传授经验。"

我说："虽然我父亲是做生意的，但我从未沾过手，啥也不懂。"

"如今不做点生意日子没法过，我哥挺有眼光，两年前停薪留职下海做买卖，眼看成了大款。"

"这样很好。"

"我想好了，复员后不找工作，跟我哥跑生意，先挣他一笔钱再说。"

"很好。"

再谈，终于搞清，他哥来倒腾一批海货，他牵的线。我觉得很正

362

常，没往心里去。刘大有问时，轻描淡写讲了讲，他却感到事关重大，马上打电话报告指导员。指导员嗯唧了半天，最后的答复是，过去绝对禁止军人牵扯进生意圈，现在嘛，又是改革，又是开放，又是搞活的，政策放宽了，不好掌握。这样吧，只要不影响工作，不坑蒙拐骗，给亲朋好友牵牵线搭搭桥，提供个信息什么的，就别管了。但不要声张，千万不要声张……

放下电话，刘大有摇头："日他姐，新鲜事儿真多。"

我说："咱这靶场太封闭了，信息不灵。"

又说："在这儿待久了不行。"

"啥意思？"刘大有斜我一眼，"别想三想四的，安心工作。"

下午，一个头发短短的年轻女人走出羊口小村，奔靶场而来。东北兵白景光和炊事员黄希正在场边的一棵柳树下玩四子棋，白景光一抬头，看出来人是班长老婆燕华，兴奋得跳起来，高声喊："老刘，嫂子来了，嫂子来了！"

那样子仿佛来的是他媳妇。

其余人都跨出房间，翘首以待。

黄希迎上燕华，接过她手中提包："嫂子你咋不发个电报，我们去塔镇接你。"

"俺给大有写过信。"燕华浑身湿漉漉的。

"他怎么没说，这个老刘，稀里糊涂的。"

待他们走进小院，刘大有才磨磨叽叽打开房门。我见他黑着脸，神色凄迷，一言不发，像尊门神，觉得心里不是味儿。

燕华微微低了头："你一年没回了，俺请假来看看。"

"快进屋快进屋。"兵们齐嚷。

刘大有脸上肌肉松了松："带啥好吃的，给大伙分分。"

燕华赶紧打开提包，拿出糖果、瓜子和几包河南产的彩蝶烟散给众人。

燕华进屋后，我们也都回到各自房间。郭炳文说："您瞧老刘那丫挺样儿，摆什么谱！"

"老刘近来不对头。"蔡庆来说。

天黑下来，外面死静死静，零零碎碎有狗们的吠声传来，遥远，几乎听不真切。郭炳文和蔡庆来正议论是否到刘大有窗根下听听动静，隔壁的白景光穿着大裤衩子、赤着脊背进到我们房间。白景光压低嗓子，极神秘地说："喂喂，老刘屋里灯灭了，估计演出开始了……"

蔡、郭二人互相挤挤眼睛，额角放光，脸上挂着炽热的汗粒。

"走吧，给耳朵眼子过过年。"白景光手舞足蹈。

郭炳文故意说："这不文明。"

"少装孙子！你小子瞒得了我?!"

"老郭说得有道理。"蔡庆来嘻嘻笑着来来回回抚摸光头。

"嘿！妈拉巴子，你们居然正经起来了。走走走，少啰唆，就算班头给弟兄们做贡献，我们以后少给他找别扭行不?"

三人自然一拍即合。临出门，蔡庆来瞥一眼缩在床脚的我："你也去，你这个小可怜。"

我拼命摇头："……不好。"

"去去，有福同享嘛。"郭炳文伸手把我拽起，蔡庆来拉灭灯，一干人悄悄溜出小屋，摸至刘大有窗根下。

果然有荡怀人心的动静传出。

黑暗里看不清他们三人的脸，他们像猫一样蜷在墙根。我也禁不住发颤。

细听，始觉不对。

越窗而出的是女人嘤嘤的啜泣。另有男人低沉、滞闷的呵斥。

再听，仍是这两种声音。

心灰意懒地返回房间，都不吱声。

良久，郭炳文开口："这个老刘，有病！"

蔡庆来白景光接上说："是啊是啊，太不像话了，人家大老远来了，老刘发什么神经……"

我重新缩回床脚。郭炳文说："你怎么不讲讲?"

我奋拉下眼皮，没理他。

燕华在靶场待了半月。大伙已没心思再去溜墙根儿，不知班长两口子成了啥样子。

燕华临走那天，下着小雨，刘大有差我和蔡庆来送她，我们到老乡那儿借了两辆自行车，把燕华送到塔镇。汽车启动的时候，她从车窗里探出头来，嘴唇哆嗦着说："大有胃不好，别让他吃冷食——"

　　炎夏季节，闲得无聊的季节，四川兵蔡庆来却做出一个惊人的举动。

　　仍与黑牡丹有关。

　　下了场大雨，羊口西边的水库蓄满了水，不断有人跑去捞鱼。蔡庆来没捞到鱼，却捞上了企图跳水自尽的黑牡丹，自己也淹了个半死。

　　黑牡丹跳水原因很清楚：父母不遗余力地逼她同镇上的汪昭铭成婚。

　　蔡庆来从绿得晃眼的大水中救出轻生女黑牡丹，然后摇摇晃晃回到靶场，什么也没说，倒头便睡。直到有人跑来告诉刘大有，说蔡庆来英勇救了人，刘大有一拍大腿，说："小子好样的！"

　　先是黑牡丹的父母眼含老泪，提着鸡蛋点心前来致谢，接着羊口村的头头们赶来慰问，小院乱哄哄的。刘大有一扫往昔的阴郁之气，一边喜滋滋迎送客人，一边吩咐我往连部挂电话。电话要通了，他急急夺过耳机，向指导员叙述了事情经过。

　　转天，指导员打来电话，说他已报告了师里，政治部组织科让连里整份材料。指导员安排我来写。刘大有说："你这小笔杆儿，终于派上用场了。"

　　我受宠若惊，找蔡庆来进一步采访。蔡庆来不配合，说："采访个屁，有啥子大不了的，我没情绪讲。"

　　"这是政治任务。"我用领导们经常挂在嘴边的话开导他。

　　"最好别写，就当没这事。"

　　"老蔡你也学得谦虚起来了。"

　　再三劝，他支支吾吾丢三落四讲了讲。

　　我趴在餐厅油乎乎的桌子上捣鼓了整整一夜，身上被蚊子叮出了几十个包，勉强将材料写完，寄往连里。

　　约一星期后，师里宣传干事一个电话找到我，说他根据我写的材料整理成一篇新闻稿，准备拿到军区报社发表，问我情况是否属实，并说前段时间假报道较多，报社眼下正大抓新闻真实性。我告诉他，绝对真实。

不久，上边传来消息，师里决定给蔡庆来荣立三等功；警卫连党支部号召全体人员向蔡庆来学习。立功证书、奖章和五十元奖励费委托师电影队放电影的人捎来了。

七月下旬的一天上午，羊口村妇女主任来到靶场。妇女主任姓陈，四十多岁，个高，黑胖，绰号大洋马。妇女主任经过晾衣绳时，瞅见搭在上面的床单、被子上沾有暗灰色的点点斑痕，便停下脚步，使劲拍打着它们说："哎哟哟，多可惜呀！"

都给她弄了个大红脸。

妇女主任连连摇头。刘大有迎上她。

"刘场长，下午在吗，村里派人给同志们送瓜。"

"陈主任千万别送，我们不能收群众的东西。"

"上头刚发了个啥啥文件，搞啥啥双拥共建；再说八一节快到了，村里也该表示表示。"

下午，两个壮汉推一辆三轮车送来两麻袋西瓜。

每人分了两个。瓜很甜，大伙吃得来劲。刘大有不忙吃，咕哝道："人家表示了，咱也不能一毛不拔，往后有个军民纠纷啥的，工作还得靠他们做……"

班长打算请村里头头吃顿饭。一请吃饭我们下月的伙食标准就得往下降。

他亲自去通知，定好转天晚上来靶场座谈座谈，吃顿便饭。

上午，班长派我和炊事员黄希一道去塔镇采购。他交代说，要搞就搞得像样一些，不能让人家瞧不起我们靶场。

天擦黑，羊口村村长、支书、副村长、妇女主任、会计、保管员、民兵连长一共七人如期而至。他们衣着与村民并无二致，只是举止略有不同。刘大有直接把他们让进餐厅。菜已做妥，老有几个苍蝇往菜盘上降落，黄希正气急败坏地追打它们。村长说，不碍事不碍事，羊口的苍蝇干净得很，不带菌儿。

人多，坐不下，刘大有只能安排黄希、白景光和他三个人上。刘大有酒量一般；黄希是个酒篓子，据说从未醉过；白景光三岁开始喝酒，久经酒场，屡战屡胜。刘大有说："就看你们俩了，陪不好客人我找你们算账。"

黄希说："放心吧，不放倒几个你开我的批判会。"

白景光说："打仗咱可能不行，喝酒嘛，绝对没问题。"

其余人草草吃了点煮面条，回房待着，耳朵里灌满了餐厅传出的各种杂乱声音。郭炳文说："老刘抠门儿，多摆一桌让弟兄们都上就得了。"

蔡庆来说："我也正馋酒，真想痛痛快快醉一回。"

说来说去，他们把目光对准我，嚷道："小富崽儿，还没请我们喝过酒呢，干脆给弟兄们意思意思吧。"

无奈，我让郭炳文陪着到羊口小卖部里买来一捆啤酒、几听罐头，也叮叮当当干将起来。啤酒是当地产的，又苦又涩加腥味儿，喝下去极不舒服。

至小半夜，酒宴方散。宾主谈得开心，喝得尽兴，气氛浓厚热烈。黄希白景光果真身手不凡，将村长、会计和保管员几乎灌成稀泥。一干人跟跟跄跄抖出餐厅，支书紧紧握住刘大有的手说，谢谢部队同志对羊口的帮助。语气真诚。刘大有也动情地说，我们更感谢羊口人对靶场的关心支持。

村长被民兵连长搀住。村长大着舌头说，靶场羊口一家亲，什么风浪也不怕，谁要敢来捣你乱，我他娘的把他抓……

客人离去，妇女主任似乎唱起一支渔家小调，柔润的曲儿缓缓流到我面前，备感温馨。

刚才见班长进屋时，身子晃得厉害。睡下后，不放心，重又爬起来。推他的门，未锁，径直进去。灯关着，窗外有月光，月光溢进来，能模模糊糊看清他侧卧的身形，如一只大虾。

以为他睡了，想转身离去。这时，他身子动了动，嗯一声。

"没事吧？"我问。

"喝了不少，还行。"

"那我走了。"

"……陪我坐坐。"他扶着墙壁坐起，我又把他摁下。猛丁见他眼角挂着泪滴，吓了一跳，不知该说些什么。

两人都未吭气儿。

后来听他发出轻微鼾声，打算悄悄走开。行至门口，又被他唤回。更觉茫然。于是点烟抽，一支接一支，直到烟雾灌满房间，他终于半醒半醉、口齿含混地讲起燕华。

……两年前，燕华进县城旅馆当服务员，不知怎么，和旅馆经理好上了。他父母听说后，赶紧写信让他回家。连唬带吓，燕华承认有这事。他蒙了，由气而怒，开始折磨她……

"日她姐，真想揍死她！"

月光涂在他脸上，黄黄的，吓人。我恍恍惚惚给他续上一支烟。

"你不知道，长这么大，我没打过人。"

"该打。"

"她说，不敢了。我谅她再也不敢了。可以前呢？"

我无言。他也无语。

许久，我突然想起什么，问："结婚以来，她对你怎么样？"

他将烟头扔掉，我抬脚踩灭。他道："实话讲，她对我没说的，知冷知热……"

拂晓，他睡着了。我一直守着他，盼望天明。

按惯例，逢重大节日，首长们要到一些偏远分散单位慰问。靶场班属全师最偏远单位，每次都是重点慰问对象。

有消息说，这次师里主要领导都来，而以前一般来个副参谋长、副主任什么的。刘大有扯着嗓子打电话，他问，首长们在靶场吃饭吗？指导员在那头说，师里领导班子刚调整，新班子新面貌，首长们不打算在下面就餐。

刘大有有些失望。我说："不吃更好，咱们省钱。"

他说："你不懂，首长来吃饭，连里拨钱，至少拨五百块，我用二

368

百块打发他们就够了。"

我一吐舌头。

我们提前两天打扫卫生，整理内务和军容风纪，里里外外像过年。大家都很兴奋。

首长们来的那天，全班早早在院子里等候。快上午，四辆小车风尘仆仆钻出丑陋的羊口，前面两辆是桑塔纳，后面两辆是北京吉普。刘大有赶忙整队，口号响亮。不远处一群羊口小孩叽喳叫嚷，有个光屁股小黑孩子居然丢过来一块石头。

从两辆轿车里钻出师长政委参谋长主任，从两辆吉普车里下来其他随行人员，包括我们连的连长指导员。刘大有庄严地敬礼报告，首长们却很随和地笑着，走上来和我们一一握手。然后，师长讲了几句，大意是同志们辛苦啦，默默无闻地为部队建设做出了贡献，师党委和全师广大干部战士没有忘记你们，今天师里主要领导特意来看望大家，祝你们节日愉快，身体健康；接着政委讲，政委主要就思想政治工作、作风纪律建设和安全防事故方面提出几点要求。师长政委又让参谋长主任讲讲，参谋长主任均摆手，说师长政委讲得很好，我都赞成，没什么啦。

师里宣传干事手中的相机不停地咔嚓咔嚓从各个角度拍照。

队伍解散。

首长给我们带来了慰问品，计每人一把暖水瓶、一顶草帽、一件背心、两块毛巾。

首长们到各个房间转了转，对我们良好的内务秩序很满意。

咔嚓咔嚓，宣传干事手中相机仍响个不停。刘大有瞅空儿伏在宣传干事耳边，说能不能给我们寄几张来。对方想了想，说首长下基层的照片要放到师部橱窗里展览，完后归档，收进师史陈列馆。如果有多余的，到时再说。

刘大有又找到指导员，意思是留首长们吃午饭。"正好我们搞节日会餐，一块儿吃。"他说。

指导员说："师首长表示过，不在下面吃饭。"

"总不能让首长们饿肚子回去。"刘大有比谁都急。

"饿不着，刚才在路上定好的，到塔镇饭店吃。"

"我怕首长在外面吃不好。"

"这就不用你费心了。"指导员有些不耐烦。

最后,师长政委问刘大有:"有什么困难你尽管提,我们一定解决。"

刘大有毫不含糊地答:"没啥困难,请首长放心!"

四辆小车一溜烟儿消失。慰问活动至此结束。

夏末的一个傍晚,蔡庆来郭炳文忽然干起架来。

起因很简单:天未黑尽,蔡庆来便倒床大睡;郭炳文在一旁听收音机,收音机里一个女人在唱,咿咿呀呀的,难听。

蔡庆来说:"你关掉好不好,老子心烦!"

郭炳文说:"我他妈偏要听!怎么着!"

几句话没说好,两人瞪起眼睛,扭在了一起,互相揪住对方衣领,仿佛吃了枪药,气冲牛斗,样子吓人。我拼命拉他们,拉不开。刘大有听到叫声匆匆赶来,才把他们喝退。

蔡庆来一低脑袋出了屋子,刘大有使眼色让我跟上他,大概怕他出事。我紧随他来到屋后的一片矮树林子边,找个地方坐下。我说:"老蔡,你最近脾气挺大。"

他不吱声,双手使劲绞在一起。

"何必呢,过段时间就该复员了。"

有萤火虫飞来飞去,亮亮的,和天上流星差不多。

他向我讨了一支烟,大口大口吸:"你回吧,我没事。"

我不能走。我没话找话。他没再赶我。

我说得差不多了,他叹一口气,小声道:"知道吗?黑牡丹……要结婚了。"

"和谁?"我感到惊奇。

"镇上的头头汪昭铭。"

"她、她不是不同意吗?!"

蔡庆来缓缓地说:"她确实不愿意,我最了解她的心思。实话说,我对她有意,她也对我有意,我们曾经商量好,等我复员时,她偷偷跟我回四川老家。我说我们那地方穷，她说不怕，她恨死了这个地方，一天不想待。郭炳文也曾动过念头，想和她好，还给她写过情书，很肉麻。郭炳文纯粹图占她便宜，他家在大北京，不可能真要她，我才是真心实意……"

"我想是的。为什么黑牡丹变了卦?"

"不怪她。我越琢磨越玄，秀芝长得漂亮，见过世面，是个享福的命，可我们家乡穷山恶水，太苦，再过一百年也富不起来。我怕她将来受不了……"

"我看不一定。"

"我不忍心害她，想来想去，劝她还是跟汪昭铭算了，那龟儿子大小是个官，家里有钱，跟他过日子不会有苦吃……秀芝大哭一场，总算同意了。"

我们谈到半夜，其间刘大有来过一趟，我说:"老蔡没事，我陪他聊天，场长你先休息。"

回到房间，郭炳文也没睡着，在床上翻来覆去。躺了一会儿，蔡庆来出去上厕所，郭炳文轻咳两下，对我说:"兄弟，黑牡丹要嫁人了……"

我闷闷地答:"知道啦。"

这年秋天，连里来通知，命靶场班班长刘大有去师里参加全师优秀班长大会，并顺便办理一下老兵复员事宜。刘大有指定郭炳文临时负责全班工作，乐呵呵地去了大部队。

郭炳文说，这个老刘啊，立过三次三等功，嘉奖、先进、标兵、模范什么的，不计其数;这年头，明知这些玩意儿没多大意思了，他仍然高兴得屁颠屁颠儿，傻帽儿一个。

大伙对老刘指定郭炳文负责工作持怀疑态度，心想不乱了套才怪。谁知郭炳文比老刘在时管得还严，找这个谈心，找那个做思想工作。蔡庆来嘟囔道，给他棒槌当针(真)认，龟儿子竟然真当一回事。都说对对对。

虽然有想法，但没人跟郭炳文过不去，相互配合得不错，刘班长足可以放心。

一星期后，刘大有回到靶场。几天不见，发现他瘦了一圈，胡楂子挓挲着，看去十分陌生。急问："场长，你回家的事定了吗?"

他一点儿反应没有。

再问，他掉头进了房间。我知道不好，忙跟进去，不敢再问，只是不错眼珠地望着他。他突然冷笑一声，露出灰褐色的牙床。

他复员的事黄了。连长指导员一起找他谈话，十分为难地说，眼下实在找不出能接替他的人，只好委屈他再留一年。

"领导太不是东西，不知道体谅人!"我愤愤地说。

"我家里的困难他们不清楚，我又没法开口……"

刘大有带回了老兵蔡庆来郭炳文按期复员的命令，并替他们办好了一切退伍手续。这两个家伙高兴得抱在了一起。

帮郭炳文收拾东西，见他眼里布满血丝，神情沮丧。没待发问，他讪讪地说，他哥出事了。

我一怔。

"昨天收到家里一封信。我哥去舞厅跳舞，为争一个舞伴，和人动手，他捅了对方一刀，搞不好会判刑。钱多了烧的。没钱吧，不自在;有了钱，又自在得过了头……"

"全怪自己，不怪钱。"

"……没错。我在犹豫，回家究竟干什么。现在我决定不改变原来打算，回去经商。"

"换我也会这么做。"

"只是，别像我哥那样……"

"不会的，毕竟当过兵……唉，你们要走了，我还得熬三年……我怕熬不住。"

不觉有些伤感。

"瞧你，当初我也这么想过，如今还不是挺过来了。慢慢熬吧，谁也不比谁差多少。"

蔡、郭二人离队的前一天晚上，全班为他们饯行。上头明文规定，欢送老兵退伍一律不准喝白酒，怕老兵借酒滋事，可以适当喝点啤酒或果酒。刘大有在开吃前的最后一刻改变了主意，他说，这回咱给他改改规矩，出事算我的。他命黄希跑步到羊口小卖部买来当地产的一块九一斤的老白干。八个人奇迹般干光了七瓶，居然没一个人醉。

这次白酒大战将载入靶场班史册。

次日一大早，全班人送蔡、郭到羊口路边截车。他们先去塔镇换长途汽车到省城，然后再乘火车返回各自家乡。好不容易拦住一辆大解放，司机有点儿不痛快，我塞过两包香烟，司机才同意捎他们。

回靶场路上，我和刘大有走在最后。他新刮了胡子，气色很好。他主动谈起燕华，说燕华托一个回去探家的老乡给他捎来了过冬的毛衣。我由衷地说："老刘，嫂子……其实不错。"

他未置可否。

我建议他，实在不行，就让燕华离开县城旅馆。他说，他也曾有过这个打算，但旅馆经理答应年底或明年初给燕华转正，机会很难得。

"是有些舍不得。"我说。

他顿了顿，几乎是咬牙切齿地说："日他姐，我总算想通了，人啊，不能总跟自个儿过不去。像你说的，很多事情需要重新考虑……"

接着，他平静下来，淡淡一笑。初升的阳光泼过来，似要把我们熔化。

回到空荡荡的宿舍，蓦然发现蔡庆来的床上放着一个大信封，里面有一枚三等功奖章、立功证书、一封信。

忙唤过刘大有。

蔡庆来信中写道，还记得我救黑牡丹吗？那是假的，是我和她商量好的，她假装跳水自杀，我去救她，目的是威胁她父母，别再逼她嫁人。因此，我不该立功，特将奖章、证书留下。很对不起部队，希望首长和同志们原谅。那五十元奖励费我花掉了，给妹妹买了一块石英表。妹妹考上了镇上中学，每天骑车往返三十里山路，没块表不方便……

刘大有仔仔细细将信撕碎。默然良久，他轻轻地对我说："你到塔镇，把奖章、证书挂号给小蔡寄回家。"

老兵蔡庆来郭炳文走后第二天，部队组织飞行，飞靶场实弹课目。

据说有一批炸弹即将到期，避免浪费需要投掉。几十架飞机轮番轰炸，炸了个天翻地覆慨而慷……

轰炸结束了，荡起的烟尘依然铺天盖地。

我扶住铁丝网，掉转脑袋，面向东方，面向大海的方向，心中默默叨念，大海，遥远的大海啊，父亲般的大海啊，你又该涨潮了吧……

（1993 年）

图书在版编目（CIP）数据

秋莲／陶纯著. — 北京：中国文史出版社，
2019.1

（中国专业作家小说典藏文库·陶纯卷）

ISBN 978 - 7 - 5205 - 0521 - 5

Ⅰ．①秋… Ⅱ．①陶… Ⅲ．①中篇小说 – 小说集 – 中
国 – 当代②短篇小说 – 小说集 – 中国 – 当代 Ⅳ．
①I247.7

中国版本图书馆 CIP 数据核字（2018）第 205606 号

责任编辑：牟国煜　　薛未未

出版发行：**中国文史出版社**

社　　址：北京市海淀区西八里庄 69 号院　邮编：100142

电　　话：010 - 81136606　81136602　81136603（发行部）

传　　真：010 - 81136655

印　　装：廊坊市海涛印刷有限公司

经　　销：全国新华书店

开　　本：720×1020　1/16

印　　张：24.25　　　字数：357 千字

版　　次：2019 年 1 月第 1 版

印　　次：2019 年 1 月第 1 次印刷

定　　价：78.00 元